教育部哲学社会科学研究重大课题攻关项目
"中国历代民歌整理与研究"(09JZD0012)阶段性成果之一

中国历代民歌整理与研究丛书

教育部哲学社会科学研究重大课题攻关项目
"中国历代民歌整理与研究"（09JZD0012）阶段性成果之一

陈书录　丛书主编

先秦歌谣集

刘立志　编著

南京师范大学出版社

图书在版编目（CIP）数据

先秦歌谣集 / 刘立志编著. -- 南京：南京师范大学出版社，2014.9
（中国历代民歌整理与研究 / 陈书录主编）
ISBN 978-7-5651-1874-6

Ⅰ. ①先… Ⅱ. ①刘… Ⅲ. ①民间歌谣－作品集－中国－先秦时代 Ⅳ. ①I276.2

中国版本图书馆CIP数据核字(2014)第214613号

书　　名	先秦歌谣集
丛书主编	陈书录
编　　著	刘立志
责任编辑	王欲祥
出版发行	南京师范大学出版社
地　　址	江苏省南京市宁海路122号（邮编：210097）
电　　话	（025）83598919（总编办）　83598412（营销部）　83598297（邮购部）
网　　址	http://www.njnup.com
电子信箱	nspzbb@163.com
照　　排	南京理工大学印刷照排中心
印　　刷	南通印刷总厂有限公司
开　　本	787毫米×1092毫米　1/16
印　　张	15.25
字　　数	339千
版　　次	2014年9月第1版　2014年9月第1次印刷
书　　号	ISBN 978-7-5651-1874-6
定　　价	68.00元
出 版 人	彭志斌

南京师大版图书若有印装问题请与销售商调换
版权所有　侵犯必究

编辑说明

一、本书为先秦歌谣的汇集整理。在时间上,收录上限远至夏商时代,下限至于公元前206年秦朝灭亡西汉建立。本次整理辑集基本收纳了这一漫长时段内产生的全部民间歌谣作品。

二、本书的收录标准:

1. 从现存文本看,先秦歌谣的形式相当丰富,称名有歌、谣、引、吟、辞等;句式有四言、五言、七言、杂言等;有的是现场唱和之作,有的是事后追忆所记;作者阶层广泛,主旨美刺不一,内容无疑都真切反映了有名或无名作者的生活和情感。本书一概予以收录。

2. 汉代典籍中载录的歌谣只要言明乃先秦时人所作或所用,一概收录,后世学人之相关真伪考辨与争议资料汇集于"案语"之中。汉魏之后学者、作家著述时或引录先秦歌谣,但不见于传世先秦典籍,亦一并收录。因古籍多有散亡,其真伪尚难论定,只言片语,理应珍视。魏晋六朝人托名汉代学者之著述,学界虽有考论,内中载录之先秦歌谣亦予以收录。因古书真伪考辨中之局部与整体问题迄今尚未有完美之解决,目前尚不能否定伪书中或许存有真实之资料,故录以备考。

3. 仅存篇目而文辞全部亡佚者不收;箴铭类文字不收;宗教歌谣与偈语不收。因为道教形成于汉代,佛教于东汉明帝时入华,后人假托古人之名所作之宗教谣辞概皆可定为伪作,此无异议。

4. 对这一时期歌谣的整理,前贤已经做过不少工作,自宋代郭茂倩编纂《乐府诗集》、明代杨慎编纂《风雅逸篇》与《古今风谣》、冯惟讷编纂《古诗纪》、清代杜文澜编纂《古谣谚》,代不乏人,前赴后继,成就斐然,迄于今人逯钦立编纂《先秦汉魏晋南北朝诗》,堪称集大成之作。此次整理工作即以前贤上述成果为基础,旁搜经书、正史、诸子、别集、总集、笔记、小说以及出土简帛文献等相关史料,对自夏、商、周至秦代的歌谣所作的重新整理。

5. 本书收录夏、商、周至秦代歌谣,分列正文和附录两个部分。"正文"部分辑录远古至于秦朝的歌谣,按照无主名作品、有主名作品、《周易》载录的歌谣、《诗经》部分四类排列。无主名作品是指作者姓名或身份不明确的歌谣,不管是出于个体还是群体,只要宽泛称为"国人"、"庶人"、"舆人"、乐官、乐师等,皆收入此类。有主名作品是指作者的姓名或身份明确可以稽诸典籍的歌谣,这些作者的社会阶层来源十分广泛,有平民,有贵族,有古圣王,有乐师,有君主,或系于托名,在此一并载录。这两类作品大体按照产生时间顺序排列,产生时间不能明确落实的放在该类作品之末。《周易》载录的歌谣,主要采用张善文《〈周易〉卦爻辞诗歌辑译》所选录的作品,稍有变动,其中只有最为通行的几篇依从今人标有题目,大多没有题目,全部按照卦爻辞先后次序排列。《诗经》部分主要包括《国风》一百六十首和《小雅》中的十几首作品。"附录"部分主要收录周秦时期的逸诗语句、俗语、谚语及疑似民歌作品,大体以载录之典籍为单位相对集中排列。

6. 本书载录作品,题目或依从最早载录文献,或依从《采菽堂古诗选》、《古诗源》、《古谣谚》等书;文本以首出典籍载录版本为主,校以后出典籍,包括汉、晋、唐、宋之撰述,涉及经书、史书、诸子、作家文集与类书等;每篇作品之后皆有简明案语,对其出处、意旨、载录情况、文字注释、艺术品评、研究线索等择要摘录或说明;行文中涉及的简牍文字尽量使用通行文字,不一一出注。

匆促成书,错讹当自不少,恳望方家赐教。

目 录

编辑说明 …………………………………………………… (1)

一、无主名作品 …………………………………………… (1)

弹歌 ……………………………………………………… (1)
神北行 …………………………………………………… (2)
伊耆氏蜡辞 ……………………………………………… (2)
击壤歌 …………………………………………………… (2)
康衢歌 …………………………………………………… (3)
尧世民语 ………………………………………………… (4)
五老游河歌 ……………………………………………… (4)
包山谣 …………………………………………………… (4)
涂山歌 …………………………………………………… (4)
夏人歌(三首) …………………………………………… (5)
夏末谣 …………………………………………………… (5)
祷雨辞 …………………………………………………… (6)
玄牝告天 ………………………………………………… (6)
时人为帝纣语 …………………………………………… (6)
殷末玉马谣 ……………………………………………… (7)
尧舜谣 …………………………………………………… (7)
周邦彦述汴都童子歌 …………………………………… (7)
黄泽谣 …………………………………………………… (7)
周宣王时童谣 …………………………………………… (7)
晋献公时童谣 …………………………………………… (8)
舆人诵 …………………………………………………… (8)
共世子诵 ………………………………………………… (8)

· 1 ·

齐民歌桓公 ……………………………………（9）
白水诗（二首）…………………………………（9）
晋惠公时童谣 …………………………………（9）
楚人诵子文歌 …………………………………（10）
鸜鹆歌 …………………………………………（10）
宋城者讴 ………………………………………（10）
楚人为诸御己歌 ………………………………（11）
楚庄公时乞食翁歌 ……………………………（11）
忼慨歌 …………………………………………（11）
文成时童谣 ……………………………………（12）
文成时童谣 ……………………………………（12）
筑台工人歌 ……………………………………（12）
子产歌（二首）…………………………………（13）
讥卫太子 ………………………………………（13）
朱儒歌 …………………………………………（13）
徐人歌 …………………………………………（14）
越人歌 …………………………………………（14）
师旷为周太子晋歌 ……………………………（15）
峤 ………………………………………………（16）
伯姬引 …………………………………………（16）
渔父歌（三首）…………………………………（16）
河上歌 …………………………………………（17）
冻水歌 …………………………………………（17）
采葛妇歌 ………………………………………（18）
木客吟 …………………………………………（18）
莱人歌 …………………………………………（18）
孔子诵（二首）…………………………………（19）
成人歌 …………………………………………（19）
沧浪歌 …………………………………………（20）
接舆歌 …………………………………………（20）
采芑歌 …………………………………………（21）

晏子述周秦民歌 …… (21)
孔子时民歌(两首) …… (22)
商羊童谣 …… (22)
萍实童谣 …… (23)
孔子述洞庭童谣 …… (23)
鸲鹆歌 …… (23)
吴夫差时童谣 …… (24)
离别相去辞 …… (24)
河梁歌 …… (24)
章畅 …… (25)
魏人诵辞 …… (25)
魏邺民歌 …… (25)
鼓琴歌 …… (26)
禳田歌 …… (26)
田单守即墨歌 …… (26)
齐小儿谣 …… (27)
齐人颂 …… (27)
赵王迁时童谣 …… (27)
琴女歌 …… (28)
松柏歌 …… (28)
鰕 …… (28)
越谣 …… (28)
齐人谣 …… (29)
灵枢经歌 …… (29)
泗上谣 …… (29)
长城歌 …… (29)
三秦民谣 …… (30)
甘泉歌 …… (30)
陇头俗歌(二首) …… (30)
秦始皇时长水县童谣 …… (31)
秦世谣 …… (31)

秦谣 …………………………………………… (32)
阿房谣 ………………………………………… (32)
秦世粤谣 ……………………………………… (32)
华山邑谣歌 …………………………………… (32)
时人为龙门之战谣 …………………………… (33)
擿雏谣（二首） ……………………………… (33)
缪袭引民歌 …………………………………… (33)
蜀人汶山谣 …………………………………… (33)

二、有主名作品 ………………………………… (34)
皇娥歌 ………………………………………… (34)
白帝子歌 ……………………………………… (34)
被衣歌 ………………………………………… (34)
大唐歌 ………………………………………… (35)
神人畅 ………………………………………… (35)
时人为方回言 ………………………………… (35)
箕山操 ………………………………………… (35)
思亲操 ………………………………………… (36)
帝舜歌 ………………………………………… (36)
皋陶赓歌 ……………………………………… (36)
南风歌（二首） ……………………………… (37)
卿云歌 ………………………………………… (38)
祠田歌 ………………………………………… (39)
燕燕往飞 ……………………………………… (39)
候人歌 ………………………………………… (39)
襄陵操 ………………………………………… (39)
五子歌 ………………………………………… (40)
龙逢行歌 ……………………………………… (41)
伊尹歌 ………………………………………… (41)
岐山操 ………………………………………… (41)
哀慕歌 ………………………………………… (41)

文王操 …………………………………… (42)

拘幽操 …………………………………… (42)

箕子操 …………………………………… (43)

别鹤操 …………………………………… (43)

克商操 …………………………………… (43)

采薇歌 …………………………………… (43)

麦秀歌 …………………………………… (44)

越裳操 …………………………………… (44)

成王冠辞 ………………………………… (45)

神凤操 …………………………………… (45)

白云谣 …………………………………… (45)

穆天子谣 ………………………………… (45)

西王母吟 ………………………………… (46)

黄竹诗(三章) …………………………… (46)

长桑公子行歌 …………………………… (46)

履霜操 …………………………………… (47)

饭牛歌(三首) …………………………… (47)

郑庄公赋 ………………………………… (48)

郑武姜赋 ………………………………… (48)

暇豫歌 …………………………………… (49)

士蒍赋 …………………………………… (49)

琴歌(三首) ……………………………… (49)

士失志操(四首) ………………………… (50)

晋舆人诵 ………………………………… (51)

优孟歌 …………………………………… (51)

梦歌 ……………………………………… (52)

游牛山歌 ………………………………… (52)

芑梁妻歌 ………………………………… (52)

南蒯乡人歌 ……………………………… (53)

投壶辞(二首) …………………………… (53)

祈招 ……………………………………… (53)

信立退怨歌 …………………………………… (54)
申包胥歌 …………………………………… (54)
穷劫曲 ……………………………………… (54)
乐师扈子琴歌 ……………………………… (55)
穗歌 ………………………………………… (56)
齐庄公歌 …………………………………… (56)
岁暮歌 ……………………………………… (56)
伍子胥歌(二首) …………………………… (56)
谏吴王辞 …………………………………… (57)
勾践夫人歌(二首) ………………………… (57)
固陵祖道祝辞(二首) ……………………… (58)
庚癸歌 ……………………………………… (58)
亢仓子歌 …………………………………… (58)
龟山操 ……………………………………… (59)
柳下惠妻歌 ………………………………… (59)
去鲁歌 ……………………………………… (59)
息邹操 ……………………………………… (60)
盘操 ………………………………………… (60)
狄水歌 ……………………………………… (60)
孔子临河援琴歌 …………………………… (61)
楚聘歌 ……………………………………… (61)
原壤歌 ……………………………………… (61)
将归操 ……………………………………… (61)
猗兰操 ……………………………………… (62)
丘陵歌 ……………………………………… (62)
孤鹨歌 ……………………………………… (62)
蟋蟀歌 ……………………………………… (63)
夫子杏坛琴歌 ……………………………… (63)
曳杖歌 ……………………………………… (63)
获麟歌 ……………………………………… (64)
鲁哀公诔尼父 ……………………………… (64)

· 6 ·

琴歌 …………………………………………………… (64)

思归引 ………………………………………………… (64)

浑良夫噪 ……………………………………………… (65)

河激歌 ………………………………………………… (65)

水仙操 ………………………………………………… (65)

齐人歌 ………………………………………………… (65)

紫玉歌 ………………………………………………… (66)

祝越王辞(二首) ……………………………………… (66)

曾子归耕歌 …………………………………………… (67)

列女引 ………………………………………………… (67)

孟子反子张琴歌 ……………………………………… (67)

子桑歌 ………………………………………………… (67)

庄周独处吟 …………………………………………… (67)

偕隐歌 ………………………………………………… (68)

杨朱为季梁歌 ………………………………………… (68)

乌鹊歌(二首) ………………………………………… (68)

韩凭妻答夫歌 ………………………………………… (69)

雉朝飞操 ……………………………………………… (69)

狐援辞(二首) ………………………………………… (70)

佹诗(二首) …………………………………………… (70)

成相杂辞(三首) ……………………………………… (71)

弹铗歌 ………………………………………………… (73)

无亏琴歌 ……………………………………………… (73)

宋玉述主人女歌(二首) ……………………………… (74)

山水讴 ………………………………………………… (74)

易水歌 ………………………………………………… (74)

秦始皇歌 ……………………………………………… (75)

采芝操 ………………………………………………… (75)

大楚谣 ………………………………………………… (76)

楚歌 …………………………………………………… (76)

垓下歌 ………………………………………………… (76)

答项王楚歌 …………………………………… (77)
　　贞女引 ………………………………………… (77)
　　辟历引 ………………………………………… (78)
　　箜篌引 ………………………………………… (78)
　　陶婴歌 ………………………………………… (78)

三、《周易》载录的歌谣 ………………………………… (80)

四、《诗经》部分作品 …………………………………… (108)
　国风·周南 ………………………………………… (108)
　　关雎 …………………………………………… (108)
　　葛覃 …………………………………………… (108)
　　卷耳 …………………………………………… (109)
　　樛木 …………………………………………… (109)
　　螽斯 …………………………………………… (110)
　　桃夭 …………………………………………… (110)
　　兔罝 …………………………………………… (111)
　　芣苢 …………………………………………… (111)
　　汉广 …………………………………………… (111)
　　汝坟 …………………………………………… (112)
　　麟之趾 ………………………………………… (112)
　国风·召南 ………………………………………… (113)
　　鹊巢 …………………………………………… (113)
　　采蘩 …………………………………………… (113)
　　草虫 …………………………………………… (114)
　　采蘋 …………………………………………… (114)
　　甘棠 …………………………………………… (114)
　　行露 …………………………………………… (115)
　　羔羊 …………………………………………… (115)
　　殷其雷 ………………………………………… (116)

摽有梅	(116)
小星	(116)
江有汜	(117)
野有死麕	(117)
何彼襛矣	(118)
驺虞	(118)

国风·邶风 (118)

柏舟	(118)
绿衣	(119)
燕燕	(119)
日月	(120)
终风	(120)
击鼓	(121)
凯风	(121)
雄雉	(122)
匏有苦叶	(122)
谷风	(122)
式微	(123)
旄丘	(124)
简兮	(124)
泉水	(124)
北门	(125)
北风	(125)
静女	(126)
新台	(126)
二子乘舟	(126)

国风·鄘风 (127)

柏舟	(127)
墙有茨	(127)
君子偕老	(128)

桑中 ………………………………………… (128)

鹑之奔奔 ……………………………………… (129)

定之方中 ……………………………………… (129)

蝃蝀 …………………………………………… (130)

相鼠 …………………………………………… (130)

干旄 …………………………………………… (130)

载驰 …………………………………………… (131)

国风·卫风 …………………………………… (131)

淇奥 …………………………………………… (131)

考槃 …………………………………………… (132)

硕人 …………………………………………… (132)

氓 ……………………………………………… (133)

竹竿 …………………………………………… (134)

芄兰 …………………………………………… (135)

河广 …………………………………………… (135)

伯兮 …………………………………………… (135)

有狐 …………………………………………… (136)

木瓜 …………………………………………… (136)

国风·王风 …………………………………… (136)

黍离 …………………………………………… (136)

君子于役 ……………………………………… (137)

君子阳阳 ……………………………………… (137)

扬之水 ………………………………………… (138)

中谷有蓷 ……………………………………… (138)

兔爰 …………………………………………… (138)

葛藟 …………………………………………… (139)

采葛 …………………………………………… (139)

大车 …………………………………………… (139)

丘中有麻 ……………………………………… (140)

国风·郑风 …………………………………… (140)

缁衣 …………………………………………… (140)

将仲子 ………………………………………… (141)

叔于田 ………………………………………… (141)

大叔于田 ……………………………………… (141)

清人 …………………………………………… (142)

羔裘 …………………………………………… (142)

遵大路 ………………………………………… (143)

女曰鸡鸣 ……………………………………… (143)

有女同车 ……………………………………… (144)

山有扶苏 ……………………………………… (144)

萚兮 …………………………………………… (144)

狡童 …………………………………………… (144)

褰裳 …………………………………………… (145)

丰 ……………………………………………… (145)

东门之墠 ……………………………………… (145)

风雨 …………………………………………… (146)

子衿 …………………………………………… (146)

扬之水 ………………………………………… (146)

出其东门 ……………………………………… (147)

野有蔓草 ……………………………………… (147)

溱洧 …………………………………………… (147)

国风·齐风 …………………………………… (148)

鸡鸣 …………………………………………… (148)

还 ……………………………………………… (148)

著 ……………………………………………… (148)

东方之日 ……………………………………… (149)

东方未明 ……………………………………… (149)

南山 …………………………………………… (149)

甫田 …………………………………………… (150)

卢令 ··· (150)

敝笱 ··· (150)

载驱 ··· (151)

猗嗟 ··· (151)

国风·魏风 ··· (151)

葛屦 ··· (151)

汾沮洳 ·· (152)

园有桃 ·· (152)

陟岵 ··· (152)

十亩之间 ·· (153)

伐檀 ··· (153)

硕鼠 ··· (154)

国风·唐风 ··· (154)

蟋蟀 ··· (154)

山有枢 ·· (155)

扬之水 ·· (155)

椒聊 ··· (155)

绸缪 ··· (156)

杕杜 ··· (156)

羔裘 ··· (156)

鸨羽 ··· (157)

无衣 ··· (157)

有杕之杜 ·· (157)

葛生 ··· (158)

采苓 ··· (158)

国风·秦风 ··· (159)

车邻 ··· (159)

驷驖 ··· (159)

小戎 ··· (159)

蒹葭 ··· (160)

终南 …………………………………………… (161)

黄鸟 …………………………………………… (161)

晨风 …………………………………………… (161)

无衣 …………………………………………… (162)

渭阳 …………………………………………… (162)

权舆 …………………………………………… (162)

国风·陈风 …………………………………… (163)

宛丘 …………………………………………… (163)

东门之枌 ……………………………………… (163)

衡门 …………………………………………… (163)

东门之池 ……………………………………… (164)

东门之杨 ……………………………………… (164)

墓门 …………………………………………… (164)

防有鹊巢 ……………………………………… (165)

月出 …………………………………………… (165)

株林 …………………………………………… (165)

泽陂 …………………………………………… (166)

国风·桧风 …………………………………… (166)

羔裘 …………………………………………… (166)

素冠 …………………………………………… (166)

隰有苌楚 ……………………………………… (167)

匪风 …………………………………………… (167)

国风·曹风 …………………………………… (167)

蜉蝣 …………………………………………… (167)

候人 …………………………………………… (168)

鸤鸠 …………………………………………… (168)

下泉 …………………………………………… (169)

国风·豳风 …………………………………… (169)

七月 …………………………………………… (169)

鸱鸮……………………………………………………………(171)
东山……………………………………………………………(171)
破斧……………………………………………………………(172)
伐柯……………………………………………………………(172)
九罭……………………………………………………………(172)
狼跋……………………………………………………………(173)

小　　雅……………………………………………………(173)
伐木……………………………………………………………(173)
采薇……………………………………………………………(174)
杕杜……………………………………………………………(175)
鸿雁……………………………………………………………(175)
沔水……………………………………………………………(175)
祈父……………………………………………………………(176)
黄鸟……………………………………………………………(176)
我行其野………………………………………………………(176)
谷风……………………………………………………………(177)
蓼莪……………………………………………………………(177)
车舝……………………………………………………………(178)
采绿……………………………………………………………(178)
隰桑……………………………………………………………(179)
何草不黄………………………………………………………(179)

【附录】
周秦时期的逸诗语句、俗语、谚语及疑似民歌作品……………(180)

主要参考文献……………………………………………………(221)

一、无主名作品

弹 歌

断竹，续竹，飞土，逐宍。

【案语】此诗又称《断竹歌》、《断竹黄歌》，最早见录于东汉赵晔所著《吴越春秋》卷9《勾践阴谋外传》。其书记载，越国国君勾践向善射之人陈音询问弓弹的道理，陈音在答话中引用了此诗。断竹，砍竹子。续竹，制作弹弓。飞土，发射泥丸、土块等物。逐宍，驱逐、捕捉野兽。宍，同"肉"。"断竹"，《艺文类聚》卷60、《太平御览》卷350引《吴越春秋》作"属木"。"宍"，《艺文类聚》卷60、《四部丛刊》本《吴越春秋》引作"害"。《太平御览》卷755引《谈薮》云："弹状如弓，以竹为弦。"东汉李尤《弹铭》云："昔之造弹，起意弦木。以丸为矢，合竹为朴。漆饰以䨻，不用筋角。"俞平伯以为断竹、续竹是把竹子分为一般长的两小段，而中间用牛筋之类连起来，最中间有一小圆槽，以安放弹丸。传说此诗为黄帝时所作。《文心雕龙·章句》云："寻二言肇于黄世，竹弹之谣是也。"以为产生于黄帝之时，不知其所据。冯沅君、陆侃如《中国诗史》亦认为《弹歌》可能是黄帝时代的作品。有学者论定为"黄帝前的歌谣，汉代人的追记"。逯钦立云："《吴越春秋》所载越歌，率类汉篇。惟此歌质朴，殆是古代逸文。刘勰谓为黄歌，当别有据。"此诗之主旨，有孝歌、猎歌、远古时代的筑冢歌谣等异说。如《音乐研究》2004年第3期刊发刘正国《〈弹歌〉本为"孝歌"考》一文，认为《弹歌》不是一首产生于生产劳动的狩猎歌，它是起于古代孝子不忍其亲为禽兽所食，持弓守尸行孝而唱的。其所歌，不过情动于衷，有感而发而已，《弹歌》之发，乃孝子护尸，众人助吊之情也。其所咏，就是做弹、驱禽、逐害、护亲，实与狩猎之事无关。实际上，它就是一首产生于远古吊俗的、现存最古老的丧葬'孝歌'"。猎歌说流传最为广泛，游国恩等主编的《中国文学史》说："从它的内容和形式上看，无疑这是一首比较原始的猎歌。"中国艺术研究院音乐研究所所编的《中国音乐词典》、杨荫浏《中国古代音乐史稿》、廖辅叔《中国古代音乐简史》、夏野《中国古代音乐史简编》等皆持此论。《文心雕龙·通变》："九代咏歌，志合文则。黄歌断竹，质之至也。"张玉榖《古诗赏析》卷1评云："八字直分四句，而弹之制与弹之用，无不曲尽。刘勰以为至质，愚以为更饶古趣。"姜亮夫《楚辞今绎讲录》认为此诗虽不能视为"南方文学的始祖"，但"拿它的体制看，极像《九歌》"。《中国民间歌曲集成·江苏卷》载录江苏民歌《斫竹歌》："斫竹，削竹，弹石，飞土，逐宍。"中共张家港市市委宣传部、张家港市文学艺术界联合会编《中国·河阳山歌集》于劳动歌中载录《斫竹歌》："嗯唷斫竹，嗬哟嗨！嗯唷削竹，嗬哟嗨！嗯唷弹石、飞土，嗬哟嗨！嗯唷逐肉，嗬哟嗨！"当为演出本，应该与此诗有渊源关系。

神北行

神，北行！
先除水道，决通沟渎。

【案语】此为歌谣体咒语，见于《山海经·大荒北经》。黄帝与蚩尤大战，请来天女魃下凡相助，蚩尤被诛杀，"魃不得复上，所居不雨"，"时亡之，所欲逐之者"作此令，呵命魃不得为害。蔡靖泉《楚文学史》说："这首《神北行》，或为南方楚地先民在与旱灾作斗争时根据神话而作，歌辞首句呵命魃回到北方去，正是南方居民的用词和语气。此歌载录于'楚之巫书'《山海经》，显然是用于驱逐旱魔的仪式中由巫觋演唱之歌，即使它并非产生于楚地，也必然是在楚地广为流传的咒语歌诀。"

伊耆氏蜡辞

土反其宅，水归其壑，昆虫毋作，草木归其泽。

【案语】此诗见录于《礼记·郊特牲》，语云："伊耆氏始为蜡。蜡也者，索也。岁十二月合聚万物而索飨之也。"《文心雕龙·祝盟》云："伊耆始蜡，以祭八神。"八神包括谷物之神、农耕之神、邮亭之神、堤神、水沟神等。此诗是原始部族伊耆氏首领每年十二月举行祭祀百神的"蜡祭"时的祝词。伊耆氏的时代，郑玄云"伊耆氏，古天子也"，《释文》云"或云即帝尧是也"，或谓为神农氏。土反其宅，谓土归于田地，不要流失。水归其壑，谓水不要泛滥，而是归于江海。昆虫毋作，谓昆虫灾害不要发生。草木归其泽，谓草木到山泽中去生长。唐写本《文心雕龙·祝盟》载录"毋"作"无"，余皆同，而元至正本则云："昔伊祈（按明代梅庆生注又云"元作祁"）始蜡，以祭八神。其辞云：土及其宅，水归其壑，昆虫无作，草木归其泽。"文字有异。清代张玉縠《古诗赏析》卷1评云："万物以谷为主，而谷生于土，故四句虽似平排，而首句是主，下三句只申明首句反其宅意。'昆虫'句，句法略变，板者变活。"

击壤歌

日出而作，日入而息。凿井而饮，耕田而食。帝力于我何有哉。

【案语】此诗屡见于古籍，但文本不一。《论衡·艺增篇》云："《论语》曰：'大哉！尧之为君也，荡荡乎民无能名焉。'传曰：'有年五十击壤于路者。观者曰：大哉！尧之德乎！击壤者曰：吾日出而作，日入而息，凿井而饮，耕田而食，尧何等力？'"《论衡·感虚篇》、《论衡

·须颂篇》载录诗语相同。《文选》卷26谢灵运《初去郡》诗李善注引《论衡》云："尧时百姓无事,有五十之民击壤于途。观者曰:'大哉！尧之德也！'击壤者曰:'吾日出而作,日入而息,凿井而饮,耕田而食,尧何力于我也？'"《群书治要》卷11引录《帝王世纪》云："天下大和,百姓无事,有五老人击壤于道。观者叹曰:'大哉！尧之德也。'老人曰:'日出而作,日入而息。凿井而饮,耕田而食。帝力何有于我哉。'"沈德潜《古诗源》即据《群书治要》载录此诗。《艺文类聚》卷1引《帝王世纪》云："天下大和,百姓无事,有五十老人击壤于道。观者叹曰:'大哉！帝之德也。'老人曰:'吾日出而作,日入而息。凿井而饮,耕田而食。帝何力于我哉。'"《艺文类聚》卷36载录嵇康《圣贤高士传赞》曰："壤父者,尧时人,年五十而击壤于道中。观者曰:'大哉！帝之德也。'壤父曰:'吾日出而作,日入而息。凿井而饮,耕地而食,帝何德于我哉！'"皇甫谧《高士传》卷上、《太平御览》卷506引《高士传》录文同,唯"地"作"田"。《太平御览》卷572引录《逸士传》作"日出而作,日入而息。凿井而饮,耕田而食。帝何力于我哉"。《乐府诗集·杂歌谣辞·击壤歌》引《帝王世纪》云："帝尧之世,天下大和,百姓无事,有八九十老人击壤而歌曰:'日出而作,日入而息。凿井而饮,耕田而食。尧何力于我哉？'"《文心雕龙·时序第四十五》明代梅庆生注引《帝王世纪》曰："帝尧之世,天下太和,百姓无事,有八九十老人击壤而歌曰:'日出而作,日入而息。凿井而饮,耕田而食。帝何力于我哉？'"末句差别较大。诗中所述,或以为拍地而歌,或以为击壤为戏。《太平御览》卷584引录周处《风土记》云："壤者,以木作。前广后锐,长尺三四寸,其形如履节,僮少以为戏也。"王应麟《困学纪闻》卷20引周处《风土记》云："先侧一壤于地,遥于三四十步,以手中壤击之,中者为上。"诗旨有歌颂帝力与否定帝力两种截然相反的说法。王汝弼《乐府散论》以为此歌"反映的当是西汉初文景时代黄老学派的乌托邦思想,远在晋代玄学思想泛滥以前"。吴小如以为"其产生的年代自不得迟于东汉初年"。

康衢歌

立我蒸民,莫匪尔极。不识不知,顺帝之则。

【案语】此诗见于《列子·仲尼篇》,《乐府诗集》卷88题为《尧时康衢童谣》。清张玉榖《古诗赏析》卷1题作《康衢谣》。或题作《康衢童谣》。尧微服游于康衢,闻儿童歌此谣。《文选·西都赋》有"采游童之欢谣"之语,暗用此典。诗意谓民众生活顺应自然,不知尧帝的功德。《文心雕龙·时序》云："昔在陶唐,德盛化钧,野老吐何力之谈,郊童含不识之歌。"此谣产生之背景,或云尧让位给舜,或谓尧治理天下五十年,游至康衢闻此歌。有人说今山西临汾东北之康庄即康衢之地。此诗前二句出自《周颂·思文》,后二句出自《大雅·皇矣》,可能是中国最早的集句诗。张玉榖《古诗赏析》卷1评云："但晓帝立民极,而所以立极者,仍不识不知,则亦顺其则而已矣。质直中极其曲折。""立我",《路史》卷20作"天生"。"蒸",《艺苑卮言》引作"烝"。

尧世民语

青鹳鸣,时太平。

【案语】见于《拾遗记》卷1,文云:帝尧在位,圣德光洽,"沉翔之类,自相驯扰。幽州之墟,羽山之北,有善鸣之禽,人面鸟喙,八翼一足,毛色如雉,行不践地,名曰青鹳,其声似钟磬笙竽也。世语曰:'青鹳鸣,时太平。'"或谓"世语"乃书名。此诗亦见于《类说》卷5载录《十洲记》文。

五老游河歌

河图将来告帝期。河图将来告帝谋。河图将来告帝书。河图将来告帝图。河图将来告帝符。

【案语】见于《开元占经》卷72、《太平御览》卷383引《论语谶》、孙瑴《古微书》卷25引《论语比考谶》。帝尧率舜等人游览首山,观河渚,见到五老游河渚,每人唱一句,歌罢化为流星而去。第二句,《太平御览》卷383引作"河图持龟告帝谋"。第四句,《太平御览》卷383引作"河图将浮龙衔玉"。

包山谣

禹得金简玉字书,藏洞庭包山湖。

【案语】见于杨慎《古今风谣》,其自注云:"杨方《吴越春秋》。沈怀园《南越志》曰:'牛女之分,扬之末土也,爰有太山,实曰秦望。又有石箦,内有金简玉字。'"《古诗纪》前续卷3、《古乐苑》卷42载录全同杨氏。

涂山歌

绥绥白狐,九尾庞庞。成于家室,我都攸昌。

【案语】《吕氏春秋》云:"禹年三十未娶。行涂山,恐时暮失嗣,辞曰:'吾之娶,必有应也。'乃有白狐九尾而造于禹。禹曰:'白者,吾服也;九尾者,其证也。'于是涂山人歌曰:'绥绥白狐,九尾庞庞。成于家室,我都攸昌。'于是娶涂山女。"此段引文系据《北堂书钞》、《艺文类聚》、《太平御览》转引,今本《吕氏春秋》失载。又《吴越春秋·越王无余外传第六》亦有《涂山歌》,文云:"绥绥白狐,九尾庞庞。我家嘉夷,来宾为王。成家成室,我造彼昌。

天人之际,于兹则行。""厐厐",《四部丛刊》本《吴越春秋》作"痝痝",《四库全书》本作"厐厐"。书中亦言大禹三十未娶,行到涂山,思有家室,见到九尾白狐,以为吉兆,引用此歌进行解说。《吴越春秋》所载文字较繁,应该是据《吕氏春秋》又加增补而成。《乐府诗集》卷83、张之象《古诗类苑》卷127录文大体近于《吴越春秋》,"厐厐"作"庞庞","成家成室"作"成于家室","我造彼昌"作"我都攸昌",末增"明矣哉"三字。蔡靖泉《楚文学史》说:"就此歌的语言风格和结构形式来看,它同于《诗经》中的四言体诗;就此歌的内容而言,它则是赞美大禹和涂山氏女成婚的颂歌。显而易见,此歌当为晚出,可能是夏禹后裔颂扬祖先之作,并且将之用于庙堂祭祖时歌唱。"学者或以为《涂山歌》是由前人创作、赵晔修整完善并融入了汉代盛行的天人感应思想的一首诗作。涂山,山名,其所在有四说,一说在今安徽怀远县东南、淮河东岸,一说在今四川重庆市巴县,一说在今浙江绍兴市西北,一说在今安徽当涂县。绥绥,意为安泰缓慢。

夏人歌(三首)

一

江水沛兮,舟楫败兮。我王废兮,趣归于薄。薄亦大兮。

二

乐兮乐兮,四牡跻兮,六辔沃兮。去不善而从善,何不乐兮!

三

盍归于薄?盍归于薄?薄亦大矣。

【案语】前二诗,《古谣谚》卷1题为《夏桀群臣歌二则》。桀为酒池糟隄,纵靡靡之乐,一鼓而牛饮者三千人,群臣相持而为前二歌。第一首见于《尚书大传》卷2、《韩诗外传》卷2、《乐府诗集》卷83。首句,《新序·刺奢》作"江水沛沛兮"。"趣",《类说》卷38引作"趋"。"薄",《韩诗外传》卷2、《新序·刺奢》、《乐府诗集》卷83皆作"亳"。第二首见于《韩诗外传》卷2、《新序·刺奢》、《乐府诗集》卷83。"跻",《乐府诗集》卷83、《类说》卷38作"骄"。"去不善而从善",《类说》卷38无"而"字。第三首见于《尚书大传》卷2,言夏人饮酒,醉者持不醉者,不醉者持醉者,相和而为此歌。《太平御览》卷83引录,"薄"皆作"亳"。亳为商之国都。诗意为夏桀残暴,商汤圣明,人心思归。或谓夏人听闻商地广大而欲往。

夏末谣

时日曷丧?予及汝皆亡。

【案语】此诗出自《尚书·汤誓》。《孟子·梁惠王》引作"时日害丧,予及女偕亡"。后句,清华简《尹至》作"余及汝皆亡"。这是夏代末年民众诅咒国君桀的民谣。孟子释为"民欲与之皆亡",谓"亡"意为灭亡。《人文杂志》1988年第2期刊载殷伟仁《〈尚书〉"时日曷丧?予及汝皆亡"新释》一文,认为"时"读为"是","日"即时间、时候,"亡"意为逃亡,句意为"这个时候,怎么还不逃亡啊,我和你们一块跑吧"。

祷雨辞

政不节与?使民疾与?何以不雨,至斯极也。宫室荣与?妇谒盛与?何以不雨,至斯极也。苞苴行与?谗夫兴与?何以不雨,至斯极也。

【案语】此诗出自《荀子·大略》,言汤旱而有此祷辞。《古诗纪》前续卷6题作《桑林祷辞》。《说苑·君道》曰:"汤之时,大旱七年,雒坼川竭,煎沙烂石,于是使人持三足鼎祝山川,教之祝曰:'政不节耶?使人疾耶?苞苴行耶?谗夫昌耶?宫室营耶?女谒盛耶?何不雨之极也?'盖言未已而天大雨。"录文有出入。"荣与",《艺文类聚》卷100、《天中记》卷3引作"崇与"。"何以",《艺文类聚》卷100引作"何"。政,政事。节,适当。使,役使。疾,过度。荣,华丽。谒,请托。妇谒盛,谓听从妇女的话。苞,通包。苞苴,包裹,此处指行贿。行,盛行。

玄牝告天

今天大旱,即当朕身履。未知得罪于上下,有善不敢蔽,有罪不敢赦,简在帝心。万方有罪,即当朕身,朕身有罪,无及万方。

【案语】见于《墨子·兼爱》,当为商汤的祷雨辞。《文心雕龙·祝盟》云:"玄牝告天,以万方罪己,即郊禋之辞也。"玄,黑色。牝,鸟兽的雌性。告天,祷告上天。

时人为帝纣语

车行酒,骑行炙,百二十日为一夜。

【案语】此数语见于《金楼子·箴戒篇》,其文云"帝纣垂胡长尺四寸,手格猛兽,爱妲己色,重师涓声,狗马奇物,充牣后庭,使男女裸形相随,为长夜之饮",时人因之而有此语。王充《论衡·语增篇》论及"纣悬肉以为林,令男女裸而相逐其间",以为事涉夸诞,不尽可信,引及"传者之说,或言"曰"车行酒,骑行炙,百二十日为一夜"。"一夜",唐代马总《意林》卷3有版本引《论衡》作"一月"。炙,烤肉。

殷末玉马谣

殷惑妲己玉马走。

【案语】此诗见于《论语纬·比考谶》。"殷",《古谣谚》引作"帝"。宋均以为"玉马走"喻指"贤臣奔走"。诗意叙述殷商末代国君纣王受辛宠爱妃子妲己,造酒池肉林,沉迷享受,终至国破身死。

尧舜谣

尧舜至圣,身如脯腊。桀纣无道,肥肤三尺。

【案语】此诗见于《太平御览》卷378,谓"古谣云"。歌颂圣王心忧天下,为民操劳,而暴君花天酒地,榨取民脂民膏以为己用。"肥",《太平御览》卷80《皇王部》引作"肌"。

周邦彦述汴都童子歌

孰为我已,孰鳌我载。茫茫九有,莫知其界。

【案语】此诗见于《事文类聚》续集卷2《居处部》引周邦彦《汴都赋》,乃北宋著名词人周邦彦发掘出的汴都一带流传的一首远古童谣。商亡后,微子启统率旧族,封于宋,此诗反映了微子启赶往封地途中的郁闷惆怅之情。

黄泽谣

黄之池,其马歕沙,皇人威仪。黄之泽,其马歕玉,皇人寿縠。

【案语】出于《穆天子传》卷5、《乐府诗集》卷87。《古谣谚》卷15题作《穆王使宫乐谣》。或题作《黄泽辞》。周穆王游于黄泽,宿于曲洛,乐师为此歌。"池",《艺文类聚》卷43、《类说》卷1、《海录碎事》卷22引作"陁",《海录碎事》卷10作"地",《乐府诗集》卷87作"陀"。"寿",《诗纪》前集卷3作"受"。《太平御览》卷572录文:"黄之池,其马歕沙。黄之泽,其马歕玉。"歕,通"喷"。

周宣王时童谣

檿弧箕服,实亡周国。

【案语】此诗出自《国语·郑语》。《列女传·孽嬖传》"周幽褒姒"亦载。檿即山桑,木质坚硬,可制作弓或车辕。箕服即用箕草制成的箭袋。周幽王纵欲而淫,府之童妾,不夫而孕,生女而弃之,"祸将生于女,国以兵寇王也"。此谣预言褒姒误国,西周将亡于内乱。"檿",《太平御览》卷135作"厌"。"箕",《史记·周本纪》、《汉书·五行志》作"萁"。"服",《北堂书钞》卷42作"服",卷126作"箙"。

晋献公时童谣

丙之晨,龙尾伏辰,袀服振振,取虢之旂。鹑之贲贲,天策焞焞,火中成军,虢公其奔。

【案语】 此诗载于《左传·僖公五年》,《汉书·五行志》袭用。《乐府诗集》卷88亦载录。或题作《晋童谣》、《卜偃引童谣》。公元前655年8月,晋献公率兵包围了虢国的都城上阳,询问卜偃何时能结束战争灭亡虢国,卜偃引此童谣,曰:"克之。十月朔丙子旦,日在尾,月在策,鹑火中,必是时也。"次年冬十二月丙子朔,晋师灭虢,虢公丑出奔周之京师。《新唐书·历三上》引录无"虢公其奔"四字。杜预注云:"龙尾,尾星也,日月之会曰辰。日在尾,故尾星伏不见。戎事上下同服。振振,盛貌。旂,军之旌旗。鹑,鹑火星也。贲贲,鸟星之体也。天策,傅说星。时近日,星微。焞焞,无光耀也。言丙子平旦,鹑火中,军事有成功也。""丙之辰",《太平御览》卷5作"丙子之晨"。"袀",《国语·晋语》作"均"。袀服,黑色衣服。"贲贲",《乐府诗集》卷88作"奔奔"。

舆人诵

佞之见佞,果丧其田。诈之见诈,果丧其赂。得国而狃,终逢其咎。丧田不惩,祸乱其兴。

【案语】 此诗见于《国语·晋语》。或题作《舆人诵惠公》、《背赂诵》。晋献公宠信骊姬,骊姬谗毁诸公子,一心要立其子奚齐为王位继承人,引发政治动乱。后来逃亡到梁国的公子夷吾在秦国和国内势力的帮助下,返晋继位,是为晋惠公,但他当上国君后,把对秦国和国内势力的酬报允诺全部赖掉,舆人遂有此数语予以讥讽。

共世子诵

贞之无报也。孰是人斯,而有是臭也?贞为不听,信为不诚,国斯无刑,偷居倖生。不更厥贞,大命其倾。威兮怀兮,各聚尔有,以待所归兮。猗兮违兮,心之哀兮,岁之二七,其靡有征兮。若狄公子,吾是之依兮。镇抚国家,为王妃兮。

【案语】此诵见于《国语·晋语三》。或题作《国人诵共世子》。晋惠公继位后,改葬因骊姬之乱自杀的太子申生,臭达于外,国人遂有此诵,时为公元前650年。共世子,谓申生。倾,危。威,畏。怀,思。猗,叹。违,去。狄公子,此处指重耳。

齐民歌桓公

公胡不复遗冠乎!

【案语】见于《韩非子·难二》。齐桓公醉酒,丢失了帽子,以为耻辱,三日不朝,管仲建议搞好政事来洗刷耻辱,桓公听从,开仓分粮给贫穷者,审查囚犯释放罪轻者,三日而民众唱为此歌。王先慎据《艺文类聚》、《太平御览》谓"公"下当增"乎公乎"三字,"冠"上当增"其"字。

白水诗(二首)

一

浩浩者水,育育者鱼,未有室家,而安召我居。

二

浩浩白水,儵儵之鱼。君来召我,我将安居。国家未定,从我焉如?

【案语】第一首出于《管子·小问》。齐桓公派管仲聘请宁戚,宁戚答复说:"疾浩乎。"管仲不明白其语意,至中食而深虑不止,一个婢女解说宁戚之意,称古有此诗,"宁子其欲室乎?"第二首见于《列女传·辩通传》第一段"齐管妾婧"。"宁戚击牛角而商歌,甚悲,桓公异之,使管仲迎之,宁戚称曰:'浩浩乎白水。'管仲不知所谓,不朝五日而有忧色"。其妾婧询问后,言"古有白水之诗",称引此诗隐含"宁戚之欲得仕国家也"。两诗当有渊源关系,或为一诗之不同传本。

晋惠公时童谣

恭太子更葬矣。后十四年,晋亦不昌,昌乃在兄。

【案语】此诗见于《史记·晋世家》,《汉书·五行志》袭用,惟"矣"作"兮","昌乃在兄"作"昌乃在其兄"。杨慎《古今风谣》录文全同《汉书》。《乐府诗集》卷88、《古乐苑》卷42题作《晋惠公时童谣》。或题作《晋儿谣》。此诗记述晋献公死后,夷吾即位,是为晋惠公,他为死去的太子申生改葬,后来社会流传这首儿歌。诗意谓以后晋国的昌盛不在夷吾的后代,而在其兄重耳。首句,《通志》卷77作"共太子改葬矣"。

楚人诵子文歌

子文之族,犯国法程。廷理释之,子文不听。恤顾怨萌,方正公平。

【案语】见于《说苑·至公》。楚国令尹子文的族人犯了罪,要受刑罚,廷理徇私将其释放,子文召廷理而责之,廷理秉公惩处了子文的族人。国人闻之而作此歌。《古诗纪》前续卷2注云:"《风雅逸篇》曰:按此无音韵章句,而史以为歌者,不可晓。岂当时隐括转换,借歌声以成之欤?史不能述其音,但记其义也。又曰:刘子玄讥此事之妄幻,然此传以滑稽名,乃优孟自为寓言尔。"廷理为春秋时期楚国职官名,掌管刑法。萌,通"氓",民众。

鸲鹆歌

鸲之鹆之,公出辱之。鸲鹆之羽,公在外野,往馈之马。鸲鹆跦跦,公在乾侯,征褰与襦。鸲鹆之巢,远哉摇摇。稠父丧劳,宋父以骄。鸲鹆鸲鹆,往歌来哭。

【案语】此诗见于《左传·昭公二十五年》,《汉书·五行志》袭用。《乐府诗集》卷88题作《鲁国童谣》,《方舟集》卷24题作《童谣》,逯钦立题为《鸲鹆谣》。《史记·鲁周公世家》记载鲁昭公二十五年,鸲鹆来巢,大夫师己云:"文成之世童谣曰:鸲鹆来巢,公在乾侯。鸲鹆入处,公在外野。"当为此诗之节引。"摇摇",《乐府诗集》卷88、《古诗源》卷1作"遥遥"。诗中叙述季孙氏、孟孙氏、叔孙氏三家坐大,鲁昭公攻伐季孙氏失败,逃亡齐国、晋国,后来客死他国。"鸲",《古今合璧事类备要》别集卷67、《事文类聚》后集卷43皆作"鸜"。"跦跦",《古今合璧事类备要》别集卷67作"咮之",《事文类聚》后集卷43作"株株"。"远哉",《古今合璧事类备要》别集卷67作"远在"。徐仁甫以为首句"鸲之鹆之"当作"鸲鹆鸲鹆",乃后人不解古人文字重叠之符号而致误。

宋城者讴

睅其目,皤其腹,弃甲而复!于思于思,弃甲复来!
牛则有皮,犀兕尚多,弃甲则那!
从其有皮,丹漆若何?

【案语】此诗见于《左传·宣公二年》,为宋国民众讥讽大夫华元之作。公元前607

年,楚国指使郑国出兵攻打宋国,任职右师的华元率兵抵抗,战败被俘,后得逃归。宋国筑城,华元任职监工前往工地,受到役夫的嘲弄。第一首是宋国筑城役夫所唱,或题作《睅目歌》、《嘲华元讴》、《讥华元歌》。第二首为华元骖乘的答歌,张之象《古诗类苑》、沈德潜《古诗源》、张玉穀《古诗赏析》径题作《骖乘答歌》,《古谣谚》题作《华元骖乘答讴》。第三首又是役夫们所唱,《古诗源》径题作《役人又歌》,双方呼应作答,类似于后世的对歌。睅,眼睛突出。皤,此处指肚子很大。潘德舆《养一斋诗话》评论说:"只写其形容,不道其丧师失律之故,此为善于调笑。"张玉穀《古诗赏析》评云:"上三,讥其往事。下二,讥其目前。言如此魁梧奇伟,不应其既辱国,还厉民也。趣甚毒甚。睅皤多须,本一类事,却分派在两头,亦是设色均匀处。""睅",《太平御览》卷192引作"睅"。"那",《太平御览》卷192、卷355引作"郍"。"从其有皮",《太平御览》卷192、卷355引作"纵有其皮"。

楚人为诸御己歌

薪乎莱乎,无诸御己,讫无子乎。莱乎薪乎,无诸御己,讫无人乎。

【案语】此歌见于《说苑·正谏》。《古诗纪》前集卷2题作《楚人歌》。楚庄王修筑层台,工程浩大,百姓不堪其苦,"大臣谏者七十二人皆死矣",诸御己为楚都郊外草莱之人,挺身而出,冒死入谏,"遂解层台而罢民",民众作此歌颂扬他。《先秦文学与文化》第一辑刊载赵逵夫《赋体渊源与先秦赋述论》,认为此"庄王"乃指庄王,即顷襄王,顷襄王也称庄王,文献可征,钱穆《先秦诸子系年》有《楚顷襄王又称庄王考》,论之甚详。《说苑·正谏》所载此事当发生于楚迁陈之初。莱,藜草。

楚庄公时乞食翁歌

天庭发双华,山源彰阴邪。清晨按天马,来诣太真家。真人无那隐,又以灭百魔。

【案语】见于陶弘景《真诰》卷9,言楚庄王时,有乞食翁于市中为此歌。《太平御览》卷661亦引《三一经》载录此数语,"双发华"作"发双华","按"作"案","那"作"奈"。

忼慨歌

贪吏而不可为而可为,廉吏而可为而不可为。贪吏而不可为者,当时有污名;

而可为者,子孙以家成。廉吏而可为者,当时有清名;而不可为者,子孙困穷被褐而负薪。贪吏常苦富，廉吏常苦贫。独不见楚相孙叔敖，廉洁不受钱。

【案语】此诗载于后汉延熹三年（公元 160 年）五月二十八日汝南郡期思县所立的孙叔敖碑，或题为《优孟歌》、《楚商歌》。《古文苑》卷 19、《隶释》卷 3、《金石古文》卷 13 载录其全文。春秋楚庄王时贤相孙叔敖病疽而死，其子生活困窘，之后才有优孟衣冠的故实。此诗因孙叔敖之廉洁而为愤激之语，或为后人之作。宋代费衮《梁谿漫志》卷 5"优孟孙叔敖歌"条引录此诗，首句作"贪吏而可为而不可为"，"负薪"作"卖薪"。《隶释》卷 3"负薪"亦作"卖薪"。张玉縠《古诗赏析》卷 1 谓此诗"较伸缩入神"。

文成时童谣

鸜鹆来巢，公在乾侯。鸜鹆入处，公在外野。

【案语】此诗见于《史记·鲁周公世家》。鲁昭公二十五年（公元前 517 年）春，有鸜鹆来鲁国筑巢，大夫师己引此流传于鲁文公、鲁成公时期之童谣评论时事，意谓昭公攻伐季孙氏失败，先是逃到齐国之野，后又逃到晋国的乾侯。

文成时童谣

稠父丧劳，宋公以骄。

【案语】此诗见于《汉书·叙传》"鲁、卫名谥于铭谣"下颜师古注引孟康注语，文云："鲁文成之世，童谣言'稠父丧劳，宋公以骄'。后昭公名稠，遂死于野井。定公名宋，即位而骄。卫灵公掘地得石椁，其铭曰'灵公'，遂以为谥。"据此，此诗内容带有预言性质。

筑台工人歌

泽门之晳，实兴我役。邑中之黔，实慰我心。

【案语】此诗见于《左传·襄公十七年》，宋叶廷珪编《海录碎事》卷 12 题为《宋筑城讴》，《文章正宗》卷 22、明梁公济《冰川诗式》题作《筑者讴》，明杨慎《风雅逸篇》题为《宋筑者讴》，《古诗源》卷 1 题作《泽门之晳讴》。此歌记述宋国筑台之事。宋国皇国父为太宰，在农忙时节，征调民众为宋平公修筑宫台，大夫子罕提出等农事完结再兴土木，但宋平公不同意。"晳"，《太平御览》卷 177 引作"楮"；又同书卷 456、736 引作"晳"。"兴"，《风雅逸篇》作"与"。

子产歌(二首)

一

取我衣冠而褚之,取我田畴而伍之,孰杀子产,吾其与之。

二

我有子弟,子产诲之。我有田畴,子产殖之。子产而死,谁其嗣之。

【案语】此二诗见于《左传·襄公三十年》、《吕氏春秋·先识览·乐成》。《文则》卷下题作《舆诵》,《方舟集》卷24题作《舆人诵》。或题为《郑舆人诵二首》、《子产诵二章》。子产名公孙侨,乃郑国贵族。公元前543年,子产执政,进行改革,整动田地疆界和沟洫,创立以丘征赋的制度,从政一年,民众不理解,普遍反对,故作为第一首歌,基调是批判与对立的。子产的改革,经历了巨大的曲折,经三年才获得成功,民众在改革中得到好处,对子产由恨转爱。第二首歌谣即为人们拥护子产、支持改革的历史证据。第一首,《吕氏春秋·先识览·乐成》作"我有田畴,而子产赋之。我有衣冠,而子产贮之。孰杀子产,吾其与之"。第二首,《吕氏春秋·先识览·乐成》作"我有田畴,而子产殖之。我有子弟,而子产诲之。子产若死,其使谁嗣之"。

讥卫太子

既定尔娄猪,盍归吾艾豭。

【案语】此诗出自《左传·定公十四年》。或题为《野人歌》。卫国国君为了满足夫人南子的淫欲,安排了一位宋国贵族美男子日夜陪伴她。卫太子路过宋国,宋国民众作此歌谣予以讥讽。"归",《古今合璧事类备要》别集卷83作"反"。

朱儒歌

臧之狐裘,败我于狐骀。我君小子,朱儒是使。朱儒朱儒,使我败于邾。

【案语】此诗出自《左传·襄公四年》。或题作《侏儒诵》、《鲁国人诵》。邾国、莒国联合攻打鄫国,鲁国将领臧孙纥率军帮助鄫国,后侵入邾国,在狐骀打了败仗。此谣把他称为朱儒予以讥讽。"朱",《初学记》卷19作"侏"。"使我败于邾",《初学记》卷19作"败我于邾"。

徐人歌

延陵季子兮不忘故,脱千金之剑兮带丘墓。

【案语】此歌见于《新序·节士》、《乐府诗集》卷83。《文选补遗》卷35题为《延陵季子歌》。延陵季子即季札,封邑在延陵(故址在今江苏省常州市),春秋时吴国贵族。他佩带名剑出使晋国,途经徐国,徐国国君喜爱此剑,十分希望季札能够赠送给他,但无法启齿,而季札也领会了徐国国君的心思,但因尚未完成使节重任,还不能解剑相赠。后来,季札从晋国返回再次途经徐国时,听说徐国国君已经去世,就把剑挂在徐国国君墓前的树上,徐人作此歌称颂季札的情谊。《艺文类聚》卷19引录作"延陵季子兮不忘旧故,脱千金之剑兮以带丘墓"。《太平御览》卷465引录作"延陵季子,不忘旧故。千金之剑,以带丘墓"。《艺文类聚》卷34引作"延陵季子不忘旧故,脱千金之剑挂丘树"。后句,《艺文类聚》卷19又引作"脱千金之剑以带丘墓"。

越人歌

今夕何夕兮,搴洲中流。今日何日兮,得与王子同舟。蒙羞被好兮,不訾诟耻。心几顽而不绝兮,得知王子。山有木兮木有枝,心说君兮君不知。

【案语】此诗见于《说苑·善说篇》。张玉榖《古诗赏析》题为《拥楫歌》。或称为《鄂君歌》。《玉台新咏》卷9引作:"今夕何夕,搴舟中流。今日何日,与王子同舟。山有木兮木有枝,心悦君兮君不知。"《太平御览》卷572引作"今夕何夕兮,搴洲中流。何日兮,得与王子同舟。山有树木兮木有枝,心说君兮君不知"。"心说君兮君不知",《乐府诗集》卷83作"心说君兮知不知"。春秋时,楚共王之子、楚康王母弟鄂君子晳乘船游玩,划船的越女唱为此歌,表达对他的爱慕之情。原本为越语,全文为"滥兮抃草滥予昌枑泽予昌州州𩜙州焉乎秦胥胥缦予乎昭澶秦踰渗惿随河湖",由人译作楚语。"搴洲中流",孙诒让《札迻》以为当作"搴舟中流"。中外学者对此越语文本之转译,存有分歧。日本学者泉井久之助译解为:"尊敬啊伟大的王孙,尊敬啊伟大的贵人,认识啊伟大的王孙。王孙正义的、王孙尊贵的,我在幸福幸福。心、我服从,所有人在繁荣中,一人长久地祝福。"韦庆稳译解为:"今晚是哪晚?舟中哪位?朝中大人到。大人赏识邀请,拜见谢谢!哪处访大人探望游玩,小人心中独自感激。"郑张尚芳译解为:"夜晚哎欢乐相会夜晚,我好害羞,我善摇船,摇船渡越、摇船悠悠啊,高兴喜欢!鄙陋的我啊王子殿下高兴结识,隐藏心里在不断思恋哪!"周溪流译解为:"今晚在河里掌船,是什么好日子?和哪一位同船?和王子你们。承蒙大人美意赏识见爱,我无比羞愧。我多么希望认识王子!山上树丛,竹木枝梢。您知道吗?我心里对您非常敬慕眷恋。"林河《〈九歌〉与沅湘民俗》一书将其重新翻译为："(今)日兮,我遇何日？舱中何人？王府王到？王知遇,我谢恩。何日乎？大王！同我(再次)游逛,弟魂(心)乐乎。"韦庆稳《〈越人歌〉与壮语的关系试探》又据词义直译为："今夕何夕,舟中何人兮？大人来自王室。蒙赏识邀请兮,当面致谢意。欲瞻仰何处访兮,欲侍游何处觅。仆感恩在心兮,君焉能知悉。"春秋战国时期,"百越"是指当时聚居在我国南方的各个部落。学术界一般认为百越与侗台语各族先民间有一定的族源关系,古越语当属侗台语的一支。诗中"几顽"二字,王汝弼《乐府散论》以为当是"颀颀"的音讹形误字,形容初恋少女内心忐忑不安的样子。此诗之时代,郭沫若《屈原研究》以为产生于公元前五世纪中叶,陆侃如《楚辞选序》以为公元前六世纪作品。《先秦文学与文化》第一辑刊载赵逵夫《赋体渊源与先秦赋述论》,认为鄂君应为楚怀王之弟,这首歌大约译成于顷襄王初年,即公元前三世纪初。陈伦敦、李斯斌"鄂君子皙"问疑》一文刊载于《文献》2013年第2期,提出"鄂君子皙"这一说法颇值得怀疑,并进一步指出:《北堂书钞》、《初学记》、《艺文类聚》、《太平御览》以及《文选》注、《事类赋》、《楚辞集注·楚辞后语》题解、《分门集注杜工部诗》注等宋咸淳前之书,引用《说苑》皆只提"鄂君",而不言及"子皙"、"公子皙",足见"鄂君"与"子皙"两者泾渭分明,《说苑》中"子皙"二字当是后人所加,依据现存材料,鄂君是楚怀王时封君启的可能性较大。此诗之主旨,陆侃如以为是祭歌,"《越人歌》中充满了缠绵的柔情,那时民间祭歌的特点,与三《颂》及后代《郊庙歌》迥异的"。朱熹《楚辞后语》认为此诗"自越而楚,不学而得其余韵,且于周太师六诗之所谓兴,亦有契焉。知声诗之体,古今共贯,胡越一家,有非人之所能为者,是以不得以其远且贱而遗之也"。潘德舆《养一斋诗话》评论说:"婉丽轻扬,声韵绕梁三日而不去。"清代沈德潜在《古诗源》中说《越人歌》末句"心悦君兮君不知"与《九歌》"思公子兮未敢言"同一婉至。张玉毅《古诗赏析》评云:"前四,就现在时事叙起,贱妾贵人,有缘适遇,写来已旖旎动人。中四,陈我之心于彼,先以苟能被好,何惜蒙羞,何畏訾耻,解己自媒之惭,即破彼降尊之惑,然后说出己心烦乱,实因知彼之深,故难自已。笔极曲折。后二,收到冀彼鉴我之心,却凭空以山木有枝,眼前共知景象,折出心藏之悦,未必能知,反笔咽住。曼声婉调,直足使听者意移。"梁启超《中国古代之翻译事业》也说此译本之优美"殊不在'风'、'骚'之下"。聂石樵《屈原论稿》更以为此歌应是《九歌》的前身,屈原以此为基础加工创造了自己的《九歌》。

师旷为周太子晋歌

国诚宁矣,远人来观。修义经矣,好乐无荒。

【案语】见于《逸周书·太子晋解篇》,言师旷为太子歌《无射》,遂有此数语。潘振云:"国诚宁者,自鲁襄公元年灵王即位,至师旷如晋,当襄公二十六年,王室安也。远人,师旷自谓也。义经,合宜之常经,指周礼也。好乐而无废时,君子所其无逸也。旷作新曲美王子也。"陈逢衡云:"'国诚宁矣,远人来观',赞美之辞也。'修义经矣,好乐无荒',戒勉之辞也。"

峤

何自南极,至于北极,绝境越国,弗愁道远。

【案语】见于《逸周书·太子晋解》。或题作《峤歌》。孔晁注云:"峤,曲名也。师旷作新曲美王子也,王子述旧曲谏也。"唐大沛云:"极谓极星,言南北极,以喻相去至远也。绝,截也。越,过也。"

伯姬引

嘉名洁兮行弥彰,托节鼓兮令躬丧。欹钦何辜遇斯殃,嗟嗟奈何罹斯殃。

【案语】《古诗纪》前集卷4引录《琴苑要录》云"保母之所作也"。伯姬为宋共公夫人,夫亡执节守贞,宫廷失火,伯姬坚守礼制,以傅母不在不下堂,最终葬身火海,傅母"自伤行迟,悼伯姬之遇灾",遂援琴而为此歌。

渔父歌(三首)

日月昭昭乎寖已驰,与子期乎芦之漪。

日已夕兮予心忧悲,月已驰兮何不渡为?事寖急兮当奈何?

芦中人,芦中人,岂非穷士乎?

【案语】这三首作品皆出于《吴越春秋·王僚使公子光传第三》,后人收录或题为《渔父歌》,张玉榖《古诗赏析》题为《渡伍员歌》。第一首,"寖",《四部丛刊》本《吴越春秋》作"侵"。伍子胥父兄被杀,他被迫逃亡吴国,至昭关江边,见有渔翁乘船逆水而上,要求渔翁载他渡江,"渔父欲渡之,适会旁有人窥之",渔父乃为此歌,提醒伍子胥。《越绝书·越绝荆平王内传第二》亦记伍子胥逃亡事,载录渔父此歌云:"日昭昭,侵以施,与子期甫芦之埼。""乎",张玉榖《古诗赏析》卷2引作"兮"。第二首,乃是伍子胥在昭关江边,急欲渡江,摆脱追兵,听从渔父的提醒,停留在芦苇岸边等候,后来渔父又唱此歌,招呼他及时上船,"子胥入船,渔父知其意也,乃渡之千寻之津"。《越绝书·越绝荆平王内传第二》载录渔父此歌云:"心中目施,子可渡河,何为不出?"或视后继之"船到即载,入船而伏"一语亦为诗语。《北堂书钞》卷106引《越纪》作:"心中有悲,日已施,子可渡河,不出何为?舡到即载,入舡而伏。"《太平御览》卷571引《越绝书》作:"心中悲,日已施,子可渡河,不出为?舡到即载,入舡而伏。"有学者认为《吴越春秋》所载乃是赵晔加工过的。第三首未载于《越绝书》,

渔父船载伍子胥渡江,见他面有饥色,要为他取食物,约他在树下等候。渔父离开,"子胥疑之,乃潜身于深苇之中",渔父归来,不见子胥,乃唱此歌,唱到第二遍,伍子胥乃出芦中而应。梁启超以为这三首歌"尚朴,与《左传》所载春秋末歌谣还不相甚远,姑且算它是真的罢",但"也不能不有些怀疑"。《先秦文学与文化》第一辑刊载赵诞夫《赋体渊源与先秦赋述论》,认为伍子胥奔吴在楚平王(公元前522年),《渔父歌》肯定不是当时的作品,当时伍子胥匆匆逃命,即使有此事也未必就能将当时所唱传下来,它应当是战国时讲述伍子胥故事的人所作。张玉穀《古诗赏析》评云:"合观三章,局势变换,却脉理分明,峭而宕。"

河上歌

同病相怜,同忧相救。惊翔之鸟,相随而集。濑下之水,回复俱流。胡马望北风而立,越燕向日而熙。谁不爱其所近、悲其所思者乎?

【案语】此诗见于《吴越春秋·阖闾内传第四》。伍子胥受到吴王阖闾的重用,向阖闾推荐了前来投奔的楚国逃犯白喜,吴国大夫被离询问伍子胥为何信任白喜,伍子胥引用这首《河上歌》进行回答。"回",《四部丛刊》本、张玉穀《古诗赏析》作"因",逯钦立《先秦汉魏晋南北朝诗》仅载录前三句,云:"《诗纪》此下有'胡马望北风而立,越燕向日而熙。谁不爱其所近、悲其所思者乎'数句。案此已非歌诗本文,不应阑入,今删。"姜书阁《先秦楚歌叙录》对末二句提出异议:"歌末两句非歌词末语,而是子胥引歌为据以后,对自己的行事态度的说明或结论;否则,他的说话若至引歌之末而止,没有归结到对方所提的问题,那就结束不了。"诗中之河,当为今江苏境内之溧水,又名濑水。

冻水歌

冻水洗我,若之何?太上靡散我,若之何?

【案语】此歌见于《晏子春秋·内篇谏下》。张之象《古诗类苑》卷23、《文选补遗》卷35题作《齐台歌》。晏子在外出使鲁国,齐景公征遣民众修筑大台,岁寒尚未完工,民众受冻挨饿者众多。晏子返回,禀奏出使事宜后,齐景公留他饮酒取乐,晏子称用庶民之言,为齐王唱了这首歌,齐景公答应取消这个工程。"冻水洗",《文选补遗》卷35引作"庶民之馁"。吴则虞《晏子春秋集释》云:"《北堂书钞》、《艺文类聚》、《事文类聚》前集引俱作'庶人之冻,我若之何;奉上靡弊,我若之何'。'太上'者,孙星衍云:'太上,尊辞。''散'者,苏时学云:'散当为敝,敝与散相近而讹,下章言靡散,是也。'文廷式云:'此文当作太上散我若之何。靡字涉下文太上之靡散而衍,太上散,犹老子言朴散也。'""太上靡散",《文选补遗》卷35作"奉上靡弊"。《文学遗产》1990年第2期刊载张亚权《读〈先秦汉魏晋南北朝诗·先秦诗〉札记》,认为此诗本为四言,怀疑"冻水洗"下缺漏一字,原诗当作:"冻水洗□,我若之何。太上靡敝,我若之何。"

采葛妇歌

葛不连蔓棻台台,我君心苦命更之。尝胆不苦甘如饴,令我采葛以作丝。饥不遑食四体疲,女工织兮不敢迟。弱于罗兮轻霏霏,号缔素兮将献之。越王悦兮忘罪除,吴王欢兮飞尺书。增封益地赐羽奇,机杖茵褥诸侯仪。群臣拜舞天颜舒,我王何忧能不移。

【案语】此歌见于《吴越春秋·勾践归国外传第八》。公元前490年,勾践君臣离开吴国,返回越国,此后越王修明政事,充实国力,并且不忘时时向吴国进贡,把葛布、蜂蜜等进献给夫差,讨好夫差,得以不断增加越国的封地。越王"使国中男女入山采葛,以作黄丝之布","采葛之妇伤越王用心之苦,乃作《苦之诗》"。徐天祜云:"《事类赋》引《吴越春秋》曰:'乃作若何之歌。'《会稽赋》注亦引此书曰:'乃作何苦之诗。'""棻",通"纷",《太平御览》卷995、清陶元藻编《全浙诗话》卷1引作"叶"。"甘如饴",徐天祜云:"《事类赋》卷11及《越旧经》所引皆作'味若饴'。"《太平御览》卷995、《乐府诗集》卷83亦作"味若饴"。"令我",《事类赋》卷11作"今我"。"饥不遑食四体疲",《四部丛刊》本《吴越春秋》无此句,《文选》卷20曹植《应诏诗》"饥不遑食"注引采葛妇人诗有此语,徐天祜、张觉以为当据以补足。清陶元藻编《全浙诗话》卷1题作《采葛妇诗》,无"饥不遑食四体疲"一句。或题作《越时歌》二首,其一云:"今我采葛以作丝,弱于罗兮轻霏霏。"其二云:"葛之蔓兮舒长条,为缔为绤纤且调,当暑是服轻飘飘。"

木客吟

朝采木,暮采木,朝朝暮暮入山曲,穷岩绝壑徒往复。天不生兮地不育,木客何辜兮受此劳酷?

【案语】见于冯梦龙《东周列国志》第80回《夫差违谏释越 勾践竭力事吴》。吴王夫差败越之后,扩建姑苏台,越王勾践派木工三千人入山伐木,经年不还,木工思归而为此歌。不知是否冯梦龙自撰。

莱人歌

景公死乎弗与埋,三军事乎弗与谋,师乎师乎胡党之乎?

【案语】此歌见于《史记·齐太公世家》。齐景公老迈,立少子荼为太子,逐群公子于莱。

齐景公死,太子荼继位,诸公子惧祸,而不敢奔葬,皆出亡,"公子嘉、公子驹、公子黔奔卫,公子鉏、公子阳生来奔"。莱人乃为此歌。莱,在今山东省黄县东南。《左传·哀公五年》载录作"景公死乎不与埋,三军之事乎不与谋,师乎师乎何党之乎?"《采菽堂古诗选》载录同《左传》。王引之以为此歌三句皆以七字为句,而韵在句末,则第二句衍"之"字,第三句末衍"乎"字。

孔子诵(二首)

一

麛裘而韠,投之无戾。韠而麛裘,投之无邮。

二

衮衣章甫,实获我所。章甫衮衣,惠我无私。

【案语】 此二诗或称为《鲁人诵》。第一首诗载于《吕氏春秋·先识览·乐成》,孔子始用于鲁,鲁人歌颂而为此诗,"用三年,男子行乎途右,女子行乎途左,财物之遗者,民莫之举"。杨慎《风雅逸篇》题作《谤歌》。《孔丛子·陈士义》载录此二诗,云:"子顺曰'先君初相鲁,鲁人谤诵'。"乃有第一首诗。继谓"及三月,政成化既行,民又作诵",即第二首诗。第一首诗,《孔丛子》载录"韠"皆作为朝贺之礼服,又"韠而"作"芾之"。"韠"、"芾",两字音义皆同。宋咸注云:"麛,鹿子。其皮以为裘,加裼衣以朝,斥夫子也。芾,小貌。投,弃也。戾、邮,罪也。"第二首诗,杨慎《风雅逸篇》题作《诵歌》,宋咸注云:"衮衣,公侯之服。章甫,儒冠,亦指夫子也。"《孔子家语·相鲁》记载孔子任职前后,云:"初,鲁之贩羊有沈犹氏者,常朝饮其羊以诈市人;有公慎氏者,妻淫不制;有慎溃氏,奢侈逾法。鲁之鬻六畜者,饰之以储价。及孔子之为政也,则沈犹氏不敢朝饮其羊,公慎氏出其妻,慎溃氏越境而徙。三月,则鬻牛马者不储价,卖羊豚者不加饰,男女行者别其途,道不拾遗,男尚忠信,女尚贞顺。四方客至于邑,不求有司,皆如归焉。"未载录时人谤诵诸语。

成人歌

蚕则绩而蟹有匡,范则冠而蝉有緌,兄则死而子皋为之衰。

【案语】 见于《礼记·檀弓下》。张玉縠《古诗赏析》题作《子皋歌》。成邑有个人死了哥哥却不为哥哥服丧,听说子皋将要来作成邑的长官,心里畏惧,就为哥哥服了丧,成邑人作此歌进行讽刺。绩,指织丝。匡,指螃蟹的甲壳。范,指蜂。緌,帽带的末端部分,此处指蝉嘴。衰,丧服。"蟹",《白帖》卷6作"解"。"衰",《白帖》卷6、《艺文类聚》卷97作"缞"。张玉縠《古诗赏析》评云:"上二句叠比,分四物,固者似真而假;分两事,又皆似连属而实无干涉。本事只末一句一扑便醒。藻色古,音节劲。"

沧浪歌

沧浪之水清兮,可以濯我缨;沧浪之水浊兮,可以濯我足。

【案语】 此诗见于《孟子·离娄上》、《乐府诗集》卷83。或题为《孺子歌》、《孔子听孺子歌》、《渔父歌》。《艺文类聚》卷8、《困学纪闻》卷8引《文子·上德篇》载录《孺子歌》作"混混之水浊,可以濯吾足乎;泠泠之水清,可以濯吾缨乎"。张之象《古诗类苑》卷14亦载录,将《文子》录文题作《沧浪歌》。"泠泠",《艺文类聚》卷8作"青青"。据说孔子游历各国时,在楚国听到一个少年唱此歌。《孟子·离娄上》:"有孺子歌曰:'沧浪之水清兮,可以濯我缨;沧浪之水浊兮,可以濯我足。'孔子曰:'小子听之!清斯濯缨,浊斯濯足矣,自取之也。'"又见于《楚辞·渔父》。皇甫谧《高士传》录文无二"兮"字。姜书阁《先秦楚歌叙录》认为"这首歌显然是早在孔子适楚时便已流传的,而孟子则把它记载下来。到战国后期,屈原《渔父》遂用为渔父答屈之歌"。沧浪,一说指青色。《文选》陆机《塘上行》"垂影沧浪亭",李善注曰:"孟子曰沧浪之清,沧浪,水色也。"卢文弨《钟山札记》云:"仓浪,青色。在竹曰沧筤,在水曰沧浪。"前人或以沧浪为水名,有汉水、汉水支流、涢水诸说;或以为地名,在湖北均县北;或释为青色。王国维《人间词话》云:"《沧浪》、《凤兮》二歌,已开楚辞体格。"

接舆歌

凤兮凤兮,何德之衰?往者不可谏,来者不可追。已而,已而。今之从政者殆而。

【案语】 此诗见于《论语·微子》。公元前489年,孔子周游列国至楚,楚狂接舆歌此而过孔子。"谏"字后,《史记·孔子世家》有"兮"字;"来者不可追",《史记·孔子世家》作"来者犹可追也"。《庄子·人间世》则载录另一版本,文云:"凤兮凤兮,何德之衰也。来世不可待,往世不可追也。天下有道,圣人成焉。天下无道,圣人生焉。方今之时,仅免刑焉。福轻乎羽,莫之知载。祸重乎地,莫之知避。已乎已乎,临人以德。殆乎殆乎,画地而趋。迷阳迷阳,无伤吾行。吾行却曲,无伤吾足。"皇甫谧《高士传》卷上录文全同《庄子》。王应麟《困学纪闻》卷10引录胡寅语云:"荆楚有草,丛生修条,四时发颖。春夏之交,花亦繁丽。条之腴者,大如巨擘,剥而食之,其味甘美,野人呼为迷阳。其肤多刺,故曰'无伤吾足,无伤吾足'。"阎若璩曰:"问楚中人,亦云不识迷阳草,但有一种花,名刺子,其抽条可食,儿童呼为阳马荃。恐即迷阳草。"徐仁甫《古诗别解》云:"成玄英疏:'何如犹如何也。'按'何如德之衰也','如',古通'女'。战国时,《鄂君舟节》'女载马牛羊',即如载马牛羊,此女、如同义之证。女同汝,指凤言。汉石经《论语》作'何而',而读为尔,亦指凤言。又

'也'读为'邪'。楚人文例,凡两句用'也',前句为反诘,后句为感叹。《离骚》、《九章》皆然。接舆楚人,此两句用'也',则'何如德之衰也',谓何女德之衰邪?表示反诘。后句'也'读如字,表示感叹。"明代焦竑《庄子翼》以为"吾行却曲"当作"郤曲郤曲"。两书所载应有渊源关系。姜书阁《先秦楚歌叙录》云:"《论语》是孔子弟子门人所记录,当较可靠;《庄子》所载,或不免经过庄派后学的修改润饰,已非本来面目。"接舆相传为楚国隐士,佯狂避世,因其迎孔子的车而歌,故称接舆,因事而得名,非为其本名。汉代韩婴《韩诗外传》说他"躬耕以食",晋代皇甫谧《高士传》说他"好养性,躬耕以为食"。又"往者不可谏,来者不可追",可能源出于古成语,群籍载录不一。《孟子·尽心下》云:"往者不追,来者不拒。"《尉缭子·治本》云:"往世不可及,来世不可待,求己者也。"《吕氏春秋·听言》云:"《周书》曰:'往者不可及,来者不可待。'"《说苑·说丛》云:"来事可追也,往事不可及。"《汉书·晁错传》云:"传曰:'往者不可及,来者犹可待。'"《汉书》中《梅福传》与《李寻传》皆有"往者不可及,来者犹可追"之语。《楚辞·七谏》云:"往者不可及兮,来者不可待。"《太平御览》卷509引嵇康《高士传》云:"往者不可谏,来者犹可追。"敦煌写卷 S.1380《应机抄》卷下云:"来世不可待,往世不可追。"

采芑歌

妪乎采芑,归乎田成子。

【案语】 此歌见于《史记·田敬仲完世家》。《古诗纪》前集卷 2 题为《菜芑歌》。或题作《晏子述周秦民歌》、《周秦民歌》。齐简公时,田成子与监止同朝为相,田成子想排挤监止,便效仿厘子,有人向他借粮食时,用大斗出借,小斗收回,以此收买人心,齐人乃有此歌。唐代刘知几《史通·暗惑》云"夫人既从物故,然后加以易名。田常见存,而遽呼以谥,此之不实,明然可知","若《田氏世家》之论成子也,乃结以韵语,纂成歌词,欲加刊正,无可厘革"。刘知几怀疑此歌之真实性,言之有理,司马迁之误或沿袭自《韩非子·外储说右上》:"故周秦之民相与歌之曰:'讴乎!其已乎!苞乎!其往归田成子乎!'"

晏子述周秦民歌

讴乎!其已乎!苞乎!其往归田成子乎!

【案语】 此歌见于《韩非子·外储说右上》。齐景公与晏子游渤海,晏子对景公言及田成子举措惠民争取民心,"齐尝大饥,道旁饿死者不可胜数也,父子相牵而趋田成氏者不闻不生",齐都之民乃有此歌。

孔子时民歌(两首)

一

芦塘荻渚绕华屋,瑶草疏花傍粉墙。行过小桥流水北,其间便是杜家庄。

二

夫子行陈必绝粮。九曲明珠穿不得,回来问我采桑娘。

【案语】清代褚人获《坚瓠集》戊集卷之4"采桑娘"条引录《墨客挥犀》记载:"孔子去卫适陈一事,子贡、子路从,道逢采桑娘。夫子曰:'南枝窈窕北枝长。'妇曰:'夫子行陈必绝粮。'夫子不答而徐行。妇复曰:'九曲明珠穿不得,回来问我采桑娘。'及至陈,果绝粮。陈侯以九曲明珠俾孔子穿之不得,谓妇有先见,使子贡反而询之。至采桑所,妇无觅矣,但见桑间聚泥一,逾尺许,又聚泥三。子贡曰:'桑者木也,泥者土也,其杜姓耶?旁复有三,其三娘耶?'适樵者过,子贡问曰:'前村可有杜三娘乎?'樵者曰:'芦塘荻渚绕华屋,瑶草疏花傍粉墙。行过小桥流水北,其间便是杜家庄。'子贡闻其言,获见三娘,具述前事。妇莞尔而笑曰:'此无难。涂丝以脂,系蚁以要使徐徐而度,如不肯过,薰之以烟。'子贡得其术,以告夫子。夫子如其言得穿九曲之珠。此虽齐东之语,然亦人所未闻。而妇与樵皆作韵语,七言诗何必始自柏梁也。"《广博物志》卷37引《小说》:"孔子得九曲明珠,欲穿不过,遇二女,教以涂脂于线,使蚁通焉。"未载歌谣。又清代陈厚耀所撰《春秋战国异辞》卷33引录《冲波传》云:"孔子去卫,至于陈,途中见二女采桑。子曰:'南枝窈窕北枝长。'答曰:'夫子游陈必绝粮。九曲明珠穿不得,着来问我采桑娘。'夫子不听而去,既至陈,陈大夫发兵围之,使穿九曲明珠始释。夫子不能,思采桑女所言,令门人返至采桑处,不见二女,见桑枝土一块地遗糠三簸,回谓赐曰:'木边加土必姓杜,糠三簸必名康三姐姊妹。'诣其家问之,谬言女出外,以一瓜献二子。子贡曰:'瓜子在内,汝女必在家。'其母乃呼,出见,诲之曰:'丝将系蚁,蚁将系丝,如不肯过,用烟薰之。'夫子如其言,乃能穿之,于是绝粮七日矣。"传说有异。就体式而言,此诗绝不可能产生先秦时代。

商羊童谣

天将大雨,商羊起舞。

【案语】出自《说苑·辨物》、《孔子家语·辨政》。《乐府诗集》卷88亦载,"起"作"鼓",题作《周末时童谣》,《古诗纪》前集卷3题作《鲁童谣》,《古谣谚》卷34题作《商羊童谣》。春秋时代,齐国有独脚怪鸟飞集于齐王殿前,齐侯派人去鲁国请教孔子,孔子说,"此鸟名商羊,水祥也",昔有童儿歌此谣,预言将有洪水来临。齐侯听从孔子的预见,动员民众修渠筑堤,防备水患,后来避免了水灾。

萍实童谣

楚王渡江得萍实,大如拳,赤如日,剖而食之美如蜜。

【案语】出自《说苑·辨物》。《孔子家语·致思》《太平御览》卷1000、《乐府诗集》卷88亦载,"拳"作"斗","美"作"甜"。《乐府诗集》卷88题作《楚昭王时童谣》。或题作《楚童谣》。春秋时期,楚王渡江,看到江中有不知名植物,叶圆如斗,花色鲜红,群臣皆不识为何物。楚王派人去向孔子请教,孔子说:"此所谓萍实者也。可剖而食之,吉祥也。唯霸者能获焉。"楚王剖食之,果如孔子所言。楚国使者将事情原委告诉了鲁大夫,鲁大夫通过子游向孔子请教,孔子答语引用此谣,云过陈之野而得闻此童谣。

孔子述洞庭童谣

吴王出游观震湖,龙威丈人山隐居。北上包山入灵墟,乃入洞庭窃禹书。天帝大文不可舒,此文长传六百初,若强取出丧国庐。

【案语】此谣见于《云笈七签》卷3,文云吴王阖闾登包山之上,命龙威丈人入包山,得书一卷,凡一百七十四字而还。吴王不识,使问仲尼,孔子答语言曾闻此童谣。《绎史》卷86引录《灵宝要略》亦载。《古今风谣》题为《西海童谣》,《古诗源》题作《灵宝谣》。孙毂辑本《河图纬·绛象》亦载,"山隐居"作"名隐居","入洞庭"作"造洞庭","六百"作"百六","若强取出"作"今强取之"。包山,太湖中的一个岛屿。国庐,国家。

鸰鹄歌

鸰兮鹄兮,逆毛衰兮。一身九尾长兮。

【案语】此歌见于南朝梁殷芸所撰《殷芸小说》卷2,文云:有鸟九尾,孔子与子夏渡江,见而异之,人莫能名。孔子说是鸰,尝闻《河上之歌》云云。亦见于《广韵》"鹄"字注引《韩诗》、《绎史》卷86引《冲波传》。《古谣谚》题为《孔子述河上人语》。鸰,鸰鹦。鹄,乌鸦。离披,分散貌。《采菽堂古诗选》题为《鸰鹄歌》,评云:"此鸟甚异,歌能写之。'衰'字、'长'字,皆虚字,描画生动。"

吴夫差时童谣

梧宫秋,吴王愁。

【案语】此诗最早载录于南朝梁代任昉撰《述异记》卷上,以为古乐府。《说郛》卷105载录宋陈翥撰《桐谱》亦以为古乐府诗句。张玉穀《古诗赏析》题为《梧宫谣》。夫差作天池,日与西施嬉戏,又有别馆在句容,楸梧成林,但其争霸之时,正是埋下忧患祸根之日。张玉穀《古诗赏析》评云:"六字中具赋、比二义。赋则谓梧桐秋凋,吴王游于此宫,定生愁思。比则以梧桐秋凋,比吴将亡,气象萧飒,王可愁也。双管齐下,峭甚。"

离别相去辞

跊躞摧长恶兮擢戟驳殳,所离不降兮以泄我王气苏。三军一飞降兮所向皆殂,一士判死兮而当百夫。道祐有德兮吴卒自屠,雪我王宿耻兮威振八都。军伍难更兮势如貔貅,行行各努力兮於乎於乎。

【案语】此诗载于《吴越春秋·勾践伐吴外传第十》,或题为《军士离别词》。公元前476年7月,勾践调动军队攻打吴国,大胜。返回后,勾践又咨询申包胥及八大夫,告诫国人,严明法令,准备充分,要出师灭吴,军队开拔前,"令国人各送其子弟于郊境之上,军士各与父兄昆弟取诀。国人悲哀,皆作离别相去之词","观者莫不凄恻"。蔡靖泉《楚文学史》评价说:"《吴越春秋》叙录有《乌鹊歌》、《采葛妇歌》、《离别相去辞》等。只是此书晚出,殊难凭信。不过,这些歌即使为后人依托,依托者当也本故越地民歌情调和风格所作,而这些歌的情调和风格率与楚辞相类,也可印证先秦的越歌与楚歌本就相似。"

河梁歌

渡河梁兮渡河梁,举兵所伐攻秦王。孟冬十月多雪霜,隆寒道路诚难当。阵兵未济秦师降,诸侯怖惧皆恐惶。声传海内威远邦,称霸穆桓齐楚庄。天下安宁寿考长,悲去归兮河无梁。

【案语】此诗载于《吴越春秋·句践伐吴外传第十》。勾践卧薪尝胆十年,出师灭吴。公元前472年,越国北上争霸中原,向周王室纳贡以获取支持,又派出使者到各国,号令各国共辅周王室,歃血为盟,秦国不从,勾践乃派兵西征伐秦,"会秦怖惧,逆自引咎,越乃还军,军人悦乐,遂作《河梁之诗》"。《河梁诗》的背景是"秦桓公不如越王之命"而遭征伐,南宋徐天祐注云:"按《史·年表》,勾践二十五年是为秦厉共公六年,此书为'秦桓公不如越王之命',非也。由勾践二十五年上距秦桓公之卒,盖一百有六年矣。"逯钦立云:"《吴越春秋》,后汉时短书小说,本不注意年限,勿庸为之改正。"蔡靖泉《楚辞先声——楚地民歌叙说》云:"世传的楚歌还有《穷劫曲》、《乌鹊歌》、《采葛妇歌》、《离别相去辞》、《河梁歌》……但就其内容和形式、语言和风格来稽考,似乎都不可靠,疑为汉人之作。""悲去归兮河无梁"之"河",《四部丛刊》本作"何",《四库全书》本作"河"。

章　畅

屯乎！今欲伐吴可未耶？吴杀忠臣伍子胥,今不伐吴人何须？

【案语】此诗载于《吴越春秋·勾践伐吴外传第十》。公元前473年,勾践率兵灭吴,此后纵横江淮,号称霸王。在吴国文台设宴,君臣为乐,命乐师创作伐吴的乐曲,乐师"遂作《章畅》",刚刚唱了两句,大夫文种、范蠡即接唱了后两句。《古谣谚》卷23载录前二句,题为《乐师畅辞》。

魏人诵辞

吾君好正,段干木之敬。吾君好忠,段干木之隆。

【案语】此诗见于《吕氏春秋·期贤》、《新序·杂事》,乃卫国人称颂国君魏文侯尊礼贤人段干木之作。《古谣谚》题为《魏人诵文侯》。《吕氏春秋·期贤》谓"魏文侯过段干木之闾而轼之,其仆曰:'君胡为轼?'曰:'此非段干木之闾欤？段干木盖贤者也,吾安敢不轼？且吾闻段干木未尝肯以己易寡人也,吾安敢骄之？段干木光乎德,寡人光乎地;段干木富乎义,寡人富乎财。'其仆曰:'然则君何不相之？'于是君请相之,段干木不肯受。则君乃致禄百万,而时往馆之"。于是国人皆喜,相与诵之,歌为此诗。

魏邺民歌

邺有圣令,时为史公。决漳水,灌邺旁。终古斥卤,生之稻粱。

【案语】此歌见于《吕氏春秋·先识览·乐成》,《古谣谚》题作《魏河内民为史起歌》。《文选补遗》卷35题作《魏河内歌》。或题作《漳水歌》。《汉书·沟洫志》、《乐府诗集》卷83录文作"邺有贤令兮为史公,决漳水兮灌邺旁,终古舄卤兮生稻粱"。《前汉纪》卷15引作"邺有令名为史公,决漳水兮溉邺旁,终古斥卤兮生稻粮"。前二句,《太平御览》卷465引作"邺有吴圣令为公",卷821引作"邺有圣令号为史公"。邺,古都邑,故址在今河南安阳一带。战国魏襄王(公元前334—325年在位)时,史起继战国初期魏文侯时西门豹之后治邺,引漳水灌溉农田,再次开凿水道,引来漳水,灌溉邺地,使得河内大富,民众乃有此颂歌。苏林注曰:"终古,犹言久古也。《尔雅》曰:'卤,咸苦也。'"颜师古注曰:"舄即斥卤也,谓咸卤之地也。"

鼓琴歌

美人荧荧兮,颜若苕之荣。命乎命乎,曾无我嬴。

【案语】此歌见于《史记·赵世家》,或题作《鼓瑟歌》、《赵武灵王梦处女鼓琴歌》。赵武灵王十六年,秦惠王卒。赵武灵王游大陵,某日,梦见处女鼓琴而歌此诗。赵王饮酒,数言此梦,吴广乃入其女孟姚,是为惠后。"荣",《太平御览》卷 1000 引作"华"。"命乎命乎"句后,《太平御览》卷 1000 另有"逢天时而生"一语。此诗亦见于《古列女传·孽嬖传》"赵灵吴女":"美人荧荧兮,颜若苕之荣。命兮命兮,逢天时而生,曾莫我嬴嬴。"

禳田歌

瓯窭满篝,污邪满车。五谷蕃熟,穰穰满家。

【案语】出自《史记·滑稽列传》。《古诗纪》前集卷 6 题作《田者祝》。《古诗源》题作《禳田者祝》。此为祈祝歌,反映农人祈求丰收之愿。齐威王八年,楚伐齐,齐王派淳于髡至赵请救兵,携带金百斤、车马十驷,淳于髡引禳田者故事,在齐威王前引唱此诗,讥讽"所持者狭,而所欲者奢"。清代姚苎田《史记菁华录》云:"瓯窭之歌,每二字为句,自相为叶,古诗之流也。今人率尔读去,不晓此理。先秦以前,用韵之法,迥殊后世,韩昌黎多摹之。家,当叶江。瓯窭,高田。污邪,低湿也。"可为一家之言。《荀子·儒效》杨倞集解引用《说苑》文句述此事,录文作"蟹螺者宜禾,污邪者满车,五谷蕃熟,穰穰满家"。张玉穀《古诗赏析》评云:"祝谷之多,偏在不当多收处落想,而当多收处,更不待言矣。写尽奢欲之神,词亦古茂。"

田单守即墨歌

可往矣!宗庙亡矣!云白尚矣!归于何党矣!

【案语】出自《战国策·齐策》。田单率军守卫即墨,抗击燕军,鼓舞士卒而为此歌。或题作《相士卒》。《说苑·指武》录文作:"宗庙亡矣,魂魄丧矣,归何党矣。"《古诗纪》题作《士卒昌》,录文作:"无可往矣,宗庙亡矣。今日尚矣,归何党矣。"

齐小儿谣

大冠若箕,修剑拄颐,攻狄不能下,垒枯丘。

【案语】此谣见于《战国策·齐策六》,记述齐国名将田单攻狄兵败之事。张之象《古诗类苑》题作《攻狄谣》。或题作《齐婴谣》、《燕昭王时童谣》。田单曾以火牛大败燕国军队,杀死燕军主帅骑劫,后来他发兵攻打北方的狄国,发兵前他向鲁仲连请教,鲁仲连预言他必败,田单不听,攻狄三月,伤亡惨重,终未攻克,齐国小儿传唱此谣。张玉榖《古诗赏析》评云:"状貌非不魁梧狞恶,若可畏者,其如一筹莫展何!嘲笑刻毒,古趣盎然。"《说苑·指武》亦载此谣,后二句作:"攻翟不能下,垒于枯丘。""垒枯丘",《太平御览》卷318引作"累于吾兵",陈继儒《珍珠船》引作"枯骨成丘",张玉榖《古诗赏析》注云:"唐解谓空守一丘为垒。"

齐人颂

谈天衍,雕龙奭,炙毂过髡。

【案语】此歌见于《史记·孟荀列传》。是齐人赞颂邹衍、邹奭、淳于髡三人能言善辩。"毂",刘向《别录》以为当作"輠"。"谈天衍"前,《风雅逸篇》、《古诗纪》前集卷3、张之象《古诗类苑》卷69、张玉榖《古诗赏析》皆有"天口骈"三字。"过",张玉榖《古诗赏析》卷2引作"輠",又评此诗云:"各加品题,造句古奥。得末句句法一变,便不觉平排。"又《晋书·儒林传赞》云:"炙輠流誉,解颐飞辩。"实源于此。《古今韵会举要》卷15云:"车行,其轴当常滑易,故常载脂膏以涂轴,此即其器也。齐人谓淳于髡为炙輠,谓其言长而有味,如炙輠器,虽久而膏不尽也。"逯钦立载录首句前多出"天口骈"三字,宋前文献所引《齐人颂》多未见此,仅《文选》卷36任彦升《宣德皇后令一首》李善注引《七略》提及"天口骈":"齐田骈好谈论,故齐人为语曰'天口骈'。"《蒙求集注》下、《玉海》卷53略同。

赵王迁时童谣

赵为号,秦为笑。以为不信,视地之生毛。

【案语】此诗载于《史记·赵世家》。或题作《赵童谣》、《赵杀李牧童谣》、《代地谣》。赵王迁为战国时代赵国末代君主,悼襄王庶子,名迁,他中秦反间计,信从宠臣郭开的谗言,杀害良将李牧而重用缺乏实际作战经验的赵括,终至赵国灭亡。赵王迁五年,赵国代郡发生地震,六年,又发生饥馑灾荒,贤良遭昏君诛杀,民间乃有此歌谣。"之",东汉应劭《风俗通·皇霸篇》作"上"。《唐开元占经》卷4引录"赵为号,秦为笑"两句颠倒。

琴女歌

罗縠单衣,可裂而绝。八尺屏风,可超而越。鹿卢之剑,可负而拔。

【案语】此歌见于《史记·刺客列传》正义引《燕丹子》。"裂",《意林》卷2、清代四库馆臣从《永乐大典》辑出而经孙星衍补辑校订本《燕丹子》卷下作"掔"。"鹿卢",《意林》卷2引作"辘轳"。荆轲献图,刺杀秦王,"左手揕其胸,秦王曰:'今日之事,从子计耳。乞听瑟而死。'召姬人鼓琴",琴声言明此数语之意,"王于是奋袖超屏风走之"。《太平御览》卷701引《三秦记》言荆轲入秦为燕太子报仇,把秦王衣袂,"王美人弹琴作语曰:'三尺罗衣何不掔?四面屏风何不越?'王因掔衣而走,得免。"言明姬人姓王,所述有异。

松柏歌

松邪!柏邪!住建共者,客耶!

【案语】见于《战国策·齐策》。齐王建乃齐国末代君主,受到陈驰诱骗入秦,秦王把他软禁在共地的松柏林里,终至饥饿而死,齐人乃为此歌。《古诗纪》前集卷1引一本无"住"字。

嘏

皇尸命工祝,承致多福无疆于女孝孙。来女孝孙,使女受禄于天,宜稼于田,眉寿万年,勿替引之。

【案语】见于《仪礼·少牢馈食礼》,文云:"祝与二佐食皆出,盥于洗,入。二佐食各取黍于一敦。上佐食兼受,抟之,以授尸,尸执以命祝。卒命祝,祝受以东,北面于户西,以嘏于主人。"此数语即为嘏辞。来,通釐,赐予。替,废。

越 谣

君乘车,我带笠,它日相逢下车揖。君檐簦,我跨马,它日相逢为君下。

【案语】出于《乐府诗集》卷87,《古诗源》卷1题作《越谣歌》。《古诗源》于题下有注曰:"《风土记》:越俗性率朴,初与人交,有礼,封土坛,祭以鸡犬。祝曰……"《古诗纪》前集卷2载录另一版本为:"卿虽乘车我戴笠,后日相逢下车揖。我步行,卿乘马,后日相逢君当下。"此诗反映古人对人生际遇穷达浮沉的深刻认识,真挚的友谊不会受到势位迁变的影响。《采菽堂古诗选》载录"带"作"戴",两"它"皆作"他","檐"作"担",评云:"截然语健。"

齐人谣

移河为界在齐吕,填阕八荒以自广。

【案语】出于《尚书·禹贡》正义引用《春秋纬宝乾图》。"荒",《困学纪闻》卷2引作"流"。

灵枢经歌

凡刺小邪日以大,补其不足乃无害,视其所在迎之界。凡刺寒邪日以温,徐往徐来致其神。门户已闭气不分,虚实得调其气存。

【案语】见于《灵枢经·刺节真邪篇》,顾炎武《日知录》卷21"七言之始"条述列此篇与宋玉《神女赋》的两句"罗纨绮缋盛文章,极服妙采照万方",云"此皆七言之祖"。罗根泽《七言诗之起源及其成熟》一文提出反对意见,云:"《灵枢经》的年代是伪书,它的著作年代,即便认为是出于《汉书·艺文志》所载的《内经》十八篇,也不能超过秦、汉以上,否则更晚了。顾亭林是鼎鼎大名的考据家,为什么信它,这或者是'智者千虑,必有一失'吧?"亦备一说。

泗上谣

称乐太早绝鼎系。

【案语】此语见于杨守敬等疏《水经注疏·泗水》。《古谣谚》卷29题为《泗上绝鼎谣》。张之象《古诗类苑》卷14题作《泗上谣》。周显王四十三年,九鼎沦没泗渊,秦始皇时见鼎于斯水,始皇命数千人没水求之,不得,又系而行之,未出,龙齿啮断其系,乃有此语。

长城歌

生男慎勿举,生女哺用脯。不见长城下,尸骸相支柱。

【案语】此诗见于杨守敬等疏《水经注疏·河水》转引晋代杨泉《物理论》所载,或题为《秦始皇时民歌》。《太平御览》卷571亦有载录。秦始皇起骊山冢,使蒙恬北筑长城,征调数十万民众,役夫死伤不计其数。民众不得休养生息,怨言载道,社会矛盾激化的结果就是动乱与革命。"勿",《北堂书钞》卷145引作"莫"。

三秦民谣

武功太白,去天三百。孤云两角,去天一握。山水险阻,黄金子午。蛇盘乌栊,势与天通。

【案语】此诗见于杨慎《风雅逸篇》引《三秦记》,《古诗源》亦载。张玉榖《古诗赏析》题为《三秦谣》。此诗记述地势之险阻。武功、太白在秦中,地处今陕西省兴平县南部;孤云、两角在汉中,地处今陕西省南郑县西南部;黄金子午是今陕西省洋县东北部的山谷,自古为入蜀的要道;蛇盘、乌栊是滇中的险要之地,或谓即今云南省禄劝县东北之乌蒙山。宋代佚名《绀州集》卷12《孤云两角》云:"兴元南有路通巴州,极高险,谓之两角,谚曰:'孤云两角,去天一握。'"陈鼎如、赖征海《古代民谣注析》以为可能是从秦地远征入滇的人述行而作。也有人认为可能是产生在汉武帝元封二年取滇地为益州郡时。

甘泉歌

运石井泉口,渭水为不流。千人唱,万人钩。

【案语】此歌见于晋张华《博物志》卷6,云"始皇陵在骊山之北,高数十丈,周回六七里。今在阴盘县界。北陵虽高大,不足以销六丈冰,背陵障,使东西流。又此山有土无石,运取大石于渭南诸山",故有此歌。《长安志》卷15亦有引录,云出《关中记》。后二句,《太平御览》卷559引潘岳《关中记》、《长安志》卷15皆作"千人一唱,万人相钩"。此诗语句,张之象《古诗类苑》卷23引《关中记》作:"运石甘泉口,渭水为不流。千人一唱,万人相钩。金陵下余石大如筳,土屋其输。"杨慎《升庵诗话》卷2引《三秦记》、张之象《古诗类苑》卷23作"运石甘泉口,渭水不敢流。千人唱,万人讴,金陵余石大如堰"。《北堂书钞》卷106引潘岳《关中记》曰:"秦始皇冢在骊山,运石于渭南诸山,故其歌曰:'运石泉水,渭水为不流。千人一唱,万人一歌。'"孔广陶校注本有案语云:"陈、俞本'关'误'闲','泉水'作'渭南岭'。"甘泉口在今陕西咸阳北甘泉山。当年,役夫曾在渭水北部群山上取石为秦始皇修建陵墓,运送巨石,工作艰苦。

陇头俗歌(二首)

一

陇头流水,鸣声幽咽。遥望秦州,肝肠断绝。

二

　　震关遥望,秦川如带。

【案语】见于《太平寰宇记》卷32引《三秦记》。第一首亦见于《元和郡县志》卷39、《太平御览》卷50、《乐府诗集》卷25。"望",《元和郡县志》作"见"。"肝肠",《四部丛刊》本《乐府诗集》载录作"心肝"。"秦川如带",《太平御览》卷50引作"秦川如带下"。

秦始皇时长水县童谣

　　城门有血,城当没陷为湖。

【案语】此诗载于晋干宝《搜神记》卷13,或题为《长水童谣》。南朝梁刘之遴《神录》引作"城门当有血,城陷没为湖"。《太平广记》卷468作"城门当有血,则陷没为湖"。《太平寰宇记》卷22引作"城门有血,城当陷没"。《方舆胜览》卷3作"城门当有血,城陷没为湖"。《搜神记》云秦时长水县有此童谣,"有妪闻之,朝朝往窥。门将欲缚之,妪言其故。后门将以犬血涂门。妪见血,便走去。忽有大水欲没县,主簿令干入白令。令曰:'何忽干鱼?'干曰:'明府亦作鱼。'遂沦为湖"。长水县,在今浙江嘉兴南,古称由拳县,又作由卷县。此陷湖型(或称陆沉型)故事,更早见录于《淮南子·俶真训》,文云:"历阳之都,一夕反而为湖。"高诱注曰:"历阳,淮南国之县名,今属江都。昔有老妪,常行仁义。有二诸生过之,谓曰:'此国当没为湖。'谓妪:'视东城门阃有血,便走上北山,勿顾也。'自此,妪便往视门阃。阃者问之,妪对曰如是。其暮,门吏故杀鸡血涂门阃。明旦,老妪早往视门,见血,便上北山,国没为湖,与门吏言其事,适一宿耳。一夕,旦而为湖也。"行文中未引童谣。

秦世谣

　　秦始皇,何强梁。开吾户,据吾床;饮吾酒,唾吾浆;飧吾饭,以为粮;张吾弓,射东墙。前至沙丘当灭亡。

【案语】此诗载于南朝宋刘敬叔《异苑》卷4。"强梁",清史梦兰《古今风谣拾遗》作"奄僵"。诗意抒发民众痛恨秦始皇的情绪,预言了他的死亡。沙丘,在今河北省广宗县西北,秦始皇死于此地。《论衡·实知篇》云:"孔子将死,遗谶书,曰:'不知何一男子,自谓秦始皇,上我之堂,踞我之床,颠倒我衣裳,至沙丘而亡。'其后,秦王兼吞天下,号始皇,巡狩至鲁,观孔子宅,乃至沙丘,道病而崩。"南朝梁殷芸所撰《殷芸小说》卷2曰:"秦世有谣云:'秦始皇,何强梁。开吾户,据吾床;饮吾浆,唾吾裳;餐吾饭,以为粮;张吾弓,射东墙。前至沙丘当灭亡。'"又曰:"或云:孔子将死,遗书曰:'不知一男子,自谓秦始皇,上我之堂,据我之床,颠倒我衣裳,至沙丘而亡。'"后者与《异苑》所载大体相同。"何强梁",《开元占经》卷

113作"奄僵僵",《太平御览》卷86作"奄僵"。"飧吾饭,以为粮",《开元占经》卷113作"食饮以为粮"。"饭",《太平御览》卷86作"饮"。《太平御览》卷696载录《春秋演孔图》文,曰:"驱除名政,衣吾衣裳,坐吾曲床,滥长九州,灭六王,至于沙丘亡。"孙毂《古微书》卷8载录《春秋演孔图》作:"驱除名政,颠倒吾衣裳,坐吾曲床,滥长九州岛,灭六王,至于沙丘亡。"

秦 谣

渭水不洗口赋起。

【案语】此语见于明代董说《七国考·秦食货》转引《大事记》所载,文云"秦赋户口,百姓贺死而吊生",故有此谣。

阿房谣

阿房阿房亡始皇。

【案语】此诗载于南朝梁代任昉《述异记》卷下,或题为《始皇时童谣》、《一句童谣》。秦始皇大兴土木,征调十万囚徒修建阿房宫,惹得民怨沸腾。

秦世粤谣

一片紫云南海起,秦皇频凿马鞍山。

【案语】此谣见于清代屈大均《广东新语》卷1,文云:"广州治背山面海,地势开阳,风云之所蒸变,日月之所摩荡,往往有雄霸之气。城北五里马鞍冈,秦时常有紫云黄气之异,占者以为天子气,始皇遣人衣绣衣,凿破是冈,其后卒有尉佗称制之事。故粤谣云:'一片紫云南海起,秦皇频凿马鞍山。'"

华山邑谣歌

神仙得者茅初成,驾龙上升入,时下玄洲戏赤城,继世而往在我盈,帝若学之腊嘉平。

【案语】此谣,《古谣谚》卷4题作《嘉平歌》,始见于《史记·秦始皇本纪》裴骃集解所引《太原真人茅盈内纪》,文云:"始皇三十一年九月庚子,盈曾祖父濛,乃于华山之中,乘云驾龙,白日升天。"先是其邑有此谣歌,"始皇闻谣歌而问其故,父老具对此仙人之谣歌,劝帝求长生之术。于是始皇欣然,乃有寻仙之志,因改腊曰'嘉平'"。《太平御览》卷572引录

《太元真经茅盈内纪》与此大体相同,惟"上升"作"上昇"。茅盈,字初成。司马贞《史记索隐》云:"《广雅》曰:'夏曰清祀,殷曰嘉平,周曰大蜡,亦曰腊,秦更曰嘉平。'盖应歌谣之词而改从殷号也。道书茅濛字初成,今此云'茅濛初成'者为神仙之道,其意失也。盖由裴氏所引不明,或后人增益'濛'字,遂令七言之词有衍尔。"

时人为龙门之战谣

五侯之斗血成江。

【案语】见于《白孔六帖》卷48引《春秋考异邮》。

摘雒谣(二首)

一

刻者配姬以放贤,山崩水溃纳小人,家伯罔主异哉宾。

二

昌受符,厉倡嬖,期十之世权在室。

【案语】见于孙瑴《古微书》卷5与卷24所引《中候摘雒貮》。"宾",或引作"震"。唐瞿昙悉达撰《开元占经》卷99引《尚书中候》语只有"山崩水溃纳小人"一语。

缪袭引民歌

瞻彼世兮靡有双,曩谓蛇兮今则龙。何必占毕,盘游是从。

【案语】见于《说郛》卷101引录缪袭《尤射·腆致第八》,文云"维三十有三载,克终我训令于辞",乃有此民歌。

蜀人汶山谣

汶阜之山,江出其腹。帝以会昌,神以建福。

【案语】见于明曹学佺《蜀中广记》卷7引《河图括地象》载古蜀谣,此数语早见于《三国志·蜀志·秦宓传》,产生时间当不会晚于秦汉。《册府元龟》卷833、《玉海》卷20、《广博物志》卷6皆引录。首句,明曹学佺《蜀中诗话》卷1引作"岷山之首"。

二、有主名作品

皇娥歌

天清地旷浩茫茫,万象回薄化无方。涽天荡荡望沧沧,乘桴轻漾著日傍。当其何所至穷桑,心知和乐悦未央。

【案语】 此诗见于晋代王嘉所撰《拾遗记》卷1,其书言少昊母为皇娥,与白帝之子泛于海上,皇娥倚瑟而清歌此诗。"其",明代麻三衡《古逸诗载》作"期"。罗根泽《七言诗之起源及其成熟》认为:"《拾遗记》所记的故实皆荒诞不经,《四库提要》和《简明目录》已经痛斥其妄,故此诗亦便不能信据。"

白帝子歌

四维八埏眇难极,驱光逐影穷水域。璇宫夜静当轩织。桐峰文梓千寻直,伐梓作器成琴瑟。清歌流畅乐难极,沧湄海浦来栖息。

【案语】 此诗见于晋代王嘉所撰《拾遗记》卷1,言少昊母为皇娥,与白帝之子泛于海上,皇娥倚瑟而清歌,白帝子答歌此诗。叶廷珪《海录碎事》卷7引"影"作"景"。四维,支撑天的四个柱子。或谓东南西北四隅。八埏,八方。璇宫,用美石建成的宫室。

被衣歌

形若槁骸,心若死灰。真其实知,不以故自持。媒媒晦晦,无心而不可与谋,彼何人哉!

【案语】 出自《庄子·知北游》。啮缺问道于被衣,被衣与之言,言未尽而啮缺睡寐,"被衣大说,行歌而去之"。或题作《被衣为啮缺歌》。啮缺,古籍或以为尧时贤人王倪之弟子。此歌亦可能为庄子所杜撰。"若",《淮南子·道应》高诱注引作"如"。"真",《淮南子·道应》高诱注引作"直",且引"真其实知"句无"其"字。"不以故",《淮南子·道应》高诱注引无"不"字。"媒媒晦晦",《淮南子·道应》高诱注引作"墨墨恢恢"。"无心而不可与谋",《淮南子·道应》高诱注引作"无心可与谋"。《文子·道原》记载孔子问道于老子,老子曰:"形若枯木,心若死灰,真其实知而不以曲,故自持恢恢,无心可谋,明白四达,能无知乎?"与此诗意近而语句不同。

大唐歌

舟张辟雍,鸧鸧相从。八风回回,凤皇喈喈。

【案语】此歌见于《尚书大传》卷2,言帝尧所作。《古诗纪》前集卷9题为《辟雍诗》。刘勰《文心雕龙·明诗》云:"尧有《大唐》之歌,舜造《南风》之诗,观其二文,辞达而已。"

神人畅

清庙穆兮承予宗,百僚肃兮于寝堂。醊祷进福求年丰,有响在坐,敕予为害在玄中。钦哉皓天德不隆,承命在禹写中宫。

【案语】见于《乐府诗集》卷57,解题引《古今乐录》云:"尧郊天地,祭神座上有响,诲尧曰:'水方至为害,命子救之。'尧乃作歌。"又引谢希逸《琴论》云:"《神人畅》,尧帝所作。尧弹琴感神人现,故制此弄也。""中",一作"东"。

时人为方回言

得回一丸泥涂门户,终不可开。

【案语】见于刘向《列仙传》卷上。方回为尧时隐士。

箕山操

登彼箕山兮,瞻望天下。山川丽崎,万物还普。日月运照,靡不记睹。游放其间,何所郁虑?叹彼唐尧,独自愁苦。劳心九州,忧勤厚土。谓余钦明,传禅易祖。我乐如何,盖不盼顾。河水流兮缘高山,甘瓜施兮弃锦蛮。高林肃兮相错连,居此之处傲尧君。

【案语】出于《琴操》卷下,传许由作。许由乃古之贞固之士,生活清贫而恬淡,拒绝尧帝让位之意,尧帝去世,许由乃作此歌。末字本缺漏,据《风雅逸篇》补。"甘瓜施兮弃锦蛮",《古谣谚》卷80作"甘瓜施兮叶绵蛮"。孙诒让《札迻》卷12以为"记"与"诪"通。

思亲操

陟彼历山兮崔嵬,有鸟翔兮高飞。瞻彼鸠兮徘徊,河水洋洋兮青泠。深谷鸟鸣兮嘤嘤,设罥张罝兮思我父母力耕。日与月兮往如驰,父母远兮吾当安归。

【案语】见于《乐府诗集》卷57,解题引《古今乐录》云:"舜游历山,见鸟飞,思亲而作此歌。"古籍记载舜父瞽叟、后母及弟弟象多次设计想谋害他,大舜对此毫不忌恨,最终他的孝行感动了天地。"青泠",《古乐府》卷9、《古诗纪》前集卷4作"清泠"。"嘤嘤",《古诗纪》前集卷4作"嘤嘤"。"设罥张罝",《古诗纪》前集卷4作"设置张罝"。"当",《古乐府》卷9作"将"。

帝舜歌

敕天之命,惟时惟几。股肱喜哉!元首起哉!百工熙哉!

【案语】此诗见于《尚书·益稷》。《古诗纪》前集卷1作《虞帝歌》。《史记·夏本纪》"敕"作"陟","惟"皆作"维"。敕,自上而下发布的诏令。几,微,指小心恭谨。股,大腿。肱,肘至肩膀的部分,泛指胳膊。股肱,代指大臣。元首,指君王。起,振作。百工,百官。熙,和乐。鲁迅《汉文学史纲要》评论此诗与《皋陶赓歌》,云:"以体式言,至为单简,去其助字,实止三言,与后之'汤之《盘铭》曰:苟日新,日日新,又日新'同式;又虽亦偶字履韵,而朴陋无华,殊无以胜于记事。然此特君臣相勖,冀各慎其法宪,敬其职事而已,长言咏叹,故命曰歌,固非诗人之歌也。"

皋陶赓歌

股肱喜哉,元首起哉,百工熙哉!
元首明哉!股肱良哉!庶事康哉!
元首丛脞哉!股肱惰哉!万事堕哉!

【案语】此诗见于《尚书·益稷》,亦见于《史记·夏本纪》,为皋陶对帝舜歌之唱和。《古诗纪》题为《虞帝歌》。李炳海《中国诗歌通史》认为此诗"虽然最终写定时可能有后人的增饰润色,但它确实是一首原始歌谣,用来歌颂虞舜的功绩,末章还有讽谏的句子"。皋陶,帝舜的司法大臣。庶事,众事。康,安泰和顺。丛脞,杂乱烦碎,此处指不务正业,胸无大志。堕,败坏。

南风歌(二首)

一

反彼三山兮商岳嵯峨,天降五老兮迎我来歌。有黄龙兮自出于河,负书图兮委蛇罗沙。案图观谶兮闵天嗟嗟,击石拊韶兮沦幽洞微。鸟兽跄跄兮凤皇来仪,凯风自南兮喟其增叹。

二

南方之薰兮,可以解吾民之愠兮。南方之时兮,可以阜吾民之财兮。

【案语】此二诗见于《乐府诗集》卷57,解题引《古今乐录》云:"舜弹五弦之琴,歌《南风》之诗。"第一首罕为人知,第二首流传极广。《礼记·乐记》云:"昔者舜作五弦之琴,以歌《南风》"。《韩诗外传》卷4云:"传曰:舜弹五弦琴,以歌《南风》,而天下治。"《史记·乐书》集解引王肃注:"《南风》,育养民之诗也。"《史记·乐书》云:"昔者舜作五弦之琴,以歌《南风》"。集解引郑玄注云:"《南风》,长养之风也,言父母之长养己也。其辞未闻也。"《史记·乐书》又云:"舜弹五弦之琴,歌《南风》之诗而天下治……夫《南风》之诗者生长之音也,舜乐好之,乐与天地同意,得万国之欢心,故天下治也。"《淮南子·泰族训》云:"舜为天子,弹五弦之琴,歌《南风》之诗,而天下治。"《越绝书·越绝外传枕中第十六》云:"舜弹五弦之琴,歌《南风》之诗,而天下治。"《尸子·绰子篇》载录此诗前二句。《孔子家语·辩乐》载录其全文。诗中表达了企盼与万民同乐的心情。现今山西运城盐池畔池神庙南端的高台,传说就是大舜的歌薰楼旧址。薰,温和貌。愠,怨恨。时,时宜。阜,盛多。此歌的产生时代,学术界存有较大的争议。崔述《唐虞考信录》云:"赓载之歌词深厚而意远,此歌则词露而意浅,声曼而力弱,不类唐虞时语,盖后世工于琴者所拟作。"马骕《绎史》认为此诗"虽附托,犹存古意,《琴操》浅鄙,斯为下矣"。金德建《先秦诸子杂考》以为歌辞当系汉后的人所拟补而作。郭绍虞《中国文学史纲要初稿》认为王肃伪作。陈泳超《尧舜传说研究》认为"舜弹五弦歌《南风》的传说当为孔门后学所创"。王汝弼《乐府散论》认为:"从这首诗的佚文始见载于战国中期尸佼的著作来看,其产生的年代是比较晚的,而且文词浅易,不可能是大舜的作品。"又引用两则古代笔记资料,《梦溪笔谈》卷24《杂志》云:"解州盐泽之南,秋夏间多大风,谓之盐南风……解盐不得此风不冰,盖大卤之气相感,莫知其然也。"《松窗梦语》卷2云:"蒲州为古蒲坂,即虞帝都。盐池所产为形盐。解盐不俟人工煎煮,惟夜遇南风,即水面如冰涌,实天地自然之利。大舜抚弦歌《南风》之诗,'可以阜财'正指此也。"从而认定,"南风"是"盐南风"的简称,《南风歌》是古蒲州(今山西永济)盐池左近居民总结制盐经验之作,只因地近传说中的古虞都(蒲坂),所以被封建的王公大人把这首诗的著作劳绩记在大舜的名下。宋代王得臣《麈史》持论与此相近,文云:"舜治天下,弹五弦琴而歌南风之诗,盖长养之音也。《诗》亦曰:'凯风自南,吹彼棘心。'今解梁盛夏以池水入畦,谓之种盐,不得南风则盐不成,俗谓之盐风。"此说可备一家之言。蔡靖泉《楚文学史》推测说"《南风歌》本为上古民歌……楚先民与舜的关系颇深,楚人也十分崇敬舜,故此歌在流传过程中逐渐与楚地广为流传的帝舜传说结合到一起了,被南方之民借以美化帝舜'南巡'而关怀民众的圣德"。"作者固然已不可考,但从语言形式和艺术风格上判定为战国时代的楚歌,则是大致可信的"。此诗产生的时代应该不会晚于战国。第一首中,五老,传说是五星之精。《竹书纪年》卷上云:"率舜等开首山,遵河渚,有五老游焉,盖五星之精也。""有",一作"青"。"叹",《古诗纪》前集卷4作"悲"。第二首中,"薰",《文选》卷39《奉答敕示七夕诗启一首》李善注引《孔子家语》作"熏"。张玉穀《古诗赏析》卷1评云:"此歌与尧之《神人畅》,同为《琴操》之祖。解愠阜财,治民要道,妙哉不着己身,只借南风上指出,亦比体之祖也。和平之音,其神自远。"

卿云歌

卿云烂兮,糺缦缦兮。日月光华,旦复旦兮。

明明上天,烂然星陈。日月光华,弘于一人。

日月有常,星辰有行。四时顺经,万姓允诚。於予论乐,配天之灵。迁于贤善,莫不咸听。鼚乎鼓之,轩乎舞之。菁华已竭,褰裳去之。

【案语】见于《乐府诗集》卷83,解题引《尚书大传》云:"舜将禅禹,于时俊乂百工相和而歌《卿云》。帝乃唱之曰'卿云烂兮',八伯咸进,稽首曰'明明上天',帝乃再歌曰'日月有常'。"第一段为大舜所唱,卿云即庆云,《竹书纪年》卷上、《宋书·符瑞志上》即作"庆云",《史记·天官书》曰:"若烟非烟,若云非云,郁郁纷纷,萧索轮囷,是谓庆云。""糺",《尚书大传》卷2、《艺文类聚》卷1作"礼"。《采菽堂古诗选》评云:"'旦复旦',便寓禅代之意。"第二段为群臣所歌,"于",《宋书·符瑞上》作"予";"弘于",《尚书大传》卷2、《宋书·符瑞志上》、《太平御览》卷571作"宏予",《艺文类聚》卷43作"弘兮"。《采菽堂古诗选》、《古诗源》将其题为《八伯歌》,《古诗赏析》题作《和歌》。第三段为大舜所歌,《古诗赏析》卷1题作《载歌》,再次表达禅位的心愿,"顺",《尚书大传》卷2、《宋书·符瑞志上》作"从";"万姓允诚",《路史》卷21作"万物允成",《玉海》卷195作"百姓允诚";"贤善",《尚书大传》卷2作"贤圣",《宋书·符瑞志上》作"圣贤";"菁华已竭",《宋书·符瑞志上》作"精华以竭"。《采菽堂古诗选》评云:"'褰裳去之',成功者退,宜矣!歌虽未必真,亦具有旨。"梁启超以为此诗乃汉人作品。鲁迅《汉文学史纲要》说《卿云歌》"辞仅达意,颇有古风,而汉魏始传,殆亦后人拟作"。

祠田歌

荷此长耜,耕彼南亩。四海俱有。

【案语】此诗载录于《文心雕龙·祝盟》,为大舜时祠田的文辞,表现出四海俱有其利的思想。

燕燕往飞

燕燕往飞。

【案语】此诗见于《吕氏春秋·季夏纪·音初》,文云:"有娀氏有二佚女,为之九成之台,饮食必以鼓。帝令燕往视之,鸣若谥隘。二女爱而争搏之,覆以玉筐,少选,发而视之,燕遗二卵,北飞,遂不反。二女作歌一终,曰:'燕燕往飞。'实始作为北音。"

候人歌

候人兮猗。

【案语】《候人歌》载录于《吕氏春秋·音初篇》,文云:"禹行功,见涂山之女。禹未之遇而巡省南土。涂山氏之女乃令其妾候禹于涂山之阳。女乃作歌。歌曰:候人兮猗!""禹行功",《文选》卷4《南都赋》、卷5《吴都赋》李善注并引《吕氏春秋》作"禹行水"。许维遹《吕氏春秋集解》据高丽版《文选·南都赋》注引作"禹行窃,见涂山之女",以为作"窃"是,窃意为察。俞樾以为"兮"当为衍文。涂山,学人有浙江绍兴、四川重庆、安徽淮南、河南嵩县诸说,浙江绍兴之说可以信从。全诗只有四个字,其中的两个字是语气助词,显得情意绵长而醇厚。

襄陵操

呜呼,洪水滔天,下民愁悲,上帝愈咨。三过吾门不入,父子道衰。嗟嗟不欲烦下民。

【案语】见于《乐府诗集》卷57,解题云一题为《禹上会稽》,又引《琴集》云:"《禹上会稽》,夏禹东巡狩所作也。"《古谣谚》又据《大周正乐》补得"非欲伐功也,伤君莫知烦下民。嗟乎,天非欲数烦下民"数语。朱长文《琴史》卷1云:"大禹悼鲧迹之不成,而哀尧民之垫危,于是乘四载,历九州,过家不入,以平水土。观洪水襄陵泛丘,乃援琴左操,其声清以溢,潺潺志在深河也。名曰禹操,或曰《襄陵操》。""咨",《古乐府》卷9作"恣"。

五子歌

一

皇祖有训:民可近,不可下。民惟邦本,本固邦宁。予视天下,愚夫愚妇,一能胜予。一人三失,怨岂在明?不见是图,予临兆民。懔乎若朽索之驭六马,为人上者,奈何不敬?

二

训有之:内作色荒,外作禽荒。甘酒嗜音,峻宇雕墙,有一于此,未或不亡。

三

惟彼陶唐,有此冀方。今失厥道,乱其纪纲,乃底灭亡。

四

明明我祖,万邦之君。有典有则,贻厥子孙。关石和钧,王府则有。荒坠厥绪,覆宗绝祀。

五

呜呼曷归?予怀之悲。万姓仇予,予将畴依。郁陶乎予心,颜厚有忸怩。弗慎厥德,虽悔可追。

【案语】见于《尚书·夏书·五子之歌第三》,太康五个弟弟所作。夏太康享乐无度,有穷后羿乘机篡夺王权,太康五个弟弟避难洛汭,皆有抱怨,述大禹之戒以作此歌。"不可下",《太平御览》卷82作"弗可下"。《采菽堂古诗选》有所评论,评第一章云:"'敬'字应叶'马'字。用意曲至。"评第二章云:"殆言太康无不有。"评第三章云:"缀入陶唐,起下我祖,此章法闲逸处。"评第五章云:"此首悲怀苍凉,声情并至。古歌真者若此。"《左传·哀公六年》记载孔子引《夏书》曰:"惟彼陶唐,帅彼天常。有此冀方。今失其行,乱其纪纲,乃灭而亡。"当为第三章之引录。李炳海《中国诗歌通史》据此论定"《五子之歌》确实是夏代作品,产生于太康失国期间"。此诗语句屡被后人称引。《左传·成公十六年》记载周单襄公引《夏书》"怨岂在明,不见是图",《国语·周语下》记载单穆公引《夏书》"关石和钧,王府则有",《国语·晋语九》记载晋智伯国引《夏书》"一人三失,怨岂在明,不见是图"。《孔子家语·致思》记载孔子回答子贡问治民,云:"懔懔乎若持腐索之扞马。"当是化用第二章语句。

龙逢行歌

造化劳我以生,休我以炮烙。

【案语】见于《太平御览》卷82引《符子》。《古乐苑》题作《炮烙歌》。夏桀观炮烙于瑶台,龙逢劝谏,遂遭炮烙之刑,乃作为此歌,赴火而死。《太平御览》卷647引文全同。

伊尹歌

觉兮较兮,吾大命假兮。去不善而就善,何乐兮?

【案语】见于《尚书大传》卷2。伊尹为夏桀属官,听到醉者之歌,就去告诉夏桀说:"大命之去有日矣。"深表忧虑,但夏桀不听,伊尹便作为此歌,离开夏桀,投奔了商汤。

岐山操

戎狄侵兮土地移,迁邦邑兮适于岐。烝民不忧兮谁者知?吁嗟奈何,予命遭斯。

【案语】出于《琴操》卷上,周太王所作。周部族居于豳邑,不断遭受狄人的侵扰,太王乃率民众迁居岐山,"自伤德劣,不能化夷狄,为之所侵",喟然叹息而为此歌。朱长文《琴史》卷1云:"盖以思积累之艰难,而悼戎狄之猾也。韩退之谓《岐山操》为周公之作,然据《琴操》云,太王自伤德劣不能化,为夷狄之所侵,喟然叹息,援琴而鼓之,则宜为太王自作也。"岐山又称天柱山,在今陕西省岐山县东北。首二句"移迁",或作"迁移",属上句。"岐"后,《尚史》卷5引有"山"字。"吁嗟奈何",《尚史》卷5引作"嗟嗟奈何兮"。

哀慕歌

先王既徂,长寔异都。哀丧伤心,未写中怀。追念伯仲,我季如何?梧桐萋萋,生于道口。宫馆徘徊,台阁既除。何为远去,使此空虚?支骨离别,垂思南隅。瞻望荆越,涕泪双流。伯兮仲兮,逝肯来游?自非二人,谁诉此忧。

【案语】出于《琴操》卷下,周文王之父季历所作。周太王有三子,青睐第三子季历之子姬昌,临死欲传位给季历,长子太伯、次子虞仲乃离开故国,断发文身,避居江南,季历乃作此歌。"哀丧伤心",《太平御览》卷571、《古诗纪》前集卷1引作"哀丧腹心",《陕西通志》卷95引作"哀伤心腹"。"我季如何",《太平御览》卷571引作"季我何如"。"梧桐",《太平御览》卷571引作"栝桐"。"道口",《太平御览》卷571、《通雅》卷6、《古诗纪》前集卷1、《陕西通志》卷95引作"道周"。"宫馆",《通雅》卷6引作"宫榭"。"双流",《太平御览》卷571引作"交流"。张玉毂《古诗赏析》卷1评云:"前六,先叙奔丧来归,攀留不得之苦,语极沉挚生动。中六,即目前宫馆台阁之空虚,点清远去可惜。以'梧桐'二语,缓缓引入,局便开展。后八,以望远伤神,点清所去之地,而冀其终复归也。末二语,更拖得凄咽。"

文王操

翼翼翱翔,彼凤皇兮。衔书来游,以会昌兮。瞻天案图,殷将亡兮。苍苍之天,始有萌兮。五神连精,合谋房兮。兴我之业,望羊来兮。

【案语】出于《乐府诗集》卷57,引《琴操》云:"纣为无道,诸侯皆归文王。其后有凤皇衔书于郊,文王乃作此歌。"今本《琴操》卷下录文作:"翼翼翱翔,彼凤凰兮。衔书来游,以命昌兮。瞻天案图,殷将亡兮。苍苍昊天,始有萌兮。五神运精,合谋房兮。兴我之业,望羊来兮。"或题作《凤凰歌》。"翱翔",《太平御览》卷84作"翔翔"。"彼凤皇兮",《太平御览》卷84作"鸾皇兮"。"会",《古诗纪》前集卷4注云"一作命",《太平御览》卷84引作"命"。"苍苍之天"句"之"字,《古诗纪》注云"一作昊",《太平御览》卷84作"苍苍皓天"。"五神"两句,《古诗纪》注云:"一作精连神合,谋于房兮。""望羊来",《古诗纪》注云:"一作望来羊。"末二句,《太平御览》卷84引无。

拘幽操

殷道溷溷,浸浊烦兮。朱紫相合,不别分兮。迷乱声色,信谗言兮。炎炎之虐,使我愆兮。幽闭牢窘,由其言兮。遘我四人,忧动勤兮。

【案语】见于《乐府诗集》卷57,解题云:"一曰《文王哀羑里》。"又引《琴操》曰:"《拘幽操》,文王拘于羑里而作也。"或疑为后人伪托。"动勤",蔡邕《琴操》卷上作"勤勤",又多出"得此珍玩,且解大患兮。仓皇迄命,遗后昆兮。作此象变,兆在昌兮。钦承祖命,天下不丧兮。遂临下土,在圣明兮。诛暴除乱,诛逆王兮"数句。"炎炎之虐,使我愆兮",《古今乐录》作"阎阎之虎,使我寋兮"。《太平御览》卷571载录作:"殷道溷溷,浸浊烦兮。丹紫相合,不分别兮。迷乱声色,信谀言兮。阎阎之虎,使我骞兮。幽闭牢狱,谁其言兮。无辜桎梏,谁所宣兮。遘我四人,皆忧勤兮。得此珍玩,且解大患兮。仓逼迄命,遗后昆兮。作此象变,兆在昌兮。钦承祖命,天不丧兮。遂临下土,在圣明兮。讨暴除乱,诛逆王兮。"文字亦有出入。四人,谓周文王的四位大臣:太颠、闳夭、散宜生、南宫适。

箕子操

嗟嗟,纣为无道杀比干。嗟重复嗟独奈何!漆身为厉,被发以佯狂,今奈宗庙何!天乎天哉!欲负石自投河。嗟复嗟,奈社稷何!

【案语】见于《乐府诗集》卷57。解题云:"一曰《箕子吟》。"又引《古今乐录》曰:"纣时,箕子佯狂,痛宗庙之为墟,乃作此歌,后传以为操。"《史记》记载有"纣始为象箸",箕子感叹而佯狂为奴之事,言其"隐而鼓琴以自悲",未载录此歌。箕子,商朝大臣,商纣王的叔父,封于箕。比干,商朝大臣,商纣王的叔父,因劝谏纣王被杀。

别鹤操

将乖比翼隔天端,山川悠远路漫漫,揽衣不寝食忘飧。痛恩爱之永离,叹别鹤以舒情。

【案语】出于晋崔豹《古今注》卷中。《太平御览》卷489引《琴操》曰:"商陵牧子娶妻五年,无子,父兄将欲与改娶,妻闻,中夜惊起,倚户悲啸。牧子闻,援琴鼓之,痛恩爱永离,叹别鹤以舒情,故曰《别鹤操》。"《乐府诗集》卷58解题引崔豹《古今注》亦云:"《别鹤操》,商陵牧子所作也。娶妻五年而无子,父兄将为之改娶。妻闻之,中夜起,倚户而悲啸。牧子闻之,怆然而悲,乃援琴而歌。后人因为乐章也。"陵牧子,商代人,又作"陵穆子"。"忘飧",《诗话总龟》卷42引作"不飧"。《乐府诗集》卷58、《古乐府》卷9引作"将乖比翼兮隔天端,山川悠远兮路漫漫,揽衣不寐兮食忘飧"。

克商操

上告皇天兮,可以行乎?

【案语】出于《乐府诗集》卷57,解题云:"一曰《武王伐纣》。《古今乐录》曰:'武王伐纣而作此歌。'"

采薇歌

登彼西山兮,采其薇矣。以暴易暴兮,不知其非矣。神农虞夏忽焉没兮,我适安归矣?于嗟徂兮,命之衰矣。

【案语】此歌见于《史记·伯夷叔齐列传》。《古今事文类聚》续集卷24题为《采薇之歌》。伯夷、叔齐为孤竹君之二子,周武王伐纣灭商,天下宗周,而伯夷、叔齐以弑君而耻之,义不食周粟,隐居首阳山,采薇而食,作为此歌,终至饿死。首阳山,一般以为在今甘肃省渭源县境内,或谓雷首山,又名历山、首山、蒲山,在今山西永济县西南,或谓在今河南偃师县西北,或谓在今河北卢龙县东南。薇即野豌豆苗,古称薇菜。《古诗纪》前集卷1题作《采薇歌》。《乐府诗集》卷57题作《采薇操》,云:"《乐府解题》曰:'《采薇操》亦曰《晨游高举》:"登彼高山,言采其薇。以乱易暴,不知其非。神农虞夏忽焉没兮,我适安归?""我适安归矣",《册府元龟》卷880与卷938、《古今合璧事类备要》别集卷60、《文章正宗》卷20与卷22、《古今事文类聚》续集卷24皆作"我安适归矣"。"安归矣",《古诗纪》前集卷1引《史记·伯夷传》作"安归兮"。周仕慧《琴曲歌辞研究》云:"《史记·伯夷列传》载录《采薇歌》'登彼西山',与《乐府诗集》卷57有异。两辞内容相同,但在诗歌体式上有所不同。前者为骚体,有'兮'、'矣'等声辞,很有可能《史记》中著录的歌辞为合乐歌唱的本辞,《乐府诗集》在收录时省略了其声辞。"张玉穀《古诗赏析》卷1评云:"首二,点时事起。三四,醒出伤今之意。然凭空慨叹,不着己身。五六,忽然怀古,为征诛对面一照,跌落安归。独用长句,调便流活。末二,收到死由于命,怨而不怒,如是如是。"梁启超《中国之美文及其历史》评论此诗与《麦秀歌》云:"歌中文辞之优美,意味之浓厚,不待我赞叹了。"

麦秀歌

麦秀渐渐兮,禾黍油油。彼狡僮兮,不与我好兮。

【案语】此歌见于《史记·宋微子世家》。《乐府诗集》卷57题作《伤殷操》。或题作《过殷墟歌》。箕子朝周,过故殷墟(在今河南淇县),感宫室毁坏,生禾黍,乃作此歌。微子,姓子,名启,商纣王庶兄,屡屡劝谏纣王而不被纳用,遂逃亡,西周建立后,被封于宋。"油油",《册府元龟》卷712作"绳绳"。末句,《乐府诗集》卷57作"不我好仇"。《尚书大传》卷2载录作"麦秀蕲蕲兮,禾黍毛毛。彼狡童兮,不我好兮。""僮",《太平御览》卷570、《乐府诗集》卷57作"童"。末句,《乐府诗集》卷57无"与"字。潘德舆《养一斋诗话》评论说:"'渐渐'、'油油',极不堪入目者,偏能写出风景。末句忠厚恻怛,声泪俱下。"《采菽堂古诗选》评论说:"千古凭吊之祖。'渐渐'、'油油'字生动。"

越裳操

於戏嗟嗟,非旦之力,乃文王之德。

【案语】出于《乐府诗集》卷57,解题云:"《琴操》曰:'《越裳操》,周公所作也。'《古今乐录》曰:'越裳献白雉,周公作歌,遂传之为《越裳操》。'"旦,指周公,姓姬,名旦,周文王之子,因其采邑在周(今陕西岐山北),故称周公。文王,指周文王,姓姬,名昌。"力"后、"德"

后,《诗纪》卷4均有"也"字。

成王冠辞

使王近于民,远于年,啬于时,惠于财,亲贤使能。

【案语】见于《大戴礼记·公符》,文云"成王冠,周公使祝雍祝王"而有此数语。年,《说苑·修文》作"佞"。"亲",《说苑·修文》作"任",《通典》卷56作"禄"。《孔子家语·冠颂》载录作二章,一章同上,唯末句作"亲贤而任能"。第二章云:"令月吉日,王始加元服,去王幼志,心衮职。钦若昊天,六合是式。率尔祖考,永永无极。"皆为祝雍所作。

神凤操

凤皇翔兮于紫庭,予何德兮以感灵。赖先人兮恩泽臻,于胥乐兮民以宁。

【案语】出于《乐府诗集》卷57,解题云:"一曰《凤凰来仪》。《古今乐录》曰:'周成王时,凤凰翔舞,成王作此歌。'"《古诗纪》前集卷4注谓《玉海》题作"周成王《仪凤歌》"。首句之"于",《古诗纪》注曰:"《玉海》云:一作舞。""臻",《古诗纪》前集卷4注谓"《初学记》引此,宋《符瑞志》亦载此,臻字作辏"。蔡邕《琴操》卷下录文之末有"凤皇来兮百兽晨"一句,孙诒让《札迻》卷12以为"晨"当为"震",与"振"通,谓振奋而舞也。

白云谣

白云在天,山陵自出。道里悠远,山川间之。将子无死,尚能复来。

【案语】此诗见于《穆天子传》卷3、《乐府诗集》卷87。"乙丑,天子觞西王母于瑶池之上,西王母为天子谣。"在这首歌谣中,表现了神仙家追求长生不死的思想。前两句描写了瑶池的景象,白云高浮在上,丘陵山川格外挺拔。中间两句叙说的是周穆王来瑶池路途遥远,山重水阻。后两句是歌谣的重心所在,希望周穆王修仙有成,长生不死,再来瑶池相会。晋宋之时陶渊明《读山海经》二咏西王母此唱"高酣发新谣,宁效俗中言"。"尚",《乐府诗集》卷87引作"向"。

穆天子谣

予归东土,和治诸夏。万民平均,吾顾见汝。比及三年,将复而野。

【案语】此诗见于《穆天子传》卷3、《乐府诗集》卷87,或题作《答歌》。西王母为天子谣,周穆王答为此歌。"予",《太平广记》卷2作"余"。"治"作"洽"。"洽",《古诗纪》前集卷3作"洽"。"顾",《事类赋》卷11、《海录碎事》卷13作"愿"。"而野",《事类赋》卷11作"西野"。

西王母吟

徂彼西土,爰居其野。虎豹为群,于鹊与处。嘉命不迁,我惟帝女。彼何世民,又将去子。吹笙鼓簧,中心翱翔。世民之子,唯天之望。

【案语】此诗见于《穆天子传》卷3,背景文字错讹较多。或谓周穆王久留西王母之宫不归,因念中原民众而作;或谓西王母对穆天子吟为此诗。《古谣谚》题为《穆王西巡时忧吟》。"其",《太平御览》卷921引作"于"。"野",《山海经·西山经》郭璞注引作"所"。"虎豹",《太平御览》卷921引作"豹虎"。"迁",《太平御览》卷921、《事类赋》卷19《鹊赋》注引作"还"。

黄竹诗(三章)

我徂黄竹,□员闷寒,帝收九行。嗟我公侯,百辟冢卿,皇我万民,旦夕弗忘。

我徂黄竹,□员闷寒,帝收九行。嗟我公侯,百辟冢卿,皇我万民,旦夕勿穷。

有皎者鹠,翩翩其飞。嗟我公侯,□勿则迁。居乐甚寡,不如迁土,礼乐其民。

【案语】见于《穆天子传》卷5,文云"丙辰,天子南游于黄室之丘,以观夏后启之所居","日中大寒,北风雨雪,有冻人",天子乃作此诗三章以哀民。徂,往。黄竹,地名,所在不详,或谓为湖北省竹山县东北之黄竹山。闷寒,酷寒。帝收九行,谓雪后九衢掩埋。嗟,告诫。辟,指诸侯国君主。冢卿,冢宰。皇,通匡,匡正。旦夕,早晚。鹠,通鹭,鹭鸶。居乐甚寡,居处欢乐甚少。迁土,迁居。礼乐其民,谓以礼乐教化民众。

长桑公子行歌

巾金巾,入天门。呼长精,吸元泉。鸣天鼓,养泥丸。

【案语】见于刘向《列仙传》,周宣王时言长桑公子常散发行路而为此歌。葛洪《神仙传》卷6"王真"条,云周宣王时有郊间采薪之人,采薪行歌此数语,唯"元"作"玄"。或据此题作《采薪者歌》。元,宋代张君房《云笈七签》卷110亦作"玄"。末三句,《广博物志》卷12

引作"吸玄泉。鸣天鼓,养丹田"。

履霜操

履朝霜兮采晨寒,考不明其心兮听谗言。孤恩别离兮摧肺肝。何辜皇天兮遭斯愆,痛殁不同兮恩有偏,谁说顾兮知我冤。

【案语】出于《乐府诗集》卷57,解题引《琴操》云:"《履霜操》,尹吉甫之子伯奇所作也。伯奇无罪,为后母谗而见逐,乃集芰荷以为衣,采楟花以为食。晨朝履霜,自伤见放,于是援琴鼓之而作此操。曲终,投河而死。""孤恩",《古诗纪》前集卷4作"孤息"。"谁说顾",《古诗纪》前集卷4作"谁能流顾"。

饭牛歌(三首)

一

南山矸,白石烂,生不逢尧与舜禅。短布单衣适至骭,从昏饭牛薄夜半。长夜漫漫何时旦?

二

沧浪之水白石粲,中有鲤鱼长尺半。弊布单衣裁至骭,清朝饭牛至夜半。黄犊上坂且休息,吾将舍汝相齐国。

三

出东门兮厉石斑,上有松柏青且阑。粗布衣兮縕缕,时不遇兮尧舜主。牛兮努力食细草,大臣在尔侧,吾当与尔适楚国。

【案语】此三诗载录于《淮南子·道应篇》,《古诗纪》前集卷1题作《饭牛歌》,又注云:"一作《南山歌》。"前两首亦见于《乐府诗集》卷83,题为《商歌二首》。第一首亦见于《史记·邹阳传》集解引应劭注、《孟子疏》引《三齐记》,唯"矸"作"粲",余皆同。第二首又见于《艺文类聚》卷43,录文唯"弊"作"縠",余皆同。第三首,《古诗纪》载录,注云:"此首见刘向《别录》。"或为误记。逯钦立以为汉人伪托。宁戚事布布已久,典籍记载不一。屈原《离骚》云:"宁戚之讴歌兮,齐桓闻以该辅。"《说苑·尊贤》云:"宁戚击牛角而商歌,桓公闻而举之。"《吕氏春秋·举贤》亦记宁戚击牛角疾歌而干桓公之事。但《淮南子·道应训》记载宁戚饭牛之事,仅言扣牛角而歌,并无歌词。《后汉书·马融传》注引《说苑》云:"宁戚饭牛于康衢,击车轮而歌《硕鼠》。"或为传闻异辞。宁戚之名,《淮南子》、《乐府诗集》作"宁越",《汉书·艺文志》儒家类有《宁越》一篇,已经亡佚。饭牛,喂牛。第一首中"漫漫",《汉书·

邹阳传》颜师古注引应劭作"曼曼"。"逢",《乐府诗集》卷83作"遭"。第二首中,"沧浪",张玉榖《古诗赏析》卷1作"康浪";"朝",张玉榖《古诗赏析》卷1作"晨"。第三首中,"阑",《文选·啸赋》李善注引《淮南子》作"兰";"斑",《文选》卷18《啸赋》李善注引《淮南子》、《古诗源》作"班"。《太平御览》卷572引录第一首作:"南山粲,白石烂,短褐单衣长止骭。生不逢尧与舜禅,终日饲牛至夜半。长夜漫漫何时旦?"《艺文类聚》卷94录文作:"南山矸,白石礧,生不逢尧与舜禅。短布单衣裁至骭,长夜漫漫何时旦?"罗根泽《七言诗之起源及其成熟》一文以为此三诗皆不可信:"《三齐记》已佚,今本《淮南子》并无此文。《太平御览》卷537亦引《淮南子》载此歌,其词又略同《三齐记》,与《文选》注所引,完全不同。考《吕氏春秋·举难篇》、《淮南子·道应训》并载宁戚饭牛事,但仅言'扣牛角而歌',并无歌词。《后汉书·马融传》注引《说苑》说:'宁戚饭牛于康衢,击车轮而歌《硕鼠》。'高诱《吕氏春秋》注也说是'歌《硕鼠》也',并且将《诗经·硕鼠》全文录在注里。高诱也曾注过《淮南子》,假使《淮南子》载有歌词,高诱那能不知道,而将不相干的《硕鼠》附上去?况说《淮南子·道应训》明明只有饭牛的故事,并无饭牛的歌词呢?宁戚所歌的是否《硕鼠》虽然未敢确定,但《说苑》作者和高诱没有见过'南山白石'之词,是确有佐证的。而且宁戚饭牛,桓公举以为大夫,根本就是战国的神话,没有史实的价值。春秋初期,纯是贵族政治,哪有布衣立谈取卿相的么一回事?"《古籍整理研究学刊》2002年第2期刊发周明初《世所传宁戚饭牛歌所作时代考》一文,认为三诗皆当成于汉武帝之后,不可视为先秦诗。《采菽堂古诗选》评第一首,云:"其语甚古,似无伪造。"评第二首云:"竟言相齐国,诚足耸听。"评第三首云:"更言适楚国,弥妙。此歌各见,然故有章法。疾商歌殆非一章也。"张玉榖《古诗赏析》卷1评云:"三歌蝉联转变,具有一层深一层、一步紧一步法。欲动英主之听,则自己身分须占得高,擒定尧舜,隐以帝臣自负也。而饭牛乃作歌之因,抛荒不得,首首带插,妙能变换。述穷只就衣说,章法亦一线。"

郑庄公赋

大隧之中,其乐也融融。

【案语】见于《左传·隐公元年》。郑庄公之母姜氏宠爱小儿子共叔段,一再代他向郑庄公请求封邑。共叔段势力壮大,乃有不臣之心,后被庄公大败外逃。郑庄公与母亲决裂,发誓不及黄泉不相见,后来改悔,听从颍考叔的建议,母子相会于大隧之中,庄公入而歌此。

郑武姜赋

大隧之外,其乐也泄泄。

【案语】见于《左传·隐公元年》。郑庄公与母亲决裂,发誓不及黄泉不相见,后来改悔,听从颍考叔的建议,母子相会于大隧之中,和好如初,姜氏出而为此。

暇豫歌

暇豫之吾吾,不如鸟乌。人皆集于菀,己独集于枯。

【案语】此诗载于《国语·晋语》。"吾吾",《太平御览》卷469引作"俉俉"。"苑",《太平御览》卷469引作"若"。晋献公时,优施与献公夫人骊姬私通,骊姬欲以其子奚齐继承君位,优施帮助策划,逸毁太子申生,又于宴席间暗示大臣里克依从骊姬,里克起舞而歌此诗,此歌当为其自作。韦昭云:"吾读如鱼,吾吾,不敢自亲之貌也。言里克欲为闲乐事君之道,反不敢自亲吾吾然,其智曾不如鸟乌也。集,止也。苑,茂木貌。己,里克也。喻人皆与奚齐,己独与申生。"徐仁甫有所驳正,云:"暇豫是形容词,本谓吾之暇豫,而言暇豫之吾者,吾与乌、枯韵也。'吾吾不如鸟乌',次'吾'字属下读,作下句之主语。文自通顺。韦读吾吾为形容词,而以暇豫为主语,不知形容词不得为主语,又一句两个形容词,皆不通之读也。"

士蒍赋

狐裘龙茸,一国三公,吾谁适从?

【案语】见于《左传·僖公五年》。晋侯使士蒍为二公子筑蒲与屈,不慎置薪焉,夷吾诉之,公使让之,士蒍退而赋此诗。杜预注云:"士蒍自作诗也。龙茸,乱貌。公与二公子为三,言城不坚则为公子所诉,为公所让;坚之则为固仇不忠,无以事君,故不知所从。"《梁书·武帝纪》记载武帝语:"政出多门,乱其阶矣。《诗》云:'一国三公,吾谁适从。'"引诗当源于此。"龙茸",《史记·晋世家》作"蒙茸"。

琴　歌(三首)

其一

百里奚,五羊皮。忆别时,烹伏雌。炊扊扅,今日富贵忘我为?

其二

百里奚,初娶我时五羊皮。临当别时烹乳鸡,今适富贵忘我为?

其三

百里奚,百里奚。母已死,葬南溪。坟以瓦,覆以柴。春黄黎,搤伏鸡。西入秦,五羖皮。今日富贵捐我为?

【案语】这三首诗见于《乐府诗集》卷60,其解题云:"《风俗通》曰:百里奚为秦相,堂上乐作,所赁澣妇自言知音,因援琴抚弦而歌。问之,乃其妻,还为夫妇也,亦谓之扊扅。"未言三作皆出于百里奚妻。《文选补遗》卷35、《锦绣万花谷》卷16、《事文类聚》后集卷14均题作《扊扅歌》。百里奚原为虞国大夫,虞国灭亡,逃亡至宛,被楚国人捕获,秦穆公知其贤德,以五羊皮赎买归秦,委以国政,成为贤相。第一首中,"忆",《事文类聚》后集卷14引作"临"。"雌",《古乐府》卷9作"鸡"。第二首中,"今适",《北堂书钞》卷128引作"今日",《事文类聚》后集卷14引作"今"。《太平御览》卷572征引应劭《风俗通》,继后一条云:"又曰:百里奚为秦相,堂上作乐,所赁澣妇自言知音,呼之,援琴抚弦而歌,曰:'百里奚,初娶我时五羊皮。临当别行烹乳鸡,今适富贵忘我为?'因寻问之,乃其妻。"《事类赋》卷11亦引《风俗通》云:"百里奚为秦相,堂上作乐,所赁浣妇自言知音,呼之搏髀,援琴抚弦而歌,曰:'百里奚,初娶我兮五羊皮。临当别行烹乳鸡,今适富贵忘我为?'寻问之,乃其妻也。"两书所载与第一首大体相同。《字说》云:"门关谓之扊扅,或作剡移。"又第二首中"乳鸡",《典略》作"伏鸡",《颜氏家训》作"伏雌"。第三首中,"黎",逯钦立《先秦汉魏晋南北朝诗》作"藜"。罗根泽《七言诗之起源及其成熟》一文以为此《琴歌》不可信,"百里奚以五羊皮要秦穆公,孟子已经说过是'战国好事者所为'了"。

士失志操(四首)

有龙矫矫,顷失其所。五蛇从之,周遍天下。龙饥无食,一蛇割股。龙反其渊,安其壤土。四蛇入穴,皆有处所。一蛇无穴,号于中野。

有龙矫矫,遭天谴怒。三蛇从之,一蛇割股。二蛇入国,厚蒙爵土。余有一蛇,弃于草莽。

有龙矫矫,将失其所。有蛇从之,周流天下。龙既入深渊,得其安所。蛇脂尽干,独不得甘雨。

龙欲上天,五蛇为辅。龙已升云,四蛇各入其宇,一蛇独怨,终不见处所。

【案语】出于《乐府诗集》卷57,解题引《琴集》云:"《士失志操》,介子推所作也,一曰《龙蛇歌》。"蔡邕《琴操》云:"《龙蛇歌》者,介子绥所作也。晋文公重耳与子绥俱亡,子绥割其腕股以救重耳。重耳复国,舅犯、赵衰俱蒙厚赏,子绥独无所得,绥甚怨恨,乃作《龙蛇之歌》以感之,遂遁入山。"梁玉绳《史记志疑》卷21以为乃从者所作,似较为合乎情理。第一首亦见于《说苑·复恩》,言介子推从者怜介子推有功无赏而作,悬书宫门。同书同篇又记载舟之侨对晋文公陈辞:"有龙矫矫,顷失其所。一蛇从之,周流天下。龙反其渊,安宁其处。一蛇耆乾,独不得处所。"而《吕氏春秋·介立》记载晋文公反国,介子推不肯受赏,自为赋诗曰:"有龙于飞,周遍天下。五蛇从中,为之丞辅。龙反其乡,得其处所。四蛇从之,得其露雨。一蛇羞之,桥死于中野。"作者与文字相差迥然。另《新序·节士》言"晋文公反国,酌士大夫酒","介子推无爵,齿而就位。觞三行,介子推奉觞而起曰:'有龙矫矫,将失其所。有蛇从之,周流天下。龙既入深渊,得其安所。蛇脂尽干,独不得甘雨。此何谓也?'"晋文公悔其失,欲以补救,介子推拒绝,"遂去而之介山之上"。则此又非诗歌之体。第四首亦见于《史记·晋世家》,言重耳逃亡数年,后来返回晋国为君,封赏从亡者和功臣,忘记了介子推,介子推的从者作此谣语,悬于宫门,为介子推鸣不平。末句,宋代史绳祖《学斋占毕》卷2引《史记》作"一蛇独怨然不见处"。蔡邕《琴操》卷下载录《龙蛇歌》,第一首、第三首、第四首文字全同,唯第二首作:"有龙矫矫,遭天遣怒。卷排角甲,来遁于下。志愿不与,蛇得同伍。龙蛇俱行,身辨山墅。龙得升天,安厥房户。蛇独抑摧,沉滞泥土。仰天怨望,绸缪悲苦。非乐龙伍,惔不晒顾。"朱长文《琴史》卷1录文全同《琴操》。孙诒让《札迻》卷12以为"身辨山墅"之"辨"通"遍","五蛇为辅",《册府元龟》卷241作"五蛇辅之"。"升云",《册府元龟》卷241作"升去",《通志》卷90作"上天"。程毅中《从〈龙蛇歌〉谈〈新序〉〈说苑〉的特点》云:"值得注意的还有那首《龙蛇歌》,词句有很大出入。可能刘向正是为了保存不同版本而不加删除也不作校改的,也可以说明刘向还是述而不作,他所作的校雠工作,只是校文字之正讹而不考证史实之是非。"又说:"这首《龙蛇歌》至少有八个版本,而引用者又有介子推或介子推的从者和舟之侨三说。逯钦立先生把四首编入了先秦诗,把另四首编入了汉诗琴曲歌辞。其实这首《龙蛇歌》大概是先秦以来一直在口头传唱的诗歌,并非介子推或舟之侨的创作,他们都是赋诗以言志,如同引用'三百篇'里的诗一样。那些文字上的差异正是在流传中的变化,正体现了口头文学的典型特征。"介子推,《左传·僖公二十四年》作介之推,或称介推,南朝梁宗懔《荆楚岁时记》作介子绥,《列仙传》卷上云姓王名光。

晋舆人诵

原田每每,舍其旧而新是谋。

【案语】见于《左传·僖公二十八年》。或题作《舆人诵》、《城仆诵》。晋文公与楚国作战,感念楚国恩德,退避三舍,但楚军继续进犯,晋楚对峙,晋文公听闻役卒歌此。杜预注云:"高平曰原。喻晋君美盛,若原田之草每每然,可以谋立新功,不足念旧惠。"

优孟歌

山居耕田苦,难以得食。起而为吏,身贪鄙者余财,不顾耻辱。身死家室富,又恐受赇枉法,为奸触大罪,身死而家灭。贪吏安可为也!念为廉吏,奉法守职,竟死不敢为非。廉吏安可为也!

【案语】此歌见于《史记·滑稽列传》。楚国贤相孙叔敖为官清廉,家无余财,临终前嘱托儿子有事可以求告楚宫优人孟。孙叔敖死后,其子果然穷困度日,优孟知晓后,着孙叔敖衣冠,效孙叔敖言行,出现在楚庄王宴会上,楚庄王以为孙叔敖复生,欲任用优孟为相,优孟趁机申述孙叔敖之功劳,说明其子贫困不堪之现状,咏唱此歌讽谏楚庄王,楚庄王听从其言,封赠了孙叔敖的儿子。宋代费衮《梁谿漫志》卷5"优孟孙叔敖歌"条以为继后几句"楚相孙叔敖,持廉至死。方今妻子穷困,负薪而食,不足为也"亦为歌词。张玉穀《古诗赏析》卷1评云:"通首逐层顿跌,运古气于逸调之中,固难安韵,然细心寻绎,韵自在也。""奉法",张玉穀《古诗赏析》卷1据《史记·优孟传》作"奉文"。"起而为吏,身贪鄙者余财"句,张亚权《读〈先秦汉魏晋南北朝诗·先秦诗〉札记》认为"身"字应上属。

梦 歌

济洹之水,赠我以琼瑰。归乎归乎,琼瑰盈吾怀乎。

【案语】此歌见于《左传·成公十七年》,或题作《琼瑰歌》。鲁宣公的侄子婴齐梦见自己步行渡过洹水,有人给他琼瑰玉珠吃,他吃了,哭出来的眼泪都成了琼瑰,装满了他的胸怀,接着就唱了这首歌。洹,河流名,即今之安阳河。"琼瑰",《水经注》卷10作"琼璆"。"璆",《广韵》曰:"与瑰同。""琼瑰盈吾怀乎",《水经注》卷10作"琼璆盈乎怀乎"。

游牛山歌

美哉国乎!郁郁芊芊。若何滴滴去此国而死乎?

【案语】见于《列子·力命篇》,文云:"齐景公游于牛山,北临其国城而流涕曰:'美哉国乎!郁郁芊芊。若何滴滴去此国而死乎?使古无死者,寡人将去斯而之何?'"《晏子春秋·内篇谏上》亦载齐景公游牛山事,仅记景公云"若何滂滂去此而死乎"一语。《韩诗外传》卷10载云:"齐景公游于牛山之上,而北望齐曰:'美哉国乎!郁郁泰山。使古而无死者,则寡人将去此而何之?'俯而泣沾襟。"

芑梁妻歌

乐莫乐兮新相知,悲莫悲兮生别离。

【案语】见于《太平御览》卷192引《琴操》、《水经注》卷26、《太平寰宇记》卷24,齐邑芑梁殖之妻所作。张玉穀《古诗赏析》题为《琴曲》。或题作《芑梁妻叹》、《芑梁妻操》。庄公袭莒,芑梁殖战死,其妻援琴作为此歌,哀感皇天,城为之堕,曲终,投水而死。此为孟姜女故事之滥觞。"芑",或作"杞"。此二句后,《太平御览》卷192引多"哀感皇天兮城为隳"

一句。张玉榖《古诗赏析》评云:"下句得上句衬出,更醒,文家所有贵反面透也。感人心脾,不堪多读。"

南蒯乡人歌

我有圃,生之杞乎!从我者子乎!去我者鄙乎!倍其邻者耻乎!已乎已乎,非吾党之士乎!

【案语】见于《左传·昭公十二年》。《方舟集》卷24题为《乡人歌》。鲁国权臣季孙氏和孟孙氏两家争权,季孙氏臣子南蒯带着费邑背叛到了齐国。南蒯打算去费邑时,隐瞒事实进行占卜,子服惠伯以为不祥,南蒯请同乡人喝酒,乡人为此歌。杜预注云:"言南蒯在费,欲为乱,如杞生于园圃,非宜也。杞,世所谓枸杞也";"邻,犹亲也";"已乎已乎,言自遂不改"。

投壶辞(二首)

一

有酒如淮,有肉如坁。寡君中此,为诸侯师。

二

有酒如渑,有肉如陵。寡君中此,与君代兴。

【案语】见于《左传·昭公十二年》。晋昭公与齐景公饮酒,中行穆子为相礼,投壶时,晋昭公先投,中行穆子为诵第一章辞,晋昭公投中了,中行穆子又诵为第二章辞。

祈 招

祈招之愔愔,式昭德音。思我王度,式如玉,式如金,形民之力,而无醉饱之心。

【案语】见于《左传·昭公十二年》:"右尹子革对楚灵王曰:昔穆王欲肆其心,周行天下,将皆必有车辙马迹焉。祭公谋父作《祈招》之诗,以止王心,王是以获没于祇宫。"杜预注云:"周穆王,肆,极也。谋父,周卿士。祈父,周司马,世掌甲兵之职。招,其名。祭公方谏游行,故指司马官而言。此诗逸。"又曰:"愔愔,安和貌。式,用也。昭,明也。金玉,取其坚重。言国之用民,当随其力任,如金冶之器,随器而制形,故言形民之力,去其醉饱过盈之心。"贾逵曰:"祈,求也。昭,明也。言求明德也。"竹添光鸿《左氏会笺》以为《祈招》似为乐音名,《后汉书·张衡列传》载录张衡《应闲》文云"立功立事,式昭德音",李贤注云:"逸诗云:'祈招之愔愔,式昭德音。'式,用也。昭,明也。"首句,《孔子家语·正论解》作"祈昭之愔愔乎"。"形",《孔子家语·正论解》作"刑"。末句"无"下,《孔子家语·正论解》有"有"字。

信立退怨歌

悠悠沂水经荆山兮,精气郁浃谷岩中兮,中有神宝灼明明兮。穴山采玉难为功兮,於何献之楚先王兮。遇王暗昧信谗言兮,断截两足离余身兮。俯仰嗟叹心摧伤兮,紫之乱朱粉墨同兮。空山歔欷涕龙钟兮,天鉴孔明竟以彰兮。沂水滂沛流于汶兮,进宝得刑足离分兮。去封立信守休芸兮,断者不续岂不冤兮!

【案语】出于《琴操》卷下,楚野民卞和所作。卞和得玉璞,先后献给楚怀王、楚平王,楚王不识,以欺谩之罪刑罚卞和,断其两足。楚平王死,其子即位,卞和抱玉哭于荆山之中,楚王遣使问之,卞和再次献玉,楚王使人剖之,中果有玉,乃封卞和为陵阳侯,卞和辞却,作为此歌。此故事亦见录于刘向《新序》卷5、东方朔《七谏》、王充《论衡·变动》、《后汉书·孔融传》李贤注,但皆未言卞和作歌。"悠悠",《文选》卷25《重赠卢谌诗》注引作"攸攸"。孙诒让《札迻》卷12以为"封"通"邦","休"当为"茠"之借字。

申包胥歌

吴为无道,封豕长蛇,以食上国,欲有天下。政从楚起,寡君出,在草泽,使来告急。

【案语】此诗见于《吴越春秋·阖闾内传第四》。伍子胥率领吴军攻入楚都,追索楚昭王。申包胥至秦求救,倚墙哭于秦庭七日七夜,秦哀公不予理睬,申包胥又唱此歌,经过七日,感动了秦哀公,秦乃出兵救楚。相关记载最早见于《左传·定公四年》,申包胥入秦乞师,曰:"吴为封豕长蛇,以荐食上国。虐始于楚,寡君失守社稷,越在草莽。使下臣告急曰:'夷德无厌,若邻于君,疆场之患也。逮吴之未定,君其取分焉。若楚之遂亡,君之土也。若以君灵抚之,世以事君。'"《左传》中申包胥对秦王所说的一段话,在《吴越春秋》中简化为一首歌。有学者以为此歌是赵晔在《左传》的基础上简化而成的。

穷劫曲

王耶王耶何乖烈,不顾宗庙听谗孽。任用无忌多所杀,诛夷白氏族几灭。二子东奔适吴越,吴王哀痛助忉怛。垂涕举兵将西伐,伍胥白喜孙武决。三战破郢王奔发,留兵纵骑虏荆阙。楚荆骸骨遭发掘,鞭辱腐尸耻难雪。几危宗庙社稷灭,严王何罪国几绝。卿士凄怆民恻悢,吴军虽去怖不歇。愿王更隐抚忠节,勿为谗口能谤亵。

【案语】此诗见于《吴越春秋·阖闾内传第四》。楚平王听信谗言,枉杀伍子胥父兄,后伍子胥帮助吴王阖闾率军破楚,三战入郢。吴军退离后,楚昭王返国,乐师扈子援琴而作此歌,"昭王垂涕,深知琴曲之意,扈子遂不复鼓矣"。俞樾《曲园杂纂》卷18《读吴越春秋》云:"昔人谓《招魂》、《大招》去其些、只即是七言诗,今观此曲,则更在前,可为七言诗之祖矣。"张觉《吴越春秋全译》云:"俞樾将此文所叙视为春秋时的史实,所以认为此曲产生于《招魂》、《大招》之前。此说恐误,因为此诗很可能是汉代人附会其事而作。不过,俞氏说它是'七言诗之祖',恐怕是能成立的。"又谓:"本书并不避'庄'字。此诗用'严'字代'庄'字,可能只是该诗产生于汉明帝之时罢了。"赵翼《陔馀丛考》卷23"七言"条云:"至《吴越春秋》所载《穷劫》等曲,通首皆七言,则本后汉赵长君所作,不得谓吴越时即有此体。白起,战国时人,在伍胥之后,而《穷劫篇》反引之以比伍胥,尤显然可见其伪。长君本传谓其作《吴越春秋》、《诗细》,蔡邕读而叹息,益可信诸诗之为长君作也。"周生春《吴越春秋辑校汇考》认为此诗应出自后人之手,引录俞樾语云此诗"可为七言诗之祖矣","然词意均浅薄,不似春秋人语"。蔡靖泉《楚辞先声——楚地民歌叙说》云:"世传的楚歌还有《穷劫曲》、《乌鹊歌》、《采葛妇歌》、《离别相去辞》、《河梁歌》……但就其内容和形式、语言和风格来稽考,似乎都不可靠,疑为汉人之作。"但南宋徐天祐云:"'严'义不通,今详当是'庄王',谓前王何罪几至绝国。按'严'本出芈姓,其先即楚庄王支孙,以谥为庄姓者也。如前汉庄忌、忌子助,后汉庄光,皆避明帝讳改姓严。此以'庄'为'严',亦避讳追改也。"在未见确凿证据之前,此诗产生之时代姑定于先秦。

乐师扈子琴歌

王兮王兮听谗邪,狂杀左右冤伍奢。二胤怀恨东奔吴,创雠构祸破国都。鞭尸戮骸丘墓屠,赖申包胥入获苏,王虽返国忧未徂。

【案语】见于唐代余知古《渚宫旧事》卷2。或题作《琴歌》。楚昭王返回郢都,乐师扈子侍引琴而为此歌。王士祯《居易录》卷15录文作:"王兮王兮听谗邪,枉杀左右冤伍奢。二子怀恨东奔吴,创雠构祸破国都。鞭尸戮骸邱墓屠,赖申包胥入获苏。王虽返国忧未徂。"此歌与《穷劫曲》产生背景相同。

穗 歌

穗乎不得获,秋风至兮殚零落。风雨之拂杀也,太上之靡弊也。

【案语】 此歌见于《晏子春秋·内篇谏下第二》。齐景公修筑长舍,正要大肆装潢修饰,风雨大作,齐景公与晏子进入新房舍内饮酒,酒酣,晏子作为此歌,"顾而流涕,张躬而舞",齐景公劝止晏子,也停止了工程。

齐庄公歌

已哉已哉!寡人不能说也,尔何来为?

【案语】 此歌见于《晏子春秋·内篇杂上》。晏子在齐庄公手下为臣,齐庄公不喜欢他。庄公饮酒,下令召晏子前来,晏子入宫,刚进门,齐庄公就让乐人奏乐唱此歌,晏子因此辞官东行,耕于海滨。数年之后,齐国果然发生了崔杼弑杀齐庄公的祸乱。"尔何来为",或作"尔来为"。孙星衍云:"'已'、'说'、'来'为韵。"苏时学云:"'来为'当作'为来','哉'与'来'叶也。"文廷式云:"当以'哉'、'来'为韵,孙说误。"详参吴则虞《晏子春秋集释》一书。

岁暮歌

岁已暮矣,而禾不获。忽忽矣,若之何?岁已寒矣,而役不罢。惙惙矣,如之何?

【案语】 此诗出自《晏子春秋·外篇第七》。张之象《古诗类苑》卷23题作《齐役者歌》。齐景公在长庲修筑高台,"晏子侍坐,觞三行,晏子起舞"而为此歌,反复歌舞三次。齐景公感到惭愧,废止了长庲的劳役。

伍子胥歌(二首)

一

俟罪斯国,志愿得兮。

二

庶此太康,皆吾力兮。

【案语】 第一首出于《文选》卷60《吊屈原文》注引《琴操》,伍子胥所作。第二首出于

《文选》卷 21《张子房诗》注引《琴操》,伍子胥所作。

谏吴王辞

於乎哀哉,遭此默默。忠臣掩口,谗夫在侧。政败道坏,谄谀无极。邪说伪辞,以曲为直。舍谗攻忠,将灭吴国。宗庙既夷,社稷不食。城郭丘墟,殿生荆棘。

【案语】出于《吴越春秋·夫差内传第五》。吴王夫差置酒文台,欲封赏权臣太宰嚭,伍子胥据地垂涕而有此辞。或题作《子胥谏吴王辞》。

勾践夫人歌(二首)

一

仰飞鸟兮乌鸢,凌玄虚号翩翩。集洲渚兮优恣,啄虾矫翩兮云间。任厥兮往还。

妾无罪兮负地,有何辜兮谴天?驷驷独兮西往,孰知返兮何年。心惙惙兮若割,泪泫泫兮双悬。

二

彼飞鸟兮鸢乌,已回翔兮翕苏。心在专兮素虾,何居食兮江湖。徊复翔兮游飏,去复返兮於乎。始事君兮去家,终我命兮君都。终来遇兮何幸,离我国兮去吴。

妻衣褐兮为婢,夫去冕兮为奴。岁遥遥兮难极,冤悲痛兮心恻。肠千结兮服膺,於乎哀兮忘食。愿我身兮如鸟,身翱翔兮矫翼。去我国兮心摇,情愤惋兮谁识。

【案语】这两首诗见于《吴越春秋·勾践入臣外传第七》,或题为《乌鹊歌》、《飞鸟吟》。清陶元藻编《全浙诗话》言《万历绍兴府志》题为《乌鸢之歌》。越王勾践五年(公元前492年),勾践夫妇和大夫文种、范蠡入吴去做奴仆,船行之始,"越王夫人乃据船而哭,顾见乌鹊啄江渚之虾,飞去复来",因哭而为歌二首。第一首中,南宋徐天祜云:"'号'当作'兮'。"第二首中"终来遇兮何幸",《四部丛刊》本如此,《太平御览》卷 571 引作"中年过兮何辜"。此歌全文,《太平御览》卷 571 作:"两飞乌兮颠作,载何居食兮江湖。水中虫子曰虾,去复反兮鸣呼。始事君兮去家,终我命兮君都。中年过兮何辜,离我国兮入吴。妻为婢兮夫为奴,岁昭昭兮难极。冤痛悲兮心恻,鸣呼哀兮不食。"文字出入较大,仅与第二首部分语句相近。《古诗纪》引杨慎《风雅逸篇》注说:"《吴越春秋》作于后汉人。所载事多不实。此歌依托无疑。"可备一说。诗中"妻衣褐兮为婢,夫去冕兮为奴。岁遥遥兮难极,冤悲痛兮心恻"诸语,与《少司命》:"入不言兮出不辞,乘风回兮载云旗。悲莫悲兮生别离,乐莫乐兮新相知"及《九歌·湘君》:"令湘沅兮无波,使江水兮安流。望夫君兮未来,吹参差兮谁思"句式、语言风格皆极相近。

固陵祖道祝辞(二首)

一

皇天祐助,前沉后扬。祸为德根,忧为福堂。威人者灭,服从者昌。王虽牵致,其后无殃。君臣生离,感动上皇。众夫哀悲,莫不感伤。臣请荐脯,行酒三觞。

二

大王德寿,无疆无极。乾坤受灵,神祇辅翼。我王厚之,祉祐在侧。德销百殃,利受其福。去彼吴庭,来归越国。觞酒既升,请称万岁。

【案语】见于《吴越春秋·勾践入臣外传第七》。张玉榖《古诗赏析》题为《祝越王辞》。或题为《越群臣祝》。越王勾践五年五月,与大夫种、范蠡入臣于吴,群臣送行,临水祖道,军阵固陵,大夫文种上前两次作为祝辞。"哀悲",张玉榖《古诗赏析》卷2作"悲哀"。"荐",张玉榖《古诗赏析》卷2作"薄"。"请荐脯",《太平御览》卷736作"谨再拜,伏称万岁"。"行酒",张玉榖《古诗赏析》卷2作"酒行"。"行酒三",《太平御览》卷736作"上酒二"。

庚癸歌

佩玉蕊兮,余无所系之。旨酒一盛兮,余与褐之父睨之。

【案语】见于《左传·哀公十三年》。吴大夫申叔仪作此歌,乞粮于鲁大夫公孙有山氏。杜预注云:"蕊然,服饰备也,己独无以系佩。言吴王不恤下。一盛,一器也。睨,视也。褐,寒贱之人。言但得视,不得饮。军中不得出粮,故为私隐。庚,西方,主谷。癸,北方,主水。传言吴子不与士共饥渴,所以亡。"

亢仓子歌

时之阳兮信义倡,时之默兮信义伏。阳与默,昌与伏,汩吾无谁私兮,羌忽不知其读。

【案语】 见于《亢仓子·贤道篇》,文云"齐有揢子者,材可以振国,行可以独立,事父母孝",然行事处处碰壁,见亢仓子,"仓子俯而循衽,仰而嘻"而为此歌。

龟山操

予欲望鲁兮,龟山蔽之。手无斧柯,奈龟山何!

【案语】 见于《琴操》卷上。齐人馈送女乐,季桓子受之,鲁君闭门不听朝,季氏专权,斥逐贤圣,孔子退而望鲁,援琴而作此歌。朱长文《琴史》卷1云:"斧以喻断,柯以喻柄。无断割之柄,则不能去季氏也。"《初学记》卷16云:"季桓子受齐女乐,孔子欲谏不得,退而望鲁龟山,作此曲,喻季氏若龟山之蔽鲁。"龟山,山名,在今山东省新汶县东南。张玉毂《古诗赏析》评论云:"上二,恨邪臣之惑君。下二,自伤无力以制之也。通首用比,意直而辞婉。"

柳下惠妻歌

夫子之不伐兮,夫子之不竭兮,夫子之信诚而与人无害兮。屈柔从俗,不强察兮。蒙耻救民,德弥大兮。虽遇三黜,终不蔽兮。恺悌君子,永能厉兮。嗟呼惜哉,乃下世兮。庶几遐年,今遂逝兮。呜呼哀哉,魂神泄兮。夫子之谥,宜为惠兮。

【案语】 见于《列女传·贤明传·柳下惠妻》。柳下惠,春秋时鲁国人,展氏,名获,字禽,食邑柳下,谥惠。柳下惠过世,门人将诔之,柳下惠妻以自知丈夫德行而为此诔词。

去鲁歌

彼妇之口,可以出走;彼妇之谒,可以死败。盖优哉游哉,维以卒岁。

【案语】 此诗载于《史记·孔子世家》、《乐府诗集》卷83、《绎史》卷86引《冲波传》。《乐府诗集》卷83题作《师乙歌》。明代田艺蘅《留青日札》卷2亦引《冲波传》载录题为《雉噫之歌》。孔子相鲁,齐人遗女乐,季桓子受之,三日不听政,郊祀结束也没有遵礼把祭肉分给诸位大夫。孔子遂行,夜宿屯地,师乙前来送别,孔子乃歌此诗。《史记·乐书》云:"自仲尼不能与齐优遂容于鲁,虽退正乐以诱世,作五章以刺时,犹莫之化。"《索隐》引《孔子家语》作:"彼妇人之口,可以出走;彼妇人之谒,可以死败。优哉游哉,聊以卒岁。"今本《孔子家语·子路初见篇》录文作:"彼妇人之口,可以出走;彼妇人之请,可以死败。优哉游哉,聊以卒岁。"《乐府诗集》卷83录文全同今本《孔子家语》。《说苑·说丛》载录"妇人之口,可以出走;妇人之喙,可以死败"数语,未言出自何人。《太平御览》卷571载录"彼妇"作"妇人","谒"作"请",无"盖"字,"维"作"聊"。前四句,田艺蘅《留青日札》卷2作:"彼妇之口,可以出奏;彼妇之谒,可以死北。优哉游哉,聊以卒岁。"

息邹操

周道衰微,礼乐陵迟。文武既坠,吾将焉师。周游天下,靡邦可依。凤鸟不识,珍宝枭鸱。眷言顾之,惨然心悲。巾车命驾,将适唐都。黄河洋洋,攸攸之鱼。临津不济,还辕息鄹。伤予道穷,哀彼无辜。翱翔于卫,复我旧庐。从吾所好,其乐只且。

【案语】出于《孔丛子·记问篇》:"赵简子使聘夫子,夫子将至焉,及河,闻鸣犊与窦犨之见杀也,回舆而旋,之卫,息鄹。遂为操。"《古诗纪》题为《息邹操》。《古乐苑》题为《邹操》。此诗与《将归操》产生背景相同,未知孰是。《史记·孔子世家》记载孔子既不得用于卫,将西见赵简子,至于河,而闻窦鸣犊、舜华之死,临河而叹曰:"美哉水,洋洋乎,丘之不济此,命也夫。"子贡趋而进曰:"敢问何谓也?"孔子曰:"窦鸣犊、舜华,晋国之贤大夫也。赵简子未得志之时,须此两人而后从政,及其已得志,杀之乃从政。丘闻之也,刳胎杀夭,则麒麟不至郊;竭泽涸渔,则蛟龙不合阴;覆巢毁卵,则凤皇不翔。何则?君子讳伤其类也。夫鸟兽之于不义也,尚知辟之,而况乎丘哉!"乃还,息乎陬乡,作为《陬操》以哀之。王肃曰:"《陬操》,琴曲名也。"但《史记》未载录其具体语句。"焉师",或引作"焉归"。"惨然",或引作"惨焉"。

盘操

干泽而渔,蛟龙不游。覆巢毁卵,凤不翔留。惨予心悲,还原息陬。

【案语】《古谣谚》据沈德潜《古诗源》引《琴操》逸文载录,沈氏乃沿袭冯惟讷《古诗纪》之说,具体出处不详。张玉毂《古诗赏析》言据《琴操》收录,题作《槃操》。孔子所作。《说苑·权谋》载录孔子语言及前四句。张玉毂《古诗赏析》评云:"前四,两层比起,不入不居之意已透,故下二止以惨悲虚括彼边危乱,点出还息竟住。实处能空,何等忠厚。"

狄水歌

狄水衍兮风扬沙,船楫颠倒更相加。归来兮胡为斯!

【案语】出于《琴操》逸文,乃孔子临狄水而为此歌。或题作《临河歌》、《将归操》。逐钦立以为汉代人所拟作。《水经注·河水注五》"漯水"下引蔡邕《琴操》云:"狄水衍兮风扬沙,船楫颠倒更相加。归来归来兮,胡为斯疑?"或怀疑《将归操》有脱文。狄水,河流名,在山东临沂。衍,不断。朱熹《校昌黎先生集注》引《水经注》录文有异文,"狄水衍",作"狄之水","船楫"作"舟楫",末句作"归来归来胡为斯"。"沙",李石《续博物志》卷8作"波"。

孔子临河援琴歌

河之水洋洋兮,丘之不济此命也夫!

【案语】见于《子华子·孔子赠篇》,孔子所作。或题作《临河歌》。《史记·孔子世家》云孔子不得志于卫国,将西见赵简子,临河而叹曰:"美哉水,洋洋乎!丘之不济此命也夫!"《说苑·权谋》载录孔子叹语曰:"美哉水,洋洋乎,丘之不济于此命也。"文字皆有异。

楚聘歌

大道隐兮礼为基,贤人窜兮将待时,天下如一兮欲何之?

【案语】出于《孔丛子·记问篇》。《古诗源》题作《楚聘歌》,或题作《大道歌》。楚王遣使往聘孔子,宰我、冉有问许由与太公孰贤,孔子回答之后乃作此歌。罗根泽《七言诗之起源及其成熟》一文以《孔丛子》旧传是陈胜博士孔鲋撰,其实是晋王肃所伪托,此诗因出处的不可靠而失掉可信的价值。

原壤歌

貍首之斑然,执女手之卷然。

【案语】见于《礼记·檀弓下》、《孔子家语·屈节解》。《古谣谚》题作《登木歌》。原壤母死,孔子帮助他整理棺椁,原壤登木而为此歌。《射义》吕氏注:"疑此即《狸首》诗。"郑玄注曰:"说人辞也。"孔疏从之。郝懿行《礼记笺》引北宋刘敞之说云:"貍首之斑,言木文之华也。卷与拳同,如执女手之拳,言沐浴之滑腻也。"齐召南曰:"此说胜孔疏。""斑",《白帖》卷18作"班"。"女",《白帖》卷18作"汝"。

将归操

翱翔于卫,复我旧居。从吾所好,其乐只且。

【案语】见于《乐府诗集》卷58。《乐府诗集》解题云:"一曰《聃操》。《琴操》曰:'《将归操》,孔子所作也。'《孔丛子》曰:'赵使聘夫子,夫子闻鸣犊与窦犨之见杀也,回舆而旋,为操曰《将归》。'"王谟《汉魏遗书钞》本《琴操》注语引《孔丛子》录文作:"周道衰微,礼乐陵迟。文武既坠,吾将焉归?周游天下,靡邦可依。凤鸟不识,珍宝鸥枭。眷言顾之,惨然心悲。巾车命驾,将适晋都。黄河洋洋,攸攸之鱼。临津不济,还辕息陬。伤予道穷,哀彼无辜。翱翔于卫,复我旧庐。从吾所好,其乐只且。"见于《孔丛子·记问篇》,当为《息邹操》语句。

猗兰操

习习谷风,以阴以雨。之子于归,远送于野。何彼苍天,不得其所。逍遥九州,无所定处。时人闇蔽,不知贤者。年纪逝迈,一身将老。

【案语】见于《乐府诗集》卷58,解题云:"一曰《幽兰操》。《古今乐录》曰:'孔子自卫反鲁,见香兰而作此歌。'""时",《乐府诗集》卷58注云"一作世"。据《鄄城县志》记载,公元前481年,孔子返回鲁国途中在卫国鄄邑作此歌。

丘陵歌

登彼丘陵,崚巁其阪。仁道在迩,求之若远。遂迷不复,自婴屯蹇。喟然回虑,题彼泰山。郁确其高,梁甫回连。枳棘充路,陟之无缘。将伐无柯,患兹蔓延。惟以永叹,涕霣潺湲。

【案语】出于《孔丛子·记问篇》。哀公遣使至卫迎孔子,而卒不能赏用,孔子乃作此歌。阪,山坡。迩,近。求,探求。遂,通道。复,返回。婴,羁绊。屯,艰难。回,调转。虑,担忧。题,品评。郁确,贫瘠。梁甫,山名,在泰山下,又名梁父。回,曲折。连,连接。陟,登。涕,眼泪。霣,通"陨",坠落。潺湲,流泪貌。"在迩",《文选补遗》卷35作"若迩",《韵补》卷3作"有迩",《琴史》卷1作"则迩"。"遂迷",指海本《孔丛子》作"迷而"。"屯",《文选补遗》卷35作"迍"。"梁甫",《文选补遗》卷35作"梁父"。"喟然回虑"之"回",姜兆锡本《孔丛子》作"过"。"郁确其高"之"确",蔡宗尧本《孔丛子》作"崔"。"霣",蔡宗尧本《孔丛子》作"陨"。

孤鹓歌

鹓彼鸣鹓,在岩山之唫。

【案语】《北堂书钞》卷106"梓上孤鹓乃承而歌"注云:"《琴操》云:孔子游于朣山,见取薪而哭,长梓上有孤鹣,乃承而歌之。"未载录诗句。梅鼎祚《古乐苑》、冯惟讷《古诗纪》载录诗语,皆引《类要》曰:"孔子游于隅山,见取薪而哭长梓,上有孤鹣,乃承而歌之。"鹓,鹓鹐,传说中与凤凰同类的一种鸟。鹣,比翼鸟。唫,同"吟"。

蟪蛄歌

违山十里,蟪蛄之声,犹尚在耳。

【案语】孙毂《古微书》卷23辑录《诗含神雾》,有文云:"子歌云:违山十里,蟪蛄之声,犹尚在耳。政尚静而恶哗也。"或题作《孔子歌》。诗语亦见于《说苑·政理》与《孔子家语》卷5,然皆谓为孔子语弟子之言。《采菽堂古诗选》云:"此亦有感于谗口之嗷嗷耶?音韵悠长。"张玉毂《古诗赏析》云:"写远深于写近也,交融双透。""违山",《白帖》卷2作"违家山"。末句,《说苑·政理》作"犹尚存耳",《孔子家语》卷5、《白帖》卷2、《太平御览》卷949作"犹在于耳"。

夫子杏坛琴歌

暑往寒来春复秋,夕阳西下水东流。将军战马今何在?野草闲花满地愁。

【案语】《古今合璧事类备要》前集卷57、《山堂肆考》卷162皆引《东家杂记》录此歌,《山堂肆考》引文谓:"昔鲁哀公二十一年,孔子出鲁东门,过故杏坛,历级而升,顾谓弟子曰:'兹鲁将臧文仲誓盟之坛也,睹物思人。'"因为此歌。

曳杖歌

太山坏乎?梁柱摧乎?哲人萎乎?

【案语】见于《史记·孔子世家》,文云:"孔子病,子贡请见,孔子方负杖逍遥于门,曰:'赐,汝来何其晚也?'"因叹而为此歌,七日后孔子卒。后人颇疑此歌非出于孔子。杨慎《檀弓丛训》引吴澄语曰:"盖自周末七十子以后之人撰造为之,欲表明圣人之豫知其死,将以尊圣人,而不知适以卑之也。"崔述《洙泗考信录》、梁启超《中国美文史稿》赞同此说。《礼记·檀弓》云:"孔子蚤作,负手曳杖,消遥于门,歌曰:'泰山其颓乎?梁木其坏乎?哲人其萎乎?'"《孔子家语·终记解》所记全同,两书载录与《史记》文字有异。

获麟歌

　　唐虞世兮麟凤游,今非其时来何求?麟兮麟兮我心悲!

【案语】见于《论语纬·摘衰圣》、《孔丛子·记问篇》、《乐府诗集》卷83。或题作《泣麟歌》、《获麟操》。鲁哀公十四年西狩,薪者获麟,伤其左足,孔子见,泣而为此歌。麟,麒麟,古人传说中的一种仁兽,不践踏生虫,不折生草。罗根泽《七言诗之起源及其成熟》一文认为此诗产生在东汉,最早不能超过西汉之末。"悲",张之象《古诗类苑》卷127、张玉縠《古诗赏析》卷1引作"忧"。

鲁哀公诔尼父

　　旻天不吊,不慭遗一老。俾屏余一人以在位,茕茕余在疚。呜呼哀哉!尼父,无自律。

【案语】《左传·哀公十六年》:夏四月己丑,孔子去世,鲁哀公诔之而为此数语。杜预注云:"仁覆闵下,故称旻天。吊,至也。慭,且也。俾,使也。屏,蔽也。疚,病也。律,法也。言丧尼父无以自为法。"《史记·孔子世家》亦载录此数语,唯"无"作"毋",余皆同。《史记集解》引王肃注云:"吊,善也。慭,且也。一老谓孔子也。疚,病也。父,丈夫之显称也。律,法也。言毋以自为法也。"

琴　歌

　　麦秀蕲兮雉朝飞,向虚壑兮背乔槐,依绝区兮临回池。

【案语】见于《乐府诗集》卷57《雉朝飞操》解题引,题为伯牙《琴歌》。

思归引

　　涓涓流水,流反于淇兮。有怀于卫,靡日不思。执节不移兮,行不诡随。坎坷何辜兮离厥菑。

【案语】见于《琴操》卷上,卫女所作。邵王闻卫侯之女贤淑而聘之为妻,未至而邵王死,邵国太子强行把卫女留下。卫女拘于深宫,思归不得,心悲忧伤,援琴而作此歌,曲终自缢而死。

浑良夫噪

登此昆吾之虚,绵绵生之瓜。余为浑良夫,叫天无辜。

【案语】 出于《左传·哀公十七年》,"太子请使良夫","卫侯梦于北宫,见人登昆吾之观,被发背面而噪",即为此数语。《古谣谚》卷2题作《卫侯梦浑良夫噪》。梁启超称此诗"饶有诗趣,文章真佳极了"。

河激歌

升彼河兮而观清,水扬波兮冒冥冥。祷求福兮醉不醒,诛将加兮妾心惊。罚既释兮渎乃清,妾持楫兮操其维。蛟龙助兮主将归,呼来櫂兮行勿疑。

【案语】 此诗载录于《列女传·辨通篇》"赵津女娟"、《乐府诗集》卷83。后世或称为《赵津歌》。赵简子南击楚时,河津吏醉酒不能摆渡,赵简子很生气,要杀掉河津吏。河津吏的女儿愿意代父而死,后自告奋勇参加划船,至于中流,唱为此歌。赵简子返回后,娶她为妻。第二句"冒",《文选》卷22《车驾幸京口诗》注引作"杳"。《北堂书钞》卷106引"而"作"西","冥冥"作"冥","渎"作"河","归"作"妇"。"冒",《乐府诗集》卷83据《列女传》改作"杳"。《事类赋》卷11载录全文作:"升彼河兮西观,清水扬波兮杳冥。祷求福兮醉不醒,诛将加兮妾心惊。蛟龙助兮主将归,呼来櫂兮行勿疑。"

水仙操

繁洞渭兮流澌濩,舟楫逝兮仙不还。移形素兮蓬莱山,欤钦伤宫仙不还。

【案语】 出于王谟《汉魏遗书钞》本《琴操》,云为《艺文类聚》所引,但今本《艺文类聚》不见此文。明曹学佺《石仓历代诗选》、冯惟讷《古诗纪》、张玉穀《古诗赏析》载录。冯惟讷、张玉穀皆引《琴苑要录》以为伯牙学琴三年不成,他的老师成连把他带到蓬莱山听海水澎湃、群鸟悲鸣之音,伯牙有感而作此歌。逯钦立以为后人伪托之辞。"仙不还",张玉穀《古诗赏析》卷1引作"仙石还",云"石"当作"不"。

齐人歌

鲁人之皋,数年不觉,使我高蹈。唯其儒书,以为二国忧。

【案语】 出于《左传·哀公二十一年》。鲁哀公二十一年秋八月,鲁哀公和齐平公、邾桓公在顾地结盟,齐国人责备当初在鲁哀公十七年时,齐侯为鲁哀公稽首而不见答,因作为此歌。

紫玉歌

南山有鸟,北山张罗。意欲从君,谗言孔多。悲结成疹,没命黄垆。命之不造,冤如之何。羽族之长,名为凤皇。一日失雄,三年感伤。虽有众鸟,不为匹双。故见鄙姿,逢君辉光。身远心近,何曾暂忘。

【案语】见于《乐府诗集》卷83。解题云:"紫玉,吴王夫差女也。作歌诗以与韩重。"《吴地记》引录《越绝书》云:"夫差小女,字幼玉。见父无道,轻士重色,其国必危。遂愿与书生韩重为偶。不果,结怨而死。夫差痛之,金棺铜椁,葬闾门外。其女化形而歌曰:'南山有鸟,北山张罗。鸟既高飞,罗当奈何。志愿从君,谗言孔多。悲怨成疾,没身黄坡。'"录文不同。《太平御览》卷573引《搜神记》"意欲"作"志欲","成疹"作"生疾","皇"作"凰",又无"虽有众鸟,不为匹双"一语,"何曾"作"何尝"。《文物》2012年第6期刊发北京大学出土文献研究所《北京大学藏秦简牍概述》一文,云2010年初,北京大学得到香港冯燊国学基金会捐赠,入藏一批秦简牍。这批简牍抄写年代大约在秦始皇时期,主人应是秦的地方官吏。这批简牍很可能出自今湖北省中部的江汉平原地区。其中《公子从军》讲述一女子和公子的情感纠葛,多引诗句,如"南山有鸟,北山直罗"。《公子从军》可能是紫玉故事的源头。

祝越王辞(二首)

一

皇天佑助,我王受福。良臣集谋,我王之德。宗庙辅政,鬼神承翼。君不忘臣,臣尽其力。上天苍苍,不可掩塞。觞酒二升,万福无极。

二

我王贤仁,怀道抱德。灭雠破吴,不忘返国。赏无所吝,群邪杜塞。君臣同和,福佑千亿。觞酒二升,万岁难极。

【案语】此二诗载于《吴越春秋·勾践伐吴外传第十》。张玉穀《古诗赏析》题为《后祝越王辞》。或题为《文台进祝酒辞》。公元前473年,勾践灭吴,后在吴国文台设宴,君臣为乐,大夫文种上前祝酒,乃诵此两首诗。承,通"丞",辅佐。难,不能。张玉穀《古诗赏析》认为此诗"寓规于颂,化板为活,比于三百,可作外篇"。

曾子归耕歌

往而不反者,年也。不可以再事者,亲也。歔欷归耕,来日安所耕?历山盘兮钦釜。

【案语】出于《琴操》卷下,曾子所作。或题作《归耕操》。曾子事孔子十余年,思念双亲年衰,养之不备,乃作此歌。"以",《后汉书·张衡传》注引作"得"。后三句,《后汉书·张衡传》李贤注引用,中华书局标点本句读作:"歔欷归耕来日,安所耕历山盘兮?"

列女引

忠谏行兮正不邪,众妾夸兮继嗣多。

【案语】见于《琴操》卷上,楚庄王妃樊姬所作。楚庄王一日因与令尹虞丘子谈话而罢朝晚归,樊姬劝谏,言虞丘子未尝推荐贤才,未可称贤。第二日,虞丘子听到楚庄王转告樊姬之语,"稽首辞位而进孙叔敖",樊姬自以谏行志得而作《列女引》。唐余知古《渚宫旧事》卷2录文作:"忠信言兮从正不邪,众妾进兮继嗣多。"

孟子反子张琴歌

嗟来桑户乎!嗟来桑户乎!而已反其真,而我犹为人猗!

【案语】见于《庄子·大宗师》。子桑户、孟子反、子琴张三人为友,莫逆于心,子桑户死,两人相和而为此歌。嗟来,犹嗟乎。来为语气词。张亚权《读〈先秦汉魏晋南北朝诗·先秦诗〉札记》认为前一个"而"字同"尔",后一个"而"字或为衍文。真,谓道或自然。

子桑歌

父邪!母邪!天乎!人乎!

【案语】见于《庄子·大宗师》。大雨连绵数日,子桑生活困顿鼓琴而为此歌。

庄周独处吟

天地之道,近在胸臆。呼噏精神,以养九德。渴不求饮,饥不索食。

避世守道,志洁如玉。卿相之位,难可直当。岩岩之石,幽而清凉。枕块寝处,乐在其央。寒凉固回,可以久长。

【案语】出于《琴操》卷下,庄子所作。或题作《引声歌》。齐湣王遣使欲聘庄子为相,庄子拒绝,作为此歌。

偕隐歌

天下有道,我被子佩。天下无道,我负子戴。

【案语】出于扬雄《琴清英》,文云"祝牧与妻偕隐"而作此琴歌。《太平御览》卷403、卷691皆以为庄子之语。《困学纪闻》卷10亦以为《庄子》逸文。《说郛》卷100载录虞汝明《古琴疏》,有文云:"祝牧入山樵采,得异木,其状类琴,因斫成之,名曰太古。与妻偕隐,尝作歌,鼓之曰:'天下有道,我靸子佩。天下无道,我负子戴。优哉游哉,聊以卒岁。'相乐以终身。""佩",《太平御览》卷403作"珮"。张玉毂《古诗赏析》评云:"以道为衡,出处无定,而唱随有常,意高辞炼。"

杨朱为季梁歌

天其弗识,人胡能觉?匪祐自天,弗孽由人。我乎汝乎!其弗知乎!医乎巫乎!其知之乎?

【案语】见于《列子·力命篇》。杨朱的朋友季梁得病,其子要请医生为他治疗,季梁遂请杨朱"为我歌以晓之"。

乌鹊歌(二首)

一

南山有乌,北山张罗。乌自高飞,罗当奈何?

二

乌鹊双飞,不乐凤凰。妾是庶人,不乐宋王。

【案语】这两首诗见于《天中记》卷18引宋路振《九国志》佚文,及《分类补注李太白诗》卷4《白头吟》宋代杨齐贤注,皆言宋康王抢夺舍人韩凭妻何氏,何氏作此《乌鹊歌》二首以见志,遂自缢死。张玉毂《古诗赏析》评云:"二章比起正节,言心之不可违也,决绝得妙。"韩凭夫妻的故事,较早的记述见于曹丕《列异传》,《艺文类聚》卷92曾引录其文,后世不断敷衍,影响甚大。故事梗概为:战国时期,宋国舍人韩凭妻何氏貌美,宋暴君康王偃强夺何氏,将她关在陵台内,何氏作《乌鹊歌》以见志。康王又收捕韩凭,韩凭自尽,何氏也投台而死。二人死后,坟墓上生出梓树,有雌雄鸳鸯居其上,音声感人。诗中表现了何氏坚决不从宋王的反抗精神,也显示了何氏与韩凭"乌鹊双飞"的美好爱情,痛斥了宋王的残暴无礼。韩凭故事仅是诗作的一个来源途径,诗作的另一个来源途径是吴王小女紫玉的传说。紫玉传说,最早载录于《吴越春秋·阖闾内传第四》,文云:"吴王有女滕玉。因谋伐楚,与夫人及女会。蒸鱼,王前尝半而与女,女怒曰:'王食鱼辱我,不忘久生。'乃自杀。阖闾痛之,葬于国西阊门外。"晋干宝《搜神记》卷16踵事增华,谓吴王小女名紫玉,爱慕童子韩重,欲嫁不得,气结而死,葬于阊门之外,韩重游学归来,前往拜祭紫玉,紫玉之魂从墓出,延颈而歌曰:"南山有鸟,北山张罗。鸟自高飞,罗当奈何!意欲从君,谗言孔多。悲结生疾,没命黄垆。命之不造,冤如之何!羽族之长,名为凤凰。一日失雄,三年感伤。所有众鸟,不为匹双。故见鄙姿,逢君辉光。身远心近,何当暂忘。"唐陆广微《吴地记》引述《吴越春秋》滕玉自杀文字后,又征引《越绝书》,文云:"夫差小女字幼玉,见父无道,轻士重色,其国必危,遂愿与书生韩重为偶。不果,结怨而死。夫差思痛之,金棺铜椁,葬阊门外。其女化形而歌曰:'南山有鸟,北山张罗。鸟既高飞,罗当奈何!志愿从君,谗言孔多。悲怨成疾,没命黄坡。'"今本《越绝书》无此数语。此类故事当有更早之渊源。据《文物》2012年第6期刊载北京大学出土文献研究所《北京大学藏秦简牍概述》一文介绍,2010年初,北京大学得到香港冯燊国学基金会捐赠,入藏一批秦简牍。这批简牍抄写年代大约在秦始皇时期,主人应是秦的地方官吏。这批简牍很可能出自今湖北省中部的江汉平原地区。其中有一篇《公子从军》,共22简,以一女子向公子陈述的口吻,讲述一女子和公子的情感纠葛,表达了对从军之公子深切的思念之情,同时又指责公子对她挚爱情感之淡漠。文章颇富文学意味,多次引用诗句以述其情,如"南山有鸟,北山直罗"。简文当与此诗有渊源。因为材料尚未完全公布,只能俟后查考。

韩凭妻答夫歌

其雨淫淫,河大水深,日出当心。

【案语】此诗见于干宝《搜神记》卷11。张玉穀《古诗赏析》题作《答夫歌》。宋康王抢夺韩凭之妻,又迫害韩凭,妻密遗凭书,缪其辞曰:"其雨淫淫,河大水深,日出当心。"康王得到此书,左右不解其意,"臣苏贺对曰:'其雨淫淫,言愁且思也;河大水深,不得往来也;日出当心。心有死志也。'"张玉穀《古诗赏析》评云:"隐语奇创。此又'藁砧何在'之所从出也。"韩凭夫妻的爱情故事,较早见录于《列异传》,《艺文类聚》卷92引述其书,文字简略。

雉朝飞操

雉朝飞,鸣相和,雌雄群游于山阿。我独何命兮未有家,时将暮兮可奈何。嗟嗟暮兮可奈何。

【案语】 此诗出于《琴操》卷上,云齐独沐子所作,《古今注》、《乐府解题》以为牧犊子作。亦见于《太平御览》卷 917《羽族部》。《乐府诗集》卷 57 亦载录,惟前两句合为一句作"雉朝飞兮鸣相和"。《太平御览》卷 578 云:"扬雄《琴清英》曰:《雉朝飞操》者,卫女之所作也。卫侯女嫁于齐太子,至中道闻太子死,问傅母何如,傅母曰:'且往当丧。'丧毕不肯归,终之以死焉。傅母好琴,取女自操琴,于冢上鼓之,忽三雉俱出墓中,傅母抚雌雉曰:'女果为雉耶?'言未卒,俱飞而起,忽然不见。傅母悲痛,援琴作操,故曰《雉朝飞》。"《乐府诗集》卷 57 亦引扬雄此文,大体相同。《乐府诗集》卷 57 又引崔豹《古今注》云:"《雉朝飞》者,犊沐子所作也。齐宣王时,处士泯宣,年五十无妻。出薪于野,见雉雄雌相随而飞,意动心悲,乃仰天叹大圣在上,恩及草木鸟兽,而我独不获。因援琴而歌,以明自伤。其声中绝。"《琴操》云"独沐子年七十无妻,出薪于野,见飞雉雄雌相随,感之",抚琴而为此歌。

狐援辞(二首)

一

先出也衣绨纻,后出也满囹圄。吾今见民之洋洋然,东走而不知所处。

二

有人自南方来,鲋入而鲵居,使人之朝为草而国为墟。殷有比干,吴有子胥,齐有狐援。已不用若言,又斮之东闾。每斮者以吾参夫二子者乎。

【案语】 见于《吕氏春秋·贵直》,文云"狐援说齐湣王"而齐王不受,狐援"出而哭国三日",乃有第一章,受到小吏的批评,狐援乃为第二章数语。

佹 诗(二首)

一

天地易位,四时易乡。列星殒坠,旦暮晦盲。幽晦登昭,日月下藏。公正无私,见谓从横;志爱公利,重楼疏堂;无私罪人;憼革戒兵。道德纯备,谗口将将。仁人绌约,敖暴擅强。天下幽险,恐失世英。螭龙为蝘蜓,鸱枭为凤皇。比干见刳,孔子拘匡。昭昭乎其知之明也,拂乎其遇时之不祥也,郁郁乎其欲礼义之大行也,闇乎天下之晦盲也。皓天不复,忧无疆也。千岁必反,古之常也。弟子勉学,天不忘也。圣人共手,时几将矣。与愚以疑,愿闻反辞。

二

念彼远方,何其塞矣。仁人绌约,暴人衍矣。忠臣危殆,谗人服矣。琁玉瑶珠,不知佩也。杂布与锦,不知异也。闾娵、子奢,莫之媒也。嫫母、力父,是之喜也。以盲为明,以聋为聪,以危为安,以吉为凶。呜呼上天,曷维其同。

【案语】见于《荀子·赋篇》。《战国策·楚策》载录荀子致书平原君,"因为赋曰:宝珍隋珠,不知佩兮。袆衣与丝,不知异兮。闾妹子奢,莫知媒兮。嫫母求之又,甚喜之兮。以瞽为明,以聋为聪,以是为非,以吉为凶。呜呼上天,曷惟其同"。文字与第二章有异同。

成相杂辞(三首)

一

请成相,世之殃,愚闇愚闇堕贤良。人主无贤,如瞽无相何伥伥。请布基,慎圣人,愚而自专事不治。主忌苟胜,群臣莫谏必逢灾。论臣过,反其施,尊主安国尚贤义。拒谏饰非,愚而上同国必祸。曷谓罢?国多私,比周还主党与施。远贤近谗,忠臣蔽塞主势移。曷谓贤?明君臣,上能尊主爱下民,主诚听之,天下为一海内宾。主之孽,谗人达,贤能遁逃国乃蹶。愚以重愚,闇以重闇成为桀。世之灾,妬贤能,飞廉知政任恶来。卑其志意,大其园囿高其台。武王怒,师牧野,纣卒易乡启乃下。武王善之,封之于宋立其祖。世之衰,谗人归,比干见刳箕子累。武王诛之,吕尚招麾殷民怀。世之祸,恶贤士,子胥见杀百里徙。穆公得之,强配五伯六卿施。世之愚,恶大儒,逆斥不通孔子拘。展禽三绌,春申道缀基毕输。请牧基,贤者思,尧在万世如见之。谗人罔极,险陂倾侧此之疑。基必施,辨贤罢,文武之道同伏戏。由之者治,不由者乱何疑为?凡成相,辨法方,至治之极复后王。慎墨季惠,百家之说诚不详。治复一,修之吉,君子执之心如结。众人贰之,谗夫弃之形是诘。水至平,端不倾,心术如此象圣人。□而有执,直而用枻必参天。世无王,穷贤良,暴人刍豢仁人糟糠。礼乐灭息,圣人隐伏墨术行。治之经,礼与刑,君子以修百姓宁。明德慎罚,国家既治四海平。治之志,后势富,君子诚之好以待。处之敦固,有深藏之能远思。思乃精,志之荣,好而壹之神以诚。精神相及,一而不贰为圣人。治之道,美不老,君子由之佼以好。下以教诲子弟,上以事祖考。成相竭,辞不蹶,君子道之顺以达。宗其贤良,辨其殃孽。

二

请成相,道圣王,尧舜尚贤身辞让。许由、善卷,重义轻利行显明。尧让贤,以为民,泛利兼爱德施均。辨治上下,贵贱有等明君臣。尧授能,舜遇时。尚贤推德天下治。虽有贤圣,适不遇世孰知之?尧不德,舜不辞,妻以二女任以事。大人哉舜,南面而立万物备。舜授禹,以天下,尚德推贤不失序。外不避仇,内不阿亲贤者予。劳心力,尧有德,干戈不用三苗服。举舜甽亩,任之天下身休息。得后稷,五谷殖,夔为乐正鸟兽服。契为司徒,民知孝弟尊有德。禹有功,抑下鸿,辟除民害逐共工。北决九河,通十二渚疏三江。禹傅土,平天下,躬亲为民行劳苦。得益、皋陶、横革、直成为辅。契玄王,生昭明,居于砥石迁于商。十有四世,乃有天乙是成汤。天乙汤,论举当,身让卞随举牟光。□□□□,道古贤圣基必张。愿陈辞,□□□,世乱恶善不此治。隐过疾贤,长由奸诈鲜无灾。患难哉,阪为先,圣知不用愚者谋。前车已覆,后未知更何觉时。不觉悟,不知苦,迷惑失指易上下。中不上达,蒙揜耳目塞门户。门户塞,大迷惑,悖乱昏莫不终极。是非反易,比周欺上恶正直。正直恶,心无度,邪枉辟回失道途。已无邮人,我独自美岂无故。不知戒,后必有,恨后遂过不肯悔。逸夫多进,反覆言语生诈态。人之态,不如备,争宠嫉贤相恶忌。妬功毁贤,下敛党与上蔽匿。上壅蔽,失辅势,任用谗夫不能制。孰公长父之难,厉王流于彘。周幽厉,所以败,不听规谏忠是害。嗟我何人,独不遇时当乱世。欲对衷,言不从,恐为子胥身离凶。进谏不听,到而独鹿弃之江。观往事,以自戒,治乱是非亦可识。□□□□,托于成相以喻意。

三

请成相,言治方,君论有五约以明。君谨守之,下皆平正国乃昌。臣下职,莫游食,务本节用财无极。事业听上,莫得相使一民力。守其职,足衣食,厚薄有等明爵服。利往卬上,莫得擅与孰私得?君法明,论有常,表仪既设民知方。进退有律,莫得贵贱孰思王?君法仪,禁不为,莫不说教名不移。修之者荣,离之者辱孰它师？刑称陈,守其银,下不得用轻私门。罪祸有律,莫得轻重威不分。请牧基,明有祺,主好论议必善谋。五听修领,莫不理续主执持。听之经,明其请,参伍明谨施赏刑。显者必得,隐者复显民反诚。言有节,稽其实,信诞以分赏罚必。下不欺上,皆以情言明若日。上通利,隐远至,观法不法见不视。耳目既显,吏敬法令莫敢恣。君教出,行有律,吏谨将之无铍滑。下不私请,各以所宜舍巧拙。臣谨修,君制变,公察善思论不乱。以治天下,后世法之成律贯。

【案语】这三首诗出于《荀子·成相》,乃荀子采用民间通俗的文艺形式,杂论君臣治乱之事。俞樾《荀子平议》引《曲礼》"郑注曰:'相谓送杵声'",谓"盖古人于劳役之事,必为歌讴以相劝勉,亦举大木者呼邪许之比。其乐曲谓之相。'请成相'者,请成此曲也。《汉志》有《成相杂辞》,足证古有此体"。"慎圣人",或谓当作"慎听之"。

弹铗歌

长铗归来乎,食无鱼。
长铗归来乎,出无车。
长铗归来乎,无以为家。

【案语】这三首短歌见于《战国策·齐策》、《史记·孟尝君列传》,或题作《长铗歌》。冯谖作为普通贫士,闻孟尝君好客,前往为客,三次弹剑而歌,求索食鱼、乘车和养家,一则是考验孟尝君是否真的礼贤下士,一则是有心引起孟尝君的注意。孟尝君一一满足了他的要求,他也真心为孟尝君谋划出力。"出无车",《事类赋》卷11作"出无舆"。

无亏琴歌

洞庭兮木秋,涔阳兮草衰。去千里之家国,作咸阳之布衣。

【案语】见于《说郛》卷100载录虞汝明《古琴疏》,云"楚王子无亏有琴曰青翻,后质于秦,不得归",因抚琴而为此歌。或题作《王子思归歌》、《楚王子无亏琴歌》。《史记·春申君列传》仅言"黄歇受约归楚,楚使歇与太子完入质于秦,秦留之数年",未载录此歌。张之象《古诗类苑》卷130载录,题作《王子思归歌》,注其出处曰"怨录","千里"作"千乘"。

宋玉述主人女歌（二首）

一

岁将暮兮日已寒，中心乱兮勿多言。

二

内怵惕兮徂玉床，横自陈兮君之傍。君不御兮妾谁怨？日将至兮下黄泉。

【案语】见于宋玉《讽赋》，乃宋玉所记房东之女为之。或为宋玉所撰，亦未可知。逯钦立题为《讽赋歌》。第二首首句，"内怵惕兮"《北堂书钞》卷133作"怀怵惕之心兮"，《艺文类聚》卷24作"怵惕心兮"，《海录碎事》卷9作"怵惕之心兮"。"横自陈兮君之傍"后，《艺文类聚》卷24、《古文苑》卷2引作"君不御兮妾谁怨？日将至兮下黄泉"，《海录碎事》卷9引同，但"日"前有"死"字。

山水讴

房山为宫兮，沮水为浆。不闻调琴奏瑟兮，惟闻流水之汤汤。水之无情兮，犹能自致于汉江。嗟余万乘之主兮，徒梦怀乎故乡。夫谁使余及此兮？乃谗言之孔张。良臣淹没兮，社稷沦亡。余听不聪兮，敢怨秦王？

【案语】见于冯梦龙《东周列国志》第106回《王敖反间杀李牧　田光刎颈荐荆轲》。赵王迁在国灭后，被囚禁于楚地房陵，居于石室之内，闻水声淙淙，问左右，知为沮水，感叹而作此歌，"终夜无聊，每一发讴，哀动左右，遂发病不起"。

易水歌

风萧萧兮易水寒，壮士一去兮不复还！

【案语】此歌出自《战国策·燕策三》，后载录于《史记·刺客列传·荆轲传》。《艺文类聚》卷43、《渊鉴类函》卷185题为《萧萧歌》。张玉毂《古诗赏析》题作《渡易水歌》。《太平御览》卷572、《事类赋》卷11引录《燕丹子》、清代四库馆臣从《永乐大典》辑出而经孙星衍补辑校订本《燕丹子》亦载。《乐府诗集》卷58题作《渡易水》，解题云："一曰《荆轲歌》。"又云："按《琴操》商调有《易水曲》，荆轲所作，亦曰《渡易水》是也。"战国末期，秦国逐步吞并各诸侯国，卫国人荆轲受燕国太子丹指派，入秦刺杀秦王嬴政，临行之时，太子丹与宾客皆穿戴白衣白帽在易水边送别,荆轲唱为此歌,意态从容,义无反顾。郦道元《水经注·易水》引阚骃语云:"荆轲歌,宋如意和之,如壮声,士发皆冲冠,为哀音,士皆流涕。"《文艺研究》2013年第4期刊载张海明《司马迁〈易水歌〉献疑》,认为《易水歌》最早当见于《燕丹子》,经萧统编入《文选》后始得以流行。其作者可能为江淹,大概在北宋时期,《易水歌》才成为《史记·荆轲传》正文之一部分。其说可为一家之言。此歌短短两句,却能融情于景,寓悲于壮,极富感染力。潘德舆《养一斋诗话》评论说:"悲在骨,不在词,故能字字悲壮遒郁。十五字有千万人痛苦之声。"《采菽堂古诗选》评曰:"壮激。上句景中有情,语不期多。"张玉毂《古诗赏析》评论说:"竟说一去不还,壮在此,悲亦在此。全妙在上句写景,助得声势起,故读之愈觉悲壮。"梁启超评云:"虽仅仅两句,把北方民族武侠精神完全表现,文章魔力之大,殆无其比。"

秦始皇歌

洛阳之水,其色苍苍。祠祭大泽,倏忽南临。洛滨醊祷,色连三光。

【案语】见于《乐府诗集》卷83,解题引《古今乐录》云:"秦始皇祠洛水,有黑头公从河中出,呼始皇曰:'来受天宝。'乃与群臣作歌。"《古诗纪》前集卷2题作《祠洛水歌》。"临",《诗纪》前集卷2注云:"一作征,征古转入阳。"

采芝操

皓天嗟嗟,深谷逶迤。树木莫莫,高山崔嵬。岩居穴处,以为幄茵。晔晔紫芝,可以疗饥。唐虞往矣,吾当安归?

【案语】见于《乐府诗集》卷58,四皓所作。解题引《古今乐录》云:"南山四皓隐居,高祖聘之,四皓不甘,仰天叹而作歌。"又引崔鸿语云:"四皓为秦博士,遭世暗昧,坑黜儒士,于是退而作此歌,亦谓之《四皓歌》。"郭茂倩认为两说不同,未知孰是。四皓为四位隐士,皆河内轵地人,名为东园公、角里先生、绮里季、夏黄公,秦始皇时退隐兰田山而为此歌。"皓天",明姜南《投瓮随笔》、《陕西通志》卷95引作"昊天"。"莫莫",《投瓮随笔》、《陕西通志》卷95引作"漠漠"。"晔晔",《投瓮随笔》引作"煜煜",《陕西通志》卷95引作"灼灼",《全浙诗话》卷1言《甬上耆旧传》载录《乐府》载《琴集》引作"奕奕"。晋皇甫谧《高士传》卷中录文作:"莫莫高山,深谷逶迤。晔晔紫芝,可以疗饥。唐虞世远,吾将何归?驷马高盖,其忧甚大。富贵之畏人,不如贫贱之肆志。"清陶元藻《全浙诗话》卷1言《甬上耆旧传》记崔鸿录文:"漠漠高山,深谷威迤。奕奕紫芝,可以疗饥。皇农邈远,余将安归?驷马高盖,其忧甚大。富贵而畏人,不如贫贱而轻世。"《陕西通志》卷95载录此诗,另载一诗作:"漠漠商洛,深谷逶迤。灼灼紫芝,可以疗饥。唐虞世远,吾将安归?驷马高车,其忧甚大。富贵之畏人,不如贫贱之肆志。"与崔鸿录文亦有不同。或题为《紫芝歌》。此诗不知为四皓中哪一人所作,或为四人联句,亦未可知。

大楚谣

大楚兴,陈胜王。

【案语】此谣见于《史记·陈涉世家》。陈胜、吴广决定起义,先是丹书帛"陈胜王"三字,置于鱼腹中,人见而怪之;"又间令吴广之次所旁丛祠中"夜篝火,狐鸣呼曰:'大楚兴,陈胜王'",扰动视听,使得卒众惊恐。

楚 歌

九月深秋兮四野飞霜,天高水涸兮寒雁悲伤。最苦戍边兮日夜彷徨,披坚执锐兮孤立沙岗。离家十年兮父母生别,妻子何堪兮独宿孤床。白发倚门兮望穿秋水,稚子忆念兮泪断肝肠。家有馀田兮谁与执守?邻家酒熟兮谁与之尝?一旦交兵兮倒刃而死,骨肉为泥兮衰草蒿凉。魂魄悠悠兮往之所以,壮志寥寥兮付之荒唐。汉王有德兮降军不杀,指日擒羽兮玉石俱伤。我歌岂诞兮天遣告汝,汝其知命兮勿为渺茫。

【案语】此谣见于江苏省丰县县志办公室、丰县刘邦研究会主办的《刘邦研究》1993年第3辑,朱启中记录整理,言二十世纪七十年代末在内蒙古大兴安岭甘河林业局森林调查队工作时,由潘贵祥口述,相传为张良所作。此歌伪托的可能性很大。公元前202年12月,项羽率军败退至于垓下(今安徽灵璧东南),物资匮乏,士气低落,陷于绝境,一天夜里,听闻汉军四面皆为此歌,项羽十分吃惊地询问部下:"汉皆以得楚乎?是何楚人之多也!"感念平生,慷慨悲歌。应劭云:"楚歌者,鸡鸣歌也。汉已略得其地,故楚歌者多鸡鸣时歌也。"颜师古反对此说,云:"楚歌者,为楚人之歌,犹言吴越吟耳。若以鸡鸣为歌曲之名,于理则可,不得云鸡鸣时也。高祖令戚夫人为楚舞,自为作楚歌,岂亦鸡鸣时乎?"

垓下歌

力拔山兮气盖世,时不利兮骓不逝。骓不逝兮可奈何,虞兮虞兮奈若何!

【案语】出于《史记·项羽本纪》。《乐府诗集》卷58亦载,题作《力拔山操》。《古诗纪》前集卷2题作《垓下歌》。项羽在垓下被刘邦军队包围,英雄末路,唱为此歌。"可",敦煌写卷P.2635《类林》音声歌舞第三十五引《项羽传》作"其"。"若",敦煌写卷P.2635《类林》音声歌舞第三十五引《项羽传》作"汝"。日本五山僧人桃源瑞仙(1430—1489)《史记钞》载录全诗作五句:"力拔山兮气盖世,时不利兮威势废,威势废兮骓不逝。骓不逝兮可奈何,虞兮虞兮奈若何!"不知何据。朱熹《楚辞后语》收录此歌,题为《垓下帐中之歌》,评云:"羽固楚人,而其词慷慨激烈,有千载不平之余愤,是以著之。"梁启超评云:"这位失败英雄写自己最后情绪的一首诗,把他整个人格活活表现,读起来像看加尔达支勇士最后自杀的雕像。则今二千多年,无论哪一级社会的人几乎没有不传诵,真算得中国最伟大的诗歌了。"

答项王楚歌

汉兵已略地,四方楚歌声。大王意气尽,贱妾何聊生。

【案语】出于《史记·项羽本纪》正义引《楚汉春秋》。或题为《和项王歌》。项羽被汉军围困,夜闻四面皆楚歌,乃悲歌慷慨,"歌数阕,美人和之"。但司马迁《史记》未载录虞姬歌词,而对张守节《史记正义》所引的《楚汉春秋》一书学人有真伪之争,持伪书之见者遂进而认定虞姬和歌亦为后世伪作。沈德潜云"虞姬和歌竟似唐人绝句矣",梁启超以为此诗乃是"一首打油的五言唐律"。罗根泽亦以为伪作,其《五言诗起源说评录》一文认为《汉书·艺文志·六艺略》载《楚汉春秋》九篇,注"陆贾所记","然其书久佚,后人所见者乃赝作。自刘知几亦深疑之,于《史通·杂说》上曰:'刘氏初兴,书唯陆贾而已。子长述楚、汉之事,专据此书。……然观迁之所载,往往与旧不同。如郦生之初谒沛公,高祖之长歌鸿鹄,非唯文句有别,遂乃事理皆殊。'"又征引王先谦《汉书补注》语云:"贾叙述时辈,不容多有牴牾,就其乖舛之迹而言,知唐世所传,已非原书。"因谓"其书既不可信,其诗文又安传乎?刘勰、钟嵘、萧子显、萧统论五言诗,皆不及此歌,则此歌为四人所未见,梁事犹未有,亦晚出之一证也"。"方",王应麟《困学纪闻》卷12引作"面"。

贞女引

菁菁茂木,隐独荣兮。变化垂枝,合秀英兮。修身养行,建令名兮。厥道不移,善恶并兮。屈躬就浊,世彻清兮。怀忠见疑,何贪生兮?

【案语】见于《琴操》卷上,鲁漆室女所作。鲁漆室女内心郁闷,却被人误解为有淫心欲嫁,于是塞裳入山林之中,见女贞之木,喟然叹息,作为此歌。《乐府诗集》卷58题作《处女吟》,解题云:"《琴操》曰:'《处女吟》,鲁处女所作也。'《古今乐录》曰:'鲁处女见女贞木而作歌,亦谓之《女贞木歌》。'"或题作《女贞木歌》。《初学记》卷16言"鲁次室女作"。《广博物志》卷23所引末增"系骸骨于林兮,托神灵于女贞"二句。漆室为地名,即漆室邑,故址在今山东省邹县。《乐府诗集》卷58载录作:"菁菁茂木,隐独荣兮。变化垂枝,含蕤英兮。修身养志,建令名兮。厥道不同,善恶并兮。屈身身独,去微清兮。怀忠见疑,何贪生兮?"多有异文。

辟历引

疾雨盈河,辟历下臻,洪水浩浩滔厥天。鉴趡隆愧,隐隐阗阗,国将亡兮丧厥年。

【案语】见于《琴操》卷上,楚商梁子所作。商梁子出游九皋之泽,暴雨冰雹骤然而降,电闪雷鸣,天火四起,霹雳轰响,归而援琴为此歌。辟历,同"霹雳"。"鉴",《古诗纪》前集卷4作"铿"。

箜篌引

公无渡河,公竟渡河。公堕河死,当奈公何。

【案语】见于《琴操》卷上。或题为《公无渡河》。朝鲜津卒霍里子高清晨撑船,见有狂夫徒步渡河,落河而死,狂夫的妻子追着制止他,没有来得及,乃鼓箜篌而为此歌,曲终也投河而死。子高闻而悲之,援琴而作此歌。晋代崔豹《古今注》卷中《音乐第三》以为霍里子高之妻丽玉所作,言白首狂夫堕河而死,其妻追之不及,于是援箜篌而作《公无渡河之歌》,曲终,亦投河而死。"霍里子高还,以其声语妻丽玉。玉伤之,乃引箜篌而写其声,闻者莫不堕泪饮泣焉。"唐代段安节《乐府杂录》又云:"古乐府有《公无渡河》之曲。昔有白首翁,溺于河,歌以哀之。女丽玉,善箜篌,撰此曲以寄哀情。"梁启超评云:"这歌不用一点辞藻,也不著半个悲怆字面,仅仅十六个字,而沉痛至此,真绝世妙文。"

陶婴歌

黄鹄之早寡兮,七年不双。鸰颈独宿兮,不与众同。夜半悲鸣兮,想其故雄。天命早寡兮,独宿何伤。寡妇念此兮,泣下数行。呜呼哀哉兮,死者不可忘。飞鸟尚然兮,况于贞良。虽有贤雄兮,终不重行。

【案语】见于《列女传·贞顺传》"鲁寡陶婴",《古谣谚》题作《陶婴歌》。《乐府诗集》卷45题为《黄鹄曲》。张玉穀《古诗赏析》卷2题为《黄鹄歌》。陶婴"少寡,养幼孤,无强昆弟,纺绩为产。鲁人或闻其义,将求焉。婴闻之,恐不得免",作此歌以申明己志。鲁人闻之,不敢复求,"婴寡,终身不改"。首句之前,《乐府诗集》卷 45 有"悲夫"二字。"鹍",《乐府诗集》卷 45 作"宛"。"飞鸟",《乐府诗集》卷 45、《太平御览》卷 572 作"飞鸣",《太平御览》卷 916 作"禽鸟"。"贞",《乐府诗集》卷 45 解题作"真"。"重",张玉縠《古诗赏析》卷 2 作"同"。《太平御览》卷 441 引《列女传》载录全诗,文作:"悲黄鹄之早寡兮,七年不双。鹍颈戢翼兮,不与众同。时则非鸣兮,独行惸惸。天命令然兮,愧独永伤。感鸟愠己兮,泪下数行。呜呼悲兮,死者不可忘。飞鸟尚然兮,何况贞良。虽有贤雄兮,终不重行。"张玉縠《古诗赏析》评云:"前八,以黄鹄为比。先叙明守寡之年,独宿之苦,递到想故雄,安天命。所谓发乎情,止乎礼义,如是如是。中四,就比意转落正意。死者不可忘,就想故雄中含得安天命意在。后四,更即比意翻高一层。自任贞良,何等斩绝。御强暴而反曰贤雄,又何等宛转。"

三、《周易》载录的歌谣

潜龙,勿用。

【案语】见于《乾·初九》。巨龙潜伏在水中,暂时不要施展才能。孔颖达疏云:"潜者,隐伏之名;龙者,变化之物。言天之自然之气起于建子之月,阴气始盛,阳气潜在地下,故言'初九潜龙'也,此自然之象。圣人作法,言于此潜龙之时,小人道盛,圣人虽有龙德,于此时唯宜潜藏,勿可施用,故言'勿用'。""潜",马王堆帛书《周易》作"浸",马王堆帛书《二三子》引作"寖"。邓球柏《帛书周易校释》认为这条爻辞的意思是:看到龙浸入水中,问蓍得到不用之占。

见龙在田,利见大人。

【案语】见于《乾·九二》。"见"同"现"。巨龙出现在田间,利于产生大人。孔颖达疏云:"'见龙在田',是自然之象。'利见大人',以人事托之,言龙见在田之时,犹似圣人久潜稍出,虽非君位而有君德,故天下众庶利见九二之'大人'。"邓球柏《帛书周易校释》以为"利见"意为"适合去见"。大人,贵人。

飞龙在天,利见大人。

【案语】见于《乾·九五》。巨龙飞上高天,利于出现大人。王弼注云:"不行不跃而在乎天,非飞而何?故曰飞龙也。龙德在天,则大人之路亨也。夫位以德兴,德以位叙,以至德而处盛位,万物之睹,不亦宜乎?"

履霜,坚冰至。

【案语】见于《坤·初六》。踏上微薄的寒霜,以后还将迎来坚冰。孔颖达疏云:"初六阴气之微,似若初寒之始,但履践其霜,微为积渐,故坚冰乃至。义取所谓阴道,初虽柔顺,渐渐积著,乃至坚刚。"

屯如,邅如,乘马班如。匪寇,婚媾。女子贞不字,十年乃字。

【案语】出自《屯·六二》。如,语气词。屯邅,即"迍邅",行进迟疑。班,同"般",即"盘",进退回旋的样子。寇,盗劫。字,出嫁。此诗记述上古时期抢婚习俗。这首写抢亲队伍接近女家时,怕惊动对方,一路上停停走走,小心谨慎的场景。被抢婚嫁的女子坚持贞洁,不肯怀孕,十年之后才怀了孕。"匪",马王堆帛书《周易》作"非"。"遘",马王堆帛书《周易》作"坛"。"班",马王堆帛书《周易》作"烦"。"匪寇婚媾",马王堆帛书《周易》作"非寇闽厚"。

乘马班如,泣血涟如。

【案语】出自《屯·上六》。泣血,泪流如血。涟如,泪流不止的样子。内容叙写抢亲队伍匆匆回返,被抢女子竭力挣扎,不肯就范,涕泪涟涟。孔颖达疏云:"处险难之极,而下无应援,若欲前进,即无所之适,故'乘马班如'。'穷困阒恶,无所委仰',故'泣血涟如'。""班",马王堆帛书《周易》作"烦"。"泣血涟",马王堆帛书《周易》作"汲血连"。

勿用取女,见金夫,不有躬。

【案语】见于《蒙·六三》。不要娶这样的女子,她为人浪荡,见到有钱的男子便把持不住。躬,身。不有躬,谓自身难保。金夫,或谓有金钱的男人,或谓强有力之武夫。

需于泥,致寇至。

【案语】见于《需·九三》。等待在泥潭之中,陷入滞困不通之地。或谓待战于境外的泥坡上,招致敌寇而一举扫荡。王弼注云:"以刚逼难,欲进其道,所以招寇而致敌也。犹有须焉,不陷其刚。寇之来也,自我所招,敬慎防备,可以不败。""需",马王堆帛书《周易》作"襦"。

需于血,出自穴。

【案语】见于《需·六四》。在血泊之中养育,要小心隐忍,才能逃出虎口,脱离危险。或谓待战于低凹的沟洫中,战败无援而倾穴出降。王弼注云:"凡称血者,阴阳相伤者也。阴阳相近而不相得,阳欲进而阴塞之,则相害也。穴者,阴之路也,处坎之始,居穴者也。九三刚进,四不能距,见侵则辟,顺以听命者也,故曰'需于血,出自穴'。"傅道彬《〈诗〉外诗论笺》将此诗与上一首视为一篇,云:"从上下文联系来看,客人历尽艰辛,而主人待之以水,于是客人'出自穴',待之以酒食则重入于穴。""需",马王堆帛书《周易》作"襦"。

不克讼,归而逋,其邑人三百户。

【案语】见于《讼·九二》。争讼失利,诉讼人逃亡藏匿,逃到只有三百人的小村庄。王弼注云:"以刚处讼,不能下物,自下讼上,宜其不克。若能以惧归窜其邑,乃可以免灾。邑过三百,非为窜也。窜而据强,灾未免也。"

或锡之鞶带,终朝三褫之。

【案语】见于《讼·上九》。受赐衣冠华美高贵,但一天时间里却被夺走三次。王弼注云:"处讼之极,讼而得胜者也。以讼受锡,荣何可保?故终朝之间,褫带者三也。""鞶",马王堆帛书《周易》作"般"。

师出,以律。

【案语】见于《师·初六》。军队出行,纪律严明。孔颖达疏云:"律,法也。初六为师之始,是整齐师众者也。既齐整师众,使师出之时,当须以其法制整齐之,故云'师出以律'也。"

田有禽,利执言。长子帅师,弟子舆尸。

【案语】见于《师·六五》。田猎多有擒获,出战能够获胜。刚强者率师作战必胜,懦弱者带兵必败。或谓后二句意为长子率军抗敌,次子随兄出战而死。

大君有命,开国承家,小人勿用。

【案语】见于《师·上六》。君王发布政令,开国臣子,继承家业受封,奸佞小人且不可任用。孔颖达疏云:"'大君有命'者,上六处师之极,是师之终竟也。'大君'谓天子也,言天子爵命此上六,若其功大,使之开国为诸侯;若其功小,使之承家为卿大夫。'小人勿用'者,言开国承家,须用君子,勿用小人也。"

舆说辐,夫妻反目。

【案语】见于《小畜·九三》。夫妻反目离异,就像车轮车辐解体散脱。王弼注云:"上为畜德,不可牵征,以斯而进,故必'说辐'也。己为阳极,上为阴长,不能自复,方之'夫妻反目'之义也。""舆说辐",马王堆帛书《周易》作"车说緮"。

有孚挛如,富以其邻。

【案语】见于《小畜·九五》。信诚笃实,情谊牵引;储财藏富,共属友邻。王弼注云:"处得尊位,不疑于二,来而不距。二牵已挛,不为专固,'有孚挛如'之谓也。以阳居阳,处实者也。居盛处实而不专固,富以其邻者也。""孚",马王堆帛书《周易》作"复"。"挛",或作"恋"。

既雨,既处,尚德载妇。

【案语】见于《小畜·上九》。大雨滂沱,大雨停歇,尊者载妇而归。"德",马王堆帛书

《周易》作"得"。

眇能视，跛能履，履虎尾，咥人。武人为于大君。

【案语】 见于《履·六三》。有一个人，瞎了一只眼，跛一只脚，能视却看不清楚，能行但走不稳，他尾随着老虎前行，一脚踩上老虎尾巴，被老虎咬伤。鲁莽的武士却想登上君位。孔颖达疏云："'眇能视，跛能履'者，居履之时，当须谦退。今六三以阴居阳，而又失其位，以此视物，犹如眇目自为能视，不足为明也；以此履践，犹如跛足自为能履，不足与之行也。'履虎尾咥人凶'者，以此履虎尾，咥啮于人，所以凶也。'武人为于大君'者，行此威武加陵于人，欲自'为于大君'，以六三之微，欲行九五之志，顽愚之甚。""能履"，或作"而履"，马王堆帛书《周易》作"能利"。"咥"，马王堆帛书《周易》作"真"。

拔茅茹，以其汇。

【案语】 见于《泰·初九》与《否·初九》。拔起茅草根脉相连，它们同类汇集丛生。王弼注云："茅之为物，拔其根而相牵引者也。茹，相牵引之貌也。三阳同志，俱志在外，初为类首，己举则从，若茅茹也。"此诗，或断句作"拔茅，茹以其汇"。"拔"，马王堆帛书《周易》作"犮"。

无平不陂，无往不复。勿恤其孚，于食有福。

【案语】 见于《泰·九三》。平川全部变为陡坡，去者没有不回返的。诚信存心勿忧恤，人间福禄总相关。孔颖达疏云："'无平不陂'者，九三处天地相交之际，将各分复其所处。乾体初虽在下，今将复归于上，坤体初虽在上，今欲复归于下，是初始平者，必将有险陂也。初始往者，必将有反复也。无有平而不陂，无有往而不复者，犹若元在下者而不在上，元在上者而不归下……'勿恤其孚，于食有福'者，恤，忧也；孚，信也。信义先以诚著，故不须忧其孚信也。信义自明，故于食禄之道，自有福庆也。"

翩翩，不富以其邻，不戒以孚。

【案语】 见于《泰·六四》。柔情翩翩而降——不富有，友邻却和睦欢畅，彼此无戒意，真诚相待。王弼注云："乾乐上复，坤乐下复，四处坤首，不固所居，见命则退，故曰翩翩也。坤爻皆乐下，己退则从，故不待富而用其邻。莫不与己同其志愿，故不待戒而自孚也。""翩翩"，陆德明《经典释文》引作"篇篇"。

其亡，其亡，系于苞桑。

【案语】 见于《否·九五》。将要灭亡，将要灭亡，就像缠结丛生的桑树安然无恙。此语含义丰厚，世人或从健身防疾角度理解，或从治国理乱方面把握，借鉴殊多。孔颖达疏云:"在道消之世,居于尊位而遏小人,必近危难,须恒自戒慎其意,常惧其危亡,言丁宁戒慎如此也。""系",马王堆帛书《周易》作"击"。"苞",马王堆帛书《周易》作"枹"。

倾否,先否后喜。

【案语】见于《否·上九》。一举扭转否弊的局势,先有残余之弊,后是永久之喜乐。王弼注云:"先倾后通,故后喜也。始以倾为否,后得通乃喜。""倾否",马王堆帛书《周易》作"顷妇"。"先否",马王堆帛书《周易》作"先不"。

伏戎于莽,升其高陵,三岁不兴。

【案语】见于《同人·九三》。《同人》卦是描写战争的专卦,"同人"即聚众之意。此诗谓在树林草丛之中设兵埋伏,又登高观察,三年打仗都难有收获。王弼注云:"居同人之际,履下卦之极,不能包弘上下,通夫大同;物党相分,欲乖其道,贪于所比,据上之应;其敌刚健,非力所当,故伏戎于莽,不敢显亢也。升其高陵,望不敢进,量斯势也,三岁不能兴者也。三岁不能兴,则五道亦以成矣,安所行焉?"前二句,马王堆帛书《周易》作"服容莽,登其高"。

乘其墉,弗克攻。

【案语】见于《同人·九四》。军队奋勇作战攻打城墙,尚未攻克。乘,登。墉,本义为高墙,可喻险境。或谓句意言登于险境,一旦发现敌人早有防备形势不利,马上旋师不再进攻。孔颖达疏云:"乘其墉者,履非其位,与人斗争,与三争二,欲攻于三。既是上体,力能显亢,故乘上高墉,欲攻三也。弗克攻吉者,三欲求二,其事已非。四又效之,以求其二,违义伤理,众所不与,虽复乘墉,不能攻三也。""墉",马王堆帛书《周易》作"庸"。

同人,先号咷,而后笑。

【案语】见于《同人·九五》。结识友朋,起初遭难悲苦号咷,后来得到援助,欣喜欢乐。孔颖达疏云:"同人先号咷者,五与二应,用其刚直,众所未从,故九五共二,欲相和同,九三、九四,与之竞二也。五未得二,故志未和同于二,故先号咷也。而后笑者,处得尊位,战必克胜,故后笑也。""咷",马王堆帛书《周易》作"桃"。"而"字,马王堆帛书《周易》无。

厥孚,交如,威如。

【案语】见于《大有·六五》。立身笃实真诚,交友诚心相待,道德纯正得人畏敬。王弼注云:"君尊以柔,处大以中,无私于物,上下应之,信以发志,故其孚交如也。夫不私于物,物亦公焉。不疑于物,物亦诚焉。既公且信,何难何备?不言而教行,何为而不威如?"

谦谦君子,用涉大川。

【案语】见于《谦·初六》。平和谦虚的君子,走遍天下,其乐无穷。王弼注云:"处谦之下,谦之谦者也。能体谦谦,其唯君子。用涉大难,物无害也。""谦谦",马王堆帛书《周易》作"嗛嗛"。"用",战国楚竹书《周易》作"甬"。

贞疾,恒不死。

【案语】见于《豫·六五》。中心纯正,痼疾染身;疾消病去,益寿延年。王弼注云:"四以刚动为豫之主,专权执制,非己所乘,故不敢与四争权,而又居中处尊,未可得亡,是以必常至于'贞疾,恒不死'而已。"

冥豫,成有渝。

【案语】见于《豫·上六》。昏昏沉沉,寻欢作乐;事到其终,也知改过。王弼注云:"处动豫之极,极豫尽乐,故至于冥豫成也。过豫不已,何可长乎?故必渝变然后无咎。"

系小子,失丈夫。

【案语】见于《随·六二》。亲近小孩童,远离大丈夫。王弼注云:"阴之为物,以处随世,不能独立,必有系也。居随之时,体分柔弱,而以乘夫刚动,岂能秉志违于所近?随此失彼,弗能兼与。五处己上,初处己下,故曰'系小子,失丈夫'也。"

系丈夫,失小子。

【案语】见于《随·六三》。亲近大丈夫,远离小孩童。孔颖达疏云:"六三阴柔,近于九四,是系于丈夫也。初九既被六二之所据,六三不可复往从之,是失小子也。"

拘系之,乃从维之。

【案语】见于《随·上六》。穷凶极恶,遭尊者拘捕;众叛亲离,被随从捆绑。王弼注云:"随之为体,阴顺阳者也。最处上极,不从者也。随道已成,而特不从,故拘系之乃从也。"

不事王侯,高尚其事。

【案语】见于《蛊·上九》。不事王侯,立身高洁。孔颖达疏云:"最处事上,不复以世事为心,不系累于职位,故不承事王侯,但自尊高慕尚其清虚之事,故云高尚其事也。""其事",或作"其德"。

盥而不荐，有孚，颙若。

【案语】 见于《观》卦辞。祭祀之前，先行洗手礼。倾注着信实的诚意，显现着庄严的气势。王弼注云："王道之可观者，莫盛乎宗庙。宗庙之可观者，莫盛于盥也。至荐简略，不足复观，故观盥而不观荐也。孔子曰：'禘自既灌而往者，吾不欲观之矣。'尽夫观盛，则下观而化矣。故观至盥则有孚颙若也。"

观国之光，利用宾于王。

【案语】 见于《观·六四》。观览大国的光辉景色，利为天子的座上宾客。王弼注云："居观之时，最近至尊，观国之光者也。居近得位，明习国仪者也，故曰利用宾于王也。"

屦校，灭趾。

【案语】 见于《噬嗑·初九》。戴上桎梏，砍去脚趾。王弼注云："居无位之地以处刑初，受刑而非治刑者也。凡过之所始，必始于微，而后至于著。罚之所始，必始于薄，而后至于诛。过轻戮薄，故屦校灭趾，桎其行也。足惩而已，故不重也。"又曰："校者，以木绞校者也，即械也，校者取其通名也。"

噬肤，灭鼻。

【案语】 见于《噬嗑·六二》。咬嚼脆肉，施用割鼻的刑罚。王弼注云："噬，啮也。啮者，刑克之谓也。处中得位，所刑者当，故曰噬肤也。乘刚而刑，未尽顺道，噬过其分，故灭鼻也。"

噬腊肉，遇毒。

【案语】 见于《噬嗑·六三》。咬嚼腊肉，施刑罚使人不服。王弼注云："处下体之极，而履非其位，以斯食物，其物必坚，岂唯坚乎？将遇其毒。噬以喻刑人，腊以喻不服，毒以喻怨生。"

噬干胏，得金矢。

【案语】 见于《噬嗑·九四》。咬嚼带骨的干肉，获得金属的箭头。王弼注云："虽体阳爻，为阴之主，履不获中，而居其非位，以斯噬物，物亦不服，故曰噬干胏也。金，刚也，矢，直也。噬干胏而得刚直，可以利于艰贞之吉，未足以尽通理之道也。"

噬干肉，得黄金。

【案语】 见于《噬嗑·六五》。咬嚼干肉，获得黄金。王弼注云："干肉，坚也。黄，中也。金,刚也。以阴处阳,以柔乘刚,以噬于物,物亦不服,故曰噬干肉也。然处得尊位,以柔乘刚而居于中,能行其戮者也。履不正而能行其戮,刚胜者也。噬虽不服,得中而胜,故曰噬干肉得黄金也。"

何校,灭耳。

【案语】见于《噬嗑·上九》。肩荷枷械心凄恻,削去双耳罪应得。王弼注云:"处罚之极,恶积不改者也。罪非所惩,故刑及其首,至于灭耳。及首非诫,灭耳非惩,凶莫甚焉。"

贲其趾,舍车而徒。

【案语】见于《贲·初九》。装饰好一双足趾,舍弃华贵的车辆,健步而行。王弼注云:"在贲之始,以刚处下,居于无位,弃于不义,安夫徒步以从其志者也。故饰其趾,舍车而徒,义弗乘之谓也。"张立文《帛书周易注释》译为:"把马从头至足文饰起来,舍车而纵马奔驰。""车",或作"舆"。

贲如,濡如。

【案语】见于《贲·九三》。装饰焕然美丽,福泽滋润心扉。王弼注云:"处下体之极,居得其位,与二相比,俱履其正,和合相润,以成其文者也。既得其饰,又得其润,故曰贲如濡如也。"两"如"字,马王堆帛书《周易》皆作"茹"。

贲如,皤如,白马翰如。匪寇,婚媾。

【案语】此诗载于《贲·六四》。内容反映远古社会族外婚形态——抢亲的一个场景:抢亲队伍人马装饰得很华丽,他们正行进在途中,马蹄声声,马头高昂,他们自称不是去抢劫,而是为了婚姻。王弼注云:"有应在初而阂于三,为己寇难,二志相感,不获通亨,欲静则疑初之应,欲进则惧三之难,故或饰或素,内怀疑惧也。鲜洁其马,翰如以待,虽履正位,未敢累其志也。三为刚猛,未可轻犯,匪寇乃婚,终无尤也。"此诗,马王堆帛书《周易》作"蘩茹蕃茹,白马骹茹,非寇,闽姤"。

贲于丘园,束帛戋戋。

【案语】见于《贲·六五》。素装淡饰,犹如小丘上的草园;一束小帛,更衬出天然的姿颜。王弼注云:"处得尊位,为饰之主,饰之盛者也。施饰于物,其道害也。施饰丘园,盛莫大焉,故贲于束帛,丘园乃落,贲于丘园帛,乃戋戋。用莫过俭,泰而能约,故必吝焉乃得终吉也。"张立文《帛书周易注释》译文为:"女家结彩丘园,男家聘物有帛一束,戋戋甚少,女方嫌男方吝啬。""贲",马王堆帛书《周易》作"蘩"。"帛",马王堆帛书《周易》作"白"。

硕果不食,君子得舆,小人剥庐。

【案语】 见于《剥·上九》。丰硕的果实未被摘食。君子在位而摘取,如乘高车驰骋济世;小人在位摘取,剥害民众家破人亡。王弼注云:"处卦之终,独全不落,故果至于硕而不见食也。君子居之,则为民覆荫;小人用之,则剥下所庇也。""舆",马王堆帛书《周易》作"车"。"庐",马王堆帛书《周易》作"芦"。

不耕获,不菑畬。

【案语】 见于《无妄·六二》。不耕作,却想稻谷满仓;不耘旧田,却欲地沃田良。王弼注云:"不耕而获,不菑而畬,代终已成而不造也。不擅其美,乃尽臣道,故利有攸往。菑,荒田。畬,熟田。"首句,陆德明《经典释文》云:"或依旧注作'不耕而获'。""畬",马王堆帛书《周易》作"余"。

无妄之灾,或系之牛。行人之得,邑人之灾。

【案语】 见于《无妄·六三》。不曾妄为,横祸临头。村边系着一头牛,行人顺手牵它走,村民受诬遭灾咎。王弼注云:"以阴居阳,行违谦顺,是无妄之所以为灾也。牛者,稼穑之资也,二以不耕而获,利有攸往,而三为不顺之行,故或系之牛,是有司之所以为获,彼人之所以为灾也,故曰行人之得邑人之灾也。""灾",马王堆帛书《周易》作"兹"。

无妄之疾,勿药有喜。

【案语】 见于《无妄·九五》。从不妄为,有疾勿惧。勿庸服药,病除心愉。王弼注云:"居得尊位,为无妄之主者也。下皆无妄,害非所致而取药焉,疾之甚也。非妄之灾,勿治自复,非妄而药之则凶,故曰勿药有喜。""妄",马王堆帛书《周易》作"孟"。"药",马王堆帛书《周易》作"乐"。

观颐,自求口实。

【案语】 此为《颐》卦辞。观察养生之妙理,人人自求口中食。孔颖达疏云:"颐颐贞吉者,于颐养之世,养此贞正,则得吉也。观颐者,颐,养也,观此圣人所养物也。自求口实者,观其自养,求其口中之实也。"

舍尔灵龟,观我朵颐。

【案语】 见于《颐·初九》。有人放着自己的灵龟不珍惜,却盯着人家吃东西垂涎欲滴。王弼注云:"朵颐者,嚼也。以阳处下而为动始,不能令物由已养,动而求养者也。夫安身莫若不竞,修已莫若自保。守道则福至,求禄则辱来。居养贤之世,不能贞其所履以全其德,而舍其灵龟之明兆,羡我朵颐而躁求,离其致养之至道,窥我宠禄而竞进,凶莫甚焉。""尔",马王堆帛书《周易》作"而"。

虎视眈眈,其欲逐逐。

【案语】见于《颐·六四》。如老虎恶狠狠注视着,欲望十分强烈。逐逐,欲望十分迫切的样子。王弼注云:"下交不可以渎,故虎视眈眈,威而不猛,不恶而严。养德施贤,何可有利？故其欲逐逐,尚敦实也。修此二者,然后乃得全其吉而无咎。""眈眈",马王堆帛书《周易》作"沉沉"。"欲逐逐",马王堆帛书《周易》作"容笛笛"。

枯杨生稊,老夫得其女妻。

【案语】见于《大过·九二》。一棵干枯杨树,生出了嫩芽新枝。一个老汉,娶了一个年轻的女子为妻。王弼注云:"稊者,杨之秀也。以阳处阴,能过其本而救其弱者也。上无其应,心无持吝处过以此,无衰不济也。故能令枯杨更生稊,老夫更得少妻,拯弱兴衰,莫盛斯爻,故无不利也。老过则枯,少过则稚。以老分少,则稚者长；以稚分老,则枯者荣,过以相与之谓也。大过至衰而已至壮,以至壮辅至衰,应斯义也。"首句,马王堆帛书《周易》作"楛杨生荑"。

枯杨生华,老妇得其士夫。

【案语】见于《大过·九五》。枯老的杨树开了花,老太太嫁了个年轻的读书人。王弼注云:"处得尊位,而以阳处阳,未能拯危。处得尊位,亦未有桡,故能生华,不能生稊；能得夫,不能得妻。处栋桡之世,而为无咎无誉,何可长哉！故生华不可久,士夫诚可丑也。"此诗与上一首起兴手法与内容相似,沈志权《〈周易〉与中国文学的形成》说:"这两个片段的歌谣,很可能是从属于一个歌谣整体之中的,它们被卦爻辞的编写者从原先的整体中割裂开来,分置于《大过》一卦的两爻之下,用以阐明爻义。""枯",马王堆帛书《周易》作"楛"。

过涉,灭顶。

【案语】见于《大过·上六》。涉越河流,过于冒险。灭顶之灾,势所难免。王弼注云:"处大过之极,过之甚也。涉难过甚,故至于灭顶凶。志在救时,故不可咎也。"

习坎,入于坎窞。

【案语】见于《坎·初六》。学习排难逾险,陷入险难深渊。窞,深坑。王弼注云:"习坎者,习为险难之事也。最处坎底,入坎窞者也。处重险而复入坎底,其道凶也。行险而不能自济,习坎而入坎窞,失道而穷在坎底,上无应援可以自济,是以凶也。"此诗,马王堆帛书《周易》作"习赣,入赣阁"。

来之坎坎,险且枕,入于坎窞。

【案语】见于《坎·六三》。进退均遇险难,前后受制未安,陷入险难深渊。王弼注云:"既履非其位,而又处两坎之间,出则之坎,居则亦坎,故曰来之坎坎也。枕者,枝而不安之谓也。出则无之,处则无安,故曰险且枕也。来之皆坎,无所用之,徒劳而已。""坎",马王堆帛书《周易》皆作"赣"。"窞",马王堆帛书《周易》作"閻"。

樽酒,簋贰,用缶,纳约,自牖。

【案语】见于《坎·六四》。一樽薄酒,祭祀天地。两碗素菜,盛于瓦器。承领神约,纳自窗际。王弼注云:"处重险而履正,以柔居柔,履得其位,以承于五,五亦得位,刚柔各得其所,不相犯位,皆无馀应以相承比,明信显著,不存外饰,处坎以斯,虽复一樽之酒,二簋之饭,瓦缶之器,纳此至约,自进于牖,乃可羞之于王公,荐之于宗庙,故终无咎也。""樽",马王堆帛书《周易》作"奠"。"簋",马王堆帛书《周易》作"巧"。"纳约",马王堆帛书《周易》作"入药"。

坎不盈,祗既平。

【案语】见于《坎·九五》。天险深渊,水流不满。小丘垒垒,冲刷平坦。王弼注云:"为坎之主而无应辅可以自佐,未能盈坎者也。坎之不盈,则险不尽矣。祗,辞也。为坎之主,尽平乃无咎,故曰祗既平无咎也。""坎",马王堆帛书《周易》作"赣"。

系用徽纆,寘于丛棘,三岁不得。

【案语】见于《坎·上六》。沦于恶境,身缚粗绳。囚置野外,荆棘丛生。三年之久,解脱不成。王弼注云:"险陷之极,不可升也。严法峻整,难可犯也。宜其囚执寘于思过之地。三岁,险道之夷也。险终乃反,故三岁不得自修,三岁乃可以求复,故曰三岁不得凶也。""徽",马王堆帛书《周易》作"讳"。"置于丛棘",马王堆帛书《周易》作"亲之于丛勒"。

日昃之离,不鼓缶而歌,则大耋之嗟。

【案语】见于《离·九三》。日暮时分,有老者聚在一起敲击着酒坛唱歌,慨叹着时间的流逝。王弼注云:"嗟,忧叹之辞也。处下离之终,明在将没,故曰日昃之离也。明在将终,若不委之于人,养志无为,则至于老而有嗟,凶矣,故曰不鼓缶而歌则大耋之嗟凶也。""离",马王堆帛书《周易》作"罗"。"则",马王堆帛书《周易》作"即"。

突如,其来如,焚如、死如、弃如。出涕,沱若。戚,嗟苦。

【案语】出自《离·九四》。内容描述屠杀的悲惨情景,骤然间一支人马冲过来,烧杀抢掠,死尸遍地,人们悲泣愤懑,泪流如雨。王弼注云:"处于明道始变之际,昏而始晓,没而始出,故曰突如其来如。其明始进,其炎始盛,故曰焚如。逼近至尊,履非其位,欲进其盛,以炎其上,命必不终,故曰死如。违离之义,无应无承,众所不容,故曰弃如也。""突如其来如焚如",马王堆帛书《周易》作"出如来如纷如"。

出涕沱若,戚嗟若。

【案语】见于《离·六五》。泪水横流,滂沱不已。悲戚伤怀,嗟叹不已。王弼注云:"履非其位,不胜所履。以柔乘刚,不能制下,下刚而进,将来害己,忧伤之深,至于沱嗟也。然所丽在尊,四为逆首,忧伤至深,众之所助,故乃沱嗟而获吉也。"

王用出征,有嘉折首,获匪其丑。

【案语】见于《离·上九》。君位出征,吊民伐罪。功勋显赫,斩首累累。所获敌俘,均属异类。孔颖达疏云:"王用出征者,处离之极,离道既成,物皆亲附,当除去其非类,以去民害,故王用出征也。有嘉折首获匪其丑者,以出征罪人,事必克获,故有嘉美之功,折断罪人之首,获得匪其丑类,乃得无咎也。若不出征除害,居在终极之地,则有咎也。""征",马王堆帛书《周易》作"正"。第三句,马王堆帛书《周易》作"获不丑"。

咸其股,执其随。

【案语】见于《咸·九三》。意为感情所动,集于股部,执意随人,亦步亦趋。《咸》卦是下经第一卦,讲述人伦发端的男女关系,古今学者皆以为此卦内容关涉夫妻房事生活。王弼注云:"股之为物,随足者也。进不能制动,退不能静处,所感在股,志在随人者也。志在随人,所执亦以贱矣。用斯以往,吝其宜也。""咸",马王堆帛书《周易》作"钦"。

憧憧往来,朋从尔思。

【案语】见于《咸·九四》。两情交感频相恋,朋辈思君意绵绵。王弼注云:"处上卦之初,应下卦之始,居体之中,在股之上,二体始相交感,以通其志,心神始感者也。凡物始感而不以之于正,则至于害,故必贞然后乃吉,吉然后乃得亡其悔也。始在于感,未尽感极,不能至于无思以得其党,故有憧憧往来,然后朋从其思也。"此诗,马王堆帛书《周易》作"童童往来,伽从尔思"。

不恒其德,或承之羞。

【案语】见于《恒·九三》。不能德性常保持,羞辱临身必可期。王弼注云:"处三阳之中,居下体之上,处上体之下,上不至尊,下不至卑,中不在体,体在乎恒,而分无所定,无恒者也。德行无恒,自相违错,不可致诘,故或承之羞也。"

执之,用黄牛之革,莫之胜说。

【案语】见于《遯·六二》。牢牢把持手不松,黄牛皮带坚且巩,任谁解脱难成功。王弼注云:"居内处中,为遯之主,物皆遯已,何以固之?若能执乎理中厚顺之道以固之也,则莫之胜解。"

小人用壮,君子用罔。羝羊,触藩,羸其角。

【案语】见于《大壮·九三》。小人恃强惹事,君子无为而治。一只公羊,撞触藩篱,缠进双角自遭殃。王弼注云:"处健之极,以阳处阳,用其壮者也。故小人用之以为壮,君子用之以为罗已者也。贞厉以壮,虽复羝羊,以之触藩,能无羸乎?""罔",马王堆帛书《周易》作"亡"。

羝羊触藩,不能退,不能遂。

【案语】见于《大壮·上六》。一只公羊触动藩篱,双角被藩篱挂住,欲退不能,欲进不能。王弼注云:"有应于三,故不能退。惧于刚长,故不能遂。持疑犹豫,志无所定,以斯决事,未见所利。"

康侯用锡,马蕃庶,昼日三接。

【案语】此为《晋》卦辞。有勋之侯,举用晋升,受赐车马,其数颇众,一日三番,天子招请。孔颖达疏云:"晋者,卦名也。晋之为义,进长之名。此卦明臣之升进,故谓之晋。康者,美之名也。侯谓升进之臣也。臣既柔进,天子美之,赐以车马,蕃多而众庶,故曰康侯用锡马蕃庶也。昼日三接者,言非惟蒙赐蕃多,又被亲宠频数,一昼之间,三度接见也。"

晋如,摧如。

【案语】见于《晋·初六》。身处晋升之际,心存受挫之虞。王弼注云:"处顺之初,应明之始,明顺之德,于斯将隆。进明退顺,不失其正,故曰晋如、摧如、贞吉也。""晋",马王堆帛书《周易》作"溍"。"摧",马王堆帛书《周易》作"浚"。

晋如,愁如。受兹介福,于其王母。

【案语】见于《晋·六二》。虽蒙晋升,心多忧患。以此永久的大福,授予尊贵的王母。王弼注云:"进而无应,其德不昭,故曰晋如愁如。居中得位,履顺而正,不以无应而回其志,处晦能致其诚者也。修德以斯,闻乎幽昧,得正之吉也,故曰贞吉。母者,处内而成德者也。鸣鹤在阴,则其子和之,立诚于暗,暗亦应之,故其初愁如。履贞不回,则乃受兹大福于其王母也。""晋",马王堆帛书《周易》作"溍"。

晋如，鼫鼠。

【案语】见于《晋·九四》。晋升之时如若像老鼠一样贪得无厌，那就有危险了。孔颖达疏云："晋如鼫鼠者，鼫鼠有五能而不成伎之虫也。九四履非其位，上承于五，下据三阴，上不许其承，下不许其据，以斯为进，无业可安，无据可守，事同鼫鼠，无所成功也。以斯为进，正之危也，故曰晋如鼫鼠贞厉也。"此诗，马王堆帛书《周易》作"溍如炙鼠"。

明夷于飞，垂其翼。君子于行，三日不食。

【案语】出于《明夷·初九》。"明夷"含义，或谓日落地下，光明殒灭；或谓鸣䳢。内容描述差役旅途的艰辛与苦闷。明夷鸟身受创伤，垂翼离开险境。君子出行，三天吃不到东西。王弼注云："明夷之主，在于上六。上六为至暗者也。初处卦之始，最远于难也。远难过甚，明夷远遯，绝迹匿形，不由轨路，故曰明夷于飞。怀惧而行，行不敢显，故曰垂其翼也。尚义而行，故曰君子于行也。志急于行，饥不遑食，故曰三日不食。"前两句，马王堆帛书《周易》作"明夷于蜚，垂其左翼"。

明夷于南狩，得其大首。

【案语】见于《明夷·九三》。南国昏黑，伐其无道。昏君首级，殒于一朝。王弼注云："处下体之上，居文明之极，上为至晦，入地之物也。故夷其明，以获南狩，得大首也。南狩者，发其明也。既诛其主，将正其民。""狩"，马王堆帛书《周易》作"守"。

不明晦，初登于天，后入于地。

【案语】见于《明夷·上六》。光明殒灭，暗无天日。当初是朝阳升腾天际，其后是夕照沉没大地。王弼注云："处明夷之极，是至晦者也。本其初也，在乎光照，转至于晦，遂入于地。""晦"，马王堆帛书《周易》作"海"。

无攸遂，在中馈。

【案语】见于《家人·六二》。尽日操劳，不期成事。执炊家内，妇道所居。王弼注云："居内处中，履得其位，以阴应阳，尽妇人之正，义无所必，遂职乎中馈，巽顺而已，是以贞吉也。"

家人嗃嗃，妇子嘻嘻。

【案语】见于《家人·九三》。治家过于严厉，家人之间冷冰冰。治家松弛，妻子儿女嘻嘻哈哈。嗃为熇之借字，熇熇为火势炽盛貌，故嗃训为苦热，又引申为严酷之意。王弼注云："以阳处阳，刚严者也。处下体之极，为一家之长者也。行与其慢，宁过乎恭；家与其渎,宁过乎严。是以家人虽嗃嗃悔厉,犹得其道。妇子嘻嘻,乃失其节也。""嘻嘻",马王堆帛书《周易》作"里里"。

丧马勿逐,自复。

【案语】见于《睽·初九》。马匹丢失,不需要追逐,过不久会自己回来。王弼注云:"马者,必显之物。处睽之始,乖而丧其马,物莫能同,其私必相显也,故勿逐而自复也。""逐",马王堆帛书《周易》作"遂"。

见舆曳,其牛掣,其人天且劓。

【案语】见于《睽·六三》。看见一辆牛车,一个人使劲往后拉,拉不动,就双手扳住牛角向后拉,而牛却拼命向前挣扎。这人额头有刺字,鼻子被割去,一副怪模样。王弼注云:"凡物近而不相得,则凶。处睽之时,履非其位,以阴居阳,以柔乘刚,志在于上,而不和于四,二应于五,则近而不相比,故见舆曳。舆曳者,履非其位,失所载也。其牛掣者,滞隔所在,不获进也。其人天且劓者,四从上取,二从下取,而应在上九,执志不回。初虽受困,终获刚助。"首句,战国楚竹书《周易》作"见车遏",阜阳汉简《周易》作"见车渫",马王堆帛书《周易》作"见车曳"。

睽孤,遇元夫,交孚。

【案语】见于《睽·九四》。孤独出行,遇到一个男子,善良热情,与之同行。王弼注云:"无应独处,五自应二,三与己睽,故曰睽孤也。初亦无应特立。处睽之时,俱在独立,同处体下,同志者也。而己失位,比于三五,皆与己乖,处无所安,故求其畴类而自托焉,故曰遇元夫也。同志相得而无疑焉,故曰交孚也。"此诗,马王堆帛书《周易》作"乖苽,愚元夫,交复"。

睽孤,见豕负涂,载鬼一车;先张之弧,后说之弧:匪寇,婚媾。

【案语】见于《睽·上九》。独自出行,愁苦郁闷。恍惚间看到一群猪满身污泥,又看到一辆车载着鬼怪在奔跑,拉弓欲射,后来又将弓弦放松,原来是一队迎亲的人群。或谓全诗描述长期离家之人思念亲人产生的幻觉或梦境。或谓前半部分描写抢婚者或戴着图腾面具,或有巫术文饰,有的像涂满泥巴的猪,有的装扮成鬼怪模样。王弼注云:"处睽之极,睽道未通,故曰睽孤。己居炎极,三处泽盛,睽之极也。以文明之极,而观至秽之物,睽之甚也。豕而负涂,秽莫过焉。至睽将合,至殊将通,恢诡谲怪,道将为一。未至于洽,先见殊怪,故见豕负涂,甚可秽也,见鬼盈车,吁可怪也。先张之弧,将攻害也。后说之弧,睽怪通也。四剋其应,故为寇也。睽志将通,匪寇婚媾,往不失时,睽疑亡也。""睽孤",马王堆帛书《周易》作"乖苽"。"豕",马王堆帛书《周易》作"豨"。"张之弧",马王堆帛书《周易》

作"张之柧"。"说之弧",马王堆帛书《周易》作"说之壶"。"媾",马王堆帛书《周易》作"厚"。

王臣蹇蹇,匪躬之故。

【案语】见于《蹇·六二》。君王臣属,辛苦奔波,不为自身,为君劳作。王弼注云:"处难之时,履当其位,居不失中,以应于五。不以五在难中,私身远害,执心不回,志匡王室者也。故曰王臣蹇蹇,匪躬之故。履中行义,以存其上,处蹇以比,未见其尤也。"

往蹇,来反。

【案语】见于《蹇·九三》。一往直前,艰险横挡。退却抽身,安然无恙。王弼注云:"进则入险,来则得位,故曰往蹇来反。为下卦之主,是内之所恃也。"

往蹇,来连。

【案语】见于《蹇·六四》。一往直前,艰险横挡。退却抽身,艰难照样。王弼注云:"往则无应,来则乘刚,往来皆难,故曰往蹇来连。得位履正,当其本实,虽遇于难,非妄所招也。"

负且乘,致寇至。

【案语】见于《解·六三》。有人乘车出行,把贵重物品打成包袱,背在身上,结果招致了强盗,劫掠一空。王弼注云:"处非其位,履非其正,以附于四,用夫柔邪以自媚者也。乘二负四,以容其身。寇之来也,自己所致,虽幸而免,正之所贱也。"

解尔拇,朋至斯孚。

【案语】见于《解·九四》。束缚解脱,脚拇松懈。友朋真挚,真诚交结。王弼注云:"失位不正,而比于三,故三得附之为其拇也。三为之拇,则失初之应,故解其拇,然后朋至而信矣。"此诗,马王堆帛书《周易》作"解其拇,倗至此复"。

三人行,则损一人;一人行,则得其友。

【案语】见于《损·六三》。三个人一起同行,就会发生猜疑,必有一人会离开;一个人单独出行,要找人结伴,就会交上朋友。王弼注云:"损之为道,损下益上,其道上行。三人,谓自六三已上三阴也。三阴并行,以承于上,则上失其友,内无其主,名之曰益,其实乃损。故天地相应,乃得化醇;男女匹配,乃得化生。阴阳不对,生可得乎?故六三独行,乃得其友。三阴俱行,则必疑矣。"张立文《帛书周易注释》译为:"三人出门行走则损失一人,一人出门行走则得其朋友。"

损其疾,使遄有喜。

【案语】见于《损·六四》。排除自身痼疾,愈快愈为可喜。王弼注云:"履得其位,以柔纳刚,能损其疾也。疾何可久?故速乃有喜。损疾以离其咎,有喜乃免,故使速乃有喜,有喜乃无咎也。""使遄",马王堆帛书《周易》作"事端"。

莫益之,或击之,立心勿恒。

【案语】见于《益·上九》。莫要帮助他,有人打击他,德性不恒,居心不佳。王弼注云:"处益之极,过盈者也。求益无已,心无恒者也。无厌之求,人弗与也。独唱莫和,是偏辞也。人道恶盈,怨者非一,故曰或击之也。"

惕号,莫夜有戎。

【案语】见于《夬·九二》。时常警惕,呼号不已。夜深人静,敌人来袭。王弼注云:"居健履中,以斯决事,能审己度而不疑者也。故虽有惕惧号呼,莫夜有戎,不忧不惑,故勿恤也。""惕",战国楚竹书《周易》作"啻"。

臀无肤,其行次且。

【案语】此诗见于《姤·九三》与《姤·九三》。臀部无皮,行走困难。王弼注云:"处下体之极,而二据于初,不为己乘,居不获安,行无其应,不能牵据,以固所处,故曰臀无肤,其行次且也。"

有孚不终,乃乱乃萃,若号,一握为笑。

【案语】见于《萃·初六》。真挚信诚,未能贯穿始终。为非作乱,在下聚众生事。倘对其呼号感招,握手间改过欢笑。王弼注云:"有应在四而三承之,心怀嫌疑,故有孚不终也。不能守道,以结至好,迷务竞争,故乃乱乃萃也。一握者,小之貌也。为笑者,懦劣之貌也。"

萃如,嗟如。

【案语】见于《萃·六三》。聚众恣情,不循正道。嗟叹声声,自寻烦恼。王弼注云:"履非其位,以比于四,四亦失位。不正相聚,相聚不正,患所生也。千人之应,害所起也,故萃如嗟如无攸利也。"

赍咨,涕洟。

【案语】见于《萃·上六》。孤寂无朋,悲嗟不已。涕泪滂沱,徒伤无益。王弼注云:

"处聚之时,居于上极,五非所乘,内无应援。处上独立,近远无助,危莫甚焉。赍咨,嗟叹之辞也。"

臀困于株木,入于幽谷,三岁不觌。

【案语】见于《困·初六》。犯人被杖,遭受毒打,关进幽暗的深谷里,三年看不见外面的人。或谓描述一个人进入昏暗的山谷之中,困坐于木桩之上,三年也没有走出困境。王弼注云:"最处底下,沉滞卑困,居无所安,故曰臀困于株木也。欲之其应,二隔其路,居则困于株木,进不获拯,必隐遁者也。故曰入于幽谷也。困之为道,不过数岁者也。以困而藏,困解乃出,故曰三岁不觌也。""臀",马王堆帛书《周易》作"辰"。"幽谷",马王堆帛书《周易》作"要浴"。

困于酒食,朱绂方来。

【案语】见于《困·九二》。困穷潦倒,借酒浇愁。时转运来,荣华到手。孔颖达疏云:"困于酒食者,九二体刚居阴,处中无应。体刚则健,能济险也。居阴则谦,物所归也。处中则不失其宜,无应则心无私党。处困以斯,物莫不至,不胜丰衍,故曰困于酒食也。朱绂方来利用享祀者,绂,祭服也。坎,北方之卦也。绂,南方之物。处困用谦,能招异方者也,故曰朱绂方来也。"张立文《帛书周易注释》译文为:"人们喝醉了酒,是由于君主穿着纯赤的祭服来祭祀宗庙。""朱绂",马王堆帛书《周易》作"絑发"。

困于石,据于蒺藜;入于其宫,不见其妻。

【案语】见于《困·六三》。犯人坐在石头上示众,在荆棘丛中接受审讯,关进墙上插满蒺藜的监狱里。后来刑满释放,回到家中,没有看见妻子。或谓有人冒险挺进,陷入了前有乱石阻路、后有荆棘围困的境地,好不容易走出困境,匆匆赶回家,老婆又不见了。孔颖达疏云:"困于石据于蒺藜者,石之为物,坚刚而不可入也。蒺藜之草,有刺而不可践也。六三以阴居阳,志怀刚武,己又无应,欲上附于四,四自纳于初,不受己者也,故曰困于石也。下欲比二,二又刚阳,非己所据,故曰据于蒺藜也。入于其宫不见其妻,凶者,无应而入,难得配偶,譬于入宫,不见其妻,处困以斯,凶其宜也,故曰入于其宫不见其妻,凶也。""据于蒺藜",马王堆帛书《周易》作"号于疾莉"。

来徐徐,困于金车。

【案语】见于《困·九四》。佳偶相会,姗姗来迟。兵车挡道,困阻万里。王弼注云:"金车,谓二也,二刚以载者,故谓之金车。徐徐者,疑惧之辞也。志在于初而隔于二,履不当位,威令不行。弃之则不能,欲往则畏二,故曰来徐徐困于金车也。""来徐徐",马王堆帛书《周易》作"来徐",《周易集解》作"来荼荼"。

劓刖，困于赤绂，乃徐有说。

【案语】 见于《困·九五》。削鼻砍足施酷刑，身穿君服陷困境，时逾弥久才脱身。王弼注云："以阳居阳，任其壮者也。不能以谦致物，物则不附。忿物不附而用其壮猛，行其威刑，异方愈乖，遐迩愈叛。刑之欲以得，乃益所以失也，故曰劓刖困于赤绂也。二以谦得之，五以刚失之，体在中直，能不遂迷困而徐能用其道者也。致物之功，不在于暴，故曰徐也。困而后乃徐，徐则有说矣，故曰困于赤绂乃徐有说也。"李鼎祚《周易集解》引唐代崔憬说云："赤绂，天子祭服之饰，所以称'困'者，被夺其政，唯得祭祀，若《春秋传》曰'政由宁氏，祭则寡人'，故曰'困于赤绂'。""劓刖"，或作"臲卼"，马王堆帛书《周易》作"貳椽"。"绂"，马王堆帛书《周易》作"发"。

困于葛藟，于臲卼。

【案语】 见于《困·上六》。有人被葛藟蔓草缠绕，且处于危动之中。臲卼，谓动摇不安之处。王弼注云："居困之极，而乘于刚，下无其应，行则愈绕者也。行则缠绕，居不获安，故曰困于葛藟于臲卼也。""臲卼"，马王堆帛书《周易》作"貳掾"。

井渫不食，为我心恻。可用汲，王明，并受其福。

【案语】 见于《井·九三》。我已经把井水掏治清洁，却无人肯饮用，使我心悲切。可用此井汲水，乃大王英明，人人受其福泽。抒发的是一种怀才不遇，渴望得到明君赏识重用、造福于民的情怀。王弼注云："渫，不停污之谓也。处下卦之上，复得其位，而应于上，得井之义也。当井之义而不见食，修己全洁而不见用，故为我心恻也。为，犹使也。不下注而应上，故可用汲也。王明则见照明，既嘉其行，又钦其用，故曰王明并受其福也。""恻"，马王堆帛书《周易》作"塞"。

井洌，寒泉食。

【案语】 见于《井·九五》。一汪井水，清澈甘饴，宛若寒泉，洁净可食。王弼注云："洌，洁也。居中得正，体刚不挠，不食不义，中正高洁，故井洌寒泉，然后乃食也。""洌"，马王堆帛书《周易》作"戾"。"泉"，马王堆帛书《周易》作"㴱"。

井收，勿幕，有孚。

【案语】 见于《井·上六》。大井已修成，勿将井口蒙，源源清水寓真诚。王弼注云："处井上极，水已出井，井功大成，在此爻矣，故曰井收也。群下仰之以济，渊泉由之以通者也。幕犹覆也。不擅其有，不私其利，则物归之，往无穷矣，故曰勿幕有孚，元吉也。"

君子豹变,小人革面。

【案语】 见于《革·上六》。君子威猛如同豹子,进行社会变革。百姓随后跟着改变旧日的倾向,旧颜换新貌。王弼注云:"居变之终,变道已成,君子处之,能成其文。小人乐成,则变面以顺上也。""变",马王堆帛书《周易》作"便"。"革",马王堆帛书《周易》作"勒"。

鼎颠趾,利出否,得妾以其子。

【案语】 见于《鼎·初六》。鼎脚颠倒,有利于倾倒里面的污垢,娶妾作正室,能生个儿子。王弼注云:"凡阳为实而阴为虚,鼎之为物,下实而上虚。而今阴在下,则是为覆鼎也,鼎覆则趾倒矣。否谓不善之物也。取妾以为室主,亦颠趾之义也。处鼎之初,将在纳新,施颠以出秽,得妾以为子,故无咎也。"前两句,马王堆帛书《周易》作"鼎填止,利不"。

鼎有实,我仇有疾,不我能即。

【案语】 见于《鼎·九二》。鼎中食物很丰富,我的伙伴却染病,不能来聚会共餐。王弼注云:"以阳之质,处鼎之中,有实者也。有实之物,不可复加,益之则溢,反伤其实。我仇,谓五也。困于乘刚之疾不能就我,则我不溢,得全其吉也。""即",马王堆帛书《周易》作"节"。

鼎耳革,其行塞。雉膏不食,方雨亏悔。

【案语】 见于《鼎·九三》。盛放的东西太多,鼎耳脱落,无法移动。野鸡肉汤,烹煮了不能吃,阴雨连绵,不见天日。王弼注云:"鼎之为义,虚中以待物者也。而三处下体之上,以阳居阳,守实无应,无所纳受。耳宜空以待铉,而反全其实塞,故曰鼎耳革其行塞,虽有雉膏,而终不能食也。雨者,阴阳交和,不偏亢者也,虽体阳爻,而统属阴卦。若不全任刚亢,务在和通,方雨则悔亏,终则吉也。""革",马王堆帛书《周易》作"勒"。

鼎折足,覆公𫠊,其行渥。

【案语】 见于《鼎·九四》。大鼎折断了腿,为王公烹煮的食物全倾覆,鼎身上下一片脏污。王弼注云:"处上体之下而又应初,既承且施,非己所堪,故曰鼎折足也。初已出否,至四所盛,则已洁矣,故曰覆公𫠊也。渥,沾濡之貌也。既覆公𫠊,体为渥沾,知小谋大,不堪其任,受其至辱,灾及其身,故曰其形渥凶也。""覆",马王堆帛书《周易》作"复"。"行渥",马王堆帛书《周易》作"刑屋"。

震来虩虩,笑言哑哑。震惊百里,不丧匕鬯。

【案语】 此为《震》卦辞。描写霹雳惊雷之时祭祀场面。雷声袭来,众人惊恐,主祭者却谈笑自如。雷声轰鸣，惊动百里，主祭者却手持酒匙泰然处之。或谓雷声象征天子威慑天下的政令。《周易集解》引郑玄云："雷发声闻于百里，古者诸侯之象。诸侯出教令，能警戒其国。内则守其宗庙社稷，为之祭主，不亡匕与鬯也。人君于祭之礼，匕牲体荐鬯而已，其余不亲也。升牢于俎，君匕之，臣载之。"以为描述有关诸侯祭祀之事。王弼注云："震之为义，威至而后乃惧也，故曰震来虩虩，恐惧之貌也。震者，惊骇怠惰以肃解慢者也，故震来虩虩恐致福也，笑言哑哑后有则也。威震惊乎百里，则是可以不丧匕鬯矣。匕，所以载鼎实。鬯，香酒，奉宗庙之盛也。"此诗，马王堆帛书《周易》作"辰来朔朔，笑言亚亚。辰敬百里，不亡匕鬯"。

震来虩虩，后笑言哑哑。

【案语】见于《震·初九》。雷声震天，轰轰而来。雷声过后，笑逐颜开。孔颖达疏云："初九刚阳之德，为一卦之先，刚则不暗于几，先则能有前识。故处震惊之始，能以恐惧自修，而获其吉，故曰震来虩虩，后笑言哑哑，吉。"首句，马王堆帛书《周易》作"辰来朔朔"。

震来厉，亿丧贝；跻于九陵，勿逐，七日得。

【案语】见于《震·六二》。雷声震天，危栗不安。财贝遭窃，何其惋然。疾登九陵，盗者逃窜。任其奔走，毋须追赶。七日之内，完璧归还。王弼注云："震之为义，威骇怠解，肃整惰慢者也。初干其任而二乘之，震来则危，丧其资货，亡其所处矣，故曰震来厉，亿丧贝。亿，辞也。贝，资货、粮用之属也。犯逆受戮，无应而行，行无所舍。威严大行，物莫之纳，无粮而走。虽复超越陵险，必困于穷匮，不过七日，故曰勿逐，七日得也。"前两句，马王堆帛书《周易》作"辰来厉，意亡贝"，"逐"，马王堆帛书《周易》作"遂"。

震苏苏，震行无眚。

【案语】见于《震·六三》。雷声震天，惊惧不安。警惧言行，必无危难。孔颖达疏云："苏苏，畏惧不安之貌。六三居不当位，故震惧而苏苏然也。虽不当位，而无乘刚之逆，故可以惧行而无灾眚也，故曰震苏苏震行无眚也。"此诗，马王堆帛书《周易》作"辰疏疏，辰行无省"。

震索索，视矍矍，震不于其躬，于其邻。

【案语】见于《震·上六》。雷声震天，惊恐战栗。左顾右盼，心惶神惧。震雷不击其身，乃是击其邻居。王弼注云："处震之极，极震者也。居震之极，求中未得，故惧而索索，视而矍矍，无所安亲也。己处动极而复征焉，凶其宜也。若恐非己造，彼动故惧，惧邻而戒，合于备预，故无咎也。""震"，马王堆帛书《周易》皆作"辰"。"索索"，马王堆帛书《周易》作"昔昔"。"矍矍"，马王堆帛书《周易》作"惧惧"。

艮其背,不获其身。行其庭,不见其人。

【案语】 此为《艮》卦辞。背后制止他人,不致触损其身。明明行走于院庭,却未曾见其人影。孔颖达疏云:"艮,止也,静止之义,此是象山之卦,故以艮为名。施之于人,则是止物之情,防其动欲,故谓之止。艮其背者,此明施止之所也。施止得所,则其道易成,施止不得其所,则其功难成,故《老子》曰:'不见可欲,使心不乱也。'背者,无见之物也。夫无见则自然静止。夫欲防止之法,宜防其未兆。既兆而止,则伤物情,故施止于无见之所,则不隔物欲,得其所止也。若施止于面,则对面而不相通,强止其情,则奸邪并兴,而有凶咎。止而无见,则所止在后,不与面相对。言有物对面而来,则情欲有私于己。既止在后,则是施止无见。所止无见,何及其身,故不获其身。既不获其身,则相背矣。相背者,虽近而不相见,故行其庭不见其人。如此乃得无咎,故曰艮其背不获其身,行其庭不见其人,无咎也。又若能止于未兆,则是治之于未萌,若对面不相交通,则是否之道也。但止其背,可得无咎也。""背",马王堆帛书《周易》作"北"。"庭",马王堆帛书《周易》作"廷"。

艮其限,列其夤。

【案语】 见于《艮·九三》。制止腰部运动,导致脊肉分崩。王弼注云:"限,身之中也。三当两象之中,故曰艮其限。夤,当中脊之肉也。止加其身,中体而分,故列其夤而忧危熏心也。艮之为义,各止于其所,上下不相与,至中则列矣。列加其夤,危莫甚焉。""列",马王堆帛书《周易》作"戾"。

艮其辅,言有序。

【案语】 见于《艮·六五》。制止辅颊,不致乱语。出口成章,井然有序。王弼注云:"施止于辅,以处于中,故口无择言,能亡其悔也。"

鸿渐于磐,饮食衎衎。

【案语】 见于《渐·六二》。鸿雁跃上涯岸,寻觅饮食欢乐安闲。衎衎,意为和乐。王弼注云:"磐,山石之安者也。进而得位,居中而应,本无禄养,进而得之,其为欢乐,愿莫先焉。"此诗,马王堆帛书《周易》作"鸿渐于坂,酒食衍衍"。

鸿渐于陆,夫征不复,妇孕不育。

【案语】 见于《渐·九三》。鸿雁漫步陆地,夫婿出征迟迟不归,妻子身怀婴儿凭谁养育?王弼注云:"陆,高之顶也。进而之陆,与四相得,不能复反者也。夫征不复,乐于邪配,则妇亦不能执贞矣。非夫而孕,故不育也。""育",马王堆帛书《周易》作"绳"。

鸿渐于木，或得其桷。

【案语】见于《渐·六四》。大雁飞到林木间，选得良枝栖宿平安。桷为方形的椽子，此处指平直如桷的树枝。孔颖达疏云："鸿渐于木者，鸟而之木，得其宜也。六四进而得位，故曰鸿渐于木也。或得其桷无咎者，桷，榱也。之木而遇堪为桷之枝，取其易直可安也。六四与三相得，顺而相保，故曰或得其桷。既与相得，无乘刚之咎，故曰无咎。"

鸿渐于陵，妇三岁不孕，终莫之胜。

【案语】见于《渐·九五》。鸿雁飞往山岭。妻子三年没有怀孕，夫妻重聚终不可挡。王弼注云："陵，次陆者也。进得中位，而隔乎三四，不得与其应合，故妇三岁不孕也。各履正而居中，三四不能久塞其涂者也。不过三岁，必得所愿矣。进以正邦，三年有成，成则道济，故不过三岁也。""孕"，马王堆帛书《周易》作"绳"。

归妹以娣，跛能履。

【案语】见于《归妹·初九》。年轻少女嫁出深闺，纵是跛脚也健步如飞。王弼注云："少女而与长男为耦，非敌之谓，是娣从之义也。娣，少女之称也。少女之行，善莫若娣。夫承嗣以君之子，虽幼而不妄行，少女以娣，虽跛能履，斯乃恒久之义，吉而相承之道也。以斯而进，吉其宜也。""娣"，马王堆帛书《周易》作"弟"。"履"，马王堆帛书《周易》作"利"。

归妹以须，反归以娣。

【案语】见于《归妹·六三》。嫁女颇丑，面上多毛。换来小妹，优美窈窕。王弼注云："室主犹存，而求进焉。进未值时，故有须也。不可以进，故反归待时，以娣乃行也。""反"字，马王堆帛书《周易》无。

归妹愆期，迟归有时。

【案语】见于《归妹·九四》。少女嫁夫，屡屡延期。推迟不嫁，等待时机。王弼注云："夫以不正无应而适人也，必须彼道穷尽，无所与交，然后乃可以往，故愆期迟归，以待时也。""愆"，马王堆帛书《周易》作"衍"。

女承筐，无实；士刲羊，无血。

【案语】此诗出自《归妹·上六》。对此段爻辞，古今学人持论不一，有婚约不终、爻位不当、祭祀不成、三月庙见、情人热恋、夫妇劳作、未婚先孕、媵妾与祭诸种解说。如王弼注云："羊谓三也。处卦之穷，仰无所承，下又无应，为女而承命，则筐虚而莫之与。为士而下命，则刲羊而无血。刲羊而无血，不应所命也。进退莫与，故曰无攸利也。"郭沫若以为牧羊人夫妇剪羊毛，《先秦文学史》从其说。金景芳《周易讲座》解释为："筐、血，都是讲的祭祀的事。可是这个筐没有实，里面没有盛东西，是空筐。羊没有血。这都说明不能进行祭祀……奉祭祀只能由嫡，即夫人做，侄姊不能奉祭祀。"王新陆主编《中医文化论丛》收录臧守虎《饮食·男女·鼎新》一文，认为此段爻辞实是隐喻，暗示男女夫妇不能人道、生育子女。《藏书家》第五辑刊载徐北文《书到"闲时"方恨少》，认为此诗当按素面辈猜之谜语解读，意指男女性事。或以为男女奴隶的愤怒呼声，女的筐中无自己的东西，男的在杀羊，可却连祭神的羊血都没有。一般以为此诗描述男女养羊人剪羊毛的劳动场景。

丰其蔀，日中见斗。

【案语】见于《丰·六二》。盛大的光明被大面积遮掩了，中午时分也可以看到天上的星斗。丰，谓盛大光明。王弼注云："蔀，覆暧，障光明之物也。处明动之时，不能自丰以光大之德，既处乎内，而又以阴居阴，所丰在蔀，幽而无睹者也，故曰丰其蔀，日中见斗也。日中者，明之盛也；斗见者，暗之极也。处盛明而丰其蔀，故曰日中见斗。""蔀"，马王堆帛书《周易》作"剖"。

丰其沛，日中见沫，折其右肱。

【案语】见于《丰·九三》。光明被遮蔽，正午之际都能看到天上的小星星，黑暗中折断了右胳膊。王弼注云："沛，幡幔，所以御盛光也。沫，微昧之明也。应在上六，志在乎阴，虽愈乎以阴处阴，亦未足以免于暗也。所丰在沛，日中则见沫之谓也。施明，则见沫而已，施用，则折其右肱，故可以自守而已，未足用也。""沛"，马王堆帛书《周易》作"蘋"。"沫"，马王堆帛书《周易》作"茉"。"肱"，马王堆帛书《周易》作"弓"。

来章，有庆。

【案语】见于《丰·六五》。光明重现，人们欢呼庆贺。或译为：来居尊位，美德昭彰，喜庆临身，中心欢畅。王弼注云："以阴之质，来适尊阳之位，能自光大，章显其德，获庆誉也。""庆"后，马王堆帛书《周易》有"举"字。

丰其屋，蔀其家，窥其户，阒其无人，三岁不觌。

【案语】见于《丰·上六》。高大的房屋被遮蔽，窥视其门户，悄无一人，三年也看不到什么。或译为：大兴土木，扩建宫室，修成家舍，森严蔽日。触罪被擒后，从高门望进，唯萧条一片，空空无人迹，历时三年还不见复苏气息。王弼注云："屋，藏荫之物，以阴处极而最在外，不履于位，深自幽隐，绝迹深藏者也。既丰其屋，又蔀其家，屋厚家覆，暗之甚也。虽窥其户，阒其无人，弃其所处，而自深藏也。处于明动尚大之时，而深自幽隐，以高其行；大道既济，而犹不见，隐不为贤，更为反道，凶其宜也。三年，丰道之成。治道未济，隐犹可也;既济而隐,是以治为乱也。""藋",马王堆帛书《周易》作"剖"。"窥",马王堆帛书《周易》作"闚"。

旅琐琐,斯其所,取灾。

【案语】见于《旅·初六》。人在旅途中猥琐小气,柔弱卑微,必然会招致屈辱之灾。王弼注云:"最处下极,寄旅不得所安,而为斯卑贱之役,所取致灾,志穷且困。"

旅即次,怀其资,得童仆。

【案语】见于《旅·六二》。旅行中最安全舒适的是投宿旅社,身上带着充足的旅资,且有忠实的童仆相伴。王弼注云:"次者,可以安行旅之地也。怀,来也。得位居中,体柔奉上,以此寄旅,必获次舍。怀来资货,得童仆之所正也。旅不可以处盛,故其美尽于童仆之正也。过斯以往,则见害矣。童仆之正,义足而已。"此诗,马王堆帛书《周易》作"旅既次,坏其茨,得童仆"。

旅焚其次,丧其僮仆。

【案语】见于《旅·九三》。投宿的旅社失火,随行的童仆也离散了。王弼注云:"居下体之上,与二相得,以寄旅之身而为施下之道,与萌侵权,主之所疑也,故次焚仆丧而身危也。"

旅于处,得其资斧,我心不快。

【案语】见于《旅·九四》。旅行时虽然有住所,还有足够的旅费和应用的器具,可我的心情还是快乐不起来。王弼注云:"斧所以斫除荆棘,以安其舍者也。虽处上体之下,不先于物,然而不得其位,不获平坦之地,客于所处,不得其次,而得其资斧之地,故其心不快也。""资",马王堆帛书《周易》作"溍"。

鸟焚其巢,旅人先笑,后号咷。

【案语】见于《旅·上九》。飞鸟在高枝上筑起了巢,却被野火焚烧。旅居在外者开始洋洋得意,后来却嚎啕大哭。王弼注云:"居高危而以为宅,巢之谓也。客旅得上位,故先笑也。以旅而处于上极,众之所嫉也。以不亲之身而当嫉害之地,必凶之道也,故曰后号咷。""焚",马王堆帛书《周易》作"棼"。"咷",马王堆帛书《周易》作"桃"。

巽在床下,丧其资斧。

【案语】见于《巽·上九》。顺从我者低居大床下,我无人资助可怜巴巴。王弼注云:

"处巽之极,极巽过甚,故曰巽在床下也。斧所以断者也,过巽失正,丧所以断,故曰丧其资斧,贞凶也。"

商兑未宁,介疾有喜。

【案语】见于《兑·九四》。商讨研习颇欣愉,常无闲逸。摒弃痼疾身健康,实为可喜。王弼注云:"商,商量裁制之谓也。介,隔也。三为佞说,将近至尊。故四以刚德,裁而隔之,匡内制外,是以未宁也。处于几近,闲邪介疾,宜其有喜也。"

不节若,则嗟若。

【案语】见于《节·六三》。行为不加节制,悲戚伤叹不已。王弼注云:"若,辞也。以阴处阳,以柔乘刚,违节之道,以至哀嗟。自己所致,无所怨咎,故曰无咎也。"

鹤鸣在阴,其子和之。我有好爵,吾与尔靡之。

【案语】见于《中孚·九二》。老鹤在树荫中鸣叫,小鹤应和着。我有一壶美酒,邀请你共同享用。王弼注云:"处内而居重阴之下,而履不失中,不徇于外,任其真者也。立诚笃志,虽在暗昧,物亦应焉,故曰鸣鹤在阴其子和之也。不私权利,唯德是与,诚之至也,故曰我有好爵,与物散之。""靡",马王堆帛书《周易》作"嬴"。

得敌,或鼓,或罢,或泣,或歌。

【案语】见于《中孚·六三》。一场激战结束后,俘虏了大批敌人,人们有的扬桴击鼓,余勇可贾,有的精疲力尽,有的伤心哭泣,有的引吭高歌。或译为:前方受敌,有利时擂鼓出击,不利时引退掩蔽;遭受挫折,不免哀泣一番;克敌制胜,权且放歌一场。王弼注云:"三居少阴之上,四居长阴之下,对而不相比,敌之谓也。以阴居阳,欲进者也。欲进而阂敌,故或鼓也。四履正而承五,非己所克,故或罢也。不胜而退,惧见侵陵,故或泣也。四履乎顺,不与物校,退而不见害,故或歌也。不量其力,进退无恒,愈可知也。""罢",马王堆帛书《周易》作"皮"。"泣",马王堆帛书《周易》作"汲"。

月几望,马匹亡。

【案语】见于《中孚·六四》。月亮近十五,光华灿烂。马匹颇健壮,跑失不返。王弼注云:"居中孚之时,处巽之始,应说之初,居正履顺,以承于五,内毗元首,外宣德化者也。充乎阴德之盛,故曰月几望。马匹亡者,弃群类也。若夫居盛德之位,而与物校其竞争,则失其所盛矣,故曰绝类而上。履正承尊,不与三争,乃得无咎也。"此诗,马王堆帛书《周易》作"月既望,马必亡"。

翰音，登于天。

【案语】见于《中孚·上九》。飞鸟鸣声远响，飘扬高天之上。王弼注云："翰，高飞也。飞音者，音飞而实不从之谓也。居卦之上，处信之终，信终则衰，忠笃内丧，华美外扬，故曰翰音登于天也。翰音登天，正亦灭矣。"

飞鸟遗之音，不宜上，宜下。

【案语】见于《小过》卦辞。飞鸟鸣叫传声响，不宜朝上飘扬，宜于频频下降。王弼注云："飞鸟遗其音声，哀以求处，上愈无所适，下则得安。愈上则愈穷，莫若飞鸟也。""飞"，马王堆帛书《周易》作"翡"。

过其祖，遇其妣。不及其君，遇其臣。

【案语】见于《小过·六二》。操理家务，胜过先祖。强干精明，恰如祖母。执掌政事，不及君主。兢兢业业，实为良辅。"遇"字，马王堆帛书《周易》皆作"愚"。"妣"，马王堆帛书《周易》作"比"。

弗过防之，从或戕之。

【案语】见于《小过·九三》。面对奸人不多提防，将被随从加害残伤。王弼注云："小过之时，大者不立，故令小者得过也。居下体之上，以阳当位，而不能先过防之，至令小者或过，而复应而从焉。其从之也，则戕之凶至矣。故曰弗过防之，从或戕之凶也。""防"，马王堆帛书《周易》作"仿"。"戕"，马王堆帛书《周易》作"臧"。

密云不雨，自我西邻。公弋，取彼在穴。

【案语】见于《小过·六五》。西郊上乌云密布，却久久不落雨。公侯张弓射箭，猎获巢穴中的狡兽。王弼注云："小过，小者过于大也。六得五位，阴之盛也。故密云不雨，至于西郊也。夫雨者，阴在于上，而阳薄之而不得通，则蒸而为雨。今艮止于下而不交焉，故不雨也。是故小畜尚往而亨，则不雨也；小过阳不上交，亦不雨也。虽阴盛于上，未能行其施也。公者，臣之极也。五极阴盛，故称公也。弋，射也。在穴者，隐伏之物也。小过者，过小而难未大作，犹在隐伏者也。以阴质治小过，能获小过者也。故曰公弋取彼在穴也。除过之道，不在取之，是乃密云未能雨也。"

弗遇过之，飞鸟离之。

【案语】见于《小过·上六》。无所际遇，过人太甚。一鸟高飞，落网罹身。孔颖达疏云："上六处小过之极，是小人之过，遂至上极，过而不知限，至于亢者也。过至于亢，无所复遇,故曰弗遇过之也。以小人之身,过而弗遇,必遭罗网,其犹飞鸟,飞而无托,必离矰缴,故曰飞鸟离之凶也。""遇",马王堆帛书《周易》作"愚"。"离",马王堆帛书《周易》作"罗"。

曳其轮,濡其尾。

【案语】 见于《既济·初九》。大车登程,缓缓牵引车轮。狐狸渡河,尾部遭水沾润。王弼注云:"最处既济之初,始济者也。始济未涉于燥,故轮曳而尾濡也。虽未造易,心无顾恋,志弃难者也。其于义也,无所咎也。""轮",马王堆帛书《周易》作"纶"。

妇丧其茀,勿逐,七日得。

【案语】 见于《既济·六二》。妇人乘车丧车茀,不需急急去追逐,七日之后必归复。王弼注云:"居中履正,处文明之盛,而应乎五,阴之光盛者也。然居初、三之间,而近不相得,上不承三,下不比初。夫以光盛之阴,处于二阳之间,近而不相得,能无见侵乎?故曰丧其茀也。称妇者,以明自有夫,而他人侵之也。茀,首饰也。夫以中道执乎贞正,而见侵者,众之所助也。处既济之时,不容邪道者也。时既明峻,众又助之,窃之者逃窜而莫之归矣。量斯势也,不过七日,不须己逐,而自得也。""丧其茀",马王堆帛书《周易》作"亡其发"。"逐",马王堆帛书《周易》作"遂"。

小狐汔济,濡其尾,无攸利。

【案语】 此为《未济》卦辞。小狐狸渡河时一路扬起尾巴,但临近上岸时却把尾巴弄湿了。冒进求速,其利不长远。孔颖达疏云:"汔者,将尽之名。小才不能济难,事同小狐虽能渡水,而无余力,必须水汔,方可涉川。未及登岸,而濡其尾,济不免濡,岂有所利?故曰小狐汔济,濡其尾,无攸利也。"

四、《诗经》部分作品

国风·周南

关 雎

关关雎鸠,在河之洲。窈窕淑女,君子好逑。
参差荇菜,左右流之。窈窕淑女,寤寐求之。
求之不得,寤寐思服。悠哉悠哉,辗转反侧。
参差荇菜,左右采之。窈窕淑女,琴瑟友之。
参差荇菜,左右芼之。窈窕淑女,钟鼓乐之。

【案语】此诗主旨,毛诗序以为言"后妃之德",朱熹《诗集传》以为:"周之文王生有圣德,又得圣女姒氏以为之配。宫中之人,于其始至,见其有幽闲贞静之德,故作是诗。"范处义《毛诗补传》以为:"《关雎》虽作于康王之时,乃毕公追咏文王太姒之事,以为讽谏,故孔子定为一经之首。"方玉润《诗经原始》以为:"此诗盖周邑之咏初昏者。"另有刺周康王、教成妇德诸说。今人多以为男女恋歌,又或以为是成婚仪式上由乐人以丈夫的口吻所唱的贺婚歌。关关,鸟鸣声。雎鸠,一种水鸟,相传这种鸟雌雄情意专一。或以为鱼鹰,或以为凫。洲,水中陆地或沙滩。窈窕,内心美好且外貌美丽。淑,通"俶",善,好。好逑,好的配偶。逑,通"仇",配偶。荇菜,一种水生植物,俗称荇丝菜、黄花菜,茎、叶可食。流,通"摎",捋取。思服,思念。芼,通"覒",摘取。乐之,使之快乐。洲,《说文解字》"州"字下引作"州"。逑,《礼记·缁衣》引作"仇"。

葛 覃

葛之覃兮,施于中谷,维叶萋萋。黄鸟于飞,集于灌木,其鸣喈喈。
葛之覃兮,施于中谷,维叶莫莫。是刈是濩,为絺为绤,服之无斁。
言告师氏,言告言归。薄污我私,薄浣我衣。害浣害否,归宁父母。

【案语】此诗主旨,毛诗序以为:"《葛覃》,后妃之本也。后妃在父母家,则志在于女功之事;躬俭节用,服澣濯之衣;尊敬师傅;则可以归安父母,化天下以妇道也。"李光地《诗所》以为:"《葛覃》三章,后妃所自作,以训嫔御者。"方玉润《诗经原始》以为:"盖此亦采自民间,与《关雎》同为房中乐,前咏初昏,此赋归宁耳。"另有恐嫁失时、弃妇被遣诸说。今人多以为述写织葛女奴思归。葛,植物名,葛藤、葛麻,茎秆纤维可作织布原料。覃,延长。施,蔓延。中谷,谷中。喈喈,鸟鸣声。莫莫,茂盛的样子。刈,砍、割。濩,锅类,此处作动词,用锅煮。绤,细葛布。绤,粗葛布。致,厌弃。师氏,女师,教训和管理女奴的管家婆或工头。归,女子回娘家。薄,将欲。污,洗去污垢。私,内衣,或云燕服,日常衣服。衣,外衣,罩衣。或云特指礼服。害,通"何",什么。归宁,回娘家探问父母安宁。宁,问安。无致,《礼记·缁衣》引作"无射"。

卷 耳

采采卷耳,不盈顷筐。嗟我怀人,寘彼周行。
陟彼崔嵬,我马虺隤。我姑酌彼金罍,维以不永怀。
陟彼高冈,我马玄黄。我姑酌彼兕觥,维以不永伤。
陟彼砠矣,我马瘏矣,我仆痡矣,云何吁矣。

【案语】此诗主旨,毛诗序以为:"《卷耳》,后妃之志也。又当辅佐君子求贤审官,知臣下之勤劳,内有进贤之志,而无险诐私谒之心,朝夕思念,至于忧勤也。"朱熹以为后妃怀念文王。方玉润《诗经原始》以为:"此诗当是妇人念夫行役而悯其劳苦之作。"另有言慕远世说、嫔御归宁说、后妃劳使臣说、诸侯救文王说、文王怀贤说、文王劳还说等。今人多以为描述妇人怀念服役在外的丈夫。或以为征夫思念室家。采采,通"粲粲",植物生长旺盛的样子。卷耳,一种野菜,又称苍耳、苓耳。顷筐,一种浅浅的斜口筐。顷,歪斜。怀,思念。寘,同"置",放置。周行,大道,大路。陟,登。崔嵬,形容土石山高耸不平的样子,此处引申指土石山。虺,腿跛或腿软,此处指马行无力。隤,跌倒。金罍,酒器名,大腹,小口,有盖,一般为青铜或陶制。以,凭借。玄黄,指马疲病之后,毛色不光亮。兕觥,用犀牛角制作的杯子。砠,覆盖有泥土的石山。瘏,指马因过度劳累而喘不过气来。痡,指人因过度劳累而喘不过气来。云何,如何。吁,叹息。砠,《说文解字》"岨"字下引作"岨"。

樛 木

南有樛木,葛藟累之。乐只君子,福履绥之。
南有樛木,葛藟荒之。乐只君子,福履将之。

南有樛木,葛藟萦之。乐只君子,福履成之。

【案语】此诗主旨,毛诗序以为:"《樛木》,后妃逮下也。言能逮下而无嫉妒之心焉。"朱熹《诗集传》云:"后妃能逮下而无嫉妒之心,故众妾乐其德而称愿之。"戴震以为"下美上之诗也"。朱守亮以诗旨为"妻祝颂夫"。闻一多以为祝贺男子新婚。又另有人卑引福说、文王屈己说、南国诸侯归心文王说、颂劳动者说、祝人幸福说等。今人多以为祝福君子之诗。樛木,树枝向下弯曲的树木。樛,树枝向下弯曲。藟,蔓生植物。或以为葛藟为藟之别名,或以为葛藟是葛之别名。累,缠绕。乐,快乐。只,句中语气词,无实义。履,幸福。绥,安抚。荒,掩盖。将,扶助。萦,缠绕。成,成就。

螽 斯

螽斯羽,诜诜兮。宜尔子孙,振振兮。
螽斯羽,薨薨兮。宜尔子孙,绳绳兮。
螽斯羽,揖揖兮。宜尔子孙,蛰蛰兮。

【案语】此诗主旨,毛诗序以为:"《螽斯》,后妃子孙众多也。言若螽斯,不妒忌,则子孙众多也。"另有歌颂后妃子孙之贤、众妾相安相乐、刺周南公子美衣服、讽刺剥削者诸说。今人多以为祝福人多子多孙。螽斯,蝗虫。诜诜,众多的样子。振振,兴旺繁多的样子。薨薨,群飞声。绳绳,绵绵不绝。揖揖,会聚貌。蛰蛰,众多貌。

桃 夭

桃之夭夭,灼灼其华。之子于归,宜其室家。
桃之夭夭,有蕡其实。之子于归,宜其家室。
桃之夭夭,其叶蓁蓁。之子于归,宜其家人。

【案语】此诗主旨,毛诗序以为:"《桃夭》,后妃之所致也。不妒忌,则男女以正,婚姻以时,国无鳏民也。"朱熹《诗集传》云:"文王之化,自家而国,男女以正,婚姻以时。故诗人因所见以起兴,而叹其女子之贤,知其必有以宜其室家也。"方玉润《诗经原始》曰:"盖此亦咏新婚,与《关雎》同为房中乐,如后世催妆筵筹词。特《关雎》从男求女一面说,此从女归男一面说,互相掩映,同为美俗。"另有贺女子出嫁说、后妃答《樛木》说、太姒始嫁说、武王娶妃说、诸侯娶妻说、不纳奔女说等。今人多以为祝福出嫁少女的礼歌。桃,桃树。夭夭,通"枖枖",木少盛貌,引申指少好。灼灼,通"焯焯",鲜明的样子。华,同"花"。于归,女子出嫁婆家。宜,合宜。室家,家庭。有,极,甚。蕡,通"坟",大。此处指果实硕大丰满。于省吾《泽螺居诗经新证》云:"蕡、坟、颁与贲古通。颁、贲并应读作斑",以为"斑"之假借,即谓"'有蕡其实'即有斑其实。桃实将熟,红白相间,其实斑然。"蓁蓁,茂盛的样子。夭夭,《说文解字》"枖"字下引作"枖枖"。

兔罝

肃肃兔罝,椓之丁丁。赳赳武夫,公侯干城。
肃肃兔罝,施于中逵。赳赳武夫,公侯好仇。
肃肃兔罝,施于中林。赳赳武夫,公侯腹心。

【案语】此诗主旨,毛诗序以为:"《兔罝》,后妃之化也。《关雎》之化行,则莫不好德,贤人众多也。"今人多以为颂赞武士。肃肃,整齐严密的样子。兔罝,捕兔网,或云捕虎网。兔,野兔;一说虎,古代楚人称虎为於菟。椓,打,敲击。丁丁,打桩声。公侯,公爵与侯爵,泛指诸侯与王朝的卿士。干城,喻指屏障或捍卫者。干,盾。城,城墙。施,设置。中逵,逵中,大路中间。逵,四通八达的道路。仇,匹偶,伴侣。中林,林中。

芣苢

采采芣苢,薄言采之。采采芣苢,薄言有之。
采采芣苢,薄言掇之。采采芣苢,薄言捋之。
采采芣苢,薄言袺之。采采芣苢,薄言襭之。

【案语】此诗主旨,毛诗序以为:"《芣苢》,后妃之美也。和平则妇人乐有子矣。"《列女传·贞顺篇》云:"蔡人之妻者,宋人之女也,既嫁于蔡,而夫有恶疾,其母将改嫁之,女终不听其母,乃作《芣苢》之诗。"《文选》卷54《辨命论》李善注引韩诗云:"《芣苢》,伤夫有恶疾也。"郑樵《诗辨妄》曰:"《芣苢》之作,兴采之也。如后人之采菱则为采菱之诗,采藕则为采藕之诗,以述一时所采之兴尔,何它义哉!"另有奴隶主贵族妇女祈子求福之歌、室家乐完聚说、喻求贤才说等主张。今人多以为妇女采集车前子时所唱之歌。采采,茂盛的样子。芣苢,一种多年生草本植物,又名车前子、车轮菜、虾蟆衣等,生于道旁,叶可食,相传其草籽可治妇人难产。有,本义为持有,引申为求取。掇,拾取。捋,用手掌握物向一端抹取。袺,手提着衣襟兜东西。襭,把衣襟掖在腰带间来兜东西。

汉广

南有乔木,不可休息。汉有游女,不可求思。汉之广矣,不可泳思。江之永矣,不可方思。

翘翘错薪,言刈其楚。之子于归,言秣其马。汉之广矣,不可泳思。江之永矣,不可方思。

翘翘错薪,言刈其蒌。之子于归,言秣其驹。汉之广矣,不可泳思。江之永矣,不可方思。

【案语】 此诗主旨,毛诗序以为"《汉广》,德广所及也。文王之道被于南国,美化行乎江汉之域,无思犯礼,求而不可得也",汉代韩诗学派以为吟咏汉水女神。《文选》卷4张衡《南都赋》"游女弄珠于汉皋之曲"李善注引《韩诗内传》云:"郑交甫将适南楚,遵彼汉皋台下,乃遇二女,佩两珠,大如荆鸡之卵。"《文选》卷12《江赋》李善注引《韩诗外传》亦云:"郑交甫遵彼汉皋台下,遇二女,与言曰:'愿请子之佩。'二女与交甫,交甫受而怀之,超然而去。十步,循探之,即亡矣,回顾二女,亦即亡矣。"牟庭《诗切》曰:"《汉广》,刺周南君不能求贤也。"方玉润以为樵夫之歌唱。今人多以为情歌,男子思慕女子,感叹不能如愿以偿。乔木,高大的树木。汉,汉水,源出陕西省宁羌县北,流经湖北省,至汉阳汇入长江。方,竹木编成的筏子,引申指用木筏或竹筏渡过。翘翘,一说众多的样子,一说高大的样子。错,错杂。薪,柴草。楚,一种灌木。又名荆。秣,喂马。蒌,蒿草。"休息",《韩诗外传》、《列女传·辩通传·阿谷处女》引作"休思",段玉裁《毛诗故训传定本小笺》以作"息"者为讹字。

汝 坟

遵彼汝坟,伐其条枚。未见君子,惄如调饥。
遵彼汝坟,伐其条肄。既见君子,不我遐弃。
鲂鱼赪尾,王室如燬。虽则如燬,父母孔迩。

【案语】 此诗主旨,毛诗序以为:"《汝坟》,道化行也。文王之化行乎汝坟之国,妇人能闵其君子,犹勉之以正也。"今人多以为思妇诗,但中心是思念远行之夫君,还是反对劳役之繁重,难以论定。遵,沿着。汝,汝水,源出河南,汇入淮河。坟,通"濆",堤岸。条枚,枝条。惄,思念,忧思。调饥,早晨肚子饥饿。调,通"朝"。条肄,泛指枝条。肄,砍后再生的小树枝。不我遐弃即"不遐弃我"。遐,远,疏远。弃,遗弃。鲂鱼赪尾即鲂鱼红了尾巴。鲂鱼尾巴本为白色,传说它劳倦后尾巴变成赤红色。鲂鱼,鱼名,或以为鳊鱼。赪,赤色。王室,王朝。燬,烈火。孔,很,甚。迩,近。

麟之趾

麟之趾,振振公子,于嗟麟兮。

麟之定,振振公姓,于嗟麟兮。

麟之角,振振公族,于嗟麟兮。

【案语】此诗主旨,毛诗序以为:"《麟之趾》,《关雎》之应也。《关雎》之化行,则天下无犯非礼,虽衰世之公子,皆信厚如麟趾之时也。"今人多以为赞美贵族子孙仁厚贤能。麟,麒麟,古人以为仁兽;或以为长颈鹿。趾,足,蹄。振振,诚实忠厚的样子。公子,泛指贵族子弟。于嗟,通"吁嗟",感叹词。定,通"颡",额头。公姓,与诸侯同姓的贵族子弟,泛指公侯子孙。角,头角。公族,与诸侯同高祖的贵族子弟,泛指公侯子孙。

鹊　巢

维鹊有巢,维鸠居之。之子于归,百两御之。

维鹊有巢,维鸠方之。之子于归,百两将之。

维鹊有巢,维鸠盈之。之子于归,百两成之。

【案语】此诗主旨,毛诗序以为:"《鹊巢》,夫人之德也。国君积行累功,以致爵位,夫人起家而居有之,德如鸤鸠,乃可以配焉。"丰坊《诗说》云:"诸侯嫁女,其民观焉,即其事而赋之也。"牟庭《诗切》云:"《鹊巢》,刺召南君以妾为妻也……鹊有巢而鸠居之,以喻嫡有室而妾据之也。"姚际恒《诗经通论》曰:"愚意大抵为为文王公族之女,往嫁于诸大夫之家,诗人见而美之,与《桃夭》篇略同,然均之不可考矣。"方玉润《诗经原始》云:"《鹊巢》,婚礼告庙词也。"又或以为讽刺小姐出嫁说、讽刺国君弃旧图新说。今人多以为贵族女子出嫁时的乐歌。鹊,喜鹊。鸠,鸤鸠,又称布谷鸟,它不会造巢穴,常居住喜鹊之巢。一说为八哥。百两,一百辆车子,此处非实数。两,通"辆"。御,同"迓",迎接。方,占有。将,送行。盈,满,此处指占据。成,成就,此处引申指陪嫁。

采　蘩

于以采蘩?于沼于沚。于以用之?公侯之事。

于以采蘩?于涧之中。于以用之?公侯之宫。

被之僮僮,夙夜在公。被之祁祁,薄言还归。

【案语】此诗主旨,毛诗序以为:"《采蘩》,夫人不失职也。夫人可以奉祭祀,则不失职矣。"今人多以为描写妇女采蒿养蚕之事。于以,于何,在哪里。蘩,草名,又称白蒿、艾蒿,

113

古人用以祭祀宴飨。用白蒿煎水浇在蚕子上,可以助益蚕卵孵化。沼,池塘。沚,水中小洲。事,此处指养蚕之事。涧,溪涧。被,通"髲",妇女的一种首饰,用头发编制而成的假发。僮僮,首饰盛美的样子。夙夜,早晚,日夜。公,通"工";或以为公桑;或以为公事,即女工之事。祁祁,众多的样子。

草　虫

喓喓草虫,趯趯阜螽。未见君子,忧心忡忡。亦既见止,亦既觏止,我心则降。

陟彼南山,言采其蕨。未见君子,忧心惙惙。亦既见止,亦既觏止,我心则说。

陟彼南山,言采其薇。未见君子,我心伤悲。亦既见止,亦既觏止,我心则夷。

【案语】此诗主旨,毛诗序以为:"《草虫》,大夫妻能以礼自防也。"今人多以为思妇诗,或以为女子热恋情人之作。喓喓,虫叫声。草虫,昆虫名,又称常羊,蝗类;一说即蝈蝈。趯趯,跳跃的样子。阜螽,蚱蜢。觏,遇见、会面。蕨,野菜名,嫩叶可食。惙惙,忧虑不安。说,同"悦",喜悦。薇,野菜名,俗称野豌豆,嫩叶可食。夷,平,平静下来。末句,《楚辞·九怀·陶壅》王逸注引作"既见君子,我心则夷"。

采　蘋

于以采蘋?南涧之滨。于以采藻?于彼行潦。
于以盛之?维筐及筥。于以湘之?维锜及釜。
于以奠之?宗室牖下。谁其尸之?有齐季女。

【案语】此诗主旨,毛诗序以为:"《采蘋》,大夫妻能循法度也。能循法度,则可以承先祖,共祭祀矣。"今人多以为描写贵族女子采集蘋藻,在宗庙祭祀祖先。蘋,浮萍,生于水中,可食。南涧,南山的溪涧。藻,水藻。行潦,山涧中的流水;一说沟中流水与雨后的积水。筥,圆形的竹器。湘,通"鬺",烹煮。锜,有足的锅。釜,无脚的锅。奠,陈设祭品。宗室,宗庙。尸,主持祭祀。齐,通"斋",庄严恭敬的样子。季女,少女。"于以湘之?维锜及釜",《汉书·郊祀志》颜师古注引作"于以鬺之,唯锜及釜"。

甘　棠

蔽芾甘棠,勿翦勿伐,召伯所茇。

蔽芾甘棠,勿翦勿败,召伯所憩。

蔽芾甘棠,勿翦勿拜,召伯所说。

【案语】 此诗主旨,毛诗序以为:"《甘棠》,美召伯也。召伯之教,明于南国。"朱熹《诗集传》云:"召伯循行南国,以布文王之政,或舍甘棠之下。其后人思其德,故爱其树不肯伤也。"古人多无异议。《说苑·贵德》云:"召公述职,当桑蚕之时,不欲变民事,故不入邑中,舍于甘棠之下而听断焉……百姓叹其美而致其敬,甘棠之不伐也。"《史记·燕召公世家》:"召公之治西方,甚得兆民和。召公巡行乡邑,有棠树,决狱政事其下,自侯伯至庶人各得其所,无失职者。召公卒,而民人思召公之政,怀棠树不敢伐,歌咏之,作《甘棠》之诗。"《汉书·王吉传》云:"昔召公述职,当民事时,舍于棠下而听断焉,是时人皆得其所。后世思其仁恩,至乎不伐甘棠,《甘棠》之诗是也。"今人亦多以为述写民众对召伯的爱戴与怀念。蔽芾,一说小的样子,一说茂盛的样子。甘棠,棠梨树,开白花的叫甘棠,开红花的叫杜梨。翦,同"剪",指砍削树枝。伐,砍。召伯,一说指召康公姬奭,因封地在召,故称召伯或召公,成王时与周公旦分陕而治,为燕的始祖;一说为召穆公姬虎,周宣王、周厉王时大臣。茇,止舍,住宿。一说在草野中住宿。败,毁坏,败坏。拜,拔除。说,通"税",休息,止歇。"蔽芾甘棠,勿翦勿伐",《韩诗外传》、《孔子家语·庙制》引作"蔽茀甘棠,勿剪勿伐"。

行　露

厌浥行露,岂不夙夜,谓行多露。

谁谓雀无角?何以穿我屋?谁谓女无家?何以速我狱?虽速我狱,室家不足!

谁谓鼠无牙?何以穿我墉?谁谓女无家?何以速我讼?虽速我讼,亦不女从!

【案语】 此诗主旨,毛诗序以为:"召伯听讼也。衰乱之俗微,贞信之教兴,强暴之男,不能侵陵贞女也。"今人多以为女子抗婚之诗。厌浥,同"渰浥",露水潮湿的样子。行,大路。露,露水。夙夜,早夜。谓,通"畏"。角,鸟嘴,鸟喙。女,通"汝"。家,家资;一说送聘礼。速,招致。狱,诉讼。虽,即使。室家,娶妻成家,成婚。墉,墙壁。讼,诉讼。女从,即"从女"。从,顺从。女,通"汝"。"亦不女从",《韩诗外传》引作"亦不尔从"。

羔　羊

羔羊之皮,素丝五紽。退食自公,委蛇委蛇。

羔羊之革,素丝五緎。委蛇委蛇,自公退食。

羔羊之缝,素丝五总。委蛇委蛇,退食自公。

【案语】此诗主旨,毛诗序以为:"《羔羊》,《鹊巢》之功致也。召南之国,化文王之政,在位皆节俭正直,德如羔羊也。"今人多以为赞扬士大夫正直节俭,衣服有常,而从容自得。羔羊,小羊。皮,指羊羔皮做成的皮袍。素丝,白丝。五,通"午",交错,交叉。紽:缝制。退食自公,参加公宴结束回家;一说退朝而回家就餐。公,公署。委蛇委蛇,从容自得的样子。革,皮袍的里子。緎,缝制。缝:皮革。总,缝制细密。

殷其雷

殷其雷,在南山之阳。何斯违斯?莫敢或遑。振振君子,归哉归哉!

殷其雷,在南山之侧。何斯违斯?莫敢遑息。振振君子,归哉归哉!

殷其雷,在南山之下。何斯违斯?莫或遑处。振振君子,归哉归哉!

【案语】此诗主旨,毛诗序以为:"《殷其雷》,劝以义也。召南之大夫远行从政,不遑宁处,其室家能闵其勤劳,劝以义也。"今人多以为描写妇女思念丈夫。殷,隐约的雷鸣声。阳,山的南面。何斯违斯,为什么这时离开此地。违,离开。莫敢或遑,不敢休息。遑,闲暇。振振,诚实忠厚的样子。遑息,歇息喘一口气。处,止息。

摽有梅

摽有梅,其实七兮。求我庶士,迨其吉兮。

摽有梅,其实三兮。求我庶士,迨其今兮。

摽有梅,顷筐墍之。求我庶士,迨其谓之。

【案语】此诗主旨,毛诗序以为:"《摽有梅》,男女及时也。召南之国,被文王之化,男女得以及时也。"今人多以为待嫁女子希望早日成婚之情歌。摽,掉落。有,名词词头,无实义。梅,梅子,梅的果实。其实七兮,它的果实只剩七成了。庶,众。士,男子的通称,此处特指未婚男子。迨,及,趁。吉,善,好,此处指吉日良辰。今,今日,现在。顷筐,一种浅浅的斜口筐。墍,通"摡",拾取,收取。谓,说,讲。

小 星

嘒彼小星,三五在东。肃肃宵征,夙夜在公。寔命不同!

嘒彼小星,维参与昴。肃肃宵征,抱衾与裯,寔命不犹!

【案语】 此诗主旨,毛诗序以为:"《小星》,惠及下也。夫人无妒忌之行,惠及贱妾,进御于君,知其命有贵贱,能尽其心矣。"今人多以为描写小吏埋怨公务繁重。嘒,星光微弱的样子。三五在东,三三五五在东方闪现。肃肃,行走匆忙的样子。宵,夜晚。征,行进。夙夜,早晚。公,公署。寔,指示代词,这,此。参,星名,即参宿,在猎户座。昴,星名,即昴宿,在金牛座。抱,通"抛",抛弃。衾,被子。裯,被单;一说为床帐。犹,如,同。第一章,马王堆帛书《缪和》引作:"小星,参五在东,萧萧宵正,蚤夜在公,是命不同。"

江有汜

江有汜,之子归,不我以。不我以,其后也悔。
江有渚,之子归,不我与。不我与,其后也处。
江有沱,之子归,不我过。不我过,其啸也歌。

【案语】 此诗主旨,毛诗序以为:"《江有汜》,美媵也。勤而无怨,嫡能悔过也。文王之时,江沱之间,有嫡不以其媵备数,媵遇劳而无怨,嫡亦自悔也。"今人多以为弃妇哀怨之作,又或以为写男子失恋。汜,由主流分出后又汇入主流的支流。之子,指丈夫的新欢。归,女子出嫁。不我以,即"不以我"。以,动词,与,和……一起。渚,水中小洲。处,居住;一说通"癙",忧病。沱,江水的支流,沱江。过,到。啸,撮口发出长而清脆的声音,打口哨;一说号哭。

野有死麕

野有死麕,白茅包之。有女怀春,吉士诱之。
林有朴樕,野有死鹿。白茅纯束,有女如玉。
舒而脱脱兮,无感我帨兮,无使尨也吠。

【案语】 此诗主旨,毛诗序以为:"《野有死麕》,恶无礼也。天下大乱,强暴相陵,遂成淫风。被文王之化,虽当乱世,犹恶无礼也。"今人多以为描写男女幽会情景。野,郊外。麕,麋的别名,似鹿,无角。白茅,野草名。包,裹。怀春,少女萌生渴望异性爱恋的情念。怀,怀念。吉士,好男子。朴樕,小树。白茅纯束,包扎,捆绑。纯,通"稇"。舒,慢慢。脱脱,从容缓慢的样子。感,同"撼",动。帨,腰带上的佩巾,类似围裙,是遮盖大腿至膝盖的服饰。尨,长毛狗。

何彼襛矣

何彼襛矣？唐棣之华。曷不肃雝？王姬之车。

何彼襛矣？华如桃李。平王之孙，齐侯之子。

其钓维何？维丝伊缗。齐侯之子，平王之孙。

【案语】此诗主旨，毛诗序以为："《何彼襛矣》，美王姬也。虽则王姬亦下嫁于诸侯，车服不系其夫，下王后一等，犹执妇道，以成肃雝之德也。"今人多以为述写周王之女下嫁诸侯之时的景况。襛，繁密茂盛的样子。唐棣，木名，又名白栘，形似白杨树；或以为棣树。曷不，何不。肃雝，庄严和睦。王姬，周王之女姬姓，故称王姬。平王，指周平王宜臼，亦作宜咎，周幽王太子，东周第一代君主；一说为平正之王，指周文王。孙，孙女。齐侯，齐国君主，此处指齐庄公购，公元前789年至公元前730年在位；一说为齐襄公，公元前697年至681年在位。伊，同"维"。缗，钓鱼的丝绳。

驺 虞

彼茁者葭，壹发五豝，于嗟乎驺虞！

彼茁者蓬，壹发五豵，于嗟乎驺虞！

【案语】此诗主旨，毛诗序以为："《驺虞》，《鹊巢》之应也。《鹊巢》之化行，人伦既正，朝廷既治，天下纯被文王之化，则庶类蕃殖，蒐田以时。仁如驺虞，则王道成也。"今人多以为赞美猎人。茁，草木壮盛的样子。葭，芦苇。发，射箭，此处指发箭射中；一说射完十二箭为一发。豝，母猪。于，同"吁"。驺虞，掌管鸟兽的官，实为官家的猎人。蓬，野草名，蓬蒿。豵，小猪。"壹发"，贾谊《新书·礼》、《说文解字》"豝"字下、《仪礼·乡射礼》郑玄注引作"一发"。

柏 舟

泛彼柏舟，亦泛其流。耿耿不寐，如有隐忧。微我无酒，以敖以游。

我心匪鉴，不可以茹。亦有兄弟，不可以据。薄言往愬，逢彼之怒。

我心匪石,不可转也。我心匪席,不可卷也。威仪棣棣,不可选也。
忧心悄悄,愠于群小。觏闵既多,受侮不少。静言思之,寤辟有摽。
日居月诸,胡迭而微?心之忧矣,如匪浣衣。静言思之,不能奋飞。

【案语】 此诗主旨,毛诗序以为:"《柏舟》,言仁而不遇也。卫顷公之时,仁人不遇,小人在侧。"今人多以为弃妇怨苦之辞,或以为贤者申诉不幸遭遇之诗。泛,浮行,飘荡。柏舟,用柏木做成的船只。流,中流,水中间。耿耿,忧虑不安的样子。寐,睡,睡着。隐,悲伤,痛苦;一说通"殷",大,深。微,非,不是。敖,通"遨",游玩。匪,同"非",不是。鉴,镜子。茹,塞纳。据,依靠。愬,通"诉",诉说。席,草席。卷,收卷,卷起。威仪,庄严的仪容举止。棣棣,雍容娴雅的样子。选,通"算",计算;一说简择,挑剔。悄悄,忧愁的样子。愠,恼怒。觏,通"遘",遭遇,遇到。闵,不幸,痛苦。辟,通"擗",拍打胸膛。有摽,义同"摽摽",摽,拍打。迭,更替,轮换。微,昏暗不明。浣,洗涤,洗濯。"寤辟有摽",《说文解字》"晤"字下引作"晤辟有摽"。

绿 衣

绿兮衣兮,绿衣黄里。心之忧矣,曷维其已!
绿兮衣兮,绿衣黄裳。心之忧矣,曷维其亡!
绿兮丝兮,女所治兮。我思古人,俾无訧兮!
絺兮绤兮,凄其以风。我思古人,实获我心!

【案语】 此诗主旨,毛诗序以为:"《绿衣》,卫庄姜伤己也。妾上僭,夫人失位而作是诗也。"今人多以为悼亡之作。里,衣服的内层。曷,何。已,停止。裳,下衣。治,治理,制作。古人,故人,此处指亡妻。俾,使。訧,过失。絺,细葛布。绤,粗葛布。凄,寒凉。风,刮风。实,实在是。获,得到。

燕 燕

燕燕于飞,差池其羽。之子于归,远送于野。瞻望弗及,泣涕如雨。
燕燕于飞,颉之颃之。之子于归,远于将之。瞻望弗及,伫立以泣。
燕燕于飞,下上其音。之子于归,远送于南。瞻望弗及,实劳我心。
仲氏任只,其心塞渊。终温且惠,淑慎其身。先君之思,以勖寡人。

【案语】 此诗主旨,毛诗序以为:"《燕燕》,卫庄姜送归妾也。"今人多以为是国君送妹远嫁之作。差池,不整齐的样子。羽,此处指燕子的尾翼。野,郊外。瞻望,远望,遥看。颉颃,上下翻飞。伫立,久立。下上其音,指燕子上下飞行,叫声忽高忽低。南,通"林",远郊。劳,使劳烦,使忧伤。仲氏,兄弟姊妹中排行第二的,泛称弟弟或妹妹。任,善良可信任。渊,深沉,深厚。终……且……,既……又……。温,温和。惠,恭顺,柔顺。先君之思,即"思先君"。先君,死去的君主,或以为此处实指卫庄公。先,去世的,已故的。勖,勉励。寡人,诗人自称;一说卫国国君自称。"勖",《礼记·坊记》、《列女传·母仪传·卫姑定姜》引作"畜"。

日 月

日居月诸,照临下土。乃如之人兮,逝不古处。胡能有定?宁不我顾。

日居月诸,下土是冒。乃如之人兮,逝不相好。胡能有定?宁不我报。

日居月诸,出自东方。乃如之人兮,德音无良。胡能有定?俾也可忘。

日居月诸,东方自出。父兮母兮,畜我不卒。胡能有定?报我不述。

【案语】此诗主旨,毛诗序以为:"《日月》,卫庄姜伤己也。遭州吁之难,伤己不见答于先君,以至困穷之诗也。"今人多以为是一位弃妇对丈夫的控诉,或以为说妇女受到丈夫虐待的呼声。居,语气词,无义。诸,语气词,无义。照临,从上面照耀。下土,大地。乃,竟,竟然。逝,通"誓"。古处,相好;一说以古道相处。不我顾,即"不顾我"。顾,思念;一说顾惜,体贴。下土是冒,即"冒下土"。冒,覆盖,遮盖。不我报,即"不报我"。报,报答。畜我不卒,即"不卒畜我"。畜,通"慉",爱;一说养育,养活。不述,不讲道理,无礼。

终 风

终风且暴,顾我则笑。谑浪笑敖,中心是悼。
终风且霾,惠然肯来。莫往莫来,悠悠我思。
终风且曀,不日有曀。寤言不寐,愿言则嚏。
曀曀其阴,虺虺其雷。寤言不寐,愿言则怀。

【案语】此诗主旨,毛诗序以为:"《终风》,卫庄姜伤己也。遭州吁之暴,见侮慢而不能正也。"今人多以为女子怨恨狂暴无良丈夫之诗。终……且……,既……又……。暴,《说文解字》引作"瀑",疾雨,暴雨。顾,回头看。谑,戏言。浪,放纵,放荡。敖,通"傲",傲慢。悼,忧伤。霾,尘雾,夹杂大量尘土而形成的空气混浊现象。惠然,和顺的样子。曀,天色阴沉,阴暗。不日,不满一日;一说不见太阳。有,通"又"。愿,思念,想念。嚏,打喷嚏。

瞳瞳,阴暗的样子。虺虺,雷声。怀,忧伤。"暴",《说文解字》"瀑"字下引作"瀑"。

击 鼓

击鼓其镗,踊跃用兵。土国城漕,我独南行。
从孙子仲,平陈与宋。不我以归,忧心有忡。
爰居爰处？爰丧其马？于以求之？于林之下。
死生契阔,与子成说。执子之手,与子偕老。
于嗟阔兮,不我活兮。于嗟洵兮,不我信兮。

【案语】此诗主旨,毛诗序以为:"《击鼓》,怨州吁也。卫州吁用兵暴乱,使公孙文仲将而平陈与宋,国人怨其勇而无礼也。"今人多以为战士久戍思归的怨愤诗。镗,鼓声。踊跃用兵,指士兵挥动武器操练。踊跃,跳跃。兵,刀、枪等武器。土国,在都城进行土木建设。国,都城。城漕,在漕邑筑城。漕,古邑名,在今河南省滑县东南白马城。孙子仲,即公孙文仲,春秋时卫国将军,卫武公之孙。不我以归,即"不以我归"。居,止息。处,居住。于以,于何。林,野外,远郊。契阔,离合聚散,偏指离散。成说,约定,相约。偕,一同。阔,远隔。不我活,即"不活我"。活,生存;一说通"佸",会和。洵,通"敻",久远;一说通"县",久。不我信,即"不信我"。信,通"伸",实现。

凯 风

凯风自南,吹彼棘心。棘心夭夭,母氏劬劳。
凯风自南,吹彼棘薪。母氏圣善,我无令人。
爰有寒泉,在浚之下。有子七人,母氏劳苦。
睍睆黄鸟,载好其音。有子七人,莫慰母心。

【案语】此诗主旨,毛诗序以为:"《凯风》,美孝子也。卫之淫风流行,虽有七子之母,犹不能安其室,故美七子能尽其孝道,以慰其母心而成其志尔。"今人多以为儿子感叹母亲劳苦、自责不能奉母之诗。凯风,南风,和乐的风。棘心,幼嫩的酸枣树。棘,酸枣树。心,草木的萌芽。夭夭,屈曲的样子。母氏,母亲。劬劳,辛苦,劳累。棘薪,指长大足以砍作薪柴的酸枣树。圣,通达明理。令人,品德良好的人。寒泉,古泉名,在春秋卫国浚邑,今河南省濮阳南部。浚,古邑名,春秋时卫国浚邑,在今河南省濮阳南部。睍睆,声音婉转好听。好其音,即"其音好"。

雄雉

雄雉于飞,泄泄其羽。我之怀矣,自诒伊阻。

雄雉于飞,下上其音。展矣君子,实劳我心。

瞻彼日月,悠悠我思。道之云远,曷云能来?

百尔君子,不知德行。不忮不求,何用不臧。

【案语】此诗主旨,毛诗序以为:"《雄雉》,刺卫宣公也。淫乱不恤国事,军旅数起,大夫久役,男女怨旷,国人患之而作是诗。"今人多以为妻子思念离家丈夫之诗。雉,野鸡。泄泄,翅膀从容扇动的样子。羽,翅膀。诒,留给,留下。阻,困难,忧患。下上其音,指鸟上下飞行,叫声忽高忽低。展,诚然,确实。矣,通"以",因。实,是。劳,使劳烦,使忧伤。百尔,义同"凡尔"。百,总括之词,凡。尔,你们。君子,指在位者,当权者。忮,忌恨。求,贪求。何用,即"用何"。用,因。臧,好,善。

匏有苦叶

匏有苦叶,济有深涉。深则厉,浅则揭。

有瀰济盈,有鷕雉鸣。济盈不濡轨,雉鸣求其牡。

雝雝鸣雁,旭日始旦。士如归妻,迨冰未泮。

招招舟子,人涉卬否。人涉卬否,卬须我友。

【案语】此诗主旨,毛诗序以为:"《匏有苦叶》,刺卫宣公也。公与夫人并为淫乱。"今人多以为描写等候归人,或以为少女等待情人之诗。匏,蔓生植物,似葫芦而大,古人把它系在腰间渡河。济,河流名,济水,源出河南省济源县王屋山,后汇入黄河。涉,渡水的地方。厉,携带。有瀰,水满的样子。鷕,野鸡的叫声。濡,浸湿。轨,车轴的两端。牡,雄性的鸟兽。雝雝,声音和谐。旦,明亮。归妻,娶妻。泮,散,融化。招招,摇手相招的样子。舟子,船夫。卬,我。须,等待。"雝雝鸣雁",《盐铁论·结和》引作"雍雍鸣鴈"。

谷风

习习谷风,以阴以雨。黾勉同心,不宜有怒。采葑采菲,无以下体。德音莫违,及尔同死。

行道迟迟,中心有违。不远伊迩,薄送我畿。谁谓荼苦,其甘如荠。

宴尔新昏,如兄如弟。

泾以渭浊,湜湜其沚。宴尔新婚,不我屑以。毋逝我梁,毋发我笱。我躬不阅,遑恤我后。

就其深矣,方之舟之。就其浅矣,泳之游之。何有何亡,黾勉求之。凡民有丧,匍匐救之。

不我能慉,反以我为雠。既阻我德,贾用不售。昔育恐育鞫,及尔颠覆。既生既育,比予于毒。

我有旨蓄,亦以御冬。宴尔新婚,以我御穷。有洸有溃,既诒我肄。不念昔者,伊余来塈。

【案语】 此诗主旨,毛诗序以为:"《谷风》,刺夫妇失道也。卫人化其上,淫于新昏而弃其旧室,夫妇离绝,国俗伤败焉。"今人多以为弃妇诗。习习,微风和煦的样子。谷风,山谷中的风,大风。黾勉,勤勉,努力。同心,齐心,志同道合。葑,蔓菁,芜菁。菲,萝卜一类蔬菜。下体,指植物的根茎。德音,美好的言辞。迟迟,缓慢的样子。畿,门槛。荼,苦菜,味苦。荠,荠菜。宴尔,快乐的样子。昏,同"婚"。泾,河流名,源出宁夏六盘山东麓,在陕西高陵汇入渭水。渭,河流名,源出甘肃渭源,在陕西潼关汇入黄河。湜湜,水流澄清的样子。沚,通"止",静止。不我屑以,即"不屑以我"。不屑,不肯。逝,往。梁,鱼梁,拦鱼的堤坝。发,打开。笱,捕鱼的竹笼。躬,身体,自身。阅,容纳。遑,闲暇。恤,忧虑。我后,我的子孙。方,竹筏,此处为用竹筏渡水。丧,凶祸,灾难。不我能慉,即"不能慉我"。慉,爱。雠,通"仇",仇敌。既,既然。阻,拒绝。贾,卖。售,卖出去。育恐,生活在恐惧之中。育鞫,生活在穷苦之中。颠覆,经受挫折或穷困。旨,味美。蓄,储藏,储存,此处指储藏的蔬菜。御,抵御,抵挡。洸,粗暴的样子。溃,盛怒的样子。肄,通"勩",劳苦。塈,通"忾",怒。"不远伊迩",《吕氏春秋·本生》引作"不远伊尔"。"宴尔",《白虎通·嫁娶》引作"燕尔"。"我躬不阅,遑恤我后",《左传·襄公二十五年》引作"我躬不说,皇恤我后",《礼记·表记》引作"我今不阅,皇恤我后"。"匍匐",《礼记·檀弓》、《汉书·谷永传》引作"扶服"。"不我能慉",《说文解字》"慉"字下引作"能不我慉"。

式　微

式微,式微,胡不归?微君之故,胡为乎中露!
式微,式微,胡不归?微君之躬,胡为乎泥中!

【案语】 此诗主旨,毛诗序以为:"《式微》,黎侯寓于卫,其臣劝以归也。"今人多以为述写征夫劳苦,控诉劳役繁重。或以为情诗。式,助词,无义。微,衰微,衰弱。胡,何。微,非,不是。故,缘故。中露,即"露中"。露,露水。躬,身体。泥中,泥水途中。

旄丘

旄丘之葛兮,何诞之节兮。叔兮伯兮,何多日也?
何其处也?必有与也!何其久也?必有以也!
狐裘蒙戎,匪车不东。叔兮伯兮,靡所与同。
琐兮尾兮,流离之子。叔兮伯兮,褎如充耳。

【案语】此诗主旨,毛诗序以为:"《旄丘》,责卫伯也。狄人迫逐黎侯,黎侯寓于卫,卫不能修方伯连率之职,黎之臣子以责于卫也。"今人或以为女子思念爱人。旄丘,前高后低的山丘。一说为地名,在澶州临河县东部。葛,葛藤。诞,通"延",长。处,居住,指在家不出。狐裘,狐皮做的外衣。蒙戎,蓬松的样子。同,同心。琐尾,少好的样子。流离,鸟名,黄莺。褎,衣着华美。充耳,塞耳,堵住耳朵。"流离",《尔雅》"鶹鷅"郭璞注引作"留离"。

简兮

简兮简兮,方将万舞。日之方中,在前上处。
硕人俣俣,公庭万舞。有力如虎,执辔如组。
左手执籥,右手秉翟。赫如渥赭,公言锡爵。
山有榛,隰有苓。云谁之思?西方美人。彼美人兮,西方之人兮。

【案语】此诗主旨,毛诗序以为:"《简兮》,刺不用贤也。卫之贤者,仕于伶官,皆可以承事王者也。"今人多以为赞颂舞者之诗。简,盛大。方将,正要。万舞,周代一种大型舞蹈,分成文武两队,文队手执乐器和鸟羽毛,武队手持兵器。前,前列。处,地方。硕人,有盛德的人。俣俣,高大、魁伟。公庭,宗庙的庭堂。辔,马缰绳。组,丝带,此处指人工编织丝带。籥,古代编管而成的排箫之类吹奏乐器。秉,拿,持。翟,长尾野鸡的尾羽。赫,红而有光。渥,浸润,涂抹。赭,红土,引申为红色的颜料。锡,赐。爵,古代青铜制酒器,此处指代酒。榛,树名,果实为榛子,可食。隰,低湿的地方。苓,甘草,又称大苦。谁之思,即"思谁"。西方美人,来自西方的出众的人;一说来自西边周邑的人。

泉水

毖彼泉水,亦流于淇。有怀于卫,靡日不思。娈彼诸姬,聊与之谋。
出宿于泲,饮饯于祢。女子有行,远父母兄弟,问我诸姑,遂及伯姊。

出宿于干,饮饯于言。载脂载舝,还车言迈。遄臻于卫,不瑕有害?

我思肥泉,兹之永叹。思须与漕,我心悠悠。驾言出游,以写我忧。

【案语】此诗主旨,毛诗序以为:"《泉水》,卫女思归也。嫁于诸侯,父母终,思归宁而不得,故作是诗以自见也。"今人多以为卫国女子出嫁他国思归之作,又或以为送别诗。毖,通"泌",泉水涌流的样子。泉水,卫国河流名。淇,河流名,淇河,源出河南省林县东南,后汇入黄河。娈彼,犹娈娈,美好的样子。出宿,出行住宿。泲,即济水,源出河南省济源县王屋山,后汇入黄河。饯,送行,饯别。祢,古地名,在河南省。行,出嫁。诸姑,姑母一辈的人。干,古地名,在今河南省清丰西南。言,古地名,在今河南省许昌与淇县之间。脂,用油膏涂抹车轴。舝,车键,车轴两头所穿防止车轴脱落的小铁棍,此处义为安上车舝。迈,远行。遄,疾速。臻,至,到达。卫,春秋时诸侯国名,辖地包括河南省北部与河北省南部。瑕,何。肥泉,卫国河流名,在今河南省淇县。兹,通"滋",增加。须,春秋时卫国地名,在今河南省滑县东南。漕,春秋时卫国地名,即白马县,在今河南省滑县东部。写,通"泻",排除,消除。

北 门

出自北门,忧心殷殷。终窭且贫,莫知我艰。已焉哉! 天实为之,谓之何哉!

王事适我,政事一埤益我。我入自外,室人交遍谪我。已焉哉! 天实为之,谓之何哉!

王事敦我,政事一埤遗我。我入自外,室人交遍摧我。已焉哉! 天实为之,谓之何哉!

【案语】此诗主旨,毛诗序以为:"《北门》,刺仕不得志也。言卫之忠臣不得其志尔。"今人多以为小官吏仕宦不得志之诗。或以为贤者忧国之作。北门,城北门。殷殷,通"慇慇",忧伤的样子。窭,贫寒,贫穷无法讲礼。贫,穷困。艰,艰难,困难。已焉,到此为止。谓,奈。王事,公事。适,同"擿",投掷。一,全部,完全。埤益,增加。室人,家人。交,交互。遍,周遍,全部。谪,指责。敦,堆加。遗,加给。摧,讽刺,打击。"摧我",《孟子·离娄上》赵岐注引作"适我",《说文解字》"催"字下引作"催我"。

北 风

北风其凉,雨雪其雱。惠而好我,携手同行。其虚其邪? 既亟只且!

北风其喈,雨雪其霏。惠而好我,携手同归。其虚其邪? 既亟只且!

莫赤匪狐,莫黑匪乌。惠而好我,携手同车。其虚其邪?既亟只且!

【案语】此诗主旨,毛诗序以为:"《北风》,刺虐也。卫国并为威虐,百姓不亲,莫不相携持而去焉。"今人多以为描写国家政治暴虐,民众逃离避祸。一说夫妇相离之诗。一说新妇赠婿之辞。雨雪,下雪。雱,雪盛的样子。惠而,犹惠然。虚、邪,从容缓慢的样子。亟,紧急。喈,风急的样子。霏,雪大的样子。乌,乌鸦。"北风其喈,雨雪其霏",《列女传·辩通传·楚处庄侄》引作"北风其喈,雨雪霏霏"。

静 女

静女其姝,俟我于城隅。爱而不见,搔首踟蹰。
静女其娈,贻我彤管。彤管有炜,说怿女美。
自牧归荑,洵美且异。匪女之为美,美人之贻。

【案语】此诗主旨,毛诗序以为:"《静女》,刺时也。卫君无道,夫人无德。"今人多以为爱情诗,描写男女青年幽会赠送礼物。静女,文静的姑娘。其,极,甚。姝,美丽。俟,等待。城隅,城墙角落。爱,通"薆",隐藏。见,同"现",出现,现身。娈,漂亮,美好。贻,赠送。彤管,红管草。炜,鲜艳光亮的样子。说,通"悦"。怿,喜欢。牧,郊外。归,通"馈",赠送。荑,草名,初生的白茅。洵,确实。"爱",《说文解字》"僾"字下引作"僾"。

新 台

新台有泚,河水沵沵。燕婉之求,蘧篨不鲜。
新台有洒,河水浼浼。燕婉之求,蘧篨不殄。
鱼网之设,鸿则离之。燕婉之求,得此戚施。

【案语】此诗主旨,毛诗序以为:"《新台》,刺卫宣公也。纳伋之妻,作新台于河上而要之,国人恶之而作是诗也。"今人多以为述写女子悔恨所嫁夫君不中意。新台,台名,春秋时卫宣公所建,故址在今山东省鄄城黄河北岸。有泚,犹泚泚,倒影鲜明的样子。沵沵,水势盛大的样子。燕婉之求,即"求燕婉"。燕婉,美好的样子。蘧篨,本义指粗竹席,喻指患有佝偻病而胸背隆起不能弯身之人。不鲜,不善。有洒,犹洒洒,高峻的样子。浼浼,水势平静清澈。不殄,不绝。鸿,通"䲞",蛤蟆。离,通"罹",遭遇。戚施,驼背病人。"泚",《说文解字》"玼"字下引作"玼"。"沵沵",《楚辞·九叹·惜贤》王逸注引作"油油"。

二子乘舟

二子乘舟,汎汎其景。愿言思子,中心养养!

二子乘舟,汛汛其逝。愿言思子,不瑕有害?

【案语】此诗主旨,毛诗序以为:"《二子乘舟》,思伋寿也。卫宣公之二子争相为死,国人伤而思之,作是诗也。"今人多以为述写父母牵挂乘舟远行的子女。汛汛,漂流的样子。汛,同"泛"。景,远行的样子。愿,思念,想念。养养,忧愁不安的样子。害,妨害。

柏 舟

汛彼柏舟,在彼中河。髧彼两髦,实维我仪。之死矢靡它。母也天只,不谅人只!

汛彼柏舟,在彼河侧。髧彼两髦,实维我特。之死矢靡慝。母也天只,不谅人只!

【案语】此诗主旨,毛诗序以为:"《柏舟》,共姜自誓也。卫世子共伯蚤死,其妻守义,父母欲夺而嫁之,誓而弗许,故作是诗以绝之。"今人多以为述写女子婚姻不得自由,向母亲诉说。一说为女子失恋之诗。汛,同"泛",漂浮,漂流。柏舟,用柏木做成的船只。髧,头发下垂的样子。两髦,古代未成年男子垂在前额分向两边的齐眉的头发。仪,配偶。矢,发誓。天,指父亲。谅,体谅,谅解。特,配偶。慝,通"忒",更改,改变。"髧",《说文解字》"𩑳"字下引作"𩑳"。"实维我特",《韩诗》作"实维我直"。

墙有茨

墙有茨,不可埽也。中冓之言,不可道也。所可道也,言之丑也。
墙有茨,不可襄也。中冓之言,不可详也。所可详也,言之长也。
墙有茨,不可束也。中冓之言,不可读也。所可读也,言之辱也。

【案语】此诗主旨,毛诗序以为:"《墙有茨》,卫人刺其上也。公子顽通乎君母,国人疾之而不可道也。"今人多以为政治讽刺诗,或以为写家丑不可外扬,或以为刺人不能防闲妻子。茨,草名,俗称蒺藜,蔓生,子有刺。埽,扫除,打扫。冓,通"构",内室。所,若,如。襄,除,除去。详,细说,详细说明。束,捆缚,捆绑。读,公开说出,反复地说。茨,《说文解字》"茡"字下引作"茡"。

君子偕老

君子偕老,副笄六珈。委委佗佗,如山如河。象服是宜。子之不淑,云如之何?

玼兮玼兮,其之翟也。鬒发如云,不屑髢也。玉之瑱也,象之揥也。扬且之皙也。胡然而天也!胡然而帝也!

瑳兮瑳兮,其之展也。蒙彼绉绤,是绁袢也。子之清扬,扬且之颜也。展如之人兮,邦之媛也!

【案语】此诗主旨,毛诗序以为:"《君子偕老》,刺卫夫人也。夫人淫乱,失事君子之道,故陈人君之德,服饰之盛,宜与君子偕老也。"今人或以为卫国人哀悼宣姜之诗。君子,妻子对丈夫的尊称。偕,共同。副,假发髻。笄,簪子。珈,簪子上镶有的玉饰。委委佗佗,从容自得的样子。象服,古代王后或诸侯妇人所穿的有彩绘的礼服。玼,本指玉色鲜润,引申指色彩鲜明的样子。翟,古代绘有长尾野鸡花纹图案的女服。鬒,头发黑而密。髢,假发。瑱,古人挂在冠冕两侧的垂玉,以丝绳系连,用以塞耳,又称充耳。象之揥,象牙制作的发簪。扬,前额宽广方正。而,如,像。天,天神。帝,天帝。瑳,色彩鲜明的样子。展,通"襢",古代贵族妇女穿的红纱或白纱制成的薄礼服。绉,极细的葛布。绁袢,内衣。绁,通"亵"。袢,贴身衣。清扬,眉清目秀的样子。颜,额头。展,诚然。媛,美女。"媛也",《说文解字》"媛"字下引作"媛兮"。

桑　中

爰采唐矣?沬之乡矣。云谁之思?美孟姜矣。期我乎桑中,要我乎上宫,送我乎淇之上矣。

爰采麦矣?沬之北矣。云谁之思?美孟弋矣。期我乎桑中,要我乎上宫,送我乎淇之上矣。

爰采葑矣?沬之东矣。云谁之思?美孟庸矣。期我乎桑中,要我乎上宫,送我乎淇之上矣。

【案语】此诗主旨,毛诗序以为:"《桑中》,刺奔也。卫之公室淫乱,男女相奔,至于世族在位,相窃妻妾,期于幽远,政散民流而不可止。"今人多以为描写男女幽会的情歌。爰,何处,哪里。唐,草名,又称菟丝草、女萝,蔓生。沬,卫国城邑名,在今河南省淇县境内。乡,田野。孟姜,女子名。孟指排行居长。姜为姓。期,约会。桑中,春秋时卫国地名。要,通"邀"。上宫,卫国地名。淇,河流名,淇河,源出河南省林县东南,后汇入黄河。弋,通"姒",姓氏。葑,菜名,又称蔓菁。庸,姓氏。"送我乎淇之上矣",《汉书·地理志》引作"送我淇上"。

鹑之奔奔

鹑之奔奔,鹊之彊彊。人之无良,我以为兄!

鹊之彊彊,鹑之奔奔。人之无良,我以为君!

【案语】此诗主旨,毛诗序以为:"《鹑之奔奔》,刺卫宣姜也。卫人以为宣姜鹑鹊之不若也。"今人多以为或以为讽刺卫宣公。一说西周初年管叔、霍叔诬毁居摄之周公所作。鹑,鸟名,鹌鹑。奔奔,鸟类雌雄相随而飞的样子。彊彊,义同"奔奔"。无良,不善。君,君上。"鹑之奔奔",《吕氏春秋·壹行》高诱注引作"鹑之贲贲"。"彊彊",《礼记·表记》引作"姜姜"。

定之方中

定之方中,作于楚宫。揆之以日,作于楚室。树之榛栗,椅桐梓漆,爰伐琴瑟。

升彼虚矣,以望楚矣。望楚与堂,景山与京。降观于桑,卜云其吉,终焉允臧。

灵雨既零,命彼倌人。星言夙驾,说于桑田。匪直也人,秉心塞渊,騋牝三千。

【案语】此诗主旨,毛诗序以为:"《定之方中》,美卫文公也。卫为狄所灭,东徙渡河,野处漕邑。齐桓公攘戎狄而封之,文公徙居楚丘,始建城市而营宫室,得其时制,百姓说之,国家殷富焉。"今人多以为赞美卫文公迁都楚丘,兴建宫室,复兴国家。定之方中,定星黄昏时出现在天空正南方。定,星名,又称营室星,二十八宿之一。楚宫,楚丘的宫室。楚,古地名,又称楚丘,在今河南省滑县东部。揆之以日,凭借日影测定方位。揆,测量,度量。室,宫室。树,种植。榛,榛树。栗,栗树。椅,山桐子,一种落叶乔木。桐,梧桐树。梓,梓树。漆,漆树。虚,土山,此处指漕墟,卫国地名,在今河南省滑县东部。堂,春秋时卫国邑名,堂邑,临近楚丘,在今河南省滑县附近。景山,大山。京,高丘,山冈。允,确实。灵雨,好雨。倌人,主管君主车马的小官。驾,驾车。说,通"税",止歇,休息。秉心,操心,用心。塞,诚实。渊,深渊。騋,高七尺以上的马。牝,母马。

蝃蝀

蝃蝀在东,莫之敢指。女子有行,远父母兄弟。
朝隮于西,崇朝其雨。女子有行,远兄弟父母。
乃如之人也,怀昏姻也。大无信也,不知命也!

【案语】此诗主旨,毛诗序以为:"《蝃蝀》,止奔也。卫文公能以道化其民,淫奔之耻,国人不齿也。"今人多以为讽刺女子私奔。蝃蝀,彩虹。莫之敢指,古人忌讳虹,不敢用手去指它。行,女子出嫁。隮,云气升腾。崇朝,整个早晨。昏,同"婚"。信,诚实,诚信。命,命运。

相鼠

相鼠有皮,人而无仪!人而无仪,不死何为?
相鼠有齿,人而无止!人而无止,不死何俟?
相鼠有体,人而无礼!人而无礼,胡不遄死?

【案语】此诗主旨,毛诗序以为:"《相鼠》,刺无礼也。卫文公能正其群臣,而刺在位,承先君之化,无礼仪也。"今人多以为政治讽刺诗。相,察看。仪,威仪,礼仪。止,容止,行为举止。俟,等待。体,肢体,身体。遄,快,迅速。

干旄

孑孑干旄,在浚之郊。素丝纰之,良马四之。彼姝者子,何以畀之?
孑孑干旟,在浚之都。素丝组之,良马五之。彼姝者子,何以予之?
孑孑干旌,在浚之城。素丝祝之,良马六之。彼姝者子,何以告之?

【案语】此诗主旨,毛诗序以为:"《干旄》,美好善也。卫文公臣子多好善,贤者乐告以善道也。"今人多以为描写贵族男子前往看望或迎接他所爱慕的女子。或以为赞美卫文公臣子或卫武公乐善好贤。孑孑,高高突出的样子。干旄,旗杆上装饰有牦牛尾的旗子。干,通"杆",旗杆。旄,牦牛尾。浚,卫国地名,在今河南省濮阳南部。纰,绣缝。姝,美丽,美好。畀,给予。旟,画有鸟隼飞翔图案的旗子。都,古代地方区域名。组,宽丝带。旌,用五色羽毛装饰的旗子。城,城邑。祝,通"织",组织。"干旄",《左传·定公九年》、《孔子家语·好生》作"竿旄"。阜阳汉简作"竿"。"彼姝者子",《论衡·本性》引作"彼姝之子"。

载 驰

载驰载驱,归唁卫侯。驱马悠悠,言至于漕。大夫跋涉,我心则忧。

既不我嘉,不能旋反。视尔不臧,我思不远。

既不我嘉,不能旋济。视尔不臧,我思不閟。

陟彼阿丘,言采其蝱。女子善怀,亦各有行。许人尤之,众稚且狂。

我行其野,芃芃其麦。控于大邦,谁因谁极?大夫君子,无我有尤。百尔所思,不如我所之。

【案语】此诗主旨,毛诗序以为:"《载驰》,许穆夫人作也。闵其宗国颠覆,自伤不能救也。卫懿公为狄人所灭,国人分散,露於漕邑。许穆夫人闵卫之亡,伤许之小力不能救,思归唁其兄,又义不得,故赋是诗也。"今人亦多以为乃许穆夫人自伤不能救卫而作。驰,车马快行。驱,使劲赶马。唁,慰问遭遇非常事故的人。卫侯,卫国君主,此处一说指卫文公,一说指卫戴公。漕,卫国东部地名,故址在今河南省滑县东南。跋,赶山路。涉,赶水路。不我嘉,即"不嘉我"。旋,转车,掉头。不臧,不善。旋济,渡河回去。閟,通"毖",审慎,慎重。阿丘,山丘。蝱,贝母,古人以为它能够治疗郁结之症。善怀,思虑很多。许人,指许国大夫。尤,过错,引申为指责,批评。众,通"终",既。稚,幼稚。且,又。狂,愚狂。芃芃,草木繁盛的样子。控,控告,投诉。大邦,大国,此处指齐国。因,依靠。极,公正,公平,此处指主持正义。无我有尤,即"无尤我"。无,通"毋",不要。百尔,犹凡尔。所之,所往,所为。"漕",《列女传·仁智传·许穆夫人》引作"曹"。

淇 奥

瞻彼淇奥,绿竹猗猗。有匪君子,如切如磋,如琢如磨。瑟兮僩兮,赫兮咺兮。有匪君子,终不可谖兮。

瞻彼淇奥,绿竹青青。有匪君子,充耳琇莹,会弁如星。瑟兮僩兮,赫兮咺兮,有匪君子,终不可谖兮。

瞻彼淇奥,绿竹如箦。有匪君子,如金如锡,如圭如璧。宽兮绰兮,猗重较兮。善戏谑兮,不为虐兮。

【案语】此诗主旨,毛诗序以为:"《淇奥》,美武公之德也。有文章,又能听其规谏,以礼自防,故能入相于周,美而作是诗也。"今人多以为赞美卫国贵族,或以为恋歌。淇,春秋时卫国河流名,淇河,源出河南省林县东南,后汇入黄河。奥,通"澳",水边弯曲的地方。绿,通"菉",草名,又称王刍、荩草。竹,草名,又称萹竹、萹竹叶。猗猗,美盛的样子。有匪,犹斐斐,有文采的样子。匪,通"斐"。切,加工骨器。磋,雕治象牙。琢,雕刻玉器。磨,磨制石器。瑟,仪容庄重。僩,宽大。赫,显著盛大。咺,威仪显著、盛大。终,终始,永远。谖,忘记。充耳,古人挂在冠冕两侧的垂玉,以丝绳系连,用以塞耳,又称瑱。琇,似玉的美石。莹,似玉的美石。会弁,冠弁的缝合处。弁,古代贵族男子穿礼服时所戴的皮帽。如星,指皮帽周围装饰的玉石星光闪烁。箦,通"积",堆积。圭,古代一种形状上尖下方,用于隆重仪式的玉制礼器。璧,平圆形而中间有孔的玉,为丧葬、朝会、祭祀礼器。绰,和缓,柔和。猗,通"倚",依靠。重较,古代车厢两旁木板上用作扶手的两重横木。重,两,双。戏谑,开玩笑。虐,粗暴,以言语伤人。"绿竹",《礼记·大学》、《说文解字》"菉"字下引作"菉竹"。"咺",《礼记·大学》引作"喧"。"会弁如星",《吕氏春秋·上农》高诱注引作"冠弁如星"。

考 槃

考槃在涧,硕人之宽。独寐寤言,永矢弗谖。
考槃在阿,硕人之薖。独寐寤歌,永矢弗过。
考槃在陆,硕人之轴。独寐寤宿,永矢弗告。

【案语】此诗主旨,毛诗序以为:"《考槃》,刺庄公也。不能继先公之业,使贤者退而穷处。"今人多以为赞美隐居山林的贤士;或以为恋歌,女子梦见情人,醒后自歌。考,敲击。槃,盘子。涧,溪涧。硕人,高大而壮美的人。矢,发誓。谖,忘记。阿,山阿,山坳。薖,宽大,平和。轴,往复,盘桓。宿,通"啸"。告,通"靠",违背。"考槃",《汉书·叙传》颜师古注引作"考盘"。

硕 人

硕人其颀,衣锦褧衣。齐侯之子,卫侯之妻。东宫之妹,邢侯之姨,谭公维私。

手如柔荑,肤如凝脂,领如蝤蛴,齿如瓠犀,螓首蛾眉,巧笑倩兮,美目盼兮。

硕人敖敖,说于农郊。四牡有骄,朱幩镳镳。翟茀以朝。大夫夙退,无使君劳。

河水洋洋,北流活活。施罛濊濊,鳣鲔发发。葭菼揭揭,庶姜孽孽,庶士有朅。

【案语】此诗主旨,毛诗序以为:"《硕人》,闵庄姜也。庄公惑于嬖妾,使骄上僭。庄姜贤而不答,终以无子,国人闵而忧之。"今人多以为卫国人颂美庄姜出嫁之诗。其颀,犹颀颀。颀,修长。衣,穿。锦,锦衣,绣有图案的彩衣。褧衣,用麻类织物制作的单罩衣。齐侯,指庄公。子,女儿。卫侯,指卫庄公。东宫,太子居住的地方,代指太子,此处指齐国太子得臣。邢,春秋时小国,故地在今河北省邢台西部。姨,妻子的姐妹。谭公,谭国君主。谭,春秋时小国,故地在今山东省历城。维,为。私,姐妹的丈夫。柔荑,初生的茅草芽。凝脂,冻结的脂油。领,脖子。蝤蛴,天牛的幼虫,体长而白。瓠犀,葫芦籽。螓首,形容额头宽广方正。螓,一种小蝉,额头宽广方正。蛾眉,形容眉毛修长而弯曲。蛾,蚕蛾。巧笑,美好的笑,笑得好看。倩,口角含笑的样子。盼,黑白分明。敖敖,身材修长的样子。说,通"税",止息,停车休息。农郊,近郊。四牡,四匹公马。有骄,犹骄骄,马高大健壮的样子。朱幩,系在马嚼子两边的红绸子。镳镳,美盛的样子。翟茀,用野鸡毛装饰的车子。翟,野鸡。茀,遮盖。朝,上朝。夙退,早退。君,国君夫人,指庄姜。洋洋,盛大的样子。北流,黄河流经卫国、齐国,河道向北延伸,汇入海洋。活活,流水声。施罛,撒网。施,设置。罛,鱼网。濊濊,鱼网入水的声音。鳣,红鲤鱼。鲔,鲟鱼。发发,鱼跳跃的声音。葭菼,芦荻。葭,没有长穗的芦苇,茎秆较粗而中空。菼,荻苇,茎秆较细而中实。揭揭,高而长的样子。庶姜,众姜,姜姓女子们。庶,众多。孽孽,服饰华美的样子。庶士,众位武士。有朅,犹朅朅,威武健壮的样子。"衣锦褧衣",《礼记·中庸》引作"衣锦尚絅"。"说于农郊",《汉书·司马相如传》颜师古注引作"税于农郊"。"发发",《吕氏春秋·季春纪》引作"泼泼"。

氓

氓之蚩蚩,抱布贸丝。匪来贸丝,来即我谋。送子涉淇,至于顿丘。匪我愆期,子无良媒。将子无怒,秋以为期。

乘彼垝垣,以望复关。不见复关,泣涕涟涟。既见复关,载笑载言。尔卜尔筮,体无咎言。以尔车来,以我贿迁。

桑之未落,其叶沃若。于嗟鸠兮,无食桑葚。于嗟女兮,无与士耽。士之耽兮,犹可说也。女之耽兮,不可说也。

桑之落矣,其黄而陨。自我徂尔,三岁食贫。淇水汤汤,渐车帷裳。女也不爽,士贰其行。士也罔极,二三其德。

三岁为妇,靡室劳矣。夙兴夜寐,靡有朝矣。言既遂矣,至于暴矣。兄弟不知,咥其笑矣。静言思之,躬自悼矣。

及尔偕老,老使我怨。淇则有岸,隰则有泮。总角之宴,言笑晏晏,信誓旦旦,不思其反。反是不思,亦已焉哉!

【案语】此诗主旨,毛诗序以为:"《氓》,刺时也。宣公之时,礼义消亡,淫风大行,男女无别,遂相奔诱。华落色衰,复相弃背,或乃困而自悔,丧其妃耦,故序其事以风焉。美反正,刺淫泆也。"今人多以为弃妇诗。氓,民,百姓。蚩蚩,敦厚的样子。布,布匹。贸,买卖,交易。即,就。谋,商量。淇,河流名,淇河,源出河南省林县东南,后汇入黄河。顿丘,卫国地名,在淇河南岸,故地在今河南省清丰西南部。愆期,耽误了约定的日期。愆,拖延,耽搁。将,请求,希望。秋以为期,以秋为婚期。乘,登上。垝,毁坏。复关,回来的车。涟涟,泪流不断的样子。卜,烧灼龟甲占卜吉凶。筮,用蓍草占卜吉凶。体,卦象。咎言,不吉利的言语。贿,财物,指嫁妆之类。沃若,犹沃然。润泽柔美的样子。于嗟,同"吁嗟",叹词。鸠,斑鸠。桑葚,桑树的果实。耽,通"酖",沉溺于欢乐。说,通"脱",解脱。陨,落下。徂尔,嫁给你。三岁,泛指多年。食贫,吃苦,过贫苦生活。汤汤,大水弥漫的样子。渐,沾湿。帷裳,车围子,围在车厢四周的布帘。爽,差错,过失。贰,犹二,不专一,有二心。行,道德品质。罔极,无常,没有准则。二三其德,犹其德二三,三心二意,反复无常。室劳,家务劳动。室,家庭。夙,早。兴,起,起床。靡有朝,没有清晨。言,通"愿",愿望。遂,顺遂,实现。咥,大笑的样子。躬,自身,独自。悼,悲伤。老,年老。隰,低湿的地方。泮,通"畔",边,岸。总角,古代儿童的发式,头发扎成两个抓髻,形似角,此处代指童年。晏晏,温柔和悦的样子。旦旦,真诚恳切的样子。反,本始,当初,指过去的事情。反是不思,即"不思反"。已焉,到此为止。

竹　竿

籊籊竹竿,以钓于淇。岂不尔思?远莫致之。
泉源在左,淇水在右。女子有行,远兄弟父母。
淇水在右,泉源在左。巧笑之瑳,佩玉之傩。
淇水滺滺,桧楫松舟。驾言出游,以写我忧。

【案语】此诗主旨,毛诗序以为:"《竹竿》,卫女思归也。适异国而不见答,思而能以礼者也。"今人亦多以为卫女出嫁别国,内心思归之作。一说男子思念旧好之诗。籊籊,长而尖细的样子。不尔思,即"不思尔"。致,到达。泉源,卫国河流名。行,女子出嫁。巧笑,美好的笑,笑得好看。瑳,通"齜",笑而见齿的样子,牙齿洁白的样子。佩玉,身上佩戴玉石。傩,行动有节奏。淇,河流名,淇河,源出河南省林县东南,后汇入黄河。滺滺,水流动的样子。桧楫,桧木做的船桨。桧,桧树,又称桧柏、刺柏。楫,船桨。松舟,松木做的船。

驾,驾车。写,通"泻",排除,消除。

芄 兰

芄兰之支,童子佩觿。虽则佩觿,能不我知。容兮遂兮,垂带悸兮。
芄兰之叶,童子佩韘。虽则佩韘,能不我甲。容兮遂兮,垂带悸兮。

【案语】此诗主旨,毛诗序以为:"《芄兰》,刺惠公也。骄而无礼,大夫刺之。"今人多以为情歌,或谓女子讥讽童年时的男友现在假正经,或谓女子讥讽向她求婚的未成年人。芄兰,植物名,又称萝藦,形似古人佩戴的角锥。支,通"枝",指果实。佩,带着。觿,解结锥。容兮遂兮,装模作样,一本正经。悸,颤动。韘,玦,俗称扳指,射箭时套在右手指上钩弦的用具。甲,通"狎",亲昵。支,《说苑·修文》引作"枝"。

河 广

谁谓河广?一苇杭之。谁谓宋远?跂予望之。
谁谓河广?曾不容刀。谁谓宋远?曾不崇朝。

【案语】此诗主旨,毛诗序以为:"《河广》,宋襄公母归于卫,思而不止,故作是诗也。"今人多以为宋人旅居卫国思归之诗。一说宋桓夫人盼宋渡河救卫之作。河,黄河。苇,芦苇。杭,通"航",渡。宋,周代诸侯国名,子姓,都商丘,辖境包括今河南东部及安徽、江苏部分地区。跂,提起脚跟。曾,竟,乃。容,容纳。刀,通"舠",小船。崇朝,终朝。崇,终。

伯 兮

伯兮朅兮,邦之桀兮。伯也执殳,为王前驱。
自伯之东,首如飞蓬。岂无膏沐?谁适为容!
其雨其雨,杲杲出日。愿言思伯,甘心首疾。
焉得谖草?言树之背。愿言思伯。使我心痗。

【案语】此诗主旨,毛诗序以为:"《伯兮》,刺时也。言君子行役,为王前驱,过时而不反焉。"今人多以为思妇诗。一说赞美思妇晓通大义之诗。伯,妇女对丈夫的称呼。朅,通"偈",威武健壮的样子。桀,杰出的人物。殳,古代竹木制作的有棱无刃的兵器。首,头。飞蓬,四散的蓬草。膏,润发的油脂。沐,洗去头上污垢。适,通"悦",喜欢。容,修饰容貌,打扮。雨,下雨。杲杲,日出明亮的样子。愿,思念。甘心,情愿。首疾,头痛。谖草,又称萱草、忘忧草,古人以为它可以使人忘忧。树,种植。背,通"北",北院,北庭。痗,病。

有　狐

有狐绥绥,在彼淇梁。心之忧矣,之子无裳。
有狐绥绥,在彼淇厉。心之忧矣,之子无带。
有狐绥绥,在彼淇侧。心之忧矣,之子无服。

【案语】此诗主旨,毛诗序以为:"《有狐》,刺时也。卫之男女失时,丧其妃耦焉。古者国有凶荒,则杀礼而多昏,会男女之无夫家者,所以育人民也。"今人多以为思妇诗。或以为情歌,述写寡妇见鳏夫而欲嫁之。狐,狐狸。绥绥,行走缓慢的样子。淇,河流名,淇河,源出河南省林县东南,后汇入黄河。梁,堤坝。裳,下衣。厉,水旁,水边。带,衣带。

木　瓜

投我以木瓜,报之以琼琚。匪报也,永以为好也!
投我以木桃,报之以琼瑶。匪报也,永以为好也!
投我以木李,报之以琼玖。匪报也,永以为好也!

【案语】此诗主旨,毛诗序以为:"《木瓜》,美齐桓公也。卫国有狄人之败,出处于漕,齐桓公救而封之,遗之车马器服焉。卫人思之,欲厚报之而作是诗也。"今人多以为男女赠答之诗。投,赠送。木瓜,果木名,又称楙木,落叶灌木,果实为椭圆形,黄色,香气浓烈,可食,亦名文冠果。报,报答。以,用。琼,赤玉,引申为美玉。琚,佩玉。木桃,果木名,又称白海棠,落叶灌木,果实为圆形或卵形,黄色,有芳香。瑶,似玉的美石。木李,果木名,又称木梨,果实圆形,味甘酸,有香气。玖,黑色次等的玉石。

国风·王风

黍　离

彼黍离离,彼稷之苗。行迈靡靡,中心摇摇。知我者,谓我心忧;不知我者,谓我何求。悠悠苍天,此何人哉!

彼黍离离,彼稷之穗。行迈靡靡,中心如醉。知我者,谓我心忧;不知我者,谓我何求。悠悠苍天,此何人哉!

彼黍离离,彼稷之实。行迈靡靡,中心如噎。知我者,谓我心忧;不知我者,谓我何求。悠悠苍天,此何人哉!

【案语】此诗主旨,毛诗序以为:"《黍离》,闵宗周也。周大夫行役至于宗周,过故宗庙,宫室尽为禾黍,闵周室之颠覆,彷徨不忍去而作是诗也。"今人亦多以为述写周大夫行役经过宗周镐京,看到宗庙遗址荒废,悲悯周室之颠覆。或谓行役者伤时之诗。或谓贵族自伤没落或迁都难舍家园之诗。或以为流浪者自诉忧愤。黍,农作物名,黍子,果实称黄米。离离,一行一行生长茂密的样子。稷,农作物名,粟,又称谷子,果实称小米。苗,没有吐穗的禾。迈,行,远行。靡靡,步行迟缓的样子。摇摇,心神不安的样子。何求,即"求何",寻求什么。苍,青色。穗,禾穗。实,果实。噎,食物塞住喉咙。

君子于役

君子于役,不知其期。曷至哉?鸡栖于埘。日之夕矣,羊牛下来。君子于役,如之何勿思!

君子于役,不日不月。曷其有佸?鸡栖于桀。日之夕矣,羊牛下括。君子于役,苟无饥渴?

【案语】此诗主旨,毛诗序以为:"《君子于役》,刺平王也。君子行役无期度,大夫思其危难以风焉。"今人多以为妇人思念丈夫久役不归之诗。君子,妻子对丈夫的尊称。役,服兵役。期,期限。至,到家。栖,鸟类停留、歇宿。埘,凿墙而成的鸡窝。不日不月,没有定期,没有限期。佸,相会。桀,鸡栖息的木桩。括,至,到。苟,或许。

君子阳阳

君子阳阳,左执簧,右招我由房。其乐只且!
君子陶陶,左执翿,右招我由敖。其乐只且!

【案语】此诗主旨,毛诗序以为:"《君子阳阳》,闵周也。君子遭乱,相招为禄仕,全身远害而已。"今人多以为描写舞师与乐工共同歌舞之诗。或谓描写夫妻和乐。或谓为妇人贫贱自乐之诗。或以为述写情人相约出游。君子,此处指舞师;一说妻子称呼丈夫。阳阳,通"扬扬",快乐、得意的样子。左,左手。簧,乐器名,大笙。招,打手势叫人。由,用。房,房中之乐,君王燕息之乐。陶陶,和乐的样子。翿,通"纛",古代一种用羽毛做成的舞具,又称翳,形似扇或伞。敖,舞曲名,骜夏。

扬之水

扬之水,不流束薪。彼其之子,不与我戍申。怀哉怀哉,曷月予还归哉!
扬之水,不流束楚。彼其之子,不与我戍甫。怀哉怀哉,曷月予还归哉!
扬之水,不流束蒲。彼其之子,不与我戍许。怀哉怀哉,曷月予还归哉!

【案语】此诗主旨,毛诗序以为:"《扬之水》,刺平王也。不抚其民而远屯戍于母家,周人怨思焉。"今人或以为周平王征兵戍守申国,民众离散而作此诗进行讽刺。或以为思妇诗,或以为戍卒思亲之作。扬,激扬。流,漂流。束,量词,一捆。薪,柴。戍,守卫,防守。申,诸侯国名,姜姓,辖境在今山西、陕西之间,后为楚国所灭。怀,思念。楚,植物名,又称荆、牡荆,落叶灌木。甫,诸侯国名,姜姓,故城在今河南省南阳西部,后为楚国所灭。蒲,植物名,蒲草,又称香蒲,水生。许,诸侯国名,姜姓,辖境在今河南省许昌附近,后为楚国所灭。一说灭于魏国。

中谷有蓷

中谷有蓷,暵其干矣。有女仳离,嘅其叹矣。嘅其叹矣,遇人之艰难矣。
中谷有蓷,暵其脩矣。有女仳离,条其歗矣。条其歗矣,遇人之不淑矣。
中谷有蓷,暵其湿矣。有女仳离,啜其泣矣。啜其泣矣,何嗟及矣。

【案语】此诗主旨,毛诗序以为:"《中谷有蓷》,闵周也。夫妇日以衰薄,凶年饥馑,室家相弃尔。"今人多以为弃妇诗,或以为同情寡妇之诗。中谷,谷中。蓷,草名。又称芜蔚、益母草,可入药。暵,枯萎的样子。干,干枯。仳离,离别,特指女子被丈夫遗弃而分离。嘅,感慨。艰难,困难,不容易。脩,干燥。条,长啸声。歗,通"啸",打口哨。淑,善,好。啜,哭泣时抽噎的样子。何嗟及,即"嗟何及"。何及,哪里来得及。"啜",《韩诗外传》引作"掇"。

兔爰

有兔爰爰,雉离于罗。我生之初,尚无为。我生之后,逢此百罹。尚寐无吪。

有兔爰爰,雉离于罦。我生之初,尚无造。我生之后,逢此百忧。尚寐无觉。

有兔爰爰,雉离于罿。我生之初,尚无庸。我生之后,逢此百凶。尚寐无聪。

【案语】此诗主旨,毛诗序以为:"《兔爰》,闵周也。桓王失信,诸侯皆叛,构怨连祸,王师伤败,君子不乐其生焉。"今人多以为感慨乱世。或以为贵族自伤没落失势之作。兔,兔子。爰爰,从容缓慢的样子。雉,野鸡。离,通"罹",遭逢。罗,捕鸟的网。为,指军役之事。罹,忧虑,忧患。尚,庶几,表示希望。无吪,不动。罦,一种装有机关能够自动掩捕鸟兽的网,也称覆车网。造,指劳役之事。无觉,不睡醒。罿,捕鸟网。庸,劳役。聪,听,听见。"有兔爰爰",《汉书·李广传》引作"有菟爰爰"。

葛藟

绵绵葛藟,在河之浒。终远兄弟,谓他人父。谓他人父,亦莫我顾!
绵绵葛藟,在河之涘。终远兄弟,谓他人母。谓他人母,亦莫我有!
绵绵葛藟,在河之漘。终远兄弟,谓他人昆。谓他人昆,亦莫我闻!

【案语】此诗主旨,毛诗序以为:"《葛藟》,王族刺平王也。周室道衰,弃其九族焉。"今人多以为述写流浪他乡之人孤苦无依的痛苦心情。一说描写出嫁女子受到公婆虐待。浒,水边。终,已经。谓,叫……做,称……为。莫我顾,即"莫顾我"。顾,关心,照顾。涘,水边,岸边。有,通"友",爱护,友爱。漘,水边。昆,兄,哥哥。闻,通"问",存问,恤问。

采葛

彼采葛兮,一日不见,如三月兮!
彼采萧兮,一日不见,如三秋兮!
彼采艾兮,一日不见,如三岁兮!

【案语】此诗主旨,毛诗序以为:"《采葛》,惧谗也。"今人多以为男女相思之诗。葛,蔓生植物,纤维可以织布,块根可食。萧,一种蒿子,有香气,古人用以祭祀。艾,植物名,艾蒿,有香气,可制成艾绒,用于针灸。

大车

大车槛槛,毳衣如菼。岂不尔思?畏子不敢。

大车啍啍,毳衣如璊。岂不尔思?畏子不奔。

穀则异室,死则同穴。谓予不信,有如皦日。

【案语】此诗主旨,毛诗序以为:"《大车》,刺周大夫也。礼义陵迟,男女淫奔,故陈古以刺今大夫不能听男女之讼焉。"今人多以为情歌。或以为息君妇人为楚虏获所作绝命词,或以为妻子誓不改嫁之诗。大车,古代大夫乘坐的牛车。槛槛,车行声。毳衣,用鸟兽的细毛制成的衣服。毳,鸟兽的细毛,也指用毳毛织成的布毡子。衣,车衣,车帏。菼,荻苇,此处指初生的荻苇芽。不尔思,即"不思尔"。啍啍,大车重迟的样子。璊,红色的玉。奔,私奔,逃跑。穀,活着,生。异室,不同室而居,指不能成为夫妻。异,不同的。穴,墓坑,墓穴。信,诚实。有如,古人盟誓之词。皦日,白日。皦,通"皎",洁白,明亮。

丘中有麻

丘中有麻,彼留子嗟。彼留子嗟,将其来施施。

丘中有麦,彼留子国。彼留子国,将其来食。

丘中有李,彼留之子。彼留之子,贻我佩玖。

【案语】此诗主旨,毛诗序以为:"《丘中有麻》,思贤也。庄王不明,贤人放逐,国人思之而作是诗也。"今人多以为男女相悦幽会之诗。或以为思贤之作,或以为私奔之诗。丘,小土山。麻,麻类植物,大麻,俗称火麻,茎秆纤维可织布。留,通"刘",姓。子嗟,人名。将,请,希望。施施,徐行的样子。子国,人名。李,李子树。贻,赠送。佩玖,佩带的玉石。玖,黑色次玉的美石。

缁 衣

缁衣之宜兮,敝,予又改为兮。适子之馆兮,还,予授子之粲兮。

缁衣之好兮,敝,予又改造兮。适子之馆兮,还,予授子之粲兮。

缁衣之蓆兮,敝,予又改作兮。适子之馆兮,还,予授子之粲兮。

【案语】此诗主旨,毛诗序以为:"《缁衣》,美武公也。父子并为周司徒,善于其职,国人宜之,故美其德,以明有国善善之功焉。"今人多以为描写男女之情。缁衣,黑色的朝服。宜,适合,相称。敝,坏,破旧。为,制作。馆,官舍,官署。授,给予。粲,通"餐",饭食。造,做,制作。蓆,大,宽大。作,制,制造。

将仲子

将仲子兮,无逾我里,无折我树杞。岂敢爱之?畏我父母。仲可怀也,父母之言,亦可畏也。

将仲子兮,无逾我墙,无折我树桑。岂敢爱之?畏我诸兄。仲可怀也,诸兄之言,亦可畏也。

将仲子兮,无逾我园,无折我树檀。岂敢爱之?畏人之多言。仲可怀也,人之多言,亦可畏也。

【案语】此诗主旨,毛诗序以为:"《将仲子》,刺庄公也。不胜其母以害其弟。弟叔失道而公弗制,祭仲谏而公弗听,小不忍以致大乱焉。"今人多以为描写女子害怕父兄指责和他人议论,婉拒情人前来幽会。将,愿,请。逾,越过。里,古代一种居民组织,五家为邻,五邻为里。折,弄断。树,种植,栽种。杞,杞柳,落叶乔木。爱,吝惜,舍不得。怀,思念。桑,桑树。诸兄,各位兄长,哥哥们。檀,檀树,落叶乔木。

叔于田

叔于田,巷无居人。岂无居人?不如叔也,洵美且仁。
叔于狩,巷无饮酒。岂无饮酒?不如叔也,洵美且好。
叔适野,巷无服马。岂无服马?不如叔也,洵美且武。

【案语】此诗主旨,毛诗序以为:"《叔于田》,刺庄公也。叔处于京,缮甲治兵,以出于田,国人说而归之。"今人多以为赞美青年猎手貌美而勇武。或以为赞美郑庄公之弟大叔段。叔,年轻男子的通称。田,打猎。巷,里巷。居人,安居的人。洵,确实。仁,仁爱。狩,冬天打猎,泛指打猎。饮酒,指饮酒的人。适,往,到。野,郊外。服马,骑马,此处指会骑马的人。武,勇武,威武。

大叔于田

大叔于田,乘乘马。执辔如组,两骖如舞。叔在薮,火烈具举。袒裼暴虎,献于公所。将叔无狃,戒其伤女。

叔于田,乘乘黄。两服上襄,两骖雁行。叔在薮,火烈具扬。叔善射忌,又良御忌。抑磬控忌,抑纵送忌。

叔于田,乘乘鸨。两服齐首,两骖如手。叔在薮,火烈具阜。叔马慢忌,叔发罕忌。抑释掤忌,抑鬯弓忌。

【案语】此诗主旨,毛诗序以为:"《大叔于田》,刺庄公也。叔多才而好勇,不义而得众也。"今人多以为赞美青年猎手貌美、善射。或以为赞美郑庄公之弟大叔段。田,打猎。乘,驾车。乘马,四匹马。辔,马缰绳。组,丝带。骖,驾车时辕马两边的马。薮,草茂水少的湖泽。火烈,烈火。具举,齐举。袒裼,赤膊,脱去上衣露出上身。暴,徒手搏击。公所,公侯的居所、住处。狃,习以为常而不加重视。戒,警惕,防备。乘黄,四匹黄马。两服,驾车时夹辕的两匹马。上襄,前驾,在前驾车。雁行,像大雁飞行前后有序。忌,语气词。磬控,控制使马缓行。纵送,纵马奔驰。鸨,通"駂",黑白杂毛的马。齐首,并驾齐驱,齐头并进。阜,旺盛。发,射箭。释,解开。掤,箭筒的盖子。鬯,通"韔",弓袋,此处指把弓装入弓袋。"舞",《孔子家语·好生》引作"儛"。

清 人

清人在彭,驷介旁旁。二矛重英,河上乎翱翔。

清人在消,驷介麃麃。二矛重乔,河上乎逍遥。

清人在轴,驷介陶陶。左旋右抽,中军作好。

【案语】此诗主旨,毛诗序以为:"《清人》,刺文公也。高克好利而不顾其君,文公恶而欲远之,不能,使高克将兵而御狄于竟。陈其师旅,翱翔河上,久而不召,众散而归,高克奔陈。公子素恶高克进之不以礼,文公退之不以道,危国亡师之本,故作是诗也。"今人多以为赞扬清邑士兵军容严整,战术精熟。清人,指高克,春秋时郑国将领,好利,不为君主所喜,郑文公派他率兵长期驻守在黄河边。清,春秋时郑国地名,在今河南省中牟附近。彭,春秋时郑国地名,在今河南省中牟境内。驷,驾一辆车的四匹马。介,铠甲,此处指披着铁甲。旁旁,强健的样子。二矛,古代插在兵车上的两根酋矛。英,用红色羽毛做成的长矛的装饰物。河上,黄河边。翱翔,遨游逍遥,悠闲自得。消,春秋时郑国地名,在黄河边岸。麃麃,威武的样子。乔,野鸡的一种,此处指野鸡的羽毛。轴,春秋时郑国地名,在黄河边岸。陶陶,驱驰的样子。旋,旋转、调转车头。抽,拔刀。中军,古代军队分为三军:中军、上军、下军,中军将领为主帅,此处指高克。好,好看的样子。抽,《说文解字》"搯"字下引作"搯"。

羔裘

羔裘如濡,洵直且侯。彼其之子,舍命不渝。

羔裘豹饰,孔武有力。彼其之子,邦之司直。

羔裘晏兮,三英粲兮。彼其之子,邦之彦兮。

【案语】此诗主旨,毛诗序以为:"《羔裘》,刺朝也。言古之君子以风其朝焉。"今人多以为郑人赞美其大夫之诗。一说讽刺郑国朝廷没有忠正之臣。羔裘,小羊羔皮作的袄,为古代大夫的朝服。濡,柔润有光泽。洵,确实。直,正直。侯,美,好。舍命,传达命令。不渝,不变。豹饰,豹皮装饰,用豹皮做衣服的边。孔,极,甚。武,勇健。司直,主持正道、公义。晏,鲜艳,华美。英,皮袄上的装饰物。粲,美丽,漂亮。彦,才德出众的人。"彼其之子,舍命不渝",《晏子春秋·杂上》、《新序·义勇》引作"彼己之子,舍命不渝"。

遵大路

遵大路兮,掺执子之祛兮。无我恶兮,不寁故也!

遵大路兮,掺执子之手兮。无我魗兮,不寁好也!

【案语】此诗主旨,毛诗序以为:"《遵大路》,思君子也。庄公失道,君子去之,国人思望焉。"今人多以为情歌。或以为故旧言情和好之辞。遵,顺着,沿着。掺,当为"操",把持。祛,袖口,泛称袖子。无我恶,即"无恶我"。寁,速绝,离去。故,故交,旧情。无我魗,即"无魗我"。魗,抛弃。好,情好,情爱。

女曰鸡鸣

女曰"鸡鸣",士曰"昧旦"。"子兴视夜,明星有烂。""将翱将翔,弋凫与雁。"

"弋言加之,与子宜之。宜言饮酒,与子偕老。琴瑟在御,莫不静好。"

"知子之来之,杂佩以赠之。知子之顺之,杂佩以问之。知子之好之,杂佩以报之。"

【案语】此诗主旨,毛诗序以为:"《女曰鸡鸣》,刺不说德也。陈古义以刺今不说德而好色也。"今人多以为述写一对青年夫妇互相爱悦的生活情景。一说新婚夫妇的联句诗,一说男女相悦之辞。士,男子的通称。昧旦,黎明,拂晓。兴,起,起床。视夜,看夜色。明星,启明星。有烂,犹烂烂,灿烂明亮。翱翔,鸟儿展翅回旋翻飞。弋,用带有绳子的箭射。凫,野鸭子。雁,大雁。加,射中。宜,通"俎",做成菜肴。御,用,演奏。静,安静。来,殷勤。杂佩,由几种玉合成的佩玉。顺,和顺,亲爱。问,赠送。好,喜爱。

有女同车

有女同车,颜如舜华。将翱将翔,佩玉琼琚。彼美孟姜,洵美且都。
有女同行,颜如舜英。将翱将翔,佩玉将将。彼美孟姜,德音不忘。

【案语】此诗主旨,毛诗序以为:"《有女同车》,刺忽也。郑人刺忽之不昏于齐。太子忽尝有功于齐,齐侯请妻之齐女。贤而不取,卒以无大国之助至于见逐,故国人刺之。"今人多以为恋歌。颜,面容,脸色。舜,植物名,木槿,夏秋开花。华,同"花"。翱翔,遨游逍遥,悠闲自得。琼,赤玉,引申为美玉。琚,佩玉。孟姜,女子名。孟,排行居长。姜,此为姓。都,娴雅雍容,优美。英,花。将将,通"锵锵",金玉撞击的声音。德音,好品德。忘,通"亡",已,止。"舜华",《吕氏春秋·仲夏纪》、《说文》草部引作"蕣华"。

山有扶苏

山有扶苏,隰有荷华。不见子都,乃见狂且。
山有桥松,隰有游龙。不见子充,乃见狡童。

【案语】此诗主旨,毛诗序云:"《山有扶苏》,刺忽也。所美非美然。"以为讽刺郑昭公美恶不辨。今人多以为情歌。一说女子找不到佳偶而发牢骚之诗,或以为美女恨嫁拙夫。扶苏,树名,又称扶胥木。隰,低湿的地方。荷华,荷花。子都,男子名,泛指美男子。狂且,愚狂的人。桥,通"乔",高。游龙,水草名,又称马蓼、水荭。子充,男子名,泛指美男子。狡,通"佼",强壮美好。

萚 兮

萚兮萚兮,风其吹女。叔兮伯兮,倡予和女。
萚兮萚兮,风其漂女。叔兮伯兮,倡予要女。

【案语】此诗主旨,毛诗序以为:"《萚兮》,刺忽也。君弱臣强,不倡而和也。"今人多以为民间集体歌舞诗。一说男女唱和之歌,一说民间对歌中女方邀唱的歌,一说述写亲故和乐之诗。萚,草木脱落的皮或叶子。倡,领唱。和,跟着唱。漂,通"飘",吹,使飘荡。要,成。

狡 童

彼狡童兮,不与我言兮。维子之故,使我不能餐兮。

彼狡童兮,不与我食兮。维子之故,使我不能息兮。

【案语】此诗主旨,毛诗序以为:"《狡童》,刺忽也。不能与贤人图事,权臣擅命也。"今人多以为女子失恋之歌。狡,通"佼",强壮美好。故,原因,缘故。餐,吃饭。息,歇息,休息。

褰裳

子惠思我,褰裳涉溱。子不我思,岂无他人?狂童之狂也,且!
子惠思我,褰裳涉洧。子不我思,岂无他士?狂童之狂也,且!

【案语】此诗主旨,毛诗序以为:"《褰裳》,思见正也。狂童恣行,国人思大国之正己也。"今人多以为情歌。一说人臣刺君之辞。惠,助词。褰,提起,撩起。裳,下衣。涉,渡水。溱,郑国河流名,源出河南省密县,后与洧水合流。不我思,即"不思我"。狂,狂妄无知的人。且,犹嗟,叹词。洧,郑国河流名,源出河南省登封阳城山,明代改名双洎河。

丰

子之丰兮,俟我乎巷兮,悔予不送兮。
子之昌兮,俟我乎堂兮,悔予不将兮。
衣锦褧衣,裳锦褧裳。叔兮伯兮,驾予与行。
裳锦褧裳,衣锦褧衣。叔兮伯兮,驾予与归。

【案语】此诗主旨,毛诗序以为:"《丰》,刺乱也。婚姻之道缺,阳倡而阴不和,男行而女不随。"今人多以为婚姻诗,女子后悔未在男方前来亲迎时随行而去。丰,容貌丰满。俟,等待。巷,居室。昌,健壮。堂,前室,堂屋。将,送行。衣,穿。锦,锦衣,绣有图案的彩衣。褧衣,用麻类织物制作的单罩衣。裳,穿。驾予,驾车接我。归,回。"衣锦褧衣",《礼记·玉藻》郑玄注引作"衣锦䌹衣"。

东门之墠

东门之墠,茹藘在阪。其室则迩,其人甚远。
东门之栗,有践家室。岂不尔思?子不我即!

【案语】此诗主旨,毛诗序以为:"《东门之墠》,刺乱也。男女有不待礼而相奔者也。"今人多以为男女相思之诗。或以为怀人之作。东门,指都城的东门。墠,经过清除平整的场地。茹藘,茜草,根可作红色染料。阪,山坡。栗,栗树,落叶乔木,果实为栗子。有践,犹践践,浅陋的样子。家室,房屋,住宅。不尔思,即"不思尔"。不我即,即"不即我"。即,靠近,接近。

风　雨

　　风雨凄凄,鸡鸣喈喈。既见君子,云胡不夷?
　　风雨潇潇,鸡鸣胶胶。既见君子,云胡不瘳?
　　风雨如晦,鸡鸣不已。既见君子,云胡不喜?

【案语】 此诗主旨,毛诗序以为:"《风雨》,思君子也。乱世则思君子不改其度焉。"今人多以为写妻子与丈夫久别重逢的喜悦之情。一说男女幽会之诗。一说怀友之诗。凄凄,寒冷的样子。喈喈,鸟鸣声。既,已经。夷,平静,安宁。潇潇,风雨疾骤声。胶胶,通"嘐嘐",鸡鸣声。瘳,病愈。晦,昏暗。已,止。

子　衿

　　青青子衿,悠悠我心。纵我不往,子宁不嗣音?
　　青青子佩,悠悠我思。纵我不往,子宁不来?
　　挑兮达兮,在城阙兮。一日不见,如三月兮。

【案语】 此诗主旨,毛诗序以为:"《子衿》,刺学校废也。乱世则学校不修焉。"今人多以为女子思念情人的情歌。一说思友之诗。衿,即襟,衣领。悠悠,思绪绵长的样子。纵,纵使,即使。往,去。宁,难道。嗣,通"诒",给。音,音讯。佩,玉佩。挑达,独自走来走去的样子。城阙,城门两边的望楼。"达",《太平御览》卷489引作"挞"。

扬之水

　　扬之水,不流束楚。终鲜兄弟,维予与女。无信人之言,人实迋女。
　　扬之水,不流束薪。终鲜兄弟,维予二人。无信人之言,人实不信。

【案语】 此诗主旨,毛诗序以为:"《扬之水》,闵无臣也。君子闵忽之无忠臣良士,终以死亡,而作是诗也。"今人多以为劝人不要听信谗言。一说因兄弟为人所间而不协者之作,一说丈夫告别妻子临行慰勉之词。扬,激扬。流,漂流。楚,植物名,又称荆、牡荆,落叶灌木。终,既然,已经。鲜,少。维,只有。实,确实。迋,通"诳",欺骗。流,漂流。束,量词,一捆。信,诚实。

出其东门

出其东门,有女如云。虽则如云,匪我思存。缟衣綦巾,聊乐我员。

出其闉阇,有女如荼。虽则如荼,匪我思且。缟衣茹藘,聊可与娱。

【案语】此诗主旨,毛诗序以为:"《出其东门》,闵乱也。公子五争,兵革不息,男女相弃,民人思保其室家焉。"今人多以为情歌,男子表现自己对爱情忠贞专一。如云,象云朵一样众多。存,想念。缟衣,白衣。綦巾,青灰色的佩巾。聊,姑且。乐我,使我快乐。员,通"云",语气词。闉阇,瓮城的城门,泛指城门。荼,白茅、芦苇的花。且,通"徂",存。茹藘,茜草,根可作染料,此处指染成绛色的佩巾。娱,快乐,欢乐。

野有蔓草

野有蔓草,零露漙兮。有美一人,清扬婉兮。邂逅相遇,适我愿兮。

野有蔓草,零露瀼瀼。有美一人,婉如清扬。邂逅相遇,与子偕臧。

【案语】此诗主旨,毛诗序以为:"《野有蔓草》,思遇时也。君之泽不下流,民穷于兵革,男女失时,思不期而会焉。"今人多以为恋歌。野,郊外。蔓,蔓延。零,落。露,露水。漙,露水多的样子。清扬,美目秀美。婉,美好。邂逅,没有约会而遇到。适,符合,适合。愿,心愿。瀼瀼,露水多的样子。偕,一同。臧,满意。

溱 洧

溱与洧,方涣涣兮。士与女,方秉蕳兮。女曰"观乎?"士曰"既且"。"且往观乎?洧之外,洵訏且乐。"维士与女,伊其相谑,赠之以勺药。

溱与洧,浏其清矣。士与女,殷其盈矣。女曰"观乎?"士曰"既且"。"且往观乎?洧之外,洵訏且乐。"维士与女,伊其相谑,赠之以勺药。

【案语】此诗主旨,毛诗序以为:"《溱洧》,刺乱也。兵革不息,男女相弃,淫风大行,莫之能救焉。"今人多以为描写郑国青年男女相约春游情景。或以为述写夫妇同游之乐。溱,郑国河流名,源出河南省密县,后与洧水合流。洧,郑国河流名,源出河南省登封阳城山,明代改名双洎河。涣涣,水盛大的样子。蕳,植物名,兰草,有香气。且,通"徂",往。洵,确实。訏,大,宽广。伊,通"呷",嬉笑的样子。谑,开玩笑。勺药,同"芍药",又名江蓠,一种香草。浏,水流深而清澈的样子。清,清澈。殷,众多。盈,满。"涣涣",《汉书·地理志》引作"灌灌"。

国风·齐风

鸡 鸣

"鸡既鸣矣,朝既盈矣。""匪鸡则鸣,苍蝇之声。"
"东方明矣,朝既昌矣。""匪东方则明,月出之光。"
"虫飞薨薨,甘与子同梦。""会且归矣,无庶予子憎。"

【案语】此诗主旨,毛诗序以为:"《鸡鸣》,思贤妃也。哀公荒淫怠慢,故陈贤妃贞女,夙夜警戒相成之道焉。"今人多以为述写妻子催促丈夫早起朝会。一说贤妃警君之诗。朝,朝廷。昌,盛多。虫,昆虫。薨薨,虫群飞声。甘,甘心,情愿。会,朝会。归,返回。无庶予子憎,庶毋予子以憎。庶,庶几,表示希望。无,通"毋",不要。予,给予。憎,憎恶,讨厌。"东方明矣",《说文解字》"昌"字下引作"东方昌矣"。

还

子之还兮,遭我乎峱之间兮。并驱从两肩兮,揖我谓我儇兮。
子之茂兮,遭我乎峱之道兮。并驱从两牡兮,揖我谓我好兮。
子之昌兮,遭我乎峱之阳兮。并驱从两狼兮,揖我谓我臧兮。

【案语】此诗主旨,毛诗序以为:"《还》,刺荒也。哀公好田猎,从禽兽而无厌。国人化之,遂成风俗,习于田猎谓之贤,闲于驰逐谓之好焉。"今人多以为赞美猎人。还,轻快敏捷的样子。峱,齐国山名,在今山东省临淄南部。间,中间。并驱,两匹马并驾齐驱,齐头奔驰。从,追赶。肩,通"豣",三岁的大猪,泛指大兽。揖,拱手行礼。谓,说。儇,敏捷,技巧娴熟。茂,美好。牡,雄性的鸟兽。昌,健壮,美好。臧,好。"还",齐诗作"营"。

著

俟我于著乎而,充耳以素乎而,尚之以琼华乎而。
俟我于庭乎而,充耳以青乎而,尚之以琼莹乎而。
俟我于堂乎而,充耳以黄乎而,尚之以琼英乎而。

【案语】此诗主旨,毛诗序以为:"《著》,刺时也。时不亲迎也。"今人多以为描写男子到女家亲迎情景。或以为女子想象夫婿前来亲迎之诗。俟,等待。著,大门和屏风之间。充耳,古人挂在冠冕两侧的垂玉,以丝绳系连,用以塞耳,又称瑱。以,用。素,白色。尚,加,增添。琼,赤玉,引申为美玉。华,光华。庭,堂前的平地,屏风到正房之间的一块平地。莹,玉色光洁,晶莹。堂,前室,堂屋。英,玉的光泽。

东方之日

东方之日兮,彼姝者子,在我室兮。在我室兮,履我即兮。
东方之月兮,彼姝者子,在我闼兮。在我闼兮,履我发兮。

【案语】此诗主旨,毛诗序以为:"《东方之日》,刺衰也。君臣失道,男女淫奔,不能以礼化也。"今人多以为男女幽会时所唱情歌。一说描写新婚夫妇恩爱。姝,美丽。子,女子。室,室内。履,踩,踏。即,通"膝"。闼,门内。发,足。

东方未明

东方未明,颠倒衣裳。颠之倒之,自公召之。
东方未晞,颠倒裳衣。倒之颠之,自公令之。
折柳樊圃,狂夫瞿瞿。不能辰夜,不夙则莫。

【案语】此诗主旨,毛诗序以为:"《东方未明》,刺无节也。朝廷兴居无节,号令不时,挈壶氏不能掌其职焉。"今人多以为小吏生活困顿繁忙之诗。晞,太阳初升。樊,篱笆,此处用为动词,编修篱笆。圃,菜园。瞿瞿,惊恐慌张的样子。辰夜,守夜。夙,早。莫,同"暮"。

南 山

南山崔崔,雄狐绥绥。鲁道有荡,齐子由归。既曰归止,曷又怀止?
葛屦五两,冠緌双止。鲁道有荡,齐子庸止。既曰庸止,曷又从止?
艺麻如之何?衡从其亩。取妻如之何?必告父母。既曰告止,曷又鞠止?
析薪如之何?匪斧不克。取妻如之何?匪媒不得。既曰得止,曷又极止?

【案语】此诗主旨,毛诗序以为:"《南山》,刺襄公也。鸟兽之行,淫乎其妹,大夫遇是恶,作诗而去之。"齐襄公与其同父异母妹文姜私通,文姜出嫁鲁桓公后,两人仍然不加悔改,后来齐襄公还派人杀死了鲁桓公,此诗即讽刺齐襄公之丑恶。崔崔,高大的样子。绥绥,追求相从的样子。有荡,即荡荡,平坦。齐子,指文姜。归,女子出嫁。葛屦,麻布鞋。緌,帽带下垂的部分。艺麻,种麻。鞠,放纵,纵容。析薪,劈柴。克,能,成功。极,到。"取妻",《孟子·万章上》、《吕氏春秋·当务》高诱注、《孔丛子·论书》引作"娶妻"。

甫 田

无田甫田,维莠骄骄。无思远人,劳心忉忉。
无田甫田,维莠桀桀。无思远人,劳心怛怛。
婉兮娈兮,总角丱兮。未几见兮,突而弁兮!

【案语】此诗主旨,毛诗序以为:"《甫田》,大夫刺襄公也。无礼义而求大功,不修德而求诸侯,志大心劳,所以求者非其道也。"方玉润《诗经原始》云:"此诗词义极浅,尽人能识,惟意旨所在,则不可知。《小序》谓'刺襄公',《大序》谓'无礼义而求大功,不修德而求诸侯',率皆拟议之词,非实据也。"今人多以为思念远人之诗。甫田,大块的田地。莠,狗尾草。骄骄,张狂无忌的样子。忉忉,忧虑不安的样子。桀桀,杂草又高又长的样子。怛怛,忧虑不安的样子。丱,两个发髻相对隆起的样子。突而,忽然。弁,古代成年人戴的皮帽子。

卢 令

卢令令,其人美且仁。
卢重环,其人美且鬈。
卢重鋂,其人美且偲。

【案语】此诗主旨,毛诗序以为:"《卢令》,刺荒也。襄公好田猎毕弋,而不修民事,百姓苦之,故陈古以风焉。"今人多以为赞美猎人之诗。卢,猎犬名。令令,猎犬项圈上铃铛的声音。重环,大环小环套在一起。鬈,头发蜷曲而美好的样子,引申指俊美。重鋂,一个大环套两个小环。偲,多才能。"令令",《说文解字》"獜"字下引作"獜獜"。

敝 笱

敝笱在梁,其鱼鲂鳏。齐子归止,其从如云。
敝笱在梁,其鱼鲂鱮。齐子归止,其从如雨。

敝笱在梁,其鱼唯唯。齐子归止,其从如水。

【案语】此诗主旨,毛诗序以为:"《敝笱》,刺文姜也。齐人恶鲁桓公微弱,不能防闲文姜,使至淫乱,为二国患焉。"敝,破。笱,竹做的捕鱼笼。梁,鱼梁。鲂,鳊鱼。鳏,鲲鱼。齐子,指文姜。归,回娘家。鲟,鲢鱼。唯唯,自由游动的样子。

载　驱

载驱薄薄,簟茀朱鞹。鲁道有荡,齐子发夕。
四骊济济,垂辔沵沵。鲁道有荡,齐子岂弟。
汶水汤汤,行人彭彭。鲁道有荡,齐子翱翔。
汶水滔滔,行人儦儦。鲁道有荡,齐子游敖。

【案语】此诗主旨,毛诗序以为:"《载驱》,齐人刺襄公也。无礼义故,盛其车服,疾驱于通道大都,与文姜淫,播其恶于万民焉。"闻一多以为述写齐女往嫁鲁人。薄薄,车轮转动声。簟茀,竹席做的车帘。朱鞹,红漆兽皮做的车盖。发,旦,早。骊,黑色的马。济济,美好的样子。沵沵,柔软的样子。岂弟,天亮。汶水,河流名。汤汤,水势盛大的样子。彭彭,行人盛多的样子。儦儦,行人往来走动的样子。

猗　嗟

猗嗟昌兮,颀而长兮。抑若扬兮,美目扬兮。巧趋跄兮,射则臧兮。
猗嗟名兮,美目清兮。仪既成兮,终日射侯。不出正兮,展我甥兮。
猗嗟娈兮,清扬婉兮。舞则选兮,射则贯兮。四矢反兮,以御乱兮。

【案语】此诗主旨,毛诗序以为:"《猗嗟》,刺鲁庄公也。齐人伤鲁庄公有威仪技艺,然而不能以礼防闲其母,失子之道。人以为齐侯之子焉。"今人多以为赞美青年射手之诗。猗嗟,叹美之辞。昌,壮盛美好的样子。抑,通"懿",美好。趋,快步。跄,舞姿。则,法则。臧,好,善。名,通"明",昌盛。侯,箭靶。正,放置在箭靶中心的圆形白布。展,确实。娈,壮美。选,整齐。贯,穿透。反,复。御,抵抗。

葛　屦

纠纠葛屦,可以履霜?掺掺女手,可以缝裳?要之襋之,好人服之。

好人提提,宛然左辟,佩其象揥。维是褊心,是以为刺。

【案语】 此诗主旨,毛诗序以为:"《葛屦》,刺褊也。魏地狭隘,其民机巧趋利,其君俭啬褊急,而无德以将之。"今人多以为缝纫女奴劝讽女主人的诗歌。纠纠,纠结、缭绕的样子。葛屦,葛麻鞋。可,通"何"。掺掺,通"纤纤",柔嫩纤细的样子。要,同"腰"。襋,衣领,此处用作动词,缝领子。好人,美人,指女主人。提提,通"媞媞",安闲自得的样子。宛然,转身回避的样子。辟,通"避"。象揥,象牙簪子。褊心,心胸狭小。"宛然左辟",《说文解字》"僻"字下引作"宛如左僻"。

汾沮洳

彼汾沮洳,言采其莫。彼其之子,美无度。美无度,殊异乎公路。

彼汾一方,言采其桑。彼其之子,美如英。美如英,殊异乎公行。

彼汾一曲,言采其藚。彼其之子,美如玉。美如玉,殊异乎公族。

【案语】 此诗主旨,毛诗序以为:"《汾沮洳》,刺俭也。其君俭以能勤,刺不得礼也。"今人多以为女性赞美情人。或谓赞美劳动人民才德之诗。汾,河流名。沮洳,河边低湿的地方。莫,野菜名。无度,无比。殊,非常。公路,掌管路车的职官名。英,花。公行,掌管兵车的职官名。曲,河流弯曲处。藚,植物名,泽泻,可入药,也可食用。公族,掌管宗族的职官名。"彼其之子,美如英",《韩诗外传》引作"彼己之子,美如英"。

园有桃

园有桃,其实之肴。心之忧矣,我歌且谣。不知我者,谓我士也骄。彼人是哉,子曰何其?心之忧矣,其谁知之?其谁知之,盖亦勿思!

园有棘,其实之食。心之忧矣,聊以行国。不知我者,谓我士也罔极。彼人是哉,子曰何其?心之忧矣,其谁知之?其谁知之,盖亦勿思!

【案语】 此诗主旨,毛诗序以为:"《园有桃》,刺时也。大夫忧其君,国小而迫,而俭以啬,不能用其民,而无德教,日以侵削,故作是诗也。"今人或以为没落贵族忧谗畏讥之诗。肴,菜肴,此处用作动词,吃菜肴。歌,有音乐伴奏的歌。谣,没有音乐伴奏的歌。何其,如何,怎么样。盖,通"曷",何不。棘,酸枣树。行国,周游国中。罔极,没有准则。"园有桃",《吕氏春秋·重己》高诱注引作"园有树桃"。

陟岵

陟彼岵兮,瞻望父兮。父曰:嗟!予子行役,夙夜无已。上慎旃哉,犹来无止!

陟彼屺兮,瞻望母兮。母曰:嗟!予季行役,夙夜无寐。上慎旃哉,犹来无弃!

陟彼冈兮,瞻望兄兮。兄曰:嗟!予弟行役,夙夜必偕。上慎旃哉,犹来无死!

【案语】此诗主旨,毛诗序以为:"《陟岵》,孝子之行役,思念父母也。国迫而数侵削,役乎大国,父母兄弟离散,而作是诗也。"陟,升,登。岵,没有草木的山。上,通"尚",千万。旃,"之焉"的合音。犹来,仍将归来。屺,有些草木的山。季,小儿子。无弃,别抛弃。冈,山脊,山梁。必偕,犹必自偕,自己照顾自己。

十亩之间

十亩之间兮,桑者闲闲兮,行与子还兮。

十亩之外兮,桑者泄泄兮,行与子逝兮。

【案语】此诗主旨,毛诗序以为:"《十亩之间》,刺时也。言其国削小,民无所居焉。"今人多以为采桑女之歌,但是于劳动时所唱还是结伴同归途中所唱,则存有争议。桑者,采桑的人。闲闲,从容不迫的样子。行,走。泄泄,人多的样子。逝,往,离开。

伐　檀

坎坎伐檀兮,置之河之干兮。河水清且涟猗。不稼不穑,胡取禾三百廛兮?不狩不猎,胡瞻尔庭有县貆兮?彼君子兮,不素餐兮!

坎坎伐辐兮,置之河之侧兮。河水清且直猗。不稼不穑,胡取禾三百亿兮?不狩不猎,胡瞻尔庭有县特兮?彼君子兮,不素食兮!

坎坎伐轮兮,置之河之漘兮。河水清且沦猗。不稼不穑,胡取禾三百囷兮?不狩不猎,胡瞻尔庭有县鹑兮?彼君子兮,不素飧兮!

【案语】此诗主旨,毛诗序以为:"《伐檀》,刺贪也。在位贪鄙,无功而受禄,君子不得进仕尔。"今人多以为伐木奴隶之歌。坎坎,伐木声。檀,檀树。置,放置。干,岸。涟,水波纹。猗,语气词。稼,耕种。穑,收获。廛,农民住的房。县貆,挂着的貆子。素餐,不劳而食。伐辐,伐木制作车辐条。直,直流的水波。特,大兽。伐轮,伐木制作车轮。漘,河边。沦,旋转的水波。囷,圆形的谷仓。鹑,鹌鹑。飧,水泡饭,此处用作动词,吃饭。"彼君子兮,不素餐兮",《风俗通义·过誉》引作"彼君子不素餐兮"。"置之河之侧兮",《汉书地理志》引作"置诸河之侧"。

硕　鼠

　　硕鼠硕鼠,无食我黍!三岁贯女,莫我肯顾。逝将去女,适彼乐土。乐土乐土,爰得我所。

　　硕鼠硕鼠,无食我麦!三岁贯女,莫我肯德。逝将去女,适彼乐国。乐国乐国,爰得我直。

　　硕鼠硕鼠,无食我苗!三岁贯女,莫我肯劳。逝将去女,适彼乐郊。乐郊乐郊,谁之永号?

　　【案语】此诗主旨,毛诗序以为:"《硕鼠》,刺重敛也。国人刺其君重敛蚕食于民,不修其政,贪而畏人,若大鼠也。"东汉王符《潜夫论·班禄篇》云:"履亩税而《硕鼠》作。"桓宽《盐铁论·取下篇》云:"周之末途,德惠塞而耆欲众,君奢侈而上求多,民困于下,怠于公事,是以有履亩之税,《硕鼠》之诗是也。"硕鼠,大老鼠。贯,侍奉。莫我肯顾,即"莫肯顾我"。去女,离开你们。适,往。爰,于是。德,感激。直,合宜的所在。劳,慰问。永号,长叹。"乐土乐土,爰得我所",《新序·杂事》引作"适彼乐土,爰得我所"。"乐郊乐郊,谁之永号",《新序·节士》引作"适彼乐郊,谁之永号"。"逝将去女,适彼乐土",《白虎通·谏诤》引作"逝将去汝,适彼乐土"。

蟋　蟀

　　蟋蟀在堂,岁聿其莫。今我不乐,日月其除。无已大康,职思其居。好乐无荒,良士瞿瞿。

　　蟋蟀在堂,岁聿其逝。今我不乐,日月其迈。无已大康,职思其外。好乐无荒,良士蹶蹶。

　　蟋蟀在堂,役车其休。今我不乐,日月其慆。无以大康。职思其忧。好乐无荒,良士休休。

　　【案语】此诗主旨,毛诗序以为:"《蟋蟀》,刺晋僖公也。俭不中礼,故作是诗以闵之,欲其及时以礼自虞乐也。此晋也而谓之唐,本其风俗,忧深思远,俭而用礼,乃有尧之遗风焉。"今人或以为劝人敬业乐道、好乐有节之歌,或以为岁暮述怀之诗。莫,暮。日月,时日。除,去。无,勿。已,甚。康,安逸,享乐。职,应当。居,所处的位置。荒,过度,过分。良士,优秀的人。瞿瞿,谨慎小心的样子。迈,远行。蹶蹶,勤奋敬业的样子。役车,服劳役的车子。慆,逝去。休休,安闲的样子。"大康",《列女传·仁智传·密康公母》引作"太康"。

山有枢

山有枢,隰有榆。子有衣裳,弗曳弗娄。子有车马,弗驰弗驱。宛其死矣,他人是愉。

山有栲,隰有杻。子有廷内,弗洒弗扫。子有钟鼓,弗鼓弗考。宛其死矣,他人是保。

山有漆,隰有栗。子有酒食,何不日鼓瑟?且以喜乐,且以永日。宛其死矣,他人入室。

【案语】此诗主旨,毛诗序以为:"《山有枢》,刺晋昭公也。不能修道以正其国,有财不能用,有钟鼓不能以自乐,有朝廷不能洒扫,政荒民散,将以危亡。四邻谋取其国家而不知,国人作诗以刺之也。"今人或以为讽刺嘲笑守财奴之诗。枢,树名,刺榆。榆,榆树。娄,通"搂",拉扯着。宛,枯萎的样子。栲,臭椿树。杻,树名,菩提木。廷,庭院。内,内室。保,保有,据有。永日,整天。"他人是愉",《汉书·地理志》引作"它人是媮"。

扬之水

扬之水,白石凿凿。素衣朱襮,从子于沃。既见君子,云何不乐?

扬之水,白石皓皓。素衣朱绣,从子于鹄。既见君子,云何其忧?

扬之水,白石粼粼。我闻有命,不敢以告人。

【案语】此诗主旨,毛诗序以为:"《扬之水》,刺晋昭公也。昭公分国以封沃,沃盛强,昭公微弱,国人将叛而归沃焉。"今人多以为政治抒情诗。扬,激扬。凿凿,鲜明的样子。素衣朱襮,白色的衣服红色的绣花领。从,随从,追随。沃,地名,曲沃,故地在今山西省闻喜县东北。皓皓,洁白的样子。鹄,地名,曲沃的别称。粼粼,清澈的样子。

椒　聊

椒聊之实,蕃衍盈升。彼其之子,硕大无朋。椒聊且,远条且。

椒聊之实,蕃衍盈匊。彼其之子,硕大且笃。椒聊且,远条且。

【案语】此诗主旨,毛诗序以为:"《椒聊》,刺晋昭公也。君子见沃之盛强,能修其政,知其蕃衍盛大,子孙将有晋国焉。"今人多以为赞美妇女多子之诗。椒,花椒。聊,同"莍",草木结成一串串果实。蕃衍,繁盛众多。盈,满。升,量器名。硕,大。无朋,无比。匊,同"掬",双手合捧。笃,厚。"彼其之子",《韩诗外传》、《史记·匈奴传》集解引作"彼己之子"。"椒聊且",《楚辞·九叹·愍命》引作"椒聊且薎"。

绸 缪

绸缪束薪,三星在天。今夕何夕,见此良人?子兮子兮,如此良人何?
绸缪束刍,三星在隅。今夕何夕,见此邂逅?子兮子兮,如此邂逅何?
绸缪束楚,三星在户。今夕何夕,见此粲者?子兮子兮,如此粲者何?

【案语】此诗主旨,毛诗序以为:"《绸缪》,刺晋乱也。国乱则婚姻不得其时焉。"今人多以为庆贺新婚之诗。绸缪,紧密缠缚。束薪,一捆捆的柴草。良人,妻子对丈夫的称呼。束刍,一捆捆的喂马的草料。隅,指天的东南边。邂逅,会合,此处用作名词,指可爱的人。楚,荆条。粲者,美人。

杕 杜

有杕之杜,其叶湑湑。独行踽踽。岂无他人?不如我同父。嗟行之人,胡不比焉?人无兄弟,胡不佽焉?
有杕之杜,其叶菁菁。独行睘睘。岂无他人?不如我同姓。嗟行之人,胡不比焉?人无兄弟,胡不佽焉?

【案语】此诗主旨,毛诗序以为:"《杕杜》,刺时也。君不能亲其宗族,骨肉离散,独居而无兄弟,将为沃所并尔。"今人多以为流浪者求助不得的感伤诗。杕,孤单挺立的样子。杜,树木名,又称赤棠。湑湑,枝叶茂盛的样子。踽踽,孤单行路的样子。我同父,同胞兄弟。比,亲近。佽,帮助,资助。菁菁,枝叶繁盛的样子。睘睘,同"茕茕",孤单无依靠的样子。

羔 裘

羔裘豹祛,自我人居居。岂无他人?维子之故。

羔裘豹褎,自我人究究。岂无他人?维子之好。

【案语】 此诗主旨,毛诗序以为:"《羔裘》,刺时也。晋人刺其在位不恤其民也。"今人或以为贵族婢仆反抗其主人之诗,或以为平民怨恨发达之友人不顾旧情之诗。豹祛,镶着豹皮的袖口。自,对于。我人,我们。居居,通"倨倨",态度傲慢。维,只。褎,同"袖"。究究,心怀恶意不可亲近的样子。

鸨羽

　　肃肃鸨羽,集于苞栩。王事靡盬,不能艺稷黍。父母何怙?悠悠苍天,曷其有所?

　　肃肃鸨翼,集于苞棘。王事靡盬,不能艺黍稷。父母何食?悠悠苍天,曷其有极?

　　肃肃鸨行,集于苞桑。王事靡盬,不能艺稻粱。父母何尝?悠悠苍天,曷其有常?

【案语】 此诗主旨,毛诗序以为:"《鸨羽》,刺时也。昭公之后,大乱五世,君子下从征役,不得养其父母而作是诗也。"今人亦多以为民众反抗无休止的劳役之诗。肃肃,鸟翼振动的样子。鸨,鸟名,似雁而大。集,栖息。苞,草木丛生。栩,树木名,柞树。靡,没有。盬,止息。艺,种植。怙,依靠。曷,何。有所,处所,此处指安定生活的条件。棘,树木名,野酸枣。极,尽头。行,行列。尝,吃。常,正常。

无 衣

　　岂曰无衣七兮?不如子之衣,安且吉兮!
　　岂曰无衣六兮?不如子之衣,安且燠兮!

【案语】 此诗主旨,毛诗序以为:"《无衣》,美晋武公也。武公始并晋国,其大夫为之请命乎天子之使而作是诗也。"今人多以为览衣感旧或伤逝之诗。七,虚数,表示多数,下文六同。安,舒适。吉,美好。燠,暖和。

有杕之杜

　　有杕之杜,生于道左。彼君子兮,噬肯适我?中心好之,曷饮食之?
　　有杕之杜,生于道周。彼君子兮,噬肯来游?中心好之,曷饮食之?

【案语】此诗主旨,毛诗序以为:"《有杕之杜》,刺晋武也。武公寡特,兼其宗族,而不求贤以自辅焉。"今人多以为情歌。道左,路边。噬,助词。适,往。曷,何不。道周,道路拐弯处。

葛 生

葛生蒙楚,蔹蔓于野。予美亡此,谁与独处?
葛生蒙棘,蔹蔓于域。予美亡此,谁与独息?
角枕粲兮,锦衾烂兮。予美亡此,谁与独旦?
夏之日,冬之夜。百岁之后,归于其居。
冬之夜,夏之日。百岁之后,归于其室。

【案语】此诗主旨,毛诗序以为:"《葛生》,刺晋献公也。好攻战,则国人多丧矣。"今人多以为妻子悼念丈夫的作品。葛,葛藤。蒙,覆盖。楚,荆树。蔹,草名,又称五爪龙。蔓,蔓延。美,好人,此处指丈夫。域,墓地。角枕,用兽骨作装饰的枕头,死者所用。粲,华美鲜明的样子。锦衾,锦绣的尸被。独旦,终日独居。百岁,死的隐讳语。其室,指死者的坟墓。

采 苓

采苓采苓,首阳之颠。人之为言,苟亦无信。舍旃舍旃,苟亦无然。人之为言,胡得焉?
采苦采苦,首阳之下。人之为言,苟亦无与。舍旃舍旃,苟亦无然。人之为言,胡得焉?
采葑采葑,首阳之东。人之为言,苟亦无从。舍旃舍旃,苟亦无然。人之为言,胡得焉?

【案语】此诗主旨,毛诗序以为:"《采苓》,刺晋献公也。献公好听谗焉。"今人多以为劝诫世人不要听信谗言之诗。苓,甘草。首阳,山名,又称雷首山,在今山西省永济县南。为,通"伪",为言,谎话。苟,确实。无,勿。舍,抛弃。旃,犹"之"。胡,何。苦,菜名,又称荼。与,赞同。葑,菜名,芜菁。

车 邻

有车邻邻,有马白颠。未见君子,寺人之令。

阪有漆,隰有栗。既见君子,并坐鼓瑟。今者不乐,逝者其耋。

阪有桑,隰有杨。既见君子,并坐鼓簧。今者不乐,逝者其亡。

【案语】此诗主旨,毛诗序以为:"《车邻》,美秦仲也。秦仲始大,有车马礼乐侍御之好焉。"今人或以为述写君臣同乐之诗。邻邻,车行声。白颠,白颠马,马额头正中有块白毛。寺人,古代宫廷中的小臣。阪,山坡。漆,漆树。隰,低湿之地。鼓,弹奏。逝者,将来。耋,八十岁。簧,乐器名。诗题,《汉书·地理志》引作"车辚"。

驷 驖

驷驖孔阜,六辔在手。公之媚子,从公于狩。

奉时辰牡,辰牡孔硕。公曰左之,舍拔则获。

游于北园,四马既闲。輶车鸾镳,载猃歇骄。

【案语】此诗主旨,毛诗序以为:"《驷驖》,美襄公也。始命有田狩之事,园囿之乐焉。"今人以为描写秦君打猎活动之诗。驷驖,驾车的四匹铁青色的马。孔,很,极。阜,大。六辔,六根马缰绳。媚子,所宠爱的人。从,跟从。奉,献。时,通"是",这。辰,时,应时的。牡,公兽。舍拔,发箭。北园,秦君的王家园林,在今陕西省陇县南部。闲,熟习。輶车,一种比较轻便的车。鸾,通"銮",车铃。镳,马嚼子。猃,嘴巴较长的一种猎狗。歇骄,嘴巴较短的一种猎狗。"驷驖",《说文解字》"驖"字下引作"四驖"。"鸾",《说文解字》"輶"字下引作"銮"。

小 戎

小戎俴收,五楘梁辀。游环胁驱,阴靷鋈续。文茵畅毂,驾我骐馵。言念君子,温其如玉。在其板屋,乱我心曲。

四牡孔阜,六辔在手。骐駵是中,騧骊是骖。龙盾之合,鋈以觼軜。言念君子,温其在邑。方何为期?胡然我念之!

俴驷孔群,厹矛鋈錞。蒙伐有苑,虎韔镂膺。交韔二弓,竹闭绲縢。言念君子,载寝载兴。厌厌良人,秩秩德音。

【案语】此诗主旨,毛诗序以为:"《小戎》,美襄公也。备其兵甲以讨西戎,西戎方强而征伐不休,国人则矜其车甲,妇人能闵其君子焉。"今人亦多以为贵族女子思念丈夫远征西戎之诗。小戎,一种轻型兵车。俴收,指车的底盘较小。五楘梁辀,指在车辕上用皮条交叉缠绕。游环,可以移动的金属环。胁驱,系在车辕前横木与轸端的皮带。阴靷,系在阴上的引绳。阴,车轼前面的横板。鋈续,用白金装饰的靷环。文茵,铺在车厢里的虎皮坐垫。畅毂,长车毂。驾我骐馵,犹"驾我骏马"。骐,青色相杂有花纹的马。馵,白脚的马。板屋,木板房。心曲,内心深处。骝,同"骝",红黑色的马。中,居中。骊,黑嘴的黄色马。骊,黑色马。龙盾,画有龙纹的盾牌。合,通"胁",两侧。鋈,车轼两旁用以固定马缰绳的金属环。軜,骖马的内侧缰绳。方,将。期,指服役的期限。俴驷,不披铠甲的驾车四马。群,合群。厹矛,有三棱锋刃的长矛。錞,矛柄下端的金属套。蒙伐,蒙覆皮革的盾牌。苑,花纹。虎韔,虎皮弓箭袋。膺,弓箭袋的正面。交韔二弓,交叉顺倒两只弓放在箭袋里。闭,通"柲",竹制的正弓器。绲,绳子。縢,缠束。兴,起。厌厌,安闲稳重的样子。秩秩,清明的样子。德音,名声,名誉。"梁辀",《汉书·地理志》颜师古注引作"良辀"。"闭",《仪礼·既夕礼》郑玄注引作"柲"。"厌厌",《列女传·贤明传·楚于陵妻》引作"愔愔"。

蒹葭

蒹葭苍苍,白露为霜。所谓伊人,在水一方,溯洄从之,道阻且长。溯游从之,宛在水中央。

蒹葭萋萋,白露未晞。所谓伊人,在水之湄。溯洄从之,道阻且跻。溯游从之,宛在水中坻。

蒹葭采采,白露未已。所谓伊人,在水之涘。溯洄从之,道阻且右。溯游从之,宛在水中沚。

【案语】此诗主旨,毛诗序以为:"《蒹葭》,刺襄公也。未能用周礼,将无以固其国焉。"另有秦穆公访贤得贤说、怀念友人说、惜招隐难致说等主张。今人多以为情诗恋歌。屈万里《诗经释义》云:"有所爱慕而不得亲近之之诗,似是情歌。或以为访贤之诗,亦近是。"蒹,没有结穗的芦苇。葭,初生的芦苇。苍苍,繁茂的样子。方,旁。溯洄,逆流而上。从,追随。阻,崎岖。溯游,顺流而下。宛,好像。萋萋,繁茂的样子。晞,干。湄,水草交接处。跻,登,升,此处指道路艰难,有如登山。坻,水中高地。采采,茂盛的样子。已,止。涘,水边。右,迂回曲折。沚,水中小洲。

终　南

终南何有？有条有梅。君子至止,锦衣狐裘。颜如渥丹,其君也哉！

终南何有？有纪有堂。君子至止,黻衣绣裳。佩玉将将,寿考不忘！

【案语】此诗主旨,毛诗序以为:"《终南》,戒襄公也。能取周地,始为诸侯,受显服,大夫美之,故作是诗以戒劝之。"今人多以为周地民众劝诫秦君之诗。终南,山名,在今陕西省西安城南。条,楸树。梅,梅树。渥,涂抹。丹,赤石制作的红色颜料。纪,通"杞",杞柳。堂,通"棠",棠梨。黻衣,黑色和青色花纹相间的上衣。绣裳,用五彩绣成的下衣。将将,通"锵锵",佩玉相击的声音。寿考不忘,指到老也不忘记。"将将",《楚辞·九歌·东皇太一》王逸注引作"锵锵"。

黄　鸟

交交黄鸟,止于棘。谁从穆公？子车奄息。维此奄息,百夫之特。临其穴,惴惴其栗。彼苍者天,歼我良人！如可赎兮,人百其身！

交交黄鸟,止于桑。谁从穆公？子车仲行。维此仲行,百夫之防。临其穴,惴惴其栗。彼苍者天,歼我良人！如可赎兮,人百其身！

交交黄鸟,止于楚。谁从穆公？子车鍼虎。维此鍼虎,百夫之御。临其穴,惴惴其栗。彼苍者天,歼我良人！如可赎兮,人百其身！

【案语】此诗主旨,毛诗序以为:"《黄鸟》,哀三良也。国人刺穆公以人从死,而作是诗也。"《左传·文公六年》云:"秦伯任好卒,以子车氏之三子奄息、仲行、鍼虎为殉,皆秦之良也。国人哀之,为之赋《黄鸟》。"《史记·秦本纪》曰:"缪公卒,葬雍。从死者百七十七人,秦之良臣子车氏三子名曰奄息、仲行、鍼虎,亦在从死之中。秦人哀之,为作歌《黄鸟》之诗。"交交,鸟叫声。黄鸟,黄雀。棘,野枣树。从,随从,此处指殉葬。穆公,秦国国君,名任好,公元前659—公元前621在位。子车,姓。奄息,名。百夫之特,百里挑一的人物。特,杰出的。临,俯看。栗,战栗,发抖。歼,消灭。良人,善人,好人。百其身,化其身为千百,即死一百次。防,比,相当。楚,荆树。御,抵御,抵挡,相当。

晨　风

䴥彼晨风,郁彼北林。未见君子,忧心钦钦。如何如何,忘我实多！

山有苞栎,隰有六驳。未见君子,忧心靡乐。如何如何,忘我实多!
山有苞棣,隰有树檖。未见君子,忧心如醉。如何如何,忘我实多!

【案语】此诗主旨,毛诗序以为:"《晨风》,刺康公也。忘穆公之业,始弃其贤臣焉。"今人多以为弃妇诗。鴥,鸟疾飞的样子。晨风,鸟名,鹞鹰一类的猛禽。郁,茂密的样子。北林,山北面的树林。钦钦,忧愁难解的样子。如何,奈何。苞,丛生。栎,树木名,柞树。六驳,紫榆树丛。棣,树木名,棠棣。檖,树木名,又称山梨。

无 衣

岂曰无衣?与子同袍。王于兴师,修我戈矛。与子同仇!
岂曰无衣?与子同泽。王于兴师,修我矛戟。与子偕作!
岂曰无衣?与子同裳。王于兴师,修我甲兵。与子偕行!

【案语】此诗主旨,毛诗序以为:"《无衣》,刺用兵也。秦人刺其君好攻战,亟用兵,而不与民同欲焉。"今人多以为秦国战歌。袍,长的夹外衣。王,秦王。兴师,起兵。修,修理,整治。同仇,一致对敌。泽,通"襗",贴身内衣。偕作,共同行动。甲兵,武器。偕行,一道出征。"偕行",《汉书·赵充国辛庆忌传赞》引作"皆行"。

渭 阳

我送舅氏,曰至渭阳。何以赠之?路车乘黄。
我送舅氏,悠悠我思。何以赠之?琼瑰玉佩。

【案语】此诗主旨,毛诗序以为:"《渭阳》,康公念母也。康公之母,晋献公之女也。文公遭丽姬之难,未反而秦姬卒,穆公纳文公,康公时为大子,赠送文公于渭之阳,念母之不见也,我见舅氏,如母存焉。及其即位,思而作是诗也。"今人多以为外甥送舅舅的送别诗。舅氏,舅父。渭,河流名,渭水。阳,河流的北面。路车,古代诸侯乘坐的车子。乘黄,四匹黄马。琼瑰,美玉。

权 舆

於我乎,夏屋渠渠,今也每食无余。于嗟乎,不承权舆!
於我乎,每食四簋,今也每食不饱。于嗟乎,不承权舆!

【案语】此诗主旨,毛诗序以为:"《权舆》,刺康公也。忘先君之旧臣与贤者,有始而无终也。"今人多以为没落贵族哀叹生活今不如昔的作品。於,叹词。夏屋,大屋。渠渠,房屋深广的样子。承,继承。权舆,始初。

宛　丘

子之汤兮,宛丘之上兮。洵有情兮,而无望兮。
坎其击鼓,宛丘之下。无冬无夏,值其鹭羽。
坎其击缶,宛丘之道。无冬无夏,值其鹭翿。

【案语】此诗主旨,毛诗序以为:"《宛丘》,刺幽公也。淫荒昏乱,游荡无度焉。"今人或以为抨击贵族游乐无度之诗,或以为述写一个男子爱上一个舞女。汤,同"荡",舞姿摇摆的样子。宛丘,陈国山丘名,在今河南省淮阳县东南。洵,确实。坎其,犹"坎坎",击打鼓缶的声音。值,通"植",持。鹭羽,用鹭鸶羽毛制成的舞蹈器具。翿,用五彩羽毛制成的扇形舞蹈器具。"汤",《楚辞·离骚》王逸注引作"荡"。

东门之枌

东门之枌,宛丘之栩。子仲之子,婆娑其下。
穀旦于差,南方之原。不绩其麻,市也婆娑。
穀旦于逝,越以鬷迈。视尔如荍,贻我握椒。

【案语】此诗主旨,毛诗序以为:"《东门之枌》,疾乱也。幽公淫荒,风化之所行,男女弃其旧业,亟会于道路,歌舞于市井尔。"今人多以为述写男女相爱、聚会歌舞之情歌。枌,树木名,通称白榆。栩,柞木。婆娑,盘旋起舞的样子。穀旦,吉日良辰。差,选择。绩其麻,搓麻线。市,集市,此处用作动词,去集市。逝,往。越,语气助词。鬷,聚集。迈,出行。荍,植物名,通称锦葵。贻,赠送。握,一把。椒,花椒。"市",《潜夫论·浮侈》引作"女"。

衡　门

衡门之下,可以栖迟。泌之洋洋,可以乐饥。
岂其食鱼,必河之鲂?岂其取妻,必齐之姜?

岂其食鱼，必河之鲤？岂其取妻，必宋之子？

【案语】此诗主旨，毛诗序以为："《衡门》，诱僖公也。愿而无立志，故作是诗以诱掖其君也。"今人多以为劝诫世人安于贫贱之诗。衡，通"横"。衡门，两根柱子之间横一根木头所作之门，喻指简陋的居室。栖迟，栖止，居住。泌，泉水名。洋洋，水流盛大的样子。乐，通"疗"。河，黄河。鲂，鳊鱼。齐之姜，齐国姜姓的贵族女子，泛指大国贵族女子。宋之子，宋国子姓贵族女子，泛指大国贵族女子。"乐"，《列女传·贤明传·楚老莱妻》引作"疗"。

东门之池

东门之池，可以沤麻。彼美淑姬，可与晤歌。

东门之池，可以沤纻。彼美淑姬，可与晤语。

东门之池，可以沤菅。彼美淑姬，可与晤言。

【案语】此诗主旨，毛诗序以为："《东门之池》，刺时也。疾其君之淫昏，而思贤女以配君子也。"今人多以为情诗。池，护城河。沤，浸泡。姬，姓。晤歌，对唱。纻，苎麻。晤语，对话。菅，茅草。晤言，谈话。"晤"，《列女传·贤明传·晋文齐姜》引作"寤"。

东门之杨

东门之杨，其叶牂牂。昏以为期，明星煌煌。

东门之杨，其叶肺肺。昏以为期，明星晢晢。

【案语】此诗主旨，毛诗序以为："《东门之杨》，刺时也。昏姻失时，男女多违。亲迎女犹有不至者也。"今人多以为述写男女约会久候不至之诗。杨，杨树。牂牂，茂盛的样子。昏，黄昏。期，约定。明星，启明星。煌煌，明亮的样子。肺肺，同"芾芾"，茂盛的样子。晢晢，明亮。

墓　门

墓门有棘，斧以斯之。夫也不良，国人知之。知而不已，谁昔然矣。

墓门有梅，有鸮萃止。夫也不良，歌以讯之。讯予不顾，颠倒思予。

【案语】此诗主旨，毛诗序以为："《墓门》，刺陈佗也。陈佗无良师傅，以至于不义，恶加于万民焉。"今人或以为斥责不良之徒之诗，或以为妻子责备不良丈夫之诗。墓门，墓道的门。棘，酸枣树。斯，砍。不已，不止，不改。谁，当作"维"，语气助词。昔，从前。鸮，猫头鹰。萃,停息。讯,当依《楚辞·离骚》王逸注作"谇",责骂。讯予,当作"谇予",即"予谇"。颠倒,跌倒,覆灭。

防有鹊巢

防有鹊巢,邛有旨苕。谁侜予美?心焉忉忉。
中唐有甓,邛有旨鹝。谁侜予美?心焉惕惕。

【案语】此诗主旨,毛诗序以为:"《防有鹊巢》,忧谗贼也。宣公多信谗,君子忧惧焉。"今人多以为忧虑所爱者被人欺骗之诗。防,堤坝。邛,土山。旨,美味。苕,植物名,又称苕菜、紫云英。侜,欺骗。美,美人,所爱的人。忉忉,忧愁。中唐,唐中。唐,通"庭"。甓,砖瓦。鹝,通"虉",草名,又称绶草。惕惕,担心、害怕的样子。

月　出

月出皎兮,佼人僚兮。舒窈纠兮,劳心悄兮。
月出皓兮,佼人懰兮。舒忧受兮,劳心慅兮。
月出照兮,佼人燎兮。舒夭绍兮,劳心惨兮。

【案语】此诗主旨,毛诗序以为:"《月出》,刺好色也。在位不好德,而说美色焉。"今人多以为月下怀人之情诗。皎,洁白光明。佼人,美人。僚,美好。舒,舒缓、缓慢。窈纠,体态轻盈柔美。劳心,忧思的心。悄,忧愁。皓,明亮。懰,娇媚。忧受,体态轻盈柔美。慅,忧愁不安。照,通"昭",明亮。燎,光彩照人。夭绍,体态轻盈柔美。惨,当作"懆",忧虑不安。"佼人僚兮",《史记·司马相如列传》索隐引作"姣人嫽兮"。

株　林

胡为乎株林?从夏南!匪适株林,从夏南!
驾我乘马,说于株野。乘我乘驹,朝食于株!

【案语】此诗主旨,毛诗序以为:"《株林》,刺灵公也。淫乎夏姬,驱驰而往,朝夕不休息焉。"今人亦多以为讽刺陈灵公与夏姬淫乱之诗。株,陈国邑名,在今河南省西华县西南。林,远郊。从,跟从。夏南,夏征舒的字。适,往。说,通"税",停息。野,郊外。朝食,吃早饭。

泽 陂

彼泽之陂,有蒲与荷。有美一人,伤如之何?寤寐无为,涕泗滂沱。
彼泽之陂,有蒲与蕳。有美一人,硕大且卷。寤寐无为,中心悁悁。
彼泽之陂,有蒲菡萏。有美一人,硕大且俨。寤寐无为,辗转伏枕。

【案语】此诗主旨,毛诗序以为:"《泽陂》,刺时也。言灵公君臣淫于其国,男女相说,忧思感伤焉。"今人多以为女子怀人之情诗。泽,池塘。陂,堤坝。蒲,水生植物,菖蒲,嫩苗可食。荷,荷叶。伤,忧思。无为,没有办法。涕,眼泪。泗,鼻涕。滂沱,雨大的样子,此处形容涕泗交流的样子。蕳,水生植物,泽兰。卷,通"婘",美好。悁悁,忧郁的样子。菡萏,莲花。俨,端庄。《淮南子·说山训》高诱注引诗语"展转伏枕,寤寐永叹",当为此诗末句之意引。

羔 裘

羔裘逍遥,狐裘以朝。岂不尔思?劳心忉忉。
羔裘翱翔,狐裘在堂。岂不尔思?我心忧伤。
羔裘如膏,日出有曜。岂不尔思?中心是悼。

【案语】此诗主旨,毛诗序以为:"《羔裘》,大夫以道去其君也。国小而迫,君不用道,好絜其衣服,逍遥游燕,而不能自强于政治,故作是诗也。"今人或以为女子失宠自伤之诗,或以为女子欲奔男子又有所顾忌之辞。逍遥,游乐。忉忉,忧愁的样子。翱翔,鸟盘旋飞行的样子,引申指人自由游逛。膏,脂油,此处引作动词,涂脂油。有曜,犹"曜曜",明亮。悼,悲伤。"羔裘逍遥",《楚辞·九歌·湘君》引作"狐裘逍遥"。

素 冠

庶见素冠兮,棘人栾栾兮。劳心慱慱兮。
庶见素衣兮,我心伤悲兮。聊与子同归兮。
庶见素韠兮,我心蕴结兮。聊与子如一兮。

【案语】此诗主旨,毛诗序以为:"《素冠》,刺不能三年也。"今人多以为女子伤悼丈夫亡故之诗。庶,希望。素冠,白帽,死者的服饰。棘,瘦。栾栾,通"脔脔",体枯肌瘦的样子。慱慱,忧苦不安的样子。聊,愿。同归,同死。韡,蔽膝,犹如今日围裙。蕴结,忧郁不解的样子。如一,即同归之意。"棘人栾栾兮",《吕氏春秋·上农》高诱注引作"棘人之栾栾"。"聊与子同归兮",《列女传·贞顺传·齐杞梁妻》引无"兮"字。

隰有苌楚

隰有苌楚,猗傩其枝。夭之沃沃,乐子之无知。
隰有苌楚,猗傩其华。夭之沃沃,乐子之无家。
隰有苌楚,猗傩其实。夭之沃沃,乐子之无室。

【案语】此诗主旨,毛诗序以为:"《隰有苌楚》,疾恣也。国人疾其君之淫恣,而思无情欲者也。"姚际恒《诗经通论》以为:"此篇为遭乱而贫窭,不能赡其妻子之诗。"今人多以为因物感怀之诗。苌楚,果木名,又称羊桃、猕猴桃。猗傩,同"婀娜",美丽而盛多的样子。夭,幼嫩。沃沃,光泽滋润。乐,羡慕。室,家室,家庭。"猗傩其华",《楚辞·九辩》与《楚辞·九叹·惜贤》王逸注皆引作"旖旎其华"。

匪 风

匪风发兮,匪车偈兮。顾瞻周道,中心怛兮。
匪风飘兮,匪车嘌兮。顾瞻周道,中心吊兮。
谁能亨鱼,溉之釜鬵。谁将西归,怀之好音。

【案语】此诗主旨,毛诗序以为:"《匪风》,思周道也。国小政乱,忧及祸难,而思周道焉。"今人多以为游子怀乡之诗。匪,通"彼",那。发,猛刮。偈,疾驰。顾瞻,回头看。周道,大路。怛,忧伤。飘,风狂吹。嘌,疾行而不能控制的样子。吊,悲伤。亨,烹煮。溉,洗涤。釜,敞口锅。鬵,大釜。西归,回到西方去。怀,馈送。好音,好消息。"亨",《说苑·善说》引作"烹"。

蜉 蝣

蜉蝣之羽,衣裳楚楚。心之忧矣,于我归处。

蜉蝣之翼,采采衣服。心之忧矣,于我归息。

蜉蝣掘阅,麻衣如雪。心之忧矣,于我归说。

【案语】此诗主旨,毛诗序以为:"《蜉蝣》,刺奢也。昭公国小而迫,无法以自守,好奢而任小人,将无所依焉。"今人多以为没落贵族感伤悲叹之作。蜉蝣,昆虫名。羽,翅膀。楚楚,整洁鲜明的样子。于,与,同。归处,归宿。采采,盛多。息,休息,歇息。掘阅,掘穴,穿地而出。麻衣,形容蜉蝣的翅膀细薄如麻布。说,通"税",栖止。

候　人

彼候人兮,何戈与祋。彼其之子,三百赤芾。
维鹈在梁,不濡其翼。彼其之子,不称其服。
维鹈在梁,不濡其咮。彼其之子,不遂其媾。
荟兮蔚兮,南山朝隮。婉兮娈兮,季女斯饥。

【案语】此诗主旨,毛诗序以为:"《候人》,刺近小人也。共公远君子而好近小人焉。"今人多以为讽刺达官贵人尸位素餐之诗。候人,负责送迎宾客的小官。何,扛。祋,古代一种长柄无刃的武器。彼其之子,那群人。三百,虚数,极言其多。赤芾,黑色的蔽膝。鹈,水鸟名,鹈鹕。梁,鱼梁。濡,沾湿。称,适合。咮,鸟嘴。遂,相称,配得上。媾,宠爱。荟、蔚,云雾弥漫的样子。南山,春秋曹国山名,在今山东省济阴县东部。朝隮,早上的虹。婉、娈,年轻而美好。季女,幼女。"何戈与祋",《礼记·乐记》郑玄注引作"荷戈与缀"。"彼其之子,不称其服",《左传·僖公二十四年》引作"彼己之子,不称其服"。

鸤　鸠

鸤鸠在桑,其子七兮。淑人君子,其仪一兮。其仪一兮,心如结兮。
鸤鸠在桑,其子在梅。淑人君子,其带伊丝。其带伊丝,其弁伊骐。
鸤鸠在桑,其子在棘。淑人君子,其仪不忒。其仪不忒,正是四国。
鸤鸠在桑,其子在榛。淑人君子,正是国人。正是国人,胡不万年？

【案语】此诗主旨,毛诗序以为:"《鸤鸠》,刺不壹也。在位无君子,用心之不一也。"今人多以为歌颂或讽刺在位者之诗。另有赞美开国贤君曹叔振铎、曹叔振铎训诫子孙所作、赞美君子之用心均平如一诸说。闻一多以为是赞美君子对夫妻之情专一不变,而养子众多。鸤鸠,布谷鸟。淑人,善人。君子,有才德的人。仪,容止,仪表。结,固结。梅,梅树。伊,是。弁,皮帽子。骐,有花纹的马,此处用以形容帽饰。忒,偏差。正,长官。四国,各国。胡,何。"其仪一兮",《礼记·缁衣》引作"其仪一也"。"心如结兮",《淮南子·诠言训》引作"心如结也"。

下 泉

冽彼下泉,浸彼苞稂。忾我寤叹,念彼周京。
冽彼下泉,浸彼苞萧。忾我寤叹,念彼京周。
冽彼下泉,浸彼苞蓍。忾我寤叹,念彼京师。
芃芃黍苗,阴雨膏之。四国有王,郇伯劳之。

【案语】此诗主旨,毛诗序以为:"《下泉》,思治也。曹人疾共公侵刻下民,不得其所,忧而思明王贤伯也。"今人多以为曹国民众赞美晋国荀跞佐助周敬王之诗。公元前520年,周敬王去世,王子猛继位,是为周悼王。王子朝因未被立而起兵作乱,晋文公派荀跞率兵平乱,周悼王为君七个月即死,周敬王继位,荀跞最终协助周敬王稳定了局势。冽,寒冷。下泉,泉水名,又称狄泉。苞,丛生。稂,有穗而为未饱的禾。忾,叹息。周京,指东周都城洛邑。萧,蒿草的一种。蓍,筮草。芃芃,茂盛的样子。膏,滋润。四国,四方。王,周王。郇伯,指荀跞。劳,努力。

七 月

七月流火,九月授衣。一之日觱发,二之日栗烈。无衣无褐,何以卒岁?

三之日于耜,四之日举趾。同我妇子,馌彼南亩。田畯至喜。

七月流火,九月授衣。春日载阳,有鸣仓庚。女执懿筐,遵彼微行,爰求柔桑。春日迟迟,采蘩祁祁。女心伤悲,殆及公子同归。

七月流火,八月萑苇。蚕月条桑,取彼斧斨。以伐远扬,猗彼女桑。七月鸣鵙,八月载绩。载玄载黄,我朱孔阳,为公子裳。

四月秀葽,五月鸣蜩。八月其获,十月陨萚。一之日于貉,取彼狐狸,为公子裘。二之日其同,载缵武功。言私其豵,献豜于公。

五月斯螽动股,六月莎鸡振羽。七月在野,八月在宇,九月在户,十月蟋蟀入我床下。穹窒熏鼠,塞向墐户。嗟我妇子,曰为改岁,入此室处。

六月食郁及薁,七月亨葵及菽。八月剥枣,十月获稻。为此春酒,以介眉寿。

七月食瓜,八月断壶,九月叔苴,采荼薪樗。食我农夫。

九月筑场圃,十月纳禾稼。黍稷重穋,禾麻菽麦。嗟我农夫,我稼既同,上入执宫功。昼尔于茅,宵尔索绹。亟其乘屋,其始播百谷。

二之日凿冰冲冲,三之日纳于凌阴。四之日其蚤,献羔祭韭。九月肃霜,十月涤场。朋酒斯飨,曰杀羔羊,跻彼公堂。称彼兕觥:万寿无疆!

【案语】此诗时代尚存争议,梁启超以为《豳风·七月》是夏代的作品,易君左《中国文学史》云《七月》"似系夏代的遗作"。张紫晨《歌谣小史》认为"这首诗大约是周初西北一带的民歌","但从其形式和时序上看,后边比较乱,恐怕不是一时之作。即使是一时之作,也是杂揉而成。它概括的劳动生活和阶级剥削的图画也不是一时间的东西。在渲染环境气氛、烘托人物心理方面跨进也较大。不过它前面两段,似为原来的初型或歌唱的正体,后面可能是续作"。蒋见元以为是一份最后经人将多年流传在社会上的农谚民谣、小诗等汇集、编纂的集合品。赵明主编《先秦大文学史》以为《七月》可能是周王朝乐官在豳地农奴所作歌谣的基础上进行再创作的代言诗体,主张《七月》非一时之作,它的胚胎出于西周农奴之手,而最后定型则完成于春秋时期周王朝的乐官。此诗主旨,亦有不少争议。毛诗序以为:"《七月》,陈王业也。周公遭变,故陈后稷先公风化之所由,致王业之艰难也。"今人或以为小奴隶主的生活赞歌;或以为反剥削反压迫之诗,反映了劳动人民一年到头的繁重劳动和无衣无食的悲惨境遇;或谓反映农村公社生活风习之诗。七月,指夏历七月。火,大火星。九月授衣,九月里分发寒衣。一之日,周历正月,夏历十一月,下文二之日、三之日、四之日可依次类推。觱发,风寒冷。栗烈,凛冽。褐,毛布制作的粗衣。卒岁,终岁。于,通"为",整治,修理。耜,翻土的农具。举趾,举脚而耕。妇子,妻子和小孩。馌,送饭到田头。南亩,南向的田亩。田畯,周代的农官。喜,喜欢。载,则。阳,和暖。有,通"又"。仓庚,黄莺。懿筐,深筐。遵,沿着。微行,小路。柔,嫩,幼。迟迟,指春日长。蘩,白蒿。祁祁,缓慢的样子。殆,怕。同归,作为媵妾陪嫁。萑苇,芦苇。蚕月,夏历三月。条桑,春季将桑树截去老壮枝条,以便长出更多的嫩枝条。斨,方孔的斧子。远扬,指又长又高的桑枝。猗,牵引。鵙,伯劳鸟。绩,纺布。孔阳,极其鲜艳明亮。秀,不开花而结实。葽,远志。蜩,蝉。陨,坠落。萚,落叶。于貉,为貉,举行貉祭,古代打猎与战争之前举行一种貉祭,以乞灵于神。同,会合。缵,继续。武功,指打猎。言,我。私,据为己有。豵,小野猪。豜,大野猪。斯螽,蝗虫。莎鸡,虫名,纺织娘。宇,屋檐。穹,穷尽。室,堵塞。向,窗户。墐,掺入了穰草的一种泥。郁,果树名,郁李。薁,野葡萄。亨,同"烹"。葵,蔬菜名,冬葵。菽,豆类总名。剥,通"扑",敲击。介,通"丐",祈求。眉寿,长寿。壶,葫芦。叔,拾取。苴,大麻子。荼,苦菜。薪樗,砍臭椿树为薪柴。场,打谷场。圃,菜园子。重、穋,皆指谷类。上,通"尚",还要。入执宫功,回到家中操执室内的劳作。于茅,割茅草。

宵,夜。索绹,搓绳子。亟,急。乘,覆盖。凌阴,冰窖。蚤,通"早",祭祀名,夏历二月举行的祭祖仪式。羔,幼羊。韭,韭菜。肃霜,肃爽,晴朗的样子。涤场,清理晒场。飨,享用。跻,升,登。公堂,古代农村公共活动的场所。称,举。兕觥,犀牛角制作的酒器。此诗,闻一多称为"韵语的《月令》"。钱钟书认为是中国最古的"四时田园"诗。"嗟我妇子",《汉纪·孝文皇帝纪》引作"嗟我父子"。"其蚤",《礼记·王制》郑玄注引作"其早"。

鸱鸮

鸱鸮鸱鸮,既取我子,无毁我室。恩斯勤斯,鬻子之闵斯。
迨天之未阴雨,彻彼桑土,绸缪牖户。今女下民,或敢侮予?
予手拮据,予所捋荼。予所蓄租,予口卒瘏,曰予未有室家。
予羽谯谯,予尾翛翛,予室翘翘。风雨所漂摇,予维音哓哓!

【案语】此诗主旨,毛诗序以为:"《鸱鸮》,周公救乱也。成王未知周公之志,公乃为诗以遗王,名之曰《鸱鸮》焉。"今人多以为最早的一首禽言诗。鸱鸮,猫头鹰。恩斯勤斯,含辛茹苦的样子。鬻子,幼子。闵,可怜。迨,趁着。彻,通"撤",抽取,剥取。桑土,桑树根。绸缪,缠绕,捆绑。拮据,手累得不能屈伸。所,尚,仍。捋荼,捋取芦苇的穗子。租,草梗。卒瘏,劳累致病。谯谯,羽毛稀疏脱落。翛翛,羽毛枯残无光泽。翘翘,危险的样子。漂摇,飘摇。维,只。哓哓,哀号声。"今女下民,或敢侮予",《孔子家语·好生》引作"今汝下民,或敢侮余"。"予维音哓哓",《说文解字》"哓"字下引作"唯予音之哓哓"。

东山

我徂东山,慆慆不归。我来自东,零雨其濛。我东曰归,我心西悲。制彼裳衣,勿士行枚。蜎蜎者蠋,烝在桑野。敦彼独宿,亦在车下。

我徂东山,慆慆不归。我来自东,零雨其濛。果臝之实,亦施于宇。伊威在室,蠨蛸在户。町畽鹿场,熠耀宵行。不可畏也,伊可怀也。

我徂东山,慆慆不归。我来自东,零雨其濛。鹳鸣于垤,妇叹于室。洒扫穹窒,我征聿至。有敦瓜苦,烝在栗薪。自我不见,于今三年。

我徂东山,慆慆不归。我来自东,零雨其濛。仓庚于飞,熠耀其羽。之子于归,皇驳其马。亲结其缡,九十其仪。其新孔嘉,其旧如之何?

【案语】此诗主旨,毛诗序以为:"《东山》,周公东征也。周公东征,三年而归。劳归士,大夫美之,故作是诗也。"今人多以为久戍东方的士卒在返归途中思乡怀亲之作。徂,往。东山,山名,又称蒙山,在今山东省费县。慆慆,长久的样子。零雨,细雨。其濛,犹濛濛,迷迷茫茫的样子。裳衣,指普通民众的服装。士,通"事",从事。行枚,横枚,古代行军,为防止士兵出声,士兵口中衔着的竹木条。蜎蜎,屈曲蠕动的样子。蠋,野生的桑蚕。敦,蜷缩成团的样子。果臝,瓜蒌。施,蔓延。宇,屋檐。伊威,虫名,又称地虱、小土鳖。蟏蛸,虫名,又称长脚蜘蛛、喜子。町畽,屋边的空地,特指被野兽践踏出来的空地。熠耀,闪闪发光的样子。宵行,磷火。鹳,水鸟名,形似鹤。垤,蚂蚁窝边的土堆。穹窒,堵墙洞。有敦,犹敦敦,圆圆的样子。瓜苦,瓠瓜,葫芦瓜。栗薪,柴堆。皇驳,指毛色驳杂、艳丽。缡,佩巾。新,新婚。孔,很,极。"其濛",《楚辞·七谏·自悲》王逸注引作"其蒙"。"蠋",《说文解字》"蜀"字下引作"蜀"。

破 斧

既破我斧,又缺我斨。周公东征,四国是皇。哀我人斯,亦孔之将。
既破我斧,又缺我锜。周公东征,四国是吪。哀我人斯,亦孔之嘉。
既破我斧,又缺我銶。周公东征,四国是遒。哀我人斯,亦孔之休。

【案语】此诗主旨,毛诗序以为:"《破斧》,美周公也。周大夫以恶四国焉。"今人多以为赞美周公东征平叛之诗。斨,方孔的斧。周公,周公旦。四国,各国。皇,同"惶",恐惧。孔,很。将,大。锜,形似三齿锄的一种武器。吪,感化。嘉,美善。銶,像锹一样的武器。遒,稳定。休,好。

伐 柯

伐柯如何?匪斧不克。取妻如何?匪媒不得。
伐柯伐柯,其则不远。我觏之子,笾豆有践。

【案语】此诗主旨,毛诗序以为:"《伐柯》,美周公也。周大夫刺朝廷之不知也。"今人或以为订婚仪式上所唱之歌。柯,斧柄。克,能。取,同"娶"。则,准则,榜样。觏,遇到。笾豆,竹丝编制的独脚碗。有践,即"践践",陈列整齐的样子。"如何",《礼记·坊记》引作"如之何"。

九 罭

九罭之鱼,鳟鲂。我觏之子,衮衣绣裳。
鸿飞遵渚,公归无所,于女信处。
鸿飞遵陆,公归不复,于女信宿。

是以有衮衣兮,无以我公归兮,无使我心悲兮。

【案语】此诗主旨,毛诗序以为:"《九罭》,美周公也。周大夫刺朝廷之不知也。"今人多以为主人留客之诗。九罭,一种网眼很密的鱼网。鳟,鱼名,又称赤眼鳟。鲂,鳊鱼。觏,遇到。衮衣,绣有龙纹的衣服。鸿,天鹅。遵,沿着。渚,水中沙洲。无所,没有一定的处所。于,与。信处,共处两天。不复,不返回。有,通"宥",藏。无以,不使,不让。

狼 跋

狼跋其胡,载疐其尾。公孙硕肤,赤舄几几。

狼疐其尾,载跋其胡。公孙硕肤,德音不瑕。

【案语】此诗主旨,毛诗序以为:"《狼跋》,美周公也。周公摄政,远则四国流言,近则王不知,周大夫美其不失其圣也。"今人或以为善意嘲弄胖贵族之诗。跋,践踏,踩到。胡,兽类脖颈下的赘肉。疐,被绊倒。公孙,王室贵族。硕肤,肥胖。赤舄,橘红色的鞋子。几几,装饰坚固华美的样子。德音,声誉,名望。不瑕,无瑕,没有缺陷。"疐",《说文解字》"蹎"字下引作"蹎",《盐铁论·箴石》引作"蹥"。

伐 木

伐木丁丁,鸟鸣嘤嘤。出自幽谷,迁于乔木。嘤其鸣矣,求其友声。相彼鸟矣,犹求友声。矧伊人矣,不求友生?神之听之,终和且平。

伐木许许,酾酒有藇!既有肥羜,以速诸父。宁适不来,微我弗顾。於粲洒扫,陈馈八簋。既有肥牡,以速诸舅。宁适不来,微我有咎。

伐木于阪,酾酒有衍。笾豆有践,兄弟无远。民之失德,乾餱以愆。有酒湑我,无酒酤我。坎坎鼓我,蹲蹲舞我。迨我暇矣,饮此湑矣。

【案语】此诗主旨,毛诗序以为:"《伐木》,燕朋友故旧也。自天子至于庶人,未有不须友以成者。亲亲以睦,友贤不弃,不遗故旧,则民德归厚矣。"今人多以为宴飨诗,或谓出自民间,或谓歌颂友谊。木,树。丁丁,伐木声。嘤嘤,鸟叫声。幽谷,深涧。乔木,高大的树木。相,察看。矧,何况。友生,朋友。神,慎。听,听从,听信。终……且……,既……又……。许许,斧子砍树的声音。酾,滤酒。藇,酒味醇美的样子。羜,羊羔。速,邀请。诸父,同族叔伯。适,往。微,岂非,莫非。顾,照顾,顾念。於,叹词,多表示赞叹。粲,鲜明,洁净。陈,陈列。馈,食品。篑,一种盛放食物的器具。咎,过错。阪,山坡。衍,丰盛有余的样子。笾豆,竹丝编制的独脚碗。有践,即"践践",陈列整齐的样子。无,勿,不要。远,疏远。民,人。失德,丧失亲戚朋友的情谊。干糇,干粮。愆,过错。湑我,为我滤酒。酤,买。坎坎,击鼓声。蹲蹲,舞蹈的样子。迨,趁着。"许许",《说文解字》"所"字下引作"所所"。"蹲蹲舞我",《说文解字》"墫"字下引作"墫墫舞我"。

采薇

采薇采薇,薇亦作止。曰归曰归,岁亦莫止。靡室靡家,猃狁之故。不遑启居,猃狁之故。

采薇采薇,薇亦柔止。曰归曰归,心亦忧止。忧心烈烈,载饥载渴。我戍未定,靡使归聘。

采薇采薇,薇亦刚止。曰归曰归,岁亦阳止。王事靡盬,不遑启处。忧心孔疚,我行不来!

彼尔维何?维常之华。彼路斯何?君子之车。戎车既驾,四牡业业。岂敢定居?一月三捷。

驾彼四牡,四牡骙骙。君子所依,小人所腓。四牡翼翼,象弭鱼服。岂不日戒?猃狁孔棘!

昔我往矣,杨柳依依。今我来思,雨雪霏霏。行道迟迟,载渴载饥。我心伤悲,莫知我哀!

【案语】此诗主旨,毛诗序以为:"《采薇》,遣戍役也。文王之时,西有昆夷之患,北有猃狁之难。以天子之命,命将率遣戍役,以守卫中国。故歌《采薇》以遣之,《出车》以劳还,《杕杜》以勤归也。"今人多以为戍边士卒之歌。薇,豆科植物名,苗可食。作,兴起,生长。莫,年底。靡,无。猃狁,西周时期西北少数民族名。柔,细嫩。烈烈,火猛的样子。使,使者,传信的人。聘,问候,探问。刚,枝叶干硬的样子。阳,农历十月。疚,病痛,心痛。来,慰劳。尔,通"薾",花盛开。常,常棣。路,车子高大的样子。戎车,兵车。业业,健壮。三捷,多次交战。捷,通"接",两军交锋。骙骙,威武强健的样子。依,依靠。小人,士兵。腓,隐蔽。翼翼,行列整齐的样子。象弭,镶着象牙的弓。弭,弓两端系弦的地方,此处代指弓。鱼服,鲨鱼皮制成的箭袋。服,通"箙",盛箭的囊袋。戒,戒备。棘,通"亟",紧急,急迫。杨柳,柳树。依依,柳条柔弱随风飘拂的样子。思,语气词。雨雪,下雪。霏霏,雪大的样子。迟迟,缓慢的样子。"猃狁",《汉书·匈奴传》引作"狯允"。"彼尔维何",《说文解字》"薾"字下引作"彼薾惟何"。

杕 杜

有杕之杜,有睆其实。王事靡盬,继嗣我日。日月阳止,女心伤止,征夫遑止。

有杕之杜,其叶萋萋。王事靡盬,我心伤悲。卉木萋止,女心悲止,征夫归止!

陟彼北山,言采其杞。王事靡盬,忧我父母。檀车幝幝,四牡痯痯,征夫不远!

匪载匪来,忧心孔疚。期逝不至,而多为恤。卜筮偕止,会言近止,征夫迩止!

【案语】此诗主旨,毛诗序以为:"《杕杜》,劳还役也。"今人多以为述写思妇怀人之诗。杕杜,孤独的棠梨树。睆,眼睛圆鼓鼓的样子,此处指果实滚圆鲜润。靡盬,没有止息。继嗣,延长。阳,农历十月。止,句末语助词。萋萋,茂盛。陟,登。杞,枸杞。檀车,檀木制作的役车。幝幝,破旧的样子。痯痯,疲病的样子。疚,苦恼。期,服役的限期。逝,过去。而,乃。为恤,产生忧愁。卜筮,占卜算卦。偕,通"谐",美好。会,皆,都。迩,近。

鸿 雁

鸿雁于飞,肃肃其羽。之子于征,劬劳于野。爰及矜人,哀此鳏寡。

鸿雁于飞,集于中泽。之子于垣,百堵皆作。虽则劬劳,其究安宅?

鸿雁于飞,哀鸣嗷嗷。维此哲人,谓我劬劳。维彼愚人,谓我宣骄。

【案语】此诗主旨,毛诗序以为:"《鸿雁》,美宣王也。万民离散,不安其居,而能劳来还定安集之,至于矜寡,无不得其所焉。"今人多以为流民之诗。鸿雁,大雁。肃肃,鸟振动翅膀的声音。劬劳,辛苦劳累。及,连及。矜人,穷苦人。鳏寡,泛指孤苦无依的人。垣,矮墙,此处用作动词,筑墙。百堵,极言墙的多而长。作,兴建。究,终究。安宅,安居。嗷嗷,鸟哀鸣的声音。哲人,明智的人。宣骄,喧嚣,张扬。

沔 水

沔彼流水,朝宗于海。鴥彼飞隼,载飞载止。嗟我兄弟,邦人诸友。莫肯念乱,谁无父母?

沔彼流水，其流汤汤。鴥彼飞隼，载飞载扬。念彼不迹，载起载行。心之忧矣，不可弭忘。

鴥彼飞隼，率彼中陵。民之讹言，宁莫之惩？我友敬矣，谗言其兴。

【案语】 此诗主旨，毛诗序以为："《沔水》，规宣王也。"今人多以为忧乱戒友的劝谏诗。沔，河水满溢的样子。朝宗，朝觐天子。朝宗于海，各种河流汇入大海。鴥，鸟疾飞的样子。隼，猛禽名，俗称鹞鹰。邦人，国人。念，考虑。乱，动乱、战乱。汤汤，通"荡荡"，水大流急的样子。扬，高飞。不迹，不循轨道、不遵守法则办事。弭忘，消除，忘记。率，循，沿着。陵，大山。讹言，谣言，谗言。宁，为什么。惩，教训，制止。敬，通"儆"，警惕。

祈　父

祈父，予王之爪牙。胡转予于恤，靡所止居？

祈父，予王之爪士。胡转予于恤，靡所厎止？

祈父，亶不聪。胡转予于恤？有母之尸饔。

【案语】 此诗主旨，毛诗序以为："《祈父》，刺宣王也。"今人多以为军卒斥责将军之诗。祈父，武官名。祈，通"圻"，边境。胡，为什么。转，调动。恤，忧愁，此处指艰苦的地方。居，处所。厎，通"止"，至。亶，确实。不聪，不闻、不了解下情。有，通"又"。母，通"毋"，无。尸，陈设。饔，熟食。

黄　鸟

黄鸟，无集于榖，无啄我粟。此邦之人，不我肯榖。言旋言归，复我邦族。

黄鸟，无集于桑，无啄我粱。此邦之人，不可与明。言旋言归，复我诸兄。

黄鸟，无集于栩，无啄我黍。此邦之人，不可与处。言旋言归，复我诸父。

【案语】 此诗主旨，毛诗序以为："《黄鸟》，刺宣王也。"今人多以为流亡者思乡之诗。黄鸟，黄雀。榖，树木名，楮树。粟，小米。榖，善，善待。复，返回。明，通"盟"，信任。栩，树木名，柞树。处，相处。诸父，同族叔伯。

我行其野

我行其野，蔽芾其樗。昏姻之故，言就尔居。尔不我畜，复我邦家。

我行其野,言采其蓫。昏姻之故,言就尔宿。尔不我畜,言归斯复。

我行其野,言采其葍。不思旧姻,求尔新特。成不以富,亦祗以异。

【案语】此诗主旨,毛诗序以为:"《我行其野》,刺宣王也。"今人多以为弃妇诗。或以为责备女家悔婚另嫁之诗。蔽芾,草木茂盛的样子。昏,同"婚"。就,相从。畜,通"慉",喜爱。复,返回。蓫,草名,又称羊蹄菜。归,指大归,女子被休归返母家。葍,一种多年生蔓草,又称小旋花、面根藤儿。特,配偶。成,通"诚",以,因。祗,只,仅仅。异,异心。"不思旧姻",《白虎通·嫁娶》引作"不惟旧因"。

谷　风

习习谷风,维风及雨。将恐将惧,维予与女。将安将乐,女转弃予。

习习谷风,维风及颓。将恐将惧,寘予于怀。将安将乐,弃予如遗。

习习谷风,维山崔嵬。无草不死,无木不萎。忘我大德,思我小怨。

【案语】此诗主旨,毛诗序以为:"《谷风》,刺幽王也。天下俗薄,朋友道绝焉。"今人多以为弃妇诗。习习,风吹的声音。谷风,来自山谷的风。维,是。将,方,正。转,反而。弃,颓,旋风。寘,同"置"。遗,忘记。崔嵬,山势高峻的样子。大德,指能够共患难。小怨,小缺点。"弃予如遗",《韩诗外传》引作"弃予作遗"。

蓼　莪

蓼蓼者莪,匪莪伊蒿。哀哀父母,生我劬劳。

蓼蓼者莪,匪莪伊蔚。哀哀父母,生我劳瘁。

瓶之罄矣,维罍之耻。鲜民之生,不如死之久矣。无父何怙?无母何恃?出则衔恤,入则靡至。

父兮生我,母兮鞠我。拊我畜我,长我育我,顾我复我,出入腹我。欲报之德,昊天罔极!

南山烈烈,飘风发发。民莫不穀,我独何害!

南山律律,飘风弗弗。民莫不穀,我独不卒!

【案语】此诗主旨,毛诗序以为:"《蓼莪》,刺幽王也。民人劳苦,孝子不得终养尔。"今人多以为儿子悼念父母之作。蓼蓼,长大的样子。莪,草名,又称抱娘蒿草。伊,为。劬劳,辛苦劳累。蔚,草名,又称牡蒿。瘁,因劳累而致病。罄,空。罍,盛酒的器具。鲜民,孤儿。怙,依靠。衔,含着。恤,忧愁。靡,无。至,至亲。鞠,养育。拊,抚摩。畜,通

"怙",喜爱。复,通"覆",庇护。腹,抱在怀里。罔极,没有准则。烈烈,山高险峻的样子。飘风,暴风。发发,大风呼啸的样子。穀,赡养。何,通"荷",蒙受。律律,山高险阻的样子。弗弗,大风扬尘的样子。不卒,不得终养父母。"鲜民之生",《大戴礼记·用兵》引作"鲜民之生矣"。

车 舝

间关车之舝兮,思娈季女逝兮。匪饥匪渴,德音来括。虽无好友,式燕且喜。

依彼平林,有集维鷮。辰彼硕女,令德来教。式燕且誉,好尔无射。

虽无旨酒,式饮庶几。虽无嘉肴,式食庶几。虽无德与女,式歌且舞。

陟彼高冈,析其柞薪。析其柞薪,其叶湑兮。鲜我觏尔,我心写兮。

高山仰止,景行行止。四牡骈骈,六辔如琴。觏尔新昏,以慰我心。

【案语】此诗主旨,毛诗序以为:"《车舝》,大夫刺幽王也。褒姒嫉妒,无道并进,谗巧败国,德泽不加于民。周人思得贤女以配君子,故作是诗也。"今人多以为述写结婚时新郎心情之诗。间关,车轮转动声。舝,通"辖",车轴两端防止车轮脱落的键。思,发语词,无意。娈,美好的样子。季女,少女。逝,往,此处指乘车出嫁。德音,声誉。括,通"佸",聚会。式,发语词。燕,通"宴",宴饮。依,茂盛的样子。平林,平原上的树林。鷮,鸟名,山鸡的一种。辰,善良。硕,丰满。令德,美德。教,教诲。誉,通"豫",欢乐。好,喜爱。射,通"斁",厌弃。旨酒,美酒。嘉肴,精美的菜饭。与女,与你相配。陟,登。析,劈。柞,树木名,柞树。湑,茂盛的样子。鲜,善。觏,相遇。写,宣泄,抒发。仰,仰望。止,句尾语气词。景行,大路。骈骈,马行进不停的样子。辔,马缰绳。琴,指琴弦,此处谓六条马缰绳协调如琴弦。觏,结合。昏,同"婚"。

采 绿

终朝采绿,不盈一匊。予发曲局,薄言归沐。

终朝采蓝,不盈一襜。五日为期,六日不詹。

之子于狩,言韔其弓。之子于钓,言纶之绳。

其钓维何?维鲂及鱮。维鲂及鱮,薄言观者。

【案语】此诗主旨,毛诗序以为:"《采绿》,刺怨旷也。幽王之时,多怨旷者也。"今人多以为女子相思之情歌。终朝,整个早晨。绿,通"菉",草名,又称黄草、王刍,可作黄色染料。匊,同"掬",双手合捧。曲局,卷曲。蓝,草名,蓼蓝。襜,蔽膝。詹,通"瞻",见。韔,弓袋,此处用作动词,指收弓入袋。纶,整理钓绳。魴,鱼名,团头鲂。鱮,鱼名,白鲢。

隰桑

隰桑有阿,其叶有难。既见君子,其乐如何。
隰桑有阿,其叶有沃。既见君子,云何不乐。
隰桑有阿,其叶有幽。既见君子,德音孔胶。
心乎爱矣,遐不谓矣?中心藏之,何日忘之!

【案语】此诗主旨,毛诗序以为:"《隰桑》,刺幽王也。小人在位,君子在野,思见君子,尽心以事之。"今人多以为女子暗恋男子的情歌。有阿,即"阿阿",美丽的样子。阿,通"猗"。有难,即"难难",茂盛的样子。难,通"傩"。有沃,即"沃沃",柔美的样子。有幽,即"幽幽",茂盛青壮的样子。幽,通"黝",青黑色。德音,好话,情话。孔胶,亲昵,缠绵。遐不,胡不。谓,说,告诉。"遐",《礼记·表记》引作"瑕"。

何草不黄

何草不黄?何日不行?何人不将?经营四方。
何草不玄?何人不矜?哀我征夫,独为匪民。
匪兕匪虎,率彼旷野。哀我征夫,朝夕不暇。
有芃者狐,率彼幽草。有栈之车,行彼周道。

【案语】此诗主旨,毛诗序以为:"《何草不黄》,下国刺幽王也。四夷交侵,中国背叛,用兵不息,视民如禽兽。君子忧之,故作是诗也。"朱熹《诗集传》云:"周室将亡,征役不息,行者苦之,故作此诗。"今人多以为反映征夫之苦的诗歌。将,行,奔走。经营,周旋,往来。玄,赤黑色,此处形容草腐烂的样子。矜,独身男子。率,行走。芃,兽毛蓬松的样子。幽草,深草。栈,车子高大的样子。周道,大路。

附录

周秦时期的逸诗语句、俗语、
谚语及疑似民歌作品

月离于毕,俾滂沱矣。月离于箕,则风扬沙。

【案语】见于《尚书·洪范》孔颖达正义引《诗》,文曰:"《诗》云:'月离于毕,俾滂沱矣。'是离毕则多雨,其文见于经。经箕则多风,传记无其事。郑玄引《春秋纬》云:'月离于箕,则风扬沙。'"明代周婴《卮林》卷5驳斥逸诗之说,云:"《大宗伯》疏曰:风师,箕也者,《春秋纬》云:'月离于箕,风扬沙。'知风师箕也。云雨师毕也者,《诗》云:'月离于毕,俾滂沱矣。'故知雨师毕也。《洪范》正义曰:《诗》云:'月离于毕,俾滂沱矣。'是离毕则多雨,文见于经。离箕则多风,传记无其事。郑玄引《春秋纬》云:'月离于箕,则风扬沙。'据此则上句经词,下句纬说,非出一简,且非古语也。惟《大司徒》疏引《洪范》之义曰:'土为木妻,木为金妻,从妻所好,故月离于箕,风扬沙。月离于毕,俾滂沱。'此特孔氏撮合二书为言耳。"

翘翘车乘,招我以弓。岂不欲往,畏我友朋。

【案语】见于《左传·庄公二十二年》载陈敬仲引《诗》。杜预注云:"翘翘,远貌。"郝懿行云:"古者聘士以弓。言贪显命,惧为朋友所讥责。"

我之怀矣,自诒伊慼。

【案语】见于《左传·宣公二年》赵宣子引《诗》。杜预注云:"逸诗也。言人多所怀恋,则自遗忧。"

虽有丝麻,无弃菅蒯;虽有姬姜,无弃蕉萃。凡百君子,莫不代匮。

【案语】见于《左传·成公九年》载君子引《诗》之语。杜预注云:"逸诗也。姬、姜,大国之女。蕉萃,陋贱之人。"林尧叟注曰:"在位之人,亦有匮乏之时,须得人承代。"

周道挺挺,我心扃扃。讲事不令,集人来定。

【案语】见于《左传·襄公五年》载君子引《诗》。杜预注云:"逸诗也。挺挺,正直也。扃扃,明察也。讲,谋也。言谋事不善,当聚致贤人以定之。"

俟河之清,人寿几何。兆云询多,职竞作罗。

【案语】见于《左传·襄公八年》载子驷引周诗之语。杜预注云:"逸诗也。言人寿促而河清迟,喻晋之不可待。兆,卜。询,谋也。职,主也。言既卜且谋多,则竞作罗网之难,无成功。"古人传说"黄河水浊,千年而一清"。《魏都赋》云:"闲居隘巷,室迩心遐。富仁宠义,职竞弗罗。"五臣注云:"千木寂然,不竞于俗,故曰'职竞弗罗'也。"

马之刚矣,辔之柔矣。马亦不刚,辔亦不柔,志气麃麃。取予不疑。

【案语】见于《逸周书·太子晋解》,王子与师旷问答,王子曰:"汝不为夫《诗》?"遂征引此数句诗语。孔晁注云:"马不刚,辔不柔,言和扰也。麃麃,亦和貌也。不疑,和之心也。"《左传·襄公二十六年》云齐国子为晋侯赋《辔之柔矣》,杜预注云:"逸诗,见《周书》。义取宽政以安诸侯,若柔辔之御刚马。"麃,麃,卢文弨以为当作"麃麃"。陈逢衡云:"麃麃,武貌,见《诗·郑风》'驷介麃麃'传。取予不疑,六辔在手也。"朱右曾云:"麃麃,盛也。取予,犹馨控也。言马志气之盛,由馨控不疑于心也。"

淑慎尔止,无载尔伪。

【案语】见于《左传·襄公三十年》君子引《诗》。杜预注云:"逸诗也。言当善慎举止,无载行诈伪。"

优哉游哉,聊以卒岁。

【案语】见于《左传·襄公二十一年》载叔向引《诗》。与孔子《去鲁歌》末二句全同。

礼义不愆,何恤于人言。

【案语】《左传·昭公四年》"郑子产作《丘赋》,国人谤之","子宽以告","子产曰:'民不可逞,度不可改。'为赋是诗"。杜注:"子产自以为权制济国,于礼义无愆。"《汉书·东方朔传》引东方朔《答客难》作"《诗》曰:礼义之不愆,何恤人之言",《汉书·匡衡传》载录全同。《后汉书·班超传》注引作:"礼义不愆,何恤乎人之言。"《文选》卷11《景福殿赋》李善注引《大戴礼》云:"《诗》曰:礼义之不愆,何恤人言。"又《荀子·正名》引《诗》语云:"长夜漫兮,永思骞兮。大古之不慢兮,礼义之不愆兮,何恤人之言兮。"

何以恤我，我其收之。

【案语】见于《左传·襄公二十七年》载录君子之语。杜预注云："逸诗。恤，忧也。收，取也。"

我无所监，夏后及商。用乱之故，民卒流亡。

【案语】见于《左传·昭公二十六年》载录晏子引《诗》。杜预注云："逸诗也。言追监夏、商之亡，皆以乱故。"《晏子春秋校注·外篇第七》记载晏子谏齐景公引"《诗》云"全同。

唯则定国。

【案语】见于《左传·僖公九年》载公孙枝对秦穆公，言"臣闻之，唯则定国"。亦见于《吕氏春秋·慎大览·权勋》载赤章蔓枝引《诗》之语，高诱注云："此语是逸诗也。"

巧笑倩兮，美目盼兮，素以为绚兮。

【案语】见于《论语·八佾》引《诗》。《史记集解》引马融语曰："此上二句在《卫风·硕人》之二章，其下一句逸。"后人或以为三句皆属逸诗。朱熹《论语集注》云："倩，好口辅也。盼，目黑白分也。素，粉地，画之质也。绚，采色，画之饰也。言人有此倩盼之美质，而又加以华采之饰，如有素地而加采色也。"

唐棣之华，偏其反而。岂不尔思，室是远而。

【案语】见于《论语·子罕》引《诗》。朱熹《论语集注》云："唐棣，郁李也。偏，《晋书》作'翩'，然则'反'亦当与'翻'同，言华之摇动也。而，语助也。此逸诗也。于六义属兴。"苏轼曰："此思贤而得之诗。"

畜君何尤。

【案语】见于《孟子·梁惠王下》，乃齐景公召大师为作君臣相乐之乐。朱熹《孟子集注》云："其诗《徵角》、《角招》之诗也。尤，过也。言晏子能畜止其君之欲，宜为君之所尤，然其心则何过哉！"

必择所堪，必谨所堪。

【案语】见于《墨子·下同》引"诗曰"。张舜徽《旧学辑存·读书笺释之余·墨子小笺》云："王校谓堪当作湛，是也。湛有濡染之义，《荀子·劝学篇》云：'兰槐之根是为芷。其渐之滫，君子不近，庶人不服。'亦即逸《诗》必择所湛之义。"《后汉书·杨终传》记载杨氏戒卫尉马廖书云："《诗》曰：'皎皎练丝，在所染之。'"似与此诗为一篇。《三国志·后主传》

引作"素丝无常,唯所染之"。

> 王道荡荡,不偏不党。王道平平,不党不偏。

【案语】见于《墨子·兼爱下》"周诗曰"。苏时学《墨子刊误》云:"案见《书·洪范》篇,四'不'字作'无'。兹称周诗,或有据。"《尚书·洪范》记载殷商遗老箕子回答周武王询问,有言云:"无偏无陂,遵王之义。无有作好,遵王之道。无有作恶,尊王之路。无偏无党,王道荡荡。无党无偏,王道平平。无反无侧,王道正直。"未言为诗句。李炳海《中国诗歌通史》认为"这段文字每两句为一组,上下句押韵。每句四言,每两个字为一拍,遵循的是整拍律。把这段文字单独列出来,是一首完整的四言诗"。又据《尚书·洪范》"惟十有三祀,王访于箕子"与《史记·周本纪》所载武王是在克殷后二年造访箕子,"由此推断,《洪范》记载的箕子的长篇大论,应是出自殷商旧典,而不可能是箕子即兴之作"。

> 鱼水不务,陆将何及。

【案语】见于《墨子·非攻》引"《诗》曰"。

> 青青之麦,生于陵陂。生不布施,死何含珠为。

【案语】见于《庄子·外物》,言"《诗》固有之",亦可能出于庄子之手。儒者盗墓,小儒发现死者口中含有宝珠,大儒训导小儒应将宝珠取出而引用此语。

> 乐矣君子,直言是务。

【案语】见于王应麟《诗考》引录《晏子春秋》之语,不见于今传本《晏子春秋》。不知王应麟引录依据何在。

> 墨以为明,狐狸而苍。

【案语】见于《荀子·解蔽》引《诗》。郝懿行《荀子补注》:"今按:墨者,幽闇之意,诗言以闇为明,以黄为苍,所谓元黄改色,马鹿异形也。"郝懿行《诗经拾遗》曰:"钟伯敬曰:墨,谓闭塞也。狐狸而苍,言狐狸之色,居然有异。君以蔽为明,则臣下诳君,言其色苍然无别,犹指鹿为马者也。"

> 凤凰秋秋,其翼若干,其声若箫。有凤有凰,乐帝之心。

【案语】见于《荀子·解蔽》引《诗》。秋秋,同"跄跄",形容跳舞时优美的姿态。干,盾牌。

如霜雪之将将,如日月之光明,为之则存,不为则亡。

【案语】见于《荀子·王霸》引《诗》。郝懿行《荀子补注》云:"今按:将将,大也。四句皆逸诗,其义今不可知。玩荀子之意,方说礼所以正国,而即引诗,又申之云此之谓也。然则此盖言礼广大体备,如霜雪之无不周遍,如日月之无不照临,为礼则礼存而国存,不为礼则礼亡而国亦亡。荀引诗之意盖如此,杨注断二句为逸,则语意不融贯。"将将,广大普遍。

国有大命,不可以告人,妨其躬身。

【案语】见于《荀子·臣道》引《诗》。妨,害。躬身,亲身。郝懿行《荀子补注》云:"今按:有命不以告人,明哲所以保身。上云以为成俗言,彼习非胜是不可变移,默足以容庶,不有害于躬也。躬身一耳为足句兼取韵。"郝懿行《诗经拾遗》曰:"案《左氏》襄八年传:子国曰'国有大命',下云'童子言焉,将为戮矣',与荀子引诗合。"或与《唐风·扬之水》"我闻有命,不可以告人"一语有关。

长夜漫兮,永思骞兮。大古之不慢兮,礼义之不愆兮,何恤人之言兮。

【案语】见于《荀子·正名》引《诗》。《荀子·天论》亦引《诗》曰:"礼义之不愆兮,何恤人之言兮。"骞,过错。大古,遥远的古代。慢,怠慢。愆,差错,引申指违背。恤,顾虑。又《左传》昭公四年引《诗》曰:"礼义不愆,何恤于人言。"

涓涓源水,不雍不塞。毂已破碎,乃大其辐。事既败矣,乃重大息。其云益乎!

【案语】见于《荀子·法行》引《诗》。或以"其云益乎"非诗语。涓涓,形容水流很小。雍,通"壅",堵塞。重,反复。大息,叹息。《说郛》卷100载录虞汝明《古琴疏》文云:"帝相元年,条谷贡桐芍药,帝命羿植桐于云和,命武罗伯植芍药于后苑。武罗伯谏曰:'帝方崇厥德,怪草奇木惧迁,厥嗜宜食驾车之善马。'帝不从,于是作谊谏,羿乃伐桐为琴以进帝,帝善之,名曰条谷。帝稍移于音乐,不听政事,为羿所逐,居于商丘,援琴作《源水之歌》。歌曰:'涓涓源水,不壅不塞。毂既破碎,庸大其辐。事已败矣,乃重太息。"清代林春溥《古书拾遗》载录,"既"作"已",不以"其云益乎"为诗语。《古谣谚》卷425据《古琴疏》收录,题为《帝相源水歌》,文字与荀子所引大体相同,不知是否出于小说家言。

鸿鹄锵锵,唯民歌之。济济多士,殷民化之。

【案语】见于《管子·形势》,未言出于《诗》。对此四语是否皆为逸诗,后人分歧很大,或谓仅第一句为逸诗,或谓第一句、第二句为逸诗。

涓涓不塞,将为江河。荧荧不救,炎炎奈何。两叶不去,将用斧柯。

【案语】此诗见于今传《六韬·守土》。唐代马总《意林》卷1载录《太公六韬》云:"涓涓不塞,将成江河。两叶不去,将用斧柯。荧荧不救,炎炎奈何。"此诗中的前六句与《逸周书》中的语句意近。《逸周书·和寤解》载录周武王告召公、毕公之语,有云"绵绵不绝,蔓蔓若何?豪末不掇,将成斧柯。"《战国策·魏策》载录苏子说魏王语云:"《周书》曰:绵绵不绝,缦缦奈何?豪毛不拔,将成斧柯。"《史记·苏秦列传》则引录《周书》作:"绵绵不绝,蔓蔓奈何?豪厘不伐,将用斧柯。"贾谊《新书·审微》征引古语云:"焰焰弗灭,炎炎奈何。萌芽不伐,且折斧柯。"《孔子家语·观周》记载孔子所见《金人铭》有语云:"焰焰不灭,炎炎若何。涓涓不壅,终为江河。绵绵不绝,或成网罗。毫末不扎,将寻斧柯。"《孔子家语》中的这段文字亦见于《说苑·敬慎》,有异文,"焰焰"作"荧荧","若何"作"奈何","终为"作"将成","或成"作"将成","毫末不扎"作"青青不伐"。赵逵夫撰有《〈绵绵〉一诗的产生时代及先秦诗歌的流传与衍变》一文,刊于黄霖主编的《中国文学研究》第二十辑,认为见于《逸周书》又被《战国策》所引的这一组文字,也即《金人铭》中八句的后四句,应是一首产生时代很早的完整的诗;《金人铭》中的相关四句,是由《周书》而来;《逸周书》中所载的四句,很可能是周初之诗。

服难以勇,治乱以知,事之计也。立傅以行,教少以学,义之经也。循计之事,佚而不累。访议之行,穷而不忧。

【案语】见于《战国策·赵策》载赵王引《诗》之语。鲍彪改"诗"为"谚"。或以"循计之事,佚而不累。访议之行,穷而不忧"四句非诗语。服难以勇,谓勇敢可以赴难。知,通智。事之计,这是办事成功的要略。

行百里者,半于九十。

【案语】见于《战国策·秦策五》引"《诗》云"。

大武远宅不涉。

【案语】见于《战国策·秦策四》引"《诗》云"。《史记·春申君列传》作"大武远宅而不涉",正义云:"言大军不远跋涉攻伐。"林茂春《史记拾遗》云:"鲍彪曰:'逸诗。'武,足迹。宅犹居也,言地之居远者,虽有大足,不涉之也。"

木实繁者披其枝,披其枝者伤其心。

【案语】见于《战国策·秦策三》范雎言与秦王引"诗曰"。又见于《史记·范雎蔡泽列传》。《逸周书·周祝解》有文云:"叶之美也解柯,柯之美也离其枝,枝之美也拔其本。"或为其源出所自。清代林春溥《古书拾遗》卷1言两者"颇相似,恐非诗也"。《韩非子·扬权》:

"数披其本无使枝大本小,枝大本小将不胜春风,不胜春风枝将害心。"乃概括此诗意旨。

<blockquote>君君子则正,以行其德。君贱人则宽,以尽其力。</blockquote>

【案语】见于《吕氏春秋·仲秋纪·爱士》引《诗》。高诱以为逸诗,注云:"为君子作君,正法以行德,无德不报","为贱人作君,宽饶之以尽其力,故缪公战以胜晋"。

<blockquote>于嗟夐兮。</blockquote>

【案语】见于《吕氏春秋·季春纪·尽数》高诱注引《诗》。毕沅以为《韩诗》。

<blockquote>将欲毁之,必重累之;将欲踣之,必高举之。</blockquote>

【案语】见于《吕氏春秋·恃君览·行论》引《诗》,高诱注云:"诗,逸诗也。"《老子》云:"是故欲上民,必以言下之;欲先民,必以身后之。"与此语意近。《意林》卷5引《化清经》语云:"将飞者翼伏,将奋者足踡,将噬者爪缩,将言者口默,将文者且朴。"思路亦与此数语相同。

<blockquote>敕尔瞽,率尔众工,奏尔悲诵。肃肃雍雍,毋怠毋凶。</blockquote>

【案语】《周礼·春官·乐师》郑司农注,贾公彦疑为逸诗。

<blockquote>
令月吉日,始加元服。弃尔幼志,顺尔成德。寿考惟祺,介尔景福。
吉月令辰,乃申尔服。敬尔威仪,淑慎尔德。眉寿万年,永受胡福。
以岁之正,以月之令,咸加尔服。兄弟具在,以成厥德。黄耇无疆。受天之庆。
甘醴惟厚,嘉荐令芳。拜受祭之,以定尔祥。承天之休,寿考不忘。
旨酒既清,嘉荐亶时。始加元服,兄弟具来。孝友时格,永乃保之。
旨酒既湑,嘉荐伊脯。乃申尔服,礼仪有序。祭此嘉爵,承天之祜。
旨酒令芳,笾豆有楚。咸加尔服,肴升折俎。承天之庆,受福无疆。
礼仪既备,令月吉日,昭告尔字。爰字孔嘉,髦士攸宜。宜之于假,永受保之,曰伯某甫。
</blockquote>

【案语】见于《仪礼·士冠礼》,乃士行冠礼时之祝祷辞。令,善。元,首,头。顺,指随着年龄的增长而养成美德。考,老。祺,祥。介,大。景,大。辰,此处指日。申,再次。淑,善。黄,指黄发。耇,长寿。休,吉。旨,美。时格,到了极点。湑,清。祜,福。有楚,摆列整齐的样子。爰,助词。孔,很。髦士,英俊之士。假,通"嘏",福。伯,老大。甫,男子的美称。

昔我有先正,其言明且清。国家以宁,都邑以成,庶民以生。谁能秉国成,不自为正,卒劳百姓。

【案语】见于《礼记·缁衣》引《诗》。后三句亦见于《诗经·小雅·节南山》,故或以为仅前五句为逸诗。

相彼盍旦,尚犹患之。

【案语】见于《礼记·坊记》载孔子引《诗》。《采菽堂古诗选》评云:"盍旦,夜鸣求旦之鸟。患,犹恶也。言盍旦欲反夜作昼,求所不当求者,人尚恶之,况人臣而求犯其上乎?"盍旦,鸟名,是一种夜鸣求旦之鸟,《本草纲目》以为寒号鸟。盍旦,《月令》作"鹖旦",《盐铁论》作"鸦旦",或作"渴旦"。

惟若宁侯,毋或若女不宁侯,不属于王所,故抗而射女。强饮强食,诒女曾孙诸侯百福。

曾孙侯氏,四正具举。大夫君子,凡以庶士。小大莫处,御于君所。以燕以射,则燕则誉。

今日泰射,四正具举。大夫君子,凡以庶士。小大莫处,御于君所。以燕以射,则燕则誉。

质参既设,执旌既载。大侯既抗,中获既置。弓既平长,四侯且良。决拾有常,既顺乃让。

乃揖乃让,乃隮其堂。乃节其行,既志乃张。射夫命射,射者之声。获者之旌,既获卒莫。

【案语】此四章,或总称为《狸首》。第一章见于《周礼·冬官·考工记·梓人》。若,你们。属,犹言聚会。第二章见于《礼记·射义》,郑玄以为此"'曾孙'之诗,诸侯之射节也",孔颖达即以此八句为《狸首》诗。陈澔注云:"旧说《曾孙侯氏》以下八句,《狸首》篇文。"严虞惇撰《读诗质疑》卷11以为"《射义》狸首之诗"。第三章、第四章见于《大戴礼记·投壶》,亦载录第一章,唯其首句作"今日泰射",其余全同。朱彝尊《经义考》卷261认为此四章皆属《狸首》之诗:"《狸首》四章,一章七句,三章八句。按刘仲原父《七经小传》以原壤所称'狸首之斑然,执女手之卷然',谓是此诗章首。然诸侯射时,大夫庶士咸在,不应歌'女手卷然'之句,近于滑稽矣,窃恐不类。若《考工记》、《大戴礼》祭侯之辞与曾孙诗连类并书,其为《狸首》诗无疑。今析为四章,诗虽亡,其大略犹在,特阙章首语耳。然'亢而射女',女,盖指《狸首》而言,则亦不为阙如也。"大侯"或作"干侯",方向东《大戴礼记汇校集解》据王聘珍本作"大侯",认为"中获既置"句当与"大侯既亢"句颠倒,"大侯既亢"与下文"弓既平张,四侯且良"二句为韵,"中获既置"与"执旌既载"为韵,载属之部,置属职部,之、职合韵。

鱼在在藻,厥志在饵。

【案语】见于《大戴礼记·用兵篇》,卢辩注云:"由心在于利,用兵以取危。盖逸诗也。"严虞惇撰《读诗质疑》卷11亦以为逸诗。郝懿行《诗经拾遗》全录为:"鱼在在藻,厥志在饵。校德不塞,嗣武孙武子。"并云:"《大戴礼记·用兵篇》。按本文在'饵'下更端另起,今详语意似一篇,故合之。注云:'由心在于利,用兵以取危。'"方向东《大戴礼记汇校集解》句读原文作:"人生有喜怒,故兵之作,与民皆生,圣人利用而弭之,乱人兴之丧厥身。《诗》云:'鱼在在藻,厥志在饵。''鲜民之生矣,不如死之久矣。''校德不塞,嗣武孙武子。'"以第二章为《小雅·蓼莪》诗句。孔广森怀疑此三处引诗句为逸诗之一章。汪中径以此六句皆为逸诗。"嗣武孙武子",戴震本、汪照本《大戴礼记》作"嗣武于孙子"。

弓既平长,四侯且良。决拾有常,既顺乃让。乃揖乃让,乃隮其堂。乃节其行,既志乃张。射夫命射,射者之声。获者之旌,既获卒莫。

【案语】见于《大戴礼记·投壶》,乃命射之辞。或以为此数语亦当属《狸首》之诗。

皇皇上天,昭临下土。集地之灵,降甘风雨。庶物群生,各得其所。靡今靡古,维予一人某。敬拜皇天之佑。

薄薄之土,承天之神。兴甘风雨,庶卉百谷。莫不茂者,既安且宁。维予一人某,敬拜下土之灵。

维某年某月,明光于上下。勤施于四方,旁作穆穆。维予一人某,敬拜迎于郊。以正月朔日,迎日于东郊。

【案语】见于《大戴礼记·公符》,以为《孝昭冠辞》。卢辩以为:"汉孝昭帝冠辞。"戴震、孔广森以为《孝昭冠辞》乃指上文,非指此数语。戴震以为此三章"乃祀天地迎日之辞"。

东有开明,于时鸡三号,以兴庶虞。庶虞动,蜚征作。民啬执功,百草咸淳,地倾水流之。

【案语】见于《大戴礼记·四代篇》载孔子引"《诗》云"。《困学纪闻》卷5注曰:"开明,避景帝讳也。景帝讳启。庶虞,盖山虞、泽虞之属。马融《广成颂》用飞征。"王聘珍曰"庶虞,谓山泽林麓。蜚征,谓禽兽昆虫。"又曰:"啬民,农夫。执功,持田功也。"

有斧有柯。

【案语】见于陆贾《新语·辨惑第五》引《诗》语。

阖棺兮乃止播兮，不知其时之易迁兮。

【案语】见于《韩诗外传》卷8载录孔子语。

君子有酒，鄙人鼓缶。虽不见好，亦不见丑。

【案语】见于《淮南子·说林训》，未言为《诗》语。《文子·上德篇》曰："君子有酒，小人鞭缶。虽不可好，亦可以丑。"未知两语是否具有前后相承关系。钟惺《诗归》载录以为逸诗语句，周婴《卮林》卷7辩驳其非。

掩雉不得，更顺其风。

【案语】此为《淮南子·览冥训》引《周书》之语，高诱注云："言掩雉虽不得，当更从其上风，顺其道理也。言可行与不，犹当以道德为本，谕申、韩之法失之矣。"

得人者兴，失人者崩。

【案语】见于《史记·商君列传》赵良引《诗》。

纣在位，文王受命，政不及泰山。

【案语】见于《史记·封禅书》引"诗云"。王闿运以为"此诗说也，盖说'隋山乔岳'"。高步瀛《史记太史公自序笺证》曰："按此非《诗》本文，殆说《诗》者之辞。卢文弨曰：'说《诗》者以虞芮质成，为文王受命之年。史公所引，即此是也。'"郝懿行《诗经拾遗》全录为："纣在位，文王受命，政不及泰山。武王克殷，二年，天下未宁而崩，爰周德之洽，维成王。"以为"此全不类诗体，姑存之"。

皇皇上天，其命不忒。天之与人，必报有德。

【案语】见于《说苑·权谋》载录孔子引《诗》。忒，差错。《孔子家语·六本》载孔子引《诗》："皇皇上天，其命不忒。天之以善，必报其德。"与此相近。

绵绵之葛，在于旷野，良工得之，以为絺纻，良工不得，枯死于野。

【案语】见于《说苑·尊贤》邹子说梁王引《诗》。

大夫士琴瑟御。

【案语】见于《白虎通·德论上》引《诗》。

骊驹在门，仆夫具存。骊驹在路，仆夫整驾。

【案语】《汉书·儒林传》记载王式召为学士，诸博士持酒劳之，博士江公嫉之，谓歌吹诸生曰："歌《骊驹》。"式曰："客歌《骊驹》，主人歌《客毋庸归》。今日诸君为主人，日尚早也。"江曰："经何以言之？"式曰："在《曲礼》。"江曰："何狗曲也。"式曰："我本不欲来，诸生劝我，为竖子所辱。"遂归。服虔注云出《大戴礼》，今本《大戴礼记》无此诗。

九变复贯，知言之选。

【案语】见于《汉书·武帝纪》所载元朔二年春三月甲子诏书。应劭曰："逸诗也。阳数九，人君当阳，言变政复礼，合于先王旧贯。知言之选，选，善也。"孟康曰："贯，道也。选，数也。极天之变而不失道者，知言之数也。"臣瓒曰："先王创制易教，以救流弊也，是以三王之教有文有质。九，数之多也。"颜师古曰："贯，事也。选，择也。《论语》曰：'仍旧贯。'此言文质不同，宽猛殊用，循环复旧，择善而从之。瓒说近之也。"

四牡翼翼，以征不服。

【案语】见于《汉书·武帝纪》所载元鼎五年十一月诏书。或并诏书之继后二语"亲省边陲，用事所极"皆视为逸诗，不确。

雍雍鸣鴈，旭日始旦。登得前利，不念后咎。

【案语】见于《盐铁论·结合》引《诗》。

不鯎不来。

【案语】见于《说文解字》"鯎"下，文云："《诗》曰：'不鯎不来。'从来，矣声。"或谓当读作"《诗》曰'不鯎'，不来。从来，矣声。"马瑞辰以为即《诗经·小雅·采薇》"我行不来"诗句之讹误。

相彼玄鸟，止于陵阪。仁道在近，求之无远。

【案语】见于徐干《中论·贵验》，谓为"古之人歌"。

以雅以南，韎任朱离。

【案语】见于《后汉书·陈禅传》引《诗》。李贤注云："《毛诗》无'韎任朱离'之文，盖见齐、韩之诗也，今亡。"

　　　　　　皎皎练丝，在所染之。

【案语】见于《后汉书·杨终传》载录杨氏致书马廖所引《诗》语。李贤注云："逸诗也。皎皎，白貌也。《墨子》曰：'墨子见染丝者叹曰：染于苍则苍，染于黄则黄，故染不可不慎也。'"

　　　　　　利为用本，福为祸先。

【案语】见于《文选》卷25《赠刘琨一首并书》注引《韩诗》。

　　　　　　万人颙颙，仰天告愬。

【案语】《文选》卷40《百辟劝进今上笺一首》注引《韩诗》，当为《韩诗》语句。"愬"，《文选》卷59《齐故安陆昭王碑文一首》注引《韩诗》，作"诉"。

　　　　　　羽觞随波。

【案语】见于《晋书·束晳传》征引逸诗语句。《续齐谐记》："晋武帝问：'三月三日曲水，其义何旨？'束晳对曰：'昔周公成洛邑，因流水汎酒，故逸诗云"羽觞随波流"。'"

　　　　　　莫敢不来宾，莫敢不来王。

【案语】见于唐代李鼎祚《周易集解》卷5引《诗》语。惠士奇《易说》卷2以为出于三家诗。

　　　　　　受禄不让，至于已斯亡。不让之人，忧亡不暇。

【案语】见于《晋书》卷41载录晋刘寔《崇让论》引"诗曰"。

　　　　　　秉彼蟊贼，以付炎火

【案语】见于《旧唐书》卷96载录唐代姚崇《开元四年蝗虫大起奏》引"毛诗云"。

　　　　　　佞人如蜺。

【案语】见于《集韵》卷1蜺字下引《诗》。

　　　　　　雨无其极，伤我稼穑。

【案语】见于朱熹《诗集传》于《雨无正》征引刘安世所言《韩诗》语句，朱熹注云："元城刘氏曰：尝读韩诗，有《雨无极》篇，序云：'《雨无极》，正大夫刺幽王也。至其诗之文，则比毛诗篇首多"雨无其极，伤我稼穑"八字。'"

鸡鸣欧欧,明灯皙皙。摩彼华衾,三载在是。薄言眠之,烂矣初制。
方舠伊何,榜人击鼓。其声橦橦,历我江浒。思子不见,踦然独舞。
昔我邂子,菡萏葳蕤。今我怀子,有蒲参差。日月疾迈,永矣我思。
青青绿竹,荫我宫墙。馥馥幽兰,发我堂厢。安得觏子,荐以咒觥。
曰污卬手,于彼清水。丹鱼群游,衍衍其体。彼何修斯,天佑之祉。
历观重门,以眺玄里。杨柳方方,仓庚嘤止。愿乘行云,言觏君子。

【案语】见于元陶宗仪撰《说郛》卷 101 上摘录缪袭所撰《尤射》,其中《志服第十》载录诗歌六章,马国翰《目耕帖》卷 22 题作《志服诗》。或以为春秋诗作,姑系于此。

大明不出,万物皆旬。圣者不在上,天下必坏。

【案语】见于湖北郭店楚简《唐虞之道》引"《虞诗》曰"。"虞诗",或释作"虞志"。第二句,周凤五释为"万物咸隐",陈伟武释作"万物磨旬"。

女弄不敝衣裳,士弄不敝车轮。

【案语】见于马王堆汉墓帛书《缪和》引"《诗》云"。《鬼谷子》引古语云:"女爱不敝席,男欢不尽轮。"《战国策·楚策》云:"是以嬖女不敝席,宠臣不避轩。"宋姚宏注注:"《真诰》曰:女宠不弊席,男爱不尽轮。"南朝梁殷芸《殷芸小说》卷 2 有文曰:"女爱不极席,男欢不毕轮。"张之象《古诗类苑》卷 129 载录《鬼谷子》此语,注曰:"《战国策》:'宠女不敝席,宠臣不敝轩。'"诸语当有渊源关系。

高丘之下,必有大峡;高台之下,必有深池。

【案语】见于马王堆汉墓帛书《明君》引"《诗》曰"。

吾大夫恭且俭,靡人不俭。

【案语】郭店简、上博简《缁衣》皆引"《诗》云"。

【交交鸣鸟,集于中】梁。恺悌君子,若玉若英。君子相好,以自为长。恺豫是好,【惟心是向。间燕悙怡,】嘉华嘉英。

交交鸣鸟,集于中渚。恺悌君子,若虎若豹。君子【相好,以自为雅。】恺豫是好,惟心是与。间燕悙怡,嘉上嘉下。

交交鸣鸟,集于中湄。恺【悌君子,若珠若】贝。君子相好,以自为慧。恺豫是好,惟心是励。间燕悙怡,嘉小嘉大。

【案语】见于《上海博物馆藏战国楚竹书(四)》,竹简内容包含两篇逸诗,一为《交交鸣鸟》,一为《多薪》。《交交鸣鸟》存残简四支,根据章句序例统计,原诗分为三章,每章十句。内容是歌颂"君子""若玉若英"的品性和"若虎若豹"的威仪,以及彼此的交好"偕华偕英"。廖名春先生订补释文,较马承源先生的释文有出入:"【交交鸣鸟,集于中】梁。恺悌君子,若玉若英。君子相好,以自为长。恺豫是好,【惟心是向。间燕悝怡,】嘉华嘉英。交交鸣鸟,集于中渚。恺悌君子,若虎若豹。君子【相好,以自为雅。】恺豫是好,惟心是与。间燕悝怡,嘉上嘉下。交交鸣鸟,集于中湄。恺【悌君子,若珠若】贝。君子相好,以自为慧。恺豫是好,惟心是励。间燕悝怡,嘉小嘉大。"详见浙江大学出版社 2011 年 4 月出版的廖名春、张岩、张德良著《写在简帛上的文明——长江流域的简牍和帛书》一书。学者一般以为此诗时代不会晚于孔子。秦桦林认为此诗乃是《诗经》定本形成以后,由战国时诵习《诗经》的儒者所拟作。李零认为此诗产生于战国中期,基本上早于屈原。

兄及弟淇,鲜我二人。多薪多薪,莫奴蘆苇。多人多人,莫奴兄□莫奴同生。多薪多薪,莫奴松梓。多人多人,莫奴同父母。

【案语】见于《上海博物馆藏战国楚竹书》(四),竹简内容包含两篇逸诗,此为其中之一,整理者定名为《多薪》。马承源说:"《多薪》是歌咏兄弟二人之间亲密无比的关系,惜多已残缺,没有完章,现存者约为此诗二章的部分诗句,共四十四字,含重文八字。"廖名春补释:"……及弟鲜,繄我二人。多薪多薪,莫如蘆苇。多人多人,莫如兄【弟。多薪多薪,莫如萧芾。多人多人,】莫如同生。多薪多薪,莫如桐梓。多人多人,莫如同父母。"廖名春以为此诗当为楚地之作,详参《文史哲》2006 年第 2 期刊发廖名春《楚简"逸诗"〈多薪〉补释》一文。

乐乐旨酒,宴以二公。任仁兄弟,庶民和同。
方壮方武,穆穆克邦。嘉爵速饮,后爵乃从。

【案语】见于清华大学所藏战国楚简《耆夜》。刘国忠《走近清华简》介绍说:"清华简《耆夜》记载,周武王八年征伐黎国得胜回到周都后,在文土宗庙举行'饮至'典礼,参加者有武王、周公、毕公、召公、辛甲、作册逸、师尚父等人。"典礼中饮酒赋诗,其中周武王致毕公的即为此诗。任,《清华大学藏战国竹简(壹)》释文作"恁"。壮,《清华大学藏战国竹简(壹)》释文作"臧"。

輶乘既饬,人服余不胄;叔士奋甲,繄民之秀;方壮方武,克燮仇雠;嘉爵速饮,后爵乃复。

【案语】见于清华大学所藏战国楚简《耆夜》。文云:王夜爵酬周公,作歌一终曰《輶乘》,即此数句。

英英戎服,壮武赳赳。毖精谋猷,裕德乃求。王有旨酒,我忧以飶。既醉又侑,明日勿稻。

【案语】 见于清华大学所藏战国楚简《耆夜》。文云:周公夜爵酬毕公,作歌一终曰《英英》,即此数句。

明明上帝,临下之光。丕显来格,歆厥禋盟。于□月有盈缺,岁有歇行。作兹祝诵,万寿亡疆。

【案语】 见于清华大学所藏战国楚简《耆夜》。文云:周公或夜爵酬王,作祝诵一终曰《明明上帝》,即此数句。

蟋蟀在堂,役车其行。今夫君子,不喜不乐。夫日□□,□□□荒。毋已大乐,则终以康。康乐而毋忘,是惟良士之方。蟋蟀在席,岁聿云暮。今夫君子,不喜不乐。日月其迈,从朝及夕。毋已大康,则终以祚。康乐而毋荒,是惟良士之惧。蟋蟀在舒,岁聿云□。□□□□,□□□□。□□□□□,□□□□。毋已大康,则终以惧。康乐而毋忘,是惟良士之惧。

【案语】 见于清华大学所藏战国楚简《耆夜》。文云:周公秉爵未饮,蟋蟀骤降于堂,(周)公作歌一终曰《蟋蟀》,即此数句。《中国文化》第33期刊发李学勤《论清华简〈耆夜〉的〈蟋蟀〉诗》一文,认为"简文与《唐风》两篇《蟋蟀》既然有这样的不同,其成篇的时期和地域,应该有较大的距离。从《唐风》一篇显然的比简文规整看,简文很可能较早,经过一定的演变历程才演变成《唐风》的样子"。也有学者认为简文与今本《诗经·唐风·蟋蟀》可以认定为同一首诗。《中国典籍与文化》2013年第4期刊载贾海生、钱建芳《周公所作〈蟋蟀〉因何被编入〈诗经·唐风〉中》一文,认为依据《耆夜》周公乃即兴创作《蟋蟀》,其诗后来成为王朝的乐歌,有专门的乐师演唱、传习,周公封叔虞于唐,或周天子命晋文侯、晋文公为方伯时,以《蟋蟀》作为乐则赐予了晋国。随着时间的流逝,其诗作者、来源竟被忘却,在不断演唱的过程中又屡被改编,最后被编入了《诗经·唐风》。

谚语、俗语

山有木,工则度之;宾有礼,主则择之。

【案语】 见于《左传·隐公十一年》,乃羽父所引周谚语。杜预注云:"则所宜而行之。"

匹夫无罪,怀璧其罪。

【案语】 见于《左传·桓公十年》虞叔引周谚。杜预注云:"人利其璧,以璧为罪。"

心苟无瑕,何恤乎无家。

【案语】 见于《左传·闵公元年》士蒍称引谚语。

无丧而慼,忧必雠焉。无戎而城,雠必保焉。

【案语】 见于《左传·僖公五年》,载士蒍言"吾闻之"。

辅车相依,唇亡齿寒。

【案语】 见于《左传·僖公五年》载录宫之奇引谚语。《史记·晋世家》、《庄子·胠箧》同。《战国策·韩策二》引"亡"作"揭"。此语诸书称引形态多变。《左传·哀公八年》有文云:"唇亡齿寒,君所知也。"《榖梁传·僖公二年》云:"语曰:唇亡则齿寒。"《战国策·赵策》有文云:"臣闻'唇亡则齿寒'。"《墨子·非攻中篇》:"古者有语:'唇亡则齿寒。'"《韩非子·存韩篇》:"且臣闻之'唇亡则齿寒'。"《吕氏春秋·慎大览·权勋》载录宫之奇语曰:"先人有言曰:唇竭则齿寒。"《新序·善谋》亦云:"语曰:唇亡则齿寒矣。"

心则不竞,何惮于病?

【案语】 见于《左传·僖公七年》孔叔言于郑伯称引谚语。杜预注云:"竞,强也。惮,难也。"

知臣莫若君。

【案语】 见于《左传·僖公七年》子文引"古人有言曰"。

庇焉而纵寻斧焉。

【案语】 见于《左传·文公七年》乐豫引"谚所谓"。纵,放。

畏首畏尾,身其余几?

【案语】 见于《左传·文公十七年》载子家致赵宣子书,谓"古人有言"。杜预注曰:"言首尾有畏,则身中不畏者少。"

鹿死不择音。

【案语】见于《左传·文公十七年》载子家致赵宣子书,谓"古人有言"。杜预注曰:"音,所茠荫之处。古字声同,皆相假借。"

狼子野心。

【案语】见于《左传·宣公四年》乐豫引谚语。

牵牛以蹊人之田,而夺之牛。

【案语】见于《左传·宣公十一年》称引"人有言曰"。《史记·陈杞世家》记载申叔时语云:"鄙语有之:牵牛径人田,田主夺之牛。"《史记·楚世家》或引作"牵牛径人田,田主取其牛"。

虽鞭之长,不及马腹。

【案语】见于《左传·宣公十五年》载伯宗语,以为"古人有言"。

高下在心,川则纳污。山薮藏疾,瑾瑜匿瑕。

【案语】见于《左传·宣公十五年》载伯宗引谚语。

民之多幸,国之不幸也。

【案语】见于《左传·宣公十六年》羊舌职引谚语。

杀老牛莫之敢尸。

【案语】见于《左传·成公十七年》韩厥引"古人有言曰"。

死而不朽。

【案语】见于《左传·襄公二十四年》范宣子引"古人有言曰"。

非所怨,勿怨。

【案语】见于《左传·襄公二十六年》,卫侯派人责让太叔文子称引"古人有言曰"。

老将知而耄及之。

【案语】见于《左传·昭公元年》刘定公引谚语。《汉书·五行志》亦征引词语,云"谚所谓"。

非宅是卜，唯邻是卜。

【案语】见于《左传·昭公三年》晏子引谚语。

其父析薪，其子弗克负荷。

【案语】见于《左传·昭公七年》子产称引"古人有言曰"。杜预注云："荷，担也，以微薄喻贵重。"

虽有挈瓶之知，守不假器。

【案语】见于《左传·昭公七年》谢息称引"人有言曰"。杜预注云："挈瓶，汲水者，喻小知。为人守器，犹知不以借人。"

蕞尔国，而三世执其政柄。

【案语】见于《左传·昭公七年》子产引用谚语。蕞，小貌。

臣一主二。

【案语】见于《左传·昭公十三年》子服惠伯称引"谚曰"。杜预注云："言一臣必有二主，道不合，得去事他国。"

室于怒，市于色。

【案语】见于《左传·昭公十九年》所引谚语。《战国策·韩策》亦云："语曰：怒于室者色于室。"次序不同。《太平御览》卷174作"怒于室而色于市"。

无过乱门。

【案语】见于《左传·昭公十九年》子产引谚语。《左传·昭公二十二年》记载宋公云："人有言曰：唯乱门之无过。"《吕氏春秋·原乱》有文云："诗曰：毋过乱门。"以为逸诗语句。《国语·周语下》记载王子晋劝谏周灵王引云："人有言曰：无过乱人之门。"清代徐元诰《国语集解》以为逸诗。陈其猷《吕氏春秋校释》引桂馥说："古者谣谚皆谓之诗。其采于遒人者，如国风是也。未采者，传闻里巷。凡周秦诸书引诗不在四家编者皆得之传闻，故曰逸诗。或谓逸诗皆夫子所删，此浅学之臆说也。"

嫠不恤其纬，而忧宗周之陨，为将及焉。

【案语】见于《左传·昭公二十四年》子太叔引用。杜预注云："嫠，寡妇也。织者常苦纬少，寡妇所宜忧。"

不索何获。

【案语】见于《左传·昭公二十七年》吴公子光称引"上国有言"。

唯食忘忧。

【案语】见于《左传·昭公二十八年》魏子引"谚曰"。

民保于信。

【案语】见于《左传·定公十四年》戏阳速引谚语。

黍稷无成,不能为荣。黍不为黍,不能蕃庑。稷不为稷,不能蕃殖。所生不疑,惟德之基。

【案语】见于《国语·晋语四》叔詹引谚语。

善人在患,弗救不祥。恶人在位,弗去亦不祥。

【案语】见于《国语·晋语》载赵文子语。

民生于三,事之如一。

【案语】见于《国语·晋语一》记载栾共子言于卫武公,云"成闻之"。韦昭注云:"三,君、父、师也。如一,服勤至死也。"

仁不恶君,智不重困,勇不逃死。

【案语】见于《国语·晋语二》申生称引"臣闻之"。

仁有置,武有置。仁置德,武置服。

【案语】见于《国语·晋语二》公子絷言于穆公称引"臣闻之"。

佐饔者尝焉,佐斗者伤焉。

【案语】见于《国语·周语下》,谓"人有言"。饔,烹煎之官。

祸不好,不能为祸。

【案语】见于《国语·周语》引"人有言"。

道而得神,是谓逢福;淫而得神,是谓贪祸。

【案语】见于《国语·周语上》:"十五年有神降于莘,王问于内史过。"内史过称引"臣闻之"。《说苑·辨物》亦记此事,引"逢"作"丰"。

兽恶其网,民恶其上。

【案语】见于《国语·周语中》单襄公引谚语。亦见于《战国策·韩策一》引谚语。"民恶",张玉穀《古诗赏析》卷2引作"民怨"。

兄弟谗阋,侮人百里。

【案语】见于《国语·周语中》载录富辰引古人之言。

兵在其颈。

【案语】见于《国语·周语中》单襄公称引"人有言曰"。

一姓不再兴。

【案语】出自《国语·周语下》叔向称引"吾闻之曰"。《论衡·言毒篇》亦言及。韦昭注云:"一姓,一代也。"贾谊《新书·礼容语下》称引,无异文。

众心成城,众口铄金。

【案语】出自《国语·周语下》伶州鸠称引"谚曰"。韦昭注云:"众心所好,莫之能败,其固如城也。铄,销也。众口所毁,虽金石犹可销也。"

从善如登,从恶如崩。

【案语】出自《国语·周语下》卫彪傒称引谚语。韦昭注云:"如登,谓难。如崩,谓易。"

天之所支,不可坏也。其所坏,亦不可支也。

【案语】《国语·周语下》记载卫彪傒见单穆公曰:"苌、刘其不殁乎?周诗有之曰:'天之所支,不可坏也。其所坏,亦不可支也。'昔武王克殷,而作此诗也,以为饫歌,名之曰《支》,以遗后之人,使永监焉。夫礼之立成者为饫,昭明大节而已,少典与焉。是以为之日惕,其欲教民戒也。然则夫'支'之所道者,必尽知天地之为也。不然,不足以遗后之人。"韦昭注云:"周诗,饫时所歌也。支,柱也。"《左传·定公元年》:"齐高张后,不从诸侯。晋女叔宽曰:'周苌弘、齐高张皆将不免。苌叔违天,高子违人。天之所坏,不可支也。众之所为,不可奸也。'"两语当有渊源关系。《后汉书·郭太传》云:"或劝林宗仕进者,对曰:'吾夜观于象,昼察人事,天之所废,不可支也。'"暗用此语。《后汉书·苏竟传》云:"自更始以来,孤恩背逆,归义向善,臧否粲然,可不察欤……故天之所坏,人不得支。"李贤注云:"支,持也。《左传》曰:晋女叔宽曰:天之所坏,不可支也;众之所为,不可干也。"

善有章,虽贱赏也;恶有衅,虽贵罚也。

【案语】见于《国语·鲁语上》臧文仲称引"臣闻之"。韦昭注云:"章,明也","衅,兆也"。

君子能劳,后世有继。

【案语】见于《国语·鲁语下》公父文伯之母称引"吾闻之先姑"。韦昭注云:"能劳,能自卑劳,贵而不骄也。有继,子孙不废也。"

好内,女死之;好外,士死之。

【案语】见于《国语·鲁语下》记载"公父文伯卒,其母戒其妾"语句,云"吾闻之"。

狐埋之而狐搰之,是以无成功。

【案语】见于《国语·吴语》征引"谚曰"。韦昭注云:"埋,藏也。搰,发也。"《三国志·吴书·孙权传》记载魏文帝致书孙权,有语云"埋而掘之,古人之所耻"。裴松之注引《国语》作:"狸埋之而狸掘之,是以无成功。"洪亮吉《晓读书斋杂录·二录》卷下云:"此变文言狸者,岂松之私有所讳?否则,狐与吴同音,故易以为狸耶?"

圣人之功,时为之庸。得时不成,因天还形。天节不远,五年复反。小凶则近,大凶则远。

【案语】见于《国语·越语下》范蠡称引"臣闻之"。韦昭注云:"庸,用也,因天时以为功用也。还,反也。形,体也。节,期也。五年再闰,天数一终,故复反也。小凶,谓危败。大凶,谓死灭。近,五年。远,十年或二十年。"

伐柯者其则不远。

【案语】见于《国语·越语下》,吴王派王孙雒入越求和,越王欲应允,范蠡进谏,称引"先人有言"。韦昭注云:"先人,诗人也。'执柯伐柯,其则不远',以言吴昔不灭越,故有此败,此戒亦不远也。"

觞饭不及壶飧。

【案语】 见于《国语·越语下》勾践召范蠡询问征伐吴国事宜,称引"谚有之曰"。韦昭注曰:"觞,大也。大饭,谓盛馔。盛馔未具,不能以虚待之,不及壶飧之救饥疾。言已欲灭吴,取快意得之而已,不能待有余力。"

人而无恒,不可以作巫医。

【案语】 见于《论语·子路》孔子称引"南人有言曰"。而,如果。恒,恒心。《礼记·缁衣》记载孔子语云:"南人有言曰:人而无恒,不可以为卜筮。"

君子不镜于水而镜于人。镜于水,见面之容;镜于人,则知吉与凶。

【案语】 见于《墨子·非攻》引古语。苏时学《墨子刊误》云:"案《书·酒诰篇》云古人有言曰:'人无于水监,当于民监。'太公金匮阴谋有武王镜铭云:'以镜自照见形容,以人自照见吉凶。'二书所云与此合,盖古语也。"

谋而不得,则以往知来,以见知隐。

【案语】 见于《墨子·非攻》引古语。

甘瓜苦蒂,天下物无全美。

【案语】 见于马总《意林》卷1引《墨子》文句。

知子莫若父,知臣莫若君。

【案语】 见于《管子·大匡》载鲍叔引先人之言。

墙有耳,伏寇在侧。

【案语】 见于《管子·君臣下》引古言。《说郛》卷100摘录虞汝明《古琴疏》言:"周宣王有琴曰向风,背铭云:'墙有耳,伏寇在是。'武王之遗器也。"《管子》所引或与此有关联。

不行其野,不违其马。

【案语】 见于《管子·形势》。唐代房玄龄注云:"马有识道之性,不违马而自得途,喻未经其事,问其所经。"张之象《古诗类苑》卷129注曰:"言马以行野,虽不行野,亦不可不调习也。"

>传其常情,无传其溢言,则几乎全。

【案语】见于《庄子·人间世》孔子称引"法言曰"。传,传达。全,保全。法言,或谓为格言、古言,或以为古书名。

>无迁令,无劝成。过度,益也。

【案语】见于《庄子·人间世》孔子称引"法言曰"。迁,变易。令,命令。

>美成在久,恶成不及改,可不慎与。

【案语】见于《庄子·人间世》孔子语。

>众人重利,廉士重名,贤士尚志,圣人贵精。

【案语】见于《庄子·刻意》言"野语有之曰"。

>闻道百,以为莫己若。

【案语】见于《庄子·秋水》引"野语"。

>吾王不游,吾何以休?吾王不豫,吾何以助?一游一豫,为诸侯度。

【案语】见于《孟子·梁惠王下》孟子言晏子答齐景公引夏谚。梁启超以为此乃"夏朝仅存的韵语"。《晏子春秋·内篇问下》亦云:"夏谚曰:吾君不游,我曷以休?吾君不豫,我何以助?一游一豫,为诸侯度。"两者当有渊源关系。

>虽有智慧,不如乘势。虽有鎡基,不如待时。

【案语】见于《孟子·公孙丑》,云"齐人有言曰"。

>盛德之士,君不得而臣,父不得而子。

【案语】见于《孟子·万章上》咸丘蒙言"语云"。

>以谋胜国者,益民之禄;以民力胜国者,益民之利。

【案语】见于《晏子春秋·内篇问上》晏子称引"臣闻之"。

>问道者更正,闻道者更容。

【案语】见于《晏子春秋·内篇问上》晏子言"臣闻"。

衣莫若新，人莫若故。

【案语】见于《晏子春秋·内篇杂上》晏子语。

食鱼无反，勿乘驽马。

【案语】见于《晏子春秋·内篇杂上》："公游于纪，得金壶，发视之，中有丹书曰：'食鱼无反，勿乘驽马。'"齐王与晏子对此解释不同。《太平御览》卷896引作"无食反鱼，勿乘驽马"。

廉者，政之本也；让者，德之主也。

【案语】见于《晏子春秋·内篇杂下》晏子曰"婴闻之"。

圣人千虑，必有一失；愚人千虑，必有一得。

【案语】见于《晏子春秋·内篇杂下》晏子云"婴闻"。《史记·淮阴侯列传》载录广武君语曰："臣闻'智者千虑，必有一失；愚者千虑，必有一得'。"《汉书·韩信传》载录广武君语曰："臣闻'智者千虑，必有一失；愚者千虑，亦有一得'。"

非宅是卜，维邻是卜。

【案语】见于《晏子春秋·内篇杂下》称引"谚曰"。"维"，《太平御览》卷180引作"惟"。

忠不避危，爱无恶言。

【案语】见于《晏子春秋·外篇第七》晏子云"婴闻之"。

盖顾人而后衣食者，不以贪昧为非；盖顾人而后行者，不以邪僻为累。

【案语】见于《晏子春秋·外篇第七》。

社鼠不可熏去。

【案语】见于《晏子春秋·外篇第七》称引"谚言有之曰"。

言发于尔，不可止于远也；行存于身，不可掩于众也。

【案语】见于《晏子春秋·外篇》孔子引"语有之"。

　　　　　寡妇树兰,生而不芳;继子得食,肥而不泽。

【案语】见于《太平御览》卷849引《晏子春秋》语句。

　　　　　近臣嘿,远臣瘖,众口铄金。

【案语】见于《晏子春秋·内篇谏上》晏子云"臣闻之"。《史记·张仪列传》载录张仪语曰:"臣闻之:积羽沉舟,群轻折轴,众口铄金,积毁销骨。"

　　　　　行善者天赏之,行不善者天殃之。

【案语】见于《晏子春秋·内篇谏上》晏子云"臣闻之人"。

　　　　　不聪不明,不能为王;不瞽不聋,不能为公。

【案语】见于《太平御览》卷496页引《慎子》云"谚云"。《困学纪闻》卷10引录全同。《意林》卷2引《慎子》无"谚云"字样,且引语多出"海与山争水,海必得之"一句。北京大学藏战国简《周训》云:"此谚之所谓曰'不狂不聋,不能为人公'者也。"东汉刘熙《释名·释首饰》云:"故里语云:不瘖不聋,不成姑公。"王先谦《释名疏证补》卷4云:"今江淮间犹有此谚,云'不痴不聋,作不得阿家翁'。"《宋书·庾炳之传》与《南史·庾炳之传》云:"不痴不聋,不成姑公。"《隋书·长孙平传》、《通志》卷164皆云:"鄙语曰:不痴不聋,未堪作大家翁。"《太平御览》卷218、《册府元龟》卷460引录惟"未"作"不",余皆同。《北史·长孙平传》引作"不痴不聋,不作大家翁"。赵璘《因话录》记载:"谚云:不痴不聋,不作阿家阿翁。"《能改斋漫录》卷1载录《北史》(按:应为《南史》)引作"不痴不聋,不作大家翁",载录《慎子》语作"不聪不明,不能为王;不瞽不聋,不能为翁"。《资治通鉴》卷224"大历二年"记载唐代宗引谚语"不痴不聋,不作家翁"。

　　　　　口可以食,不可以言。

【案语】见于《鬼谷子·权篇》称引"古人有言"。

　　　　　千金不死,百金不刑。

【案语】此为《尉缭子·将理第九》所引"今世谚"。

　　　　　天下攘攘,皆为利往;天下熙熙,皆为利来。

【案语】见于《太平御览》卷496引《六韬》。《史记·货殖列传》引作"天下熙熙,皆为利来;天下壤壤,皆为利往"。《太平御览》卷449引《周书》云:"容容熙熙,皆为利谋;熙熙攘攘,皆为利往。"《事文类聚》卷36云:"天下熙熙,皆为市来;天下穰穰,皆为利往。"

日中必彗,操刀必割,执斧必伐。日中不彗,是谓失时。操刀不割,失利之期。执斧不伐,贼人将来。涓涓不塞,将为江河。荧荧不救,炎炎奈何。两叶不去,将用斧柯。

【案语】见于《六韬·文韬·守土》。贾谊《新书》之《宗首》与《礼容语下》皆引黄帝之语曰:"日中必慧,操刀必割。"张之象《古诗类苑》卷129载录,题为"太公兵法引黄帝语",注云:"贾子书引止'日中必慧,操刀必割'二句,其余见《太公兵法》既《汉艺文志》黄帝巾机铭也。"

中流失船,一壶千金。

【案语】出于《鹖冠子·学问篇》。

心诚怜,白发玄。情不怡,艳色嫭。

【案语】此为《鲁连子》引用谚语。

百足之虫,三断不蹶。

【案语】此为《鲁连子》引用古语。亦见于《太平御览》卷948载鲁仲连子引谚语。《意林》卷1、《太平御览》卷944引《鲁连子》作"百足之虫,断而不蹶"。下句,《魏书》卷19、《长短经》卷5、《资治通鉴》卷74、《海录碎事》卷10皆作"至死不僵",《册府元龟》卷621作"虽死不僵"。《格致镜原》卷100记载《庶物异名疏》言鲁仲连引古语"冯功之虫,三断不僵"。

蠹众而木折,隙大而墙坏。

【案语】见于《商君书·修权》引"谚曰"。

愚者闇于成事,智者见于未萌。民不可与虑始,可与乐成功。

【案语】见于《商君书·更法》称引"语曰"。《史记·商君传》载录无"语曰"二字,"闇"作"暗"。《新序·善谋》有文云:"语曰:愚者暗成事,智者见未萌。民不可与虑始,可与乐成功。"大体相同。《史通·因习下第十九》:"语曰:难与虑始,可与乐成。"

欲富乎?忍耻矣,倾绝矣,绝故旧矣,与义分背矣。

【案语】见于《荀子·大略》。忍耻,不顾廉耻。倾绝,不顾性命。绝故旧,和老朋友断绝关系。与义分背,违背义,和义背道而驰。

流丸止于瓯臾,流言止于智者。
【案语】见于《荀子·大略》引"语曰"。

浅不可测深,愚不足以谋知。坎井之蛙,不可与语东海之乐。
【案语】见于《荀子·正论》引"语曰"。

好女之色,恶者之孽也。公正之士,众人之痤也。循乎道之人,污邪之贼也。
【案语】见于《荀子·君道》引"语曰"。

削株掘根,无与祸邻,祸乃不存。
【案语】见于《战国策·秦策》张仪说秦王,云"臣闻之曰"。邻,近。

以乱攻治者亡,以邪攻正者亡,以逆攻顺者亡。
【案语】见于《战国策·秦策一》张仪说秦王称引"臣闻之"。《韩非子·初见秦》引同。

日中则移,月满则亏。
【案语】《战国策·秦策三》蔡泽说应侯称引"语曰"。《史记·蔡泽列传》记载全同。

仁不轻绝,智不轻怨。
【案语】见于《战国策·燕策》燕王引"语曰",亦见于《新序·杂事》引"语曰"。

见菟而顾犬,未为晚也;亡羊而补牢,未为迟也。
【案语】见于《战国策·楚策》庄辛引鄙语。《新序·杂事》引同。

见君之乘,下之;见杖,起之。
【案语】《战国策·楚策四》有人言于黄齐而引此谚语。

厚者不毁人以自益也,仁者不危人以要名。
【案语】见于《战国策·燕策三》燕王引"谚曰"。《新序·杂事》引"谚曰"作:"厚者不损人以自益,仁者不危躯以要名。"陈茂仁《〈新序〉校证》云:"此文'厚'下当有'人'字、'仁'下当有'者'字,于义较长且明。"

强者善攻,而弱者不能自守。

【案语】见于《战国策·赵策》引"语曰"。《新序·善谋》引"语曰"作:"强者善攻,而弱者不能守。"

借车者驰之,借衣者被之。

【案语】见于《战国策·赵策一》孟尝君引鄙语。

以书为御者,不尽于马之情;以古制今者,不达于事之变。

【案语】见于《战国策·赵策二》赵造称引谚语。

战胜而国危者,物不断也;功大而权轻者,地不入也。

【案语】见于《战国策·赵策二》苏秦谓秦王引"语曰"。

骐骥之衰也,驽马先之;孟贲之倦也,女子胜之。

【案语】见于《战国策·齐策五》苏代说齐湣王引"语曰"。

论不修心,议不累物。仁不轻绝,知不简功。

【案语】见于《战国策·燕策》燕王致书乐间称引"语曰"。《新序·杂事》引"谚曰":"仁不轻绝,知不简功。"陈茂仁《〈新序〉校证》云:"疑'绝'当改作'利','轻利'、'简功'对言。"

贵其所以贵者贵。

【案语】见于《战国策·韩策一》韩公仲言于向寿称引"谚曰"。《史记·樗里子甘茂列传》记载苏代语云:"人曰贵其所以贵者贵。"

宁为鸡口,无为牛后。

【案语】见于《战国策·韩策》苏秦说韩王引鄙语,亦见于《史记·苏秦列传》苏秦说韩引鄙谚。《尔雅翼》卷23引作"宁为鸡尸,无为牛从"。言"尸,主也,一群之主,所以将众者。从,从物者也,随群而往,制不在我者也"。《颜氏家训·书证篇》云:"按延笃《战国策音义》曰:'尸,鸡中之主。从,牛子。'然则'口'当为'尸','后'当为'从',俗写误也。"

新沐者必弹冠,新浴者必振衣。

【案语】见于《楚辞·渔父》,作者言"吾闻之",应为古语。《荀子·不苟篇》云:"新浴者振其衣,新沐者弹其冠。"《困学纪闻》卷 10 云:"荀卿适楚,在屈原后,岂用《楚辞》语欤?抑二子皆述古语也?"

厉怜王。

【案语】见于《韩非子·奸劫弑臣》称引"谚曰"。《韩诗外传》卷 4 云:"鄙语曰:疠怜王。"《长短经·是非篇》"厉人怜王",《古诗纪》前集卷 10 作"疠疾怜王"。

知渊中之鱼者不祥。

【案语】见于《韩非子·说林上》赵文子称引"古者有谚曰"。《史记·吴王濞传》亦载录此语。又见于《渊鉴类函》卷 276 引《说苑》。《列子·说符》记载文子言于晋侯曰:"周谚有言:察见渊鱼者不祥,智料隐匿者有殃。"《太平御览》卷 496 引《列子》云:"赵子文曰:国谚有言:察见渊鱼者不祥,智料隐逸者殃。"

巫咸虽善祝,不能自祓也;秦医虽善除,不能自弹也。

【案语】见于《韩非子·说林下》称引"故谚"。

利莫长于简,福莫久于安。

【案语】见于《韩非子·大体》、《慎子·君人》。

莫众而迷。

【案语】见于《韩非子·内储说上七术》鲁哀公称引"鄙谚曰"。意谓做事没有众人来合计则陷于迷乱。

莫三人而迷。

【案语】见于《韩非子·内储说上七术》鲁哀公称引"语曰"。

筑社者,攓撅而置之,端冕而祀之。

【案语】见于《韩非子·外储说左上》称引"谚曰"。

服礼辞让,全之术也;修行退智,遂之道也。

【案语】见于《韩非子·问田》堂谿公云"臣闻"。

为政犹沐也,虽有弃发,必为之。

【案语】见于《韩非子·六反》称引"古者有谚曰"。沐,洗头发。弃发,掉落的头发。

不蹪于山,而蹪于垤。

【案语】见于《韩非子·六反》称引"先圣有谚曰"。《太公兵法》记载黄帝语曰:"兢兢业业,日慎一日,人莫蹪于山而蹪于垤。"《淮南子·人间训》引《尧戒》曰:"战战栗栗,日慎一日。人莫蹟于山而蹟于垤。"蹪,绊倒。垤,小土堆。

长袖善舞,多财善贾。

【案语】见于《韩非子·五蠹》称引"鄙谚"。"财",张玉穀《古诗赏析》卷2引作"钱"。

虏自卖裘而不售,士自誉辩而不信。

【案语】见于《韩非子·说林下》称引"鄙谚所谓"。

巧诈不如拙诚。

【案语】见于《韩非子·说林上》称引"谚曰"。《三国志·魏书·刘晔传》亦引,文字全同。

奔车之上无仲尼,覆舟之下无伯夷。

【案语】见于《韩非子·安危》。

规有摩而水有波,我欲更之,无奈之何。

【案语】《韩非子·八说》云:"为人见其难,因释其业,是无术之事也。先圣有言曰:规有摩而水有波,我欲更之,无奈之何。此通权之言也。"规,圆规。摩,通"磨",磨损,引申指误差。更,改变。

其主贤者,其臣之言直。

【案语】见于《吕氏春秋·不苟论·自知》翟黄进言云"臣闻"。

义兵不攻服,仁者食饥饿。

【案语】见于《吕氏春秋·孝行览·长攻》吴王称引"吾闻之"。

居者无载,行者无埋。

【案语】见于《吕氏春秋·先识览·知接》载管子引齐鄙人之谚。高诱注曰:"谓臣居职有谋计,皆当宣之于君,无有载藏之于心也。行谓即世也,亦当输写所知,使君行之,无有怀藏埋之地中。"梁玉绳曰:"《天香楼偶得》云:'盖谓人之居止者,凡物皆不当载负;人之行徙者,凡物皆不当埋藏。高氏训解甚谬。至下云今臣将有远行,然后以远行喻死耳。'"

求鱼者濡,争兽者趋。

【案语】见于《吕氏春秋·审应览·精谕》。《列子·说符》作"争鱼者濡,逐兽者趋",以为孔子所言。

君子重袭,小人无由入;正人十倍,邪辟无由来。

【案语】见于《新书·容经》称引"周谚曰"。

夏后不杀,不刑罚罪民,而民不轻犯。

【案语】见于《尚书大传》卷5引"语曰"。

渊广者其鱼大,主明者其臣慧。

【案语】见于《韩诗外传》卷5称引"语曰"。

千羊之皮,不如一狐之腋。

【案语】见于《韩诗外传》卷7、《史记·赵世家》。《新序·杂事》引"千"作"百"。《史记·商君列传》作"千羊之皮,不如一狐之掖;千人之诺诺,不如一士之谔谔"。《通志》卷93、《贞观政要》卷3引《史记》作"鄂鄂"。

学而不已,阖棺乃止。

【案语】见于《韩诗外传》卷8引孔子语。

衣欸醪欸,曾不尔聊。

【案语】见于《韩诗外传》卷9孔子答子路问话称引"古人有言曰"。《荀子·子道篇》

亦云:"衣欤缪馀不女聊。"

良冶之子,必学为裘;良弓之子,必学为箕。

【案语】见于《礼记·学记》。孔颖达疏云:"善冶之家,其子弟见其父兄世业陶铸金铁,使之柔合以补治破器,皆令全好,故此子弟仍能学为袍裘补续兽皮,片片相合,以至完全也。""善为弓之家,使干角桡屈调和成弓,故其子弟亦观其父兄世业,仍学取柳和软桡之成箕也。"《列子·汤问》有语云"良弓之子,必先为箕。良冶之子,必先为裘",以为"古诗言"。

人莫知其子之恶,莫知其苗之硕。

【案语】见于《礼记·大学》称引"谚有之曰"。

不习为吏,如视成事。

【案语】见于《大戴礼记·保傅第四十八》言为"鄙语曰"。《韩诗外传》卷5亦云:"鄙语曰:不知为吏,视已成事。"《汉书·贾谊传》有语云:"不习为吏,视已成事。"亦见于《新书·保傅》,与此相近。

水至清则无鱼,人至察则无徒。

【案语】见于《大戴礼记·子张问入官》载录孔子语。

亡秦者胡也。

【案语】见于《史记·秦始皇本纪》,秦始皇让燕人卢生寻找羡门、高誓二人,"燕人卢生使入海还,以鬼神事,因奏录图书,曰'亡秦者胡也'。始皇乃使将军蒙恬发兵三十万人北击胡,略取河南地"。《史记集解》引郑玄云:"胡,胡亥,秦二世名也。秦见图书,不知此为人名,反备北胡。"《淮南子·人间训》云:"秦始皇挟《录图》,见其传曰'亡秦者胡也',因发卒五十万,使蒙公、杨翁子将,筑修城,西属流沙,北击辽水,东结朝鲜。"顾炎武《日知录》以为谶记之始,"谶记之兴,实始于秦人,而盛于西京之末"。泷川资言云:"始皇欲击胡,托言图谶以为口实耳。"韩兆琦《史记笺证》云:"此必汉初讲说'谶纬'者之所造作。"《元刊全相平话秦并六国》卷下结尾处云:"始皇灭六国,天下一统。本指望从一世传至二世、三世及于万世,为天子。俄有童谣云:'亡秦者胡也。'于是乃遣蒙恬筑城,以防胡人也。"称为童谣。

楚虽三户,亡秦必楚。

【案语】《史记·项羽本纪》记载范增游说项梁,引故楚南公此语。徐广以为南公"楚人也,善言阴阳"。虞喜《志林》云:"南公者,道士,识兴废之术,知亡秦者必于楚。""三户"一词,解释多歧。第一类为"三户人家说"。颜师古引曹魏时苏林的注说:"但令有三户在,其怨深,足以亡秦。"饶宗颐《楚辞地理考》云:"'三户'要为虚设,言楚即虽存三户,亦有亡秦之志,以楚最无罪,而遭秦灭……楚人哀痛之至深也。'三户'自对楚人民言,非指公族,察其文意可见。三者虚数,不必限以三,亦不必其果为三。此文但谓少数之家,亦有恢复之心耳。"第二类为楚贵族说。《史记索隐》引韦昭注云:"韦昭以为三户,楚三大姓昭、屈、景也。"第三类是地名说。或谓指丹水县三户亭,或谓指三户津。第四类又可分为五说,一说是指陈胜、项梁、刘邦,见吴清鹏《笏庵诗》;二说是三百户,俞檀《易学管窥》即以"三户"为"三百户"之省文,"三百户"代指"百井之地";三说是三夷,即铲平楚王陵墓说,易重廉《楚虽三户,亡秦必楚》正误》以为"'户'之为'易',古有著例,而'易'与'夷'同为支部字,可以通用",即认为"三户"指秦将白起攻郢、夷陵("平除陵墓")的史实;四说是楚宗社,段黎明《史记"三户"考》以为三户就是楚宗社;五说是指楚国驻扎在三户的申息之师,訾永明《"三户"考》认为楚灭申国、息国后所设的地方武装战斗力低,所以"楚虽三户"的三户指"驻扎在三户的申息之师。意思是,即使楚国仅有战斗力极弱的地方武装,但灭亡秦国的也一定是楚国"。详参《文史知识》2013 年第 11 期刊载邓稳《"楚虽三户"之"三户"地名说质疑》一文。张玉毂《古诗赏析》题为《三户谣》,评云:"竟似誓辞,哀痛过于'松耶柏耶'之歌。"

以书御者不尽马之情,以古制今者不达事之变。

【案语】见于《史记·赵世家》称引"谚曰"。

死者复生,生者不愧。

【案语】见于《史记·赵世家》李兑引谚语。

力田不如逢年,善仕不如遇合。

【案语】见于《史记·佞幸列传》称引"谚曰"。《史记集解》引徐广曰:"遇,一作偶。"又《列女传》卷 5《鲁秋洁妇》记载秋胡言于采桑妇,有语云"力田不如逢丰年,力桑不如见国卿"。二者语意相近。《艺文类聚》卷 18 引《列女传》作"力田不如逢少年,力桑不如见公卿"。《太平御览》卷 441 引《列女传》作"力田不如逢年,采桑不如见郎"。《太平御览》卷 520 引《列女传》作"力田不如逢年,力桑不如见郎"。《古诗纪》前集卷 10 言"《列女传》引古语"录作"力田不如遇丰年,力桑不如见国卿,刺绣门不如倚市门"。《卮林》卷云:"按'力田'二句,乃秋胡谓妻言,'刺绣'两句则史货殖传文,并非谚语,用修又合两书而一之,殊谬。钟伯敬乃云:'叶法甚奇,各句中以田、年、桑、卿、文、门相押。'谭友夏云:'后二语尤感甚。'真堪捧腹。"《史记·货殖列传》、《汉书·货殖列传序》皆有语云:"夫用贫求富,农不如工,工不如商,刺绣文不如倚市门。"

当断不断,反受其乱。

【案语】见于《史记·齐悼惠王世家》召平之语,以为"道家之言"。又见于《史记·春申君列传赞》,云为"语曰"。《后汉书·儒林传·杨伦传》:"当断不断,黄石所戒。"李贤注引黄石公《三略》云:"当断不断,反受其乱。"马王堆汉墓帛书乙本《老子》卷前古佚书《十大经》云:"当断不断,反受其乱。"或为源流所自。

狡兔死,良狗烹;高鸟尽,良弓藏;敌国破,谋臣亡。

【案语】见于《史记·淮阴侯列传》。刘邦谋划皇朝久安,着手剪除异姓王,听从陈平建议,伪游云梦,骗取楚王韩信前往晋见,把韩信就地捕获,带回洛阳,贬为淮阴侯,留京监视。韩信被诱捕之后,满腹委屈,对刘邦发出愤怒之辞,言语中引此数句,谓"果如人言"。此语道出了古代君臣可共患难、不可共安乐的真谛,古人前后相引,文字间有异同。《文子·上德》言:"兔死狗烹、鸟尽弓藏。"《韩非子·内储说下六微第三十一》记载宰嚭遗大夫文种书曰:"狡兔尽则良犬烹,敌国灭则谋臣亡。"《史记·越世家》载录范蠡遗文种书云:"蜚鸟尽,良弓藏;狡兔死,走狗烹。"《论衡·骨相篇》载录大体同《史记》,惟"蜚"作"飞","狗"作"犬"。《太平御览》卷 347 引《史记》作:"高鸟尽,良弓藏;敌国灭,谋臣亡。"《汉书·蒯通传》作:"野禽殚,走犬享。敌国破,谋臣亡。"《古诗纪》前集卷 10 引《汉书》作:"狡兔死,走狗烹;飞鸟尽,良工藏;敌国破,谋臣亡。"《晋书·刘牢之传》作:"高鸟尽,良弓藏;狡兔殚,猎犬烹。"《吴越春秋·夫差内传第五》记载范蠡语曰:"狡兔以死,良犬就烹;敌国如灭,谋臣必亡。"《吴越春秋·勾践伐吴外传第十》载录范蠡致书文种云:"高鸟已散,良弓将藏;狡兔已尽,良犬就烹。"《吴越春秋·勾践伐吴外传第十》记载文种言云:"狡兔死,良犬烹;敌国灭,谋臣亡。"《太平御览》卷 486 引《吴越春秋》作:"狡兔已死,良犬烹;敌国已灭,谋臣亡。"《韵补》卷 3 云:"狡兔死,猎犬烹;高鸟尽,良弓藏;敌国破,谋臣亡。"

有白头而新,倾盖如故。

【案语】见于《史记·邹阳列传》、《新序·杂事》称引"谚曰"、《汉书·邹阳传》称引"语曰"。《风俗通义·过誉篇》作"白头如新,交盖如旧"。

牝鸡之晨,惟家之索。

【案语】见于《史记·周本纪》称引"古人有言曰"。又见于《汉书·五行志》。

何知仁义,已飨其利者为有德。

【案语】见于《史记·游侠列传》称引"鄙人有言"。

得黄金百斤,不如得季布一诺。

【案语】 见于《史记·季布传》称引"楚人谚曰"。《汉书·季布传》亦引"楚人谚曰"作"得黄金百,不如得季布诺"。

力则任鄙,智则樗里。

【案语】 见于《史记·樗里子列传》称引"秦人谚曰"。《水经注·渭水》亦引。战国时期秦国有樗里子,名疾,为秦惠王同父异母兄弟,曾任右丞相,智慧出众,秦人号为"智囊",秦人流传谚语"智则樗里",传见《史记·樗里子列传》。

前车覆,后车戒。

【案语】 见于《说苑·善说》记载魏公乘不仁引《周书》语句。《吴越春秋·勾践归国外传》记载大夫种语曰"前车覆,后车必戒"。《汉书·贾谊传》引鄙谚曰"前车覆,后车戒"。《新书·保傅》作"前车覆而后车诫"。

有昭辟雍,有贤泮宫。田里周行,济济锵锵。相从执质,有族以文。

【案语】 见于《说苑·建本》。卢文弨以为逸诗,杨慎以为《辟雍辞》。有,助词,无义。昭,明亮。贤,美好。周行,大路。济济锵锵,形容人数众多,步履整齐。执,持。质,通"贽",礼物。族,通"奏",节奏。

枯鱼衔索,几何不蠹。二亲之寿,忽如过隙。
草木欲长,霜露不使。贤者欲养,二亲不待。

【案语】 见于《说苑·建本》载子路语。亦见于《韩诗外传》卷1、《孔子家语·致思》。枯鱼衔索,干鱼被贯穿在绳索上。

三折肱而成良医。

【案语】 见于《说苑·杂言》孔子称引"语不云乎"。

下无直辞,上无隐君。民多讳言,君有骄行。

【案语】 见于《说苑·正谏》晏子称引"臣闻之"。

君子耻之,小人痛之。

【案语】 见于《说苑·正谏》保申称引"臣闻之"。

土负水者平,木负绳者正,君受谏者圣。

【案语】《说苑·正谏》记载诸御己说庄王曰:"君有义之用,有法之行,且己闻之:土负水者平,木负绳者正,君受谏者圣。"

诚无垢,思无辱。

【案语】见于《说苑·敬慎》所引谚语。

小人得位,不争不义;君子所忧,不救不祥。

【案语】见于《说苑·善说》祁奚言"吾闻"。

囊漏贮中。

【案语】见于《新序·刺奢》与贾谊《新书·春秋》载邹穆公语,以为周谚。《文心雕龙·书记篇》作"囊满储中",《长短经·大体篇》作"囊漏储中"。

顺德者昌,逆德者亡。

【案语】《汉书·高帝纪上》记载楚汉战争期间,刘邦自洛阳外出巡视,新城(今河南伊川南)一位八十二岁的三老董公拦住他,建议他抓住项羽谋杀义帝一事大造舆论,争取更多的同情,言辞中云"臣闻"引用此语。

兵出无名,事故无成。

【案语】《汉书·高帝纪上》记载楚汉战争期间,刘邦自洛阳外出巡视,新城(今河南伊川南)一位八十二岁的三老董公拦住他,建议他抓住项羽谋杀义帝一事大造舆论,争取更多的同情,言辞中云"臣闻"引用此语。

食其实者,不伤其枝;饮其水者,不浊其流。

【案语】见于《吴越春秋·越王无余外传第六》大禹言"我闻"。

居不幽,志不广;形不愁,思不远。

【案语】见于《吴越春秋·勾践入臣外传第七》文种、范蠡云"闻古人曰"。

诛降杀服,祸及三世。

【案语】见于《吴越春秋·勾践入臣外传第七》吴王言"吾闻"。

　　　　　　贞妇不嫁破亡之家,仁贤不官绝灭之国。

【案语】见于《吴越春秋·勾践入臣外传第七》吴王谓范蠡言"寡人闻"。

　　　　　　亡国之臣不敢语政,败军之将不敢语勇。

【案语】见于《吴越春秋·勾践入臣外传第七》范蠡对吴王言"臣闻"。

　　　　　　无德不复。

【案语】见于《吴越春秋·勾践入臣外传第七》伯嚭为吴王言"臣闻"。

　　　　　　君子一言不再。

【案语】见于《吴越春秋·勾践入臣外传第七》吴王言"吾闻"。

　　　　　　谋国破敌,动观其符。

【案语】见于《吴越春秋·勾践归国外传第八》范蠡答越王云"臣闻"。

　　　　　　高飞之鸟,死于美食;深川之鱼,死于芳饵。

【案语】见于《吴越春秋·勾践阴谋外传第九》文种答越王云"臣闻"。"川",《四部丛刊》本作"泉"。

　　　　　　士穷非难抑心下人,其后有激人之色。

【案语】见于《吴越春秋·勾践阴谋外传第九》伍子胥对吴王言"臣闻"。

　　　　　　狼子有野心,仇雠之人不可亲。

【案语】见于《吴越春秋·勾践阴谋外传第九》伍子胥对吴王言"臣闻"。又见于《越绝书·越绝请籴内传第六》。

　　　　　　邻国有急,千里驰救。

【案语】见于《吴越春秋·勾践阴谋外传第九》伯嚭为吴王言"臣闻"。

　　　　　　天与不取,还受其咎。

【案语】见于《吴越春秋·勾践伐吴外传第十》范蠡对越王言。

君子俟时，计不数谋。死不被疑，内不自欺。

【案语】 见于《吴越春秋·勾践伐吴外传第十》范蠡对越王言"臣闻"。

知人易，自知难。

【案语】 见于《吴越春秋·勾践伐吴外传第十》越王勾践谓文种云"吾闻"。

大恩不报，大功不还。

【案语】 见于《吴越春秋·勾践伐吴外传第十》文种谓越王勾践云"吾闻"。

见清知浊，见曲知直。人君选士，各象其德。

【案语】 见于《越绝书·越绝外传纪策考第七》。

宁失千金，毋失一人之心。

【案语】 见于《越绝书·越绝外传记范伯第八》引"传曰"。

王者不绝世，霸者不强敌。

【案语】 见于《越绝书·越绝内传陈成恒第九》子贡说吴王云"臣闻之"。

千钧之重，加铢而移。

【案语】 见于《越绝书·越绝内传陈成恒第九》子贡说吴王云"臣闻之"。

明主任人不失其能，直士举贤不容于世。

【案语】 见于《越绝书·越绝内传陈成恒第九》子贡说越王云"臣闻之"。

狐之将杀，嚍唇吸齿。

【案语】 见于《越绝书·越绝外传地记传第十》伍子胥言"胥闻之"。杀，死。嚍，咬。吸，通"啮"，咬。

人之将死，恶闻酒肉之味；邦之将亡，恶闻忠臣之气。

【案语】 见于《越绝书·越绝德叙外传第十八》称引"传曰"。

身死不为医,邦亡不为谋,还自遗灾。

【案语】见于《越绝书·越绝德叙外传第十八》称引"传曰"。还,通"返"。

君子不危穷,不灭服。

【案语】见于《越绝书·越绝德叙外传第十八》勾践之语。

知始无终,厥道必穷。

【案语】见于《越绝书·越绝德叙外传第十八》称引"传曰"。

得绥山一桃,虽不得仙,亦足以豪。

【案语】见于干宝《搜神记》卷1"葛由"条载录谚语。《艺文类聚》卷86与卷94、《太平御览》卷902与卷967引《列仙传》亦载录。皆言葛由为羌人,好刻木作羊卖之,骑羊入蜀中,王侯贵人追,上绥山,皆得仙,故有此谚。

尧舜千钟,孔子百觚。子路嗑嗑,尚饮十榼。

【案语】见于《孔丛子·儒服篇》,平原君与子高饮酒,子高言及"昔有遗谚曰"。傅亚庶《〈孔丛子〉校释》曰:"'子路'疑为'子贡'之讹。'嗑嗑'谓多言,史载子路好勇,而子贡善辩。"《太平御览》卷761引《孔丛子》"尚"作"日","十"作"百"。《采菽堂古诗选》以为"酒人相劳谑语耳"。

人不婚宦,情欲失半。人不衣食,君臣道息。

【案语】此为《列子·杨朱 第七》所引古语。

田父可坐杀。

【案语】见于《列子·杨朱篇》引周谚。

生相怜,死相捐。

【案语】此为《列子·杨朱第七》载录杨朱称"古语有之"。

人与己与不汝欺。

【案语】见于《孔子家语·困誓》孔子称引"古之人有言曰"。王肃注云:"言人与己事实相通,不相欺也。"

药酒苦于口而利于病,忠言逆于耳而利于行。

【案语】见于《孔子家语·六本》记载孔子语。《说苑·正谏》孔子称引此语无两"而"字,《孔子家语·六本篇》同。《史记·留侯世家》有语云:"忠言逆耳利于行,毒药苦口利于病。"《史记·淮南衡山列传》有语云"毒药苦于口利于病,忠言逆于耳利于行"。《盐铁论·国疾》有语云:"药酒苦于口而利于病,忠言逆于耳而利于行。"《后汉书·袁绍传》审配有语云:"良药苦口而利于病,忠言逆耳而便于行。"又《韩非子·外储说左上》云:"夫良药苦于口,而智者劝而饮之,知其入而已己疾也;忠言拂于耳,而明主听之,知其可以致功也。"《越绝书·越绝外传计倪第十一》引"古人云"作"苦药利病,苦言利行",当为简略之语。

相马以舆,相士以道。

【案语】见于《孔子家语·子路初见》孔子称引"里语云"。第二句,《古谣谚》卷 34 引作"相士以居"。

乐正司业,父师司成。一有元良,万国以贞。

【案语】见于《孔子家语·子贡问》孔子答子夏问称引"语曰"。又见于《礼记·文王世子》孔子与国人对话后,作者进行的论述。司,掌管。元,大。良,善。

吐珠于泽,谁能不舍。

【案语】见于《后汉书·翟酺传》引孔子语。或以为《春秋纬》引古语。

宁得一把五加,不用黄金满车;宁得一把地榆,不用明月宝珠。

【案语】见于《金楼子·志怪篇》引古语。或题作《鲁定公记引古语》。周婴《卮林》卷 5 详考其源流,亦以为古语,云:"《东华真人煮石经》曰:'五加异名曰金盐,昔西域真人王屋山人王常言:何以得长久,何不食石蓄金盐母?何以得长寿,何不食石用玉豉?玉豉即地榆也。五加、地榆,皆是煮石而饵,得长生之药也。'昔尹公度闻孟绰子、董士固相与言曰:'宁得一把五加,不用金玉满车;宁得一斤地榆,安用明月宝珠。'《本草纲类》引此,下连'鲁定公母单服五加酒,以致不死,临隐去,伴托死,时人莫悟。张子声、杨建始、王叔才、干世彦皆服此酒,得寿二百年'。其字多讹,用修乃以为出其记中。所谓鲁定公者,盖道家借名,非大庭之宋父也。陈晦伯常讥用修引《冲波传》。按《冲波》诸类书多引,惟考诸《经籍志》,都无所谓《鲁定公记》者。此为古语,宜从。梁元帝《金楼子》云:'名山之下,生葱薤者,是古人食石种也。故语云:宁得一把五加,不用金玉满车;宁得一斤地榆,不用明月宝珠。五加一名金盐,地榆一名玉豉,此二物可煮石也。'亦见《太平御览》。若依《东华真人经》,则此'五加'四句直是孟、董对谈耳。"

天帝醉秦暴,金误陨石坠。

【案语】见于《文选》卷 2《西京赋》李善注引虞喜《志林》,云为秦穆公时谚语。或题作《秦人谣》。

夏姬得道,鸡皮三少。

【案语】见于宋代姚宽《西溪丛语》卷下、《古今事文类聚》后集卷 25 引宇文士及《妆台记序》,言春秋之初晋楚之谚有此语。《天中记》卷 21 亦引,言出自宇文士及《妆台记》。

一夫两心,拔刺不深。

【案语】见于明孙瑴编《古微书》卷 15 辑录《易通卦验》引古语。

踬马破车,恶妇破家。鹇必匹飞,赐必单栖。

【案语】见于明孙瑴编《古微书》卷 15 辑录《易通卦验》引古语。

雕龙赫赫。

【案语】见于清杜文澜《古谣谚》卷 33 引《七略》,题为《齐人为邹赫子语》。

主要参考文献

专著类

孔颖达《周易正义》,北京大学出版社1999年12月。
张立文《帛书周易注释》,中州古籍出版社2008年1月。
杜预《春秋左传集解》,上海人民出版社1977年8月。
程俊英《诗经译注》,上海古籍出版社1985年2月。
赵逵夫注评《诗经》,凤凰出版社2011年1月。
程树德《论语集释》,中华书局1990年8月。
朱熹《四书章句集注》,中华书局1983年10月。
方向东《大戴礼记汇校集解》,中华书局2008年7月。
黄怀信、张懋镕、田旭东《逸周书汇校集注》,上海古籍出版社2007年3月。
《国语》,上海古籍出版社1988年3月。
司马迁《史记》,中华书局1982年11月。
班固《汉书》,中华书局1962年6月。
何建章《战国策注释》,中华书局1990年2月。
周生春《吴越春秋辑校汇考》,上海古籍出版社1997年7月。
张觉《吴越春秋校注》,岳麓书社2006年4月。
张仲清《越绝书校注》,国家图书馆出版社2009年6月。
郑杰文《穆天子传通解》,山东文艺出版社1992年9月。
黎翔凤《管子校注》,中华书局2004年6月。
吴则虞《晏子春秋集释》,中华书局1962年1月。
吴毓江《墨子校注》,中华书局1993年10月。
王天海《荀子校释》,上海古籍出版社2005年12月。
陈奇猷《韩非子新校注》,上海古籍出版社2000年10月。
王利器《吕氏春秋注疏》,巴蜀书社2002年1月。

许维遹《吕氏春秋集释》，中华书局 2009 年 9 月。
张双棣《淮南子校释》，北京大学出版社 1997 年 8 月。
赵善诒《新序疏证》，华东师范大学出版社 1989 年 3 月。
石光瑛《新序校释》，中华书局 2001 年 1 月。
赵善诒《说苑疏证》，华东师范大学出版社 1985 年 2 月。
方向东《贾谊集汇校集解》，河海大学出版社 2000 年 6 月。
王利器《新语校注》，中华书局 1986 年 8 月。
王利器《盐铁论校注》，中华书局 1992 年 7 月。
杨伯峻《列子集释》，中华书局 1979 年 10 月。
傅亚庶《孔丛子校释》，中华书局 2011 年 6 月。
《汉魏六朝笔记小说大观》，上海古籍出版社 1999 年 12 月。
虞世南《北堂书钞》，天津古籍出版社 1988 年 12 月。
欧阳询《艺文类聚》，上海古籍出版社 1999 年 5 月。
徐坚等《初学记》，中华书局 2004 年 2 月。
李昉等《太平御览》，中华书局 1960 年 2 月。
周婴《卮林》，福建人民出版社 2006 年 12 月。
安作璋主编《郝懿行集》，齐鲁书社 2010 年 4 月。
吉联抗辑《琴操》，人民音乐出版社 1990 年 8 月。
郭茂倩《乐府诗集》，中华书局 1979 年 11 月。
杨慎辑《古今风谣　古今谚》，《续修四库全书》本。
杨慎辑《风雅逸篇》，《丛书集成初编》本。
张之象编《古诗类苑》，上海古籍出版社 2006 年 4 月。
陈祚明《采菽堂古诗选》，上海古籍出版社 2008 年 12 月。
沈德潜《古诗源》，中华书局 1963 年 6 月。
张玉穀《古诗赏析》，上海古籍出版社 2000 年 12 月。
杜文澜辑《古谣谚》，中华书局 1958 年 1 月。
逯钦立辑校《先秦汉魏晋南北朝诗》，中华书局 1983 年 9 月。
陈鼎如、赖征海《古代民谣注析》，江西人民出版社 1985 年 6 月。
谢贵安《中国谶谣文化》，海南出版社 1998 年 2 月。
高殿石《中国历代童谣辑注》，山东大学出版社 1990 年 10 月。
傅道彬《〈诗〉外诗论笺——上古诗学的历史批评与阐释》，黑龙江教育出版社 1993 年 4 月。

周殿富选注《楚辞源——先秦古逸歌诗辞赋选》，吉林人民出版社 2003 年 1 月。

孟宪斌集注《孔子引诗作诗集注》，吉林文史出版社 2012 年 6 月。

罗根泽《罗根泽古典文学论文集》，上海古籍出版社 1985 年 7 月。

郭杰、李炳海、张庆利《先秦诗歌史论》，吉林教育出版社 1995 年 12 月。

李炳海《中国诗歌通史》，人民文学出版社 2012 年 6 月。

蔡靖泉《楚文学史》，湖北教育出版社 1996 年 8 月。

黄玉顺《易经古歌考释》，巴蜀书社 1995 年 3 月。

陈良运《周易与中国文学》，百花洲文艺出版社 1999 年 6 月。

于雪棠《〈周易〉与中国上古文学》，北京师范大学出版社 2005 年 8 月。

彭黎明、彭勃主编《全乐府》，上海交通大学出版社 2011 年 3 月。

王辉斌《商周逸诗辑考》，黄山书社 2012 年 8 月。

田宜弘编注《楚国歌谣集评注》，浙江工商大学出版社 2013 年 7 月。

荆门市博物馆编《郭店楚墓竹简》，文物出版社 1998 年 5 月。

马承源主编《上海博物馆藏战国楚竹书（一）》，上海古籍出版社 2001 年 11 月。

马承源主编《上海博物馆藏战国楚竹书》（四），上海古籍出版社 2004 年 12 月。

《清华大学藏战国竹简（壹）》，中西书局 2010 年 12 月。

刘国忠《走近清华简》，高等教育出版社 2011 年 4 月。

廖名春、张岩、张德良著《写在简帛上的文明——长江流域的简牍和帛书》，浙江大学出版社 2011 年 4 月。

孟文镛《越国史稿》，中国社会科学出版社 2010 年 3 月。

李学勤《三代文明研究》，商务印书馆 2011 年 11 月。

论文类

《古奴隶社会的奴隶谣谚》（罗根泽），罗根泽《罗根泽古典文学论文集》，上海古籍出版社 1985 年 7 月。

《周易里的古谣谚》(罗忼烈),罗忼烈《罗忼烈杂著集》,上海古籍出版社2010年1月。

《〈越人歌〉与壮语的关系试探》(韦庆稳),《民族语文》编辑部编《民族语文论集》,中国社会科学出版社1981年3月。

《谈〈周易〉中的歌谣》(郑谦),《山茶》1982年第5期。

《关于刘向〈说苑〉第十一卷中的越歌》(泉井久之助撰、许罗莎译),《外国语言与文学》1983年第1期。

《〈易经〉中的民歌辨正》(唐志凯),《求是学刊》1984年第2期。

《秦汉民间谣谚略说》(王子今),《文史杂志》1987年第4期。

《楚辞先声——楚地民歌叙说》(蔡靖泉),中国屈原学会编《楚辞研究》,齐鲁书社1988年1月。

《读〈先秦汉魏晋南北朝诗·先秦诗〉札记》(张亚权),《文学遗产》1990年第2期。

《骚体渊源新证》(李华年),《贵州民族学院学报》(社科版)1990年第4期。

《〈越人歌〉解读研究》(周溪流),《外语教学与研究》1993年第3期。

《〈易经〉古歌的发现与开掘》(黄玉顺),《文学遗产》1993年第5期。

《诗之起源与〈周易〉》(周长才),《传统文化与现代化》1993年第6期。

《越人歌的解读》(郑张尚芳),《语言研究论丛》第七辑,语文出版社1997年。

《世所传宁戚饭牛歌所作时代考》(周明初),《古籍整理研究学刊》2002年第2期。

《秦代民间歌谣及其文化意蕴》(倪晋波),吴兆路、甲斐胜二、林俊相主编《中国学研究》第九辑,济南出版社2006年8月。

《〈夏书·五子之歌新释〉读后》(殷国光),《民俗典籍文字研究》第三辑,商务印书馆2006年12月。

《荆楚歌谣的地域文化特色略论》(孟修祥),孟修祥《中国古代文学与文化研究》,黑龙江人民出版社2007年3月。

《龙蛇歌》考论(阳清),《中国韵文学刊》2007年第3期。

《吴越春秋与吴越民歌》(王宇),《东南文化》2007年第3期。

《〈越人歌〉解读》(吴安其),南开大学文学院、汉语言文化学院合办

《南开语言学刊》2008年第2期,商务印书馆2008年12月。

《〈吴越春秋〉中的诗歌辨源》(刘晓臻),《西南农业大学学报》2009年第3期。

《先秦逸诗与儒学》(刘蔚华),贾磊磊、孔祥林主编《第一届世界儒学大会学术论文集》,文化艺术出版社2009年9月。

《〈先秦汉魏晋南北朝诗〉歌谣谚补辑》(王轶),《古籍研究》2009年上下(总第55—56期),安徽大学出版社2010年3月。

《早期咏侠歌谣俗谚的生存与传播——以两汉作品为例》(贾立国),王小盾主编《古代汉文学的生存与传播研究论集》,人民出版社2011年1月。

《〈周易〉卦爻辞非歌谣考》(张节末、王莹),《浙江大学学报》2011年第4期。

《〈史记·季布传〉引楚谚考析》(闫平凡),谭德兴主编《中国语言文学论丛》第一辑,社会科学文献出版社2012年2月。

《〈周易〉古歌研究方法辨析》(姚小鸥、杨晓丽),《北方论丛》2012年第5期。

《北京大学藏秦简牍概述》(北京大学出土文献研究所),《文物》2012年第6期。

《"鄂君子皙"问疑》(陈伦敦、李斯斌),《文献》2013年第2期。

《"女承筐无实,士刲羊无血"新解》(桑东辉),《古籍整理研究学刊》2013年第3期。

《清华简〈耆夜〉考论》(刘光胜),《中华文化论坛》2011年第1期。

《赋体渊源与先秦赋述论》(赵逵夫),赵逵夫主编《先秦文学与文化》第一辑,上海远东出版社2011年7月。

《上博简逸诗〈多薪〉考论》(常佩雨),《河南师范大学学报》2012年第1期。

《论清华简〈耆夜〉的〈蟋蟀〉诗》(李学勤),《中国文化》第33期。

《清华简〈蟋蟀〉及其所见周公无逸思想》(吴新勇),《史学月刊》2012年第4期。

《周公所作〈蟋蟀〉因何被编入〈诗经·唐风〉中》(贾海生、钱建芳),《中国典籍与文化》2013年第4期。